天津《红楼梦》与古典文学论丛

赵建忠 ◎ 主编

文学·文献·方法

——红学路径及其他

孙勇进 张昊苏 ◎ 著

WENXUE WENXIAN FANGFA
HONGXUE
LUJING JI QITA

知识产权出版社
全国百佳图书出版单位
北京

图书在版编目（CIP）数据

文学·文献·方法："红学"路径及其他 / 孙勇进,张昊苏著 . — 北京：知识产权出版社，2020.5

（天津《红楼梦》与古典文学论丛 / 赵建忠主编）

ISBN 978-7-5130-6890-1

Ⅰ . ①文… Ⅱ . ①孙…②张… Ⅲ . ①《红楼梦》研究 Ⅳ . ① I207.411

中国版本图书馆 CIP 数据核字（2020）第 066287 号

内容提要

本书由南开大学两位青年博士孙勇进、张昊苏合著。二人的研究，对于方法与路径有较多的关注。本书充分展现了津门年轻一代学者的成绩，为悠久而深厚的津门红学再添生机。

责任编辑：李海波　　　　　　　　**责任印制：孙婷婷**

天津《红楼梦》与古典文学论丛　赵建忠　主编

文学·文献·方法——"红学"路径及其他

孙勇进　张昊苏　著

出版发行：**知识产权出版社** 有限责任公司	网　　址：http://www.ipph.cn
	http://www.laichushu.com
电　　话：010-82004826	
社　　址：北京市海淀区气象路50号院	邮　　编：100081
责编电话：010-82000860转8582	责编邮箱：lihaibo@cnipr.com
发行电话：010-82000860转8101	发行传真：010-82000893
印　　刷：北京中献拓方科技发展有限公司	经　　销：各大网上书店、新华书店及相关书店
开　　本：880mm×1230mm　1/32	印　　张：13.125
版　　次：2020年5月第1版	印　　次：2020年5月第1次印刷
字　　数：350千字	定　　价：77.00元

ISBN 978-7-5130-6890-1

津沽红学研究概述
——《天津〈红楼梦〉与古典文学论丛》导言

　　"津沽红学"系指出生于或籍贯为天津以及长期在津工作的学者作出的学界公认的红学成果。早在中华人民共和国成立之初，周汝昌先生就出版了红学代表作《红楼梦新证》，奠定了其红学大家的地位。老一辈学者中取得重要红学成果的还有：出生在天津并且在这座城市学习、生活过的杨宪益先生及其英籍夫人戴乃迭女士共同完成的《红楼梦》英文全译本，得到了红学界和翻译界的广泛肯定，他们的译作在忠实原著的基础上，文学性和创造性都很突出；出生在天津的美籍华人学者余英时的文章《近代红学的发展与红学革命》，由于涉及百年红学发展历程的很多问题，在红学界产生了巨大反响，围绕此文论点中对索隐、考证、批评等红学主要流派的争鸣思想交锋激烈，至今余波未息；长期在南开大学任教的加拿大籍华人学人叶嘉莹先生，写过《从王国维〈红楼梦评论〉之得失谈到〈红楼梦〉之文学成就及贾宝玉之感情心态》的长篇论文，系统地评析了王国维红学的得失，这是一篇很有分量的红学力作；"脂学"是红学的重要分支，毕生致力于中国古代小说文献整理的南开大学朱一玄老教授，红学资料整理方面的成果就包括《红楼梦脂评校录》。

　　由天津红学家与古典文学教授共同策划完成的《天津〈红楼梦〉与古典文学论丛》（以下简称"论丛"）即将由知识产权出版社郑重推出，这不仅是天津红学及学术圈的大事，也是值得进入天津文化史的事件！出版前夕，出版社审稿人和论丛撰稿人希望我写一篇"导言"性质的文字置于卷首，以便向广大读者介绍这套书的基本内容和特色，作为本论丛主编，于公于私都是义不容辞的。《天津〈红楼梦〉与古典文学论丛》收录的文章以红学为主，兼及明清小说及古典文学，本论丛集中收录了改革开放后天津学人取得的重要学术成果。下面按照出版社编排次序重点介绍本论丛收录的相关红学论述。

宁宗一教授《走进心灵深处的〈红楼梦〉》分为上、中、下三篇，上篇为小说研究总论性质，中篇为经典文本赏析，下篇专谈天才伟构《红楼梦》。其中，《心灵的绝唱：〈红楼梦〉论痕》开宗明义强调，"读者面对小说中人生的乖戾和悖论，承受着由人及己的震动。这种心灵的战栗和震动，无疑是《红楼梦》所追求的最佳效应"。《追寻心灵文本——解读〈红楼梦〉的一种策略》具体指出，"《红楼梦》心灵文本的追寻，使这部旷世杰作的多义性成了它艺术文化内涵的常态，而对《红楼梦》任何单一的解读都成了它艺术内涵的非常态。事实上，对《红楼梦》心灵文本的追寻，极大地调动了读者思考的积极性。每一位读者都有可能根据自己的生活经验和审美体验，思考《红楼梦》文本提出的问题并且得出完全属于自己的结论"。面对《红楼梦》"死活读不下去"的尴尬与困窘，作者仍提出应努力进入心灵世界去解读曹雪芹这部文学经典，为读者构建一条心灵通道。本书结尾篇《为新时代天津〈红楼梦〉研究进言》，系作者在京津冀红学研讨会上所提三点建议：第一，珍重、维护和强化《红楼梦》研究共同体，使《红楼梦》研究群体得以健康发展；第二，"红学"永远在进行时，为此，反思旧模式、挑战新模式是必然的前进过程；第三，为了拓展《红楼梦》的研究空间，我们急需创造性思维。此文最后仍满怀深情地呼唤"曹雪芹以他的心灵智慧创造了他的小说，我们同样需要智慧的心灵去解读《红楼梦》"，足见与作者倡导的回归"心灵文本"一脉相承。

陈洪教授《红楼内外看稗田》收《由"林下"进入文本深处——〈红楼梦〉的"互文"解读》篇，该文结合《世说新语·贤媛》《晋书·列女传》记载，尝试对《红楼梦》的深层内涵进行探索。作者通过互文研究的方法，找到孳乳《红楼梦》的文化和文学的渊源。与此相联系，运用"互文"的思路，在《红楼"碍语"说"木石"》篇中对小说成书背景等方面的研究也有新收获。作者指出，"《红楼梦》中的'只念木石''偏说木石'，和历代文士歌咏的'木石'有着文化血脉的联系，显示出作者在价值取向上的自我放逐，同时又是和当时统治者标榜的主流话语'非木石'构成特殊的互文关系，曲折地流露出作者倔强地'唱反调'情绪"。"碍语"者何？该文认为"木石"系其首选，并引述瑶华对爱新觉罗·永忠《因墨香得观〈红楼梦〉小说吊雪芹三绝句》诗批注"此三章诗极妙。第《红楼梦》非传世小说，余闻之久矣！而终不欲一见，恐其中有碍语也"为证，可备一说。而《〈红楼梦〉中癫僧跛道的文化血脉》一篇，也是把目光向文化传统的深层透视，认为"癫"与"跛"承载了讽世、批判的思想内涵。至于《〈红楼梦〉脂评中"囫囵语"说的理论意义》篇，则是站在中国古代小说批评发展史的角度去论证，按脂砚斋批语云"宝玉之语全作囫囵意……只合如此写方是宝玉"。而在贾宝玉囫囵难解的话语中，最有代表性，与全书主题密切相关的，莫过于"水、泥论"，印证这观点的，正是所收《〈红楼梦〉"水、泥论"探源》。

《畸轩谭红》系赵建忠教授红学论文选，分四个专题。（1）红学新史迹。近年来作者一直致力于红学史方面的探索，并获批 2013 年度国家项目"红学流派批评史论"，有些思考形成了文章发表，如《红学史模式转型与建构的学术意义》等。（2）红学新观点。如作者提出的《红楼梦》作者问题的"家族累积说"及《曹雪芹家世研究存在的观点争鸣及当代新进展》《〈红楼梦〉后四十回的不同观点论争及新进展》等,介绍了改革开放以来较重要的红学争鸣。(3)红学新文献。本专题侧重收录了一组与《红楼梦》续书新文献相关文章,如《新发现的程伟元佚诗及相关红学史料考辨》《红学史上首部续书〈后红楼梦〉作者考辨》《〈红楼梦〉续书的最新统计、类型分梳及创作缘起》等。(4)红学新视角。如收入本专题的《"非经典阅读理论"在〈红楼梦〉续书研究中的尝试》,系作者为《红楼梦学刊》编审张云在中华书局出版的《谁能炼石补苍天:清代红楼梦续书研究》专著的书评。还有《大观园"原型"探索及〈红楼梦〉研究中的两种思路》,是作者对大观园问题研究、思考的产物。《〈红楼梦〉小说艺术的现当代继承问题》一篇,系作者为女作家计文君《谁是继承人:红楼梦小说艺术现当代继承问题研究》写的书评,意在借助《红楼梦》经典在传播中的呈现特别是对后世作家的影响,以逆向的方式显现《红楼梦》的文学意义和真实内容。另外,为方便读者明了红学发展史的轮廓概貌、脉络流变,书末附了"曹雪芹与《红楼梦》研究史事系年(1630—2018)"。

鲁德才教授《〈红楼梦〉——说书体小说向小说化小说转型》,专门收录有"红学篇",其中《〈红楼梦〉读法》特别强调,第一回至第五回是《红楼梦》总纲,读者尤其应该仔细品味,并具体指出,"第一回开篇作者就明确向读者提示小说的创作意旨,不否认和作家的经历有关,可又特别强调将真事隐去,'假语村言(贾雨村言),敷演故事',别把小说看成是作者的自传";"第二回,积极入世的贾雨村充当林黛玉教习,不过是为日后由他护送林黛玉至荣国府做引线。而冷子兴向贾雨村演说荣、宁二府,则概括介绍了荣、宁二府的发展历史及主要代表人物的性格特征";"第三回,由于小说家将宝、黛设置为表兄妹关系……这样,林黛玉进入荣国府同贾宝玉会合,透过林黛玉的视点介绍荣国府";"第四回,贾雨村借贾政题奏,复职应天府……为小说中的人物提供了社会背景。贾家由盛而衰的历程，也影响了人物发展的轨迹，可能是小说家要表现的一种意旨，但不是主要主题。贾雨村为讨好薛家而徇情枉法的错判，却又把薛宝钗推进贾府，这样，宝、黛、钗拧在一起，展开了木石前盟与金玉良缘的矛盾冲突"；"第五回，小说家虚构贾宝玉神游太虚境，看金陵十二钗正副册，听唱红楼梦曲子预示了贾宝玉与众裙钗的悲剧命运。红楼幻梦仍是小说的主色调，甚或是作家认识世界的主要视点"。此外，同专题文章还包括《传统文化心理与〈红楼梦〉的典型观念》《〈红楼梦〉打破传统写法了吗？》《贾宝玉的理想人格与庄禅精神》等，也颇给人启发。

《〈红楼梦〉论说及其他》系滕云先生所著，除外篇部分收录的评论明清小说《三国演义》《水浒传》《儒林外史》及当时的评点家李卓吾、金圣叹外，内篇全部讨论红学方面内容，如《也谈贾宝玉的鄙弃功名利禄》《曹雪芹典型观初探——〈红楼梦〉人物性格刻画的艺术成就》《〈红楼梦〉人物形象的客观性》《〈红楼梦〉文学语言论》等。值得注意的是，《抽丝剥茧说脂批》一文系统地表述了作者的学术见解，如认为脂批不具备李卓吾、金圣叹、毛氏父子、张竹坡之批所显示的各自的世界观、历史观、政治观、哲学观、文学观、小说观，尤其是社会现实观的大理识。脂砚斋不懂得曹雪芹何以发愤、何所发愤、所发何愤作《红楼梦》……尽管脂砚斋作为评点名家成色不足，但脂砚斋毕竟作出了具有历史性的、属于他的大贡献：第一，脂评本有传承并开来的贡献。请注意笔者说的是脂评本而非脂评的贡献。脂评本是曹雪芹创作《红楼梦》未完成就已经以手抄本形式流传于世的众多抄本之一……第二，由于脂评本原藏带雪芹自评注，或混入小说正文，或被裹入脂批混同脂批，遂使在《红楼梦》文本之外，雪芹思想的另一种载体，记录雪芹初创《红楼梦》时措笔情形和想法的另一种亲笔，获得保存，这也是脂评本贡献于中国文化史的特功……第三，脂批提供了有关雪芹生平的若干信息……第四，脂批提供了有关《红楼梦》八十回后情节的若干信息，包括贾家及一些人物的命运变迁、结局，包括若干关目，以及八十回后全书回数规模的信息。

《〈红楼梦〉与明清小说研究》系李厚基先生遗著，由其早年所带的研究生林骅、郑祺整理完成。明清小说研究部分的文章有《〈聊斋志异〉刻画人物性格的几点特色》《浅谈〈聊斋志异〉的艺术心理节奏美》《〈三国演义〉的主题和它的认识作用》《试论〈三国演义〉的结构特色》等；红学部分主要包括《闪闪发光的思想性格 无法摆脱的悲剧命运——谈贾、林等为代表的恋爱婚姻悲剧》《漫话〈红楼梦〉的作者和读者——红楼艺苑掇琐之一》等。收入丛书中的《景不盈尺 游目无穷——从金钏儿事件看〈红楼梦〉艺术构思》，体现出作者的治学特色。文章透过金钏儿这个"小人物"，进入《红楼梦》的整体宏观艺术构思，诚如作者所论述的，"从金钏儿事件来看，真是以小概大，咫尺千里。虽然景不盈尺，但令人游目无穷。一个情节包涵了多少丰富的内容：不仅清晰地写出了这个天真的少女惨遭残害，以此对封建社会提出强烈的抗议；通过这个事件也巡视了许多人物的思想性格，烛照了他们（她们）的灵魂；同时，从一旁有力地推进了全书的主要矛盾线索，用来揭示出恋爱婚姻悲剧的必然的社会原因，反映出这个行将崩溃的封建贵族家庭的真实的生活面貌。自然，还必须从整体来看，曹雪芹所创造的每一个情节、故事，每一个人物，既有独立存在的意义，又互相依存，和其他各个方面有千丝万缕的联系，如果脱离了整个作品，是难以理解它的作用和所居的地位的"，正所谓"景不盈尺 游目无穷"。作者毕业于北京大学，曾受教于中国红楼梦学会首任会长吴组缃教授，收入本丛书的文章就有《吴组缃先生教我们读〈红楼梦〉》。

《〈红楼梦〉与史传文学》系汪道伦先生遗著，由宋健同志整理完成。红学部分主要由《人性发展的艺术画卷——试论〈红楼梦〉是怎样一部书》《〈红楼梦〉风格浅论》《无材补天 枉入红尘——〈红楼梦〉思想赘述》《中国传统文化中的情学与〈红楼梦〉》《中国封建伦理文化的解体与〈红楼梦〉女冠男亚的新座次》《〈红楼梦〉彼岸世界中的文化雏形》《〈红楼梦〉的真假两个世界》《〈红楼梦〉中的隐线脉络》《哲理与艺术的交融——〈红楼梦〉哲理内涵探微》《〈红楼梦〉"注彼而写此"的艺术手法管见》《〈红楼梦〉塑造形象中的人物相生法》《以虚出实 以幻出真——谈〈红楼梦〉中的虚幻手法》《〈红楼梦〉平中见奇的艺术》《以儿女常情谱写儿女真情——论林黛玉性格内涵》《〈红楼梦〉对曲艺的融会贯通》《〈红楼梦〉中的枢纽性人物——贾母》《试说"说不得"的贾宝玉》《美丑正反的辩证人物——王熙凤》《兼并立冠军之美而居殿军——秦可卿排位深思》等研究文章组成，文章侧重于《红楼梦》的艺术理论研讨，作者对古代史论、文论、诗论、画论和小说理论具有极为丰富的知识，且能融会贯通，左右逢源。此外，作者对中国古典小说与史传文学的关系问题也进行了探讨，收入本丛书的文章就包括《从踵事增华到虚实相生——中国古典小说与史传文学艺术渊源发微》《略其形迹 伸其神理 ——中国小说与史传文学艺术渊源探微》《文其言与文其人——谈经典与小说的渊源关系》《传奇事写奇人——谈经史与小说的渊源关系》《记言与写心——谈经史与小说的渊源关系》等。

孙玉蓉先生著《荣辱毁誉之间——纵谈俞平伯与〈红楼梦〉》，上编重点谈了俞平伯的学术经历及与友朋的交往，下编系俞平伯《红楼梦》研究年谱。作为"新红学"的开创者之一，俞平伯的《红楼梦辨》在红学史上具有不可替代的地位，但晚年对自己曾主张的"自传说"进行了反省，指出"自传之说，明引书文，或失题旨，成绩局于材料，遂或以赝鼎滥竽，斯足惜也"，进而认为，"虚构原不必排斥实在，如所谓'亲睹亲闻'者是。但这些素材已被统一于作者意图之下而化实为虚。故以虚为主，而实从之；以实为宾，而虚运之。此种分寸，必须掌握，若颠倒虚实，喧宾夺主，化灵活为板滞，变微婉以质直，又不几成黑漆断纹琴耶"。他还进一步指出自己早年对高鹗续补的《红楼梦》后四十回肯定得不够。在他生命的最后时刻，念念不忘的是对《红楼梦》后四十回的再研究，感到自己对高鹗保全《红楼梦》的功劳评价得还不够。俞平伯认为《红楼梦》续书的版本很多，唯有高鹗是成功的。不管怎么说，《红楼梦》现在是完整的，如果只有前八十回，它是否能有现在的影响都很难说。他为高鹗辩护说：续书中有败笔，不能求全责备。前八十回就没有败笔了吗？他要重新撰文评论后四十回的价值，给高鹗一个公正恰当评价。然而，晚年的俞平伯已力不从心。

《文学·文献·方法——"红学"路径及其他》，系由南开大学两位青年博士孙勇进、张昊苏合著。他俩的共同导师陈洪教授在"序"中谈及高足时说："入选丛书的作者多为红学界的耆宿，八十高龄以上者超过半数。这显示了津门红学悠久而深厚的传统……不过，'江山代有才人出'，诸多前辈奠定了坚实的基础，发展还要寄希望于后昆……勇进、昊苏的研究，对于方法与路径有较多的关注。二十年前，霍国玲姐弟活跃于京师时，勇进便著长文讨论文献材料使用的学术规则问题。黄一农'e考据'提出后，昊苏也就其价值与限度著文讨论。"具体而言，"勇进篇"主要包括《"索隐"辩证》《索隐派红学史概观》《一种奇特的阐释现象：析索隐派红学之成因》《无法走出的困境——析索隐派红学之阐释理路》《〈红楼梦〉与中国人生悲剧意识》《〈红楼梦〉对中国古代小说叙事艺术的全面继承与创新》《〈红楼梦〉的写实艺术与诗化风格》等；"昊苏篇"主要包括《〈红楼梦〉文本研究的初步反思》《经学·红学·学术范式：百年红学的经学化倾向及其学术史意义》《对胡适〈红楼梦〉研究的反思——兼论当代红学的范式转换》《红学与"e考据"的"二重奏"——读黄一农〈二重奏：红学与清史的对话〉》《〈红楼梦〉书名异称考》《"作践南华庄子"考：兼及〈红楼梦〉涉〈庄〉文本的学术意义》《畸笏叟批语丛考》等。

收入本丛书中的《红楼与中华名物谭》与前九种写作风格迥异，作者罗文华多年来致力于文物收藏和鉴赏，因而从屏风、如意、茶具、钱币这四种《红楼梦》中的重要名物为主题和角度切入就比较得心应手。作者充分挖掘和利用历史文献和实物资源，详征博引，不仅提示和解读了《红楼梦》中一些很有价值的文化问题，而且在更加广阔深厚的中华文化背景下证实了这些名物的重要意义和特殊作用。从解读《红楼梦》的角度看，作者写出了名物在标志人物身份、塑造人物性格、展示人物关系、推动情节发展等方面所发挥的特殊作用。作者还通过很多名物与《红楼梦》文字之间关系的解读，印证了《红楼梦》的写作年代。如名物中的如意，是中国特有的一种象征吉祥的民族传统器物，古代帝王、豪族、文士、僧人等都有执握如意之好，以此求得称心如意与平安祥和。尤其是清代中期，是中国封建文化和传统工艺集大成时期，也是如意发展的鼎盛时期。帝王们的推崇，更使如意的制作水平登峰造极，而最喜欢如意的人则非乾隆皇帝莫属，他不仅刻意搜集民间的精美如意，还令宫中造办处制作如意，而且大量接受地方官员进贡的如意。作者介绍了很多乾隆皇帝喜爱如意的史实，指出"《红楼梦》中，对贾府这个皇亲国戚之家，多有关于如意的描写，尤其是元妃对贾府最高人物贾母的赏赐，首选金、玉如意，这些情节完全符合乾隆皇帝重视如意的历史背景"。证明《红楼梦》写作于乾隆时期，有力地支持了曹雪芹对《红楼梦》的著作权。

这套丛书是对天津地区《红楼梦》与古典小说研究成果的一次集中检阅。丛书中的老、中、青三代学人的十部著作，基本代表了天津该领域学人研究的总体水平，反映出天津《红楼梦》与古典文学小说研究的发展历程及方向。某种意义上讲，这套丛书也折射出天津《红楼梦》与古典文学小说研究史。需要说明的是，上述文字只是作为丛书主编的简单介绍以便导读，作品究竟如何，读者才是最权威的裁判。

赵建忠　己亥仲夏于聚红厅

序

　　勇进、昊苏都是我的学生，都负笈南开多年。从这个意义上讲，二位关于《红楼梦》研究的成果编入"津门红学"丛书名正而言顺。

　　换一个角度讲，建忠兄倡议、主持编辑这一丛书，洵为津门学术界一盛事，于国内红学界也开了一个好头。入选丛书的作者多为红学界的耆宿，八十高龄以上者超过半数。这显示了津门红学悠久而深厚的传统，也是建忠尊重前辈、赓续传统的苦心所在。不过，"江山代有才人出"，诸多前辈奠定了坚实的基础，发展还要寄希望于后昆。建忠本人可视为承上启下的中生代，而丛书中展示一下更年轻学者的成绩，相信将使其面貌更显完备，并增加一些勃勃生机。

　　以一部作品的研究而形成一种"学"，在中国似以《红楼梦》肇端。其后虽也有所谓"龙学""金学""水学"等相继出现，但在学界及社会的影响皆远不能与"红学"相比。检点百年"红学"，名家辈出，论文、专著汗牛充栋。而几次大的论争，跌宕起伏，波涛所及远远超出学界的范围。有些问题，如所谓"索隐"与"考证"之争，看似当时已见分晓，岂料数十年后烽烟再起；又如后四十回之评价，一度呈一面倒之势，然不久歧义又生。作为学术问题，这都在所难免，甚至是思想活跃的表现。不过，在争论中，有关方法论，有关研究路径的合理性，双方关注不够多，缺少正本清源的探究与碰撞，也是老问题不断重复出现的原因之一。

　　勇进、昊苏的研究，对于方法与路径有较多的关注。二十年前，霍国玲姐弟活跃于京师时，勇进便著长文讨论文献材料使用的学术规则问题。黄一农"e 考据"提出后，昊苏也就其价值与限度著文讨论。这些带有根本性的问题，当然不是几篇文章就能解决的，某种程度上"此亦一是非，彼亦一是非"，见仁见智可能是不可避免的结局。但是，提出这个问题，促使学界更多地思考所持方法、所循路径的合理程度，这样的基础性建设对于学术的发展无疑是非常必要的。

二人深知兹事体大，或力有不逮，曾向我建议此书的副题是否用"锥指"二字，虽未获采纳，其惕厉谦逊之意昭然。青年学者有此胸怀，"清于老凤"当可期待。

陈　洪

目　录

勇进篇

昊苏篇

勇进篇

"索隐"辩证

一、谐音、拆字与索隐

在我们对索隐派红学展开全面的考察之前，先来解决一个问题：何为索隐派红学？当我们说某人的红学研究属于索隐派或具有索隐派特征时，这句话是什么意思？

例如，在有的红学史论著里可以看到如下说法：

索隐之法，并非全无可取之处，如能立足于作品"文本"的审美赏鉴或文学评论的前提下，适当使用若干索隐方法，还能起到一定作用的。《红楼梦》艺术的多样性特征之一，就是它大量使用谐音、隐喻、暗示、双关、象征的手法，如王仁谐音"忘仁"，单聘人谐"善骗人"、卜世仁谐"不是人"、元迎探惜谐"原应叹息"、万艳同杯、千红一窟谐"万艳同悲""千红一哭"……乃至《牡丹亭》《伏黛玉之死》、《一捧雪》"伏贾家之败"，等等。……这也为索隐提供了用武之地，如能适当地在一定程度、一定范围内对作品作些"索隐"，对于解读这部作品——阐释它的意义与价值，也能起到一定的作用。❶

这段评述的要点是"索隐之法，并非全无可取之处"，但是，什么是"索隐之法"呢？是不是针对《红楼梦》"大量使用谐音、隐喻、暗示、双关、象征的手法"这一特征而展开的解读，都算是"索隐之法"？

---

❶ 白盾主编：《红楼梦研究史论》，天津人民出版社1997年版，第139页。

又如，日本学者伊藤漱平曾在《〈红楼梦〉成书史臆说——围绕七十回稿本存在的可能性》中说道：

江南的四大姓，在这个"护官符"中有四条顺口溜，其顺序是贾、史、王、薛，可是，只有甲戌本，却把最后二姓薛、王颠倒过来了。实际上，只有这样，才能读懂"贾史薛王"实际蕴含"假史雪枉"的意思。也就是说，"假借历史以昭雪冤枉"，才是作者的本意。❶

在《〈红楼梦〉中的甄（真）、贾（假）问题（续）——以林黛玉和薛宝钗的设定为中心》一文中，伊藤氏又有进一步的发挥：

现在，将四大姓按"护官符"中的顺序及其谐音排列出来看一看，"贾史王薛"——"假史王雪"，如此，就会仍像前面所举二例一样，理解不出其中的任何意义。同样道理，那是因为没有按照其应有的顺序排列的缘故。若将后者的最后二字调换一下，就成"假史雪王"了。然后再将林黛玉家的"林"姓附上，将"林"拆分开来，把一半加到"王"字上来看，"假借历史以昭雪冤枉"的意思就很清楚地显示出来了。借历史（稗史）以昭雪我家的冤枉之罪，这才是曹霑所蕴含的寓意。❷

对于这种解读，有红学史家作了明快判断："这是伊藤漱平使用索隐方法的最典型的一个例子。"❸那么，这句话该如何理解？从表面上来看，似乎是指伊藤氏这里使用的谐音、拆字解读法就是索隐

---

❶ 转引自孙玉明：《日本红学史稿》，北京图书馆出版社 2006 年版，第 238–239 页。

❷ 转引自《日本红学史稿》，第 239 页。

❸ 《日本红学史稿》，第 240 页。

方法，因为谐音、拆字的确是索隐派红学家惯用的解读方法。如认为《红楼梦》寓有反清复明之意的李知其，在《红楼梦谜（上篇）》一书中就曾说到，护官符写的是贾、史、王、薛，将这四姓次序调换一下，就成为薛、贾、王、史，其谐音则是"说假王史"❶；同样认为《红楼梦》寓有反清复明之意的刘铄，在《红楼梦真相》一书中对护官符的解释则是：

> "贾不假"一词即暗指明王朝。我们把护官符里的四个姓氏重新排列一下（雪芹常用颠倒错乱的方法迷人眼目，以避文网），那就是明（贾）、王、薛、史，再以雪芹惯用的谐音法解出来，那就是"明亡血史"四个触目惊心的字了。❷

"假史雪柱"也好，"说假王史"也好，"明亡血史"也好，结论不同，但三人倚赖谐音（外加拆字和调换语序）来推求作品深意的做法确实是惊人地相似。而这样的解读方式，在各种红学史所认定的索隐派著作里的确比比皆是，那么，能否由此得出前面提到过的那个结论，即谐音、拆字法就是索隐派红学的方法？甚而，像有些人那样，由此再往前跨出一步，得出如下结论：

> ……索隐方法的非科学性。总观所有的索隐派红学著作，无一不在错误的文学观念的指导下，频频使用"拆字""谐音""分身""合写"等等手法，牵强附会地论证某某"影射"某某、某某是某某的"化身"。须知"拆字""谐音"，只不过是一种有趣的文字游戏，与学术研究沾不上半点边儿。

---

❶ 李知其：《红楼梦谜（上篇）》，作者自印，1984年，第251页。

❷ 刘铄：《红楼梦真相》，华艺出版社1998年版，第130页。

上引这段话，出自《红楼梦学刊》1997 年第 2 辑"红学百科"栏目的"红学索隐派"一条。该条系捏合冯其庸、李希凡主编的《红楼梦大辞典》中"索隐派""新索隐派"等词条并有所补充而成，又是出现在"红学百科"一栏，因此有一定的权威性，值得我们重视。那么，我们就先来考察一下红学研究中的谐音、拆字法，看看它是否为索隐派红学之独门秘技，是否"与学术研究沾不上半点边儿"。

借谐音、拆字来解读《红楼梦》，在该作品还在以抄本形式流传之时，即已出现。脂砚斋可以说是最早使用此法者，如作品第五回中"千红一窟""万艳同杯"句旁，即有脂砚斋侧批："隐哭字""隐悲字"❶，在"一从二令三人木"句旁，亦有脂砚斋侧批："拆字法"❷。脂砚斋后的解读者，运用此法者可谓代不乏人。如清代解盦居士《石头臆说》云：

> 甄应莲者，真应怜也。全书之旨，无非薄命红颜，故开卷首写此人。宝玉幻境所见所闻，如香名群芳髓，髓者碎也；茶名千红一窟，窟者哭也；酒名万艳同杯，杯者悲也：同此意也。英莲母姓封氏，封者风也，花固以风而开，亦以风而谢，千红万艳，终被风摧，能不哭乎？香国飘零，故改名曰香菱。众芳至秋零落殆尽，故再改曰秋菱。莲与菱皆非凡艳，而望秋先谢，非比耐冬，何堪加之以雪乎？乃归之薛氏，则万无生理矣。❸

所谓"茶名千红一窟，窟者哭也；酒名万艳同杯，杯者悲也"，

---

❶ 见甲戌本侧批，蒙府本、戚序本同。
❷ 甲戌本作"折字法"，蒙府本、戚序本作"拆字法"。
❸ 一粟编：《红楼梦资料汇编》，中华书局 1964 年版，第 190 页。

正与脂砚斋所见相同❶，阅者对此自无异议。那么，除此以外的一些说法呢？如"香国飘零，故改名曰香菱。众芳至秋零落殆尽，故再改曰秋菱。莲与菱皆非凡艳，而望秋先谢，非比耐冬，何堪加之以雪乎？乃归之薛氏，则万无生理矣"，又该如何看待？若说雪芹实有此意，则并无确证；若说属望文妄断，则又确实深合全书"无非薄命红颜"之旨。这种地方，恐怕正应了那句老话，"作者之用心未必然，读者之用心何必不然"❷，未可以一笔抹倒。上引片段中比较可疑的，是"英莲母姓封氏，封者风也，花固以风而开，亦以风而谢，千红万艳，终被风摧，能不哭乎"一语❸，但恰恰是从这一可疑的联想，解盦居士引出了一个不失精彩的结论：

英莲之母姓封，英莲之夫姓薛，既遭风，复遇雪，此莲欲求不落得乎！颦颦葬花诗云："一年三百六十日，风刀雪剪严相逼。明媚鲜妍能几时，一朝漂泊难寻觅"，即风雪落英之谓也。❹

此处引用黛玉葬花诗"风刀雪剪严相逼"一语，与通行的"风刀霜剑严相逼"不同，不知有何版本依据，抛开这一节不论，解盦居士由"封者风也、薛者雪也"这一联想出发，指出黛玉葬花

❶ 白盾以为"解盦居士大约见到脂砚批出'千红一窟'的'窟'谐'哭'、'万艳同杯'的'杯'谐'悲'而有所启发"，见白盾：《红楼梦研究史论》，天津人民出版社1997年版，第64页。据冯其庸、李希凡主编《红楼梦大辞典》（文化艺术出版社1990年版）"解盦居士条"，解盦居士，真实姓名和生平事迹不详，其红学著作《悟石轩石头记集评》，有光绪十三年（1887）红藕花盦刊本。白盾云"解盦居士大约见到脂砚批……"未详何据。

❷ 谭献《复堂词话》。

❸ 白盾对解盦居士这段解读持肯定态度，称："这样的解释只要不逾越'适当'这个'度'而流于别求深义，是有可能窥探出雪芹创作意图的若干信息的。"但引述这段文字时，"英莲母姓封氏，封者风也，花固以风而开，亦以风而谢，千红万艳，终被风摧，能不哭乎"一语略而不引，以"……"来代替，可能在白盾看来，这一句解说逾越了"适当"的"度"。见《红楼梦研究史论》，第64页。

❹ 一粟编：《红楼梦资料汇编》，中华书局1964年版，第185页。

诗"一年三百六十日，风刀雪剑严相逼"数语"即风雪落英之谓也"，这就是个可圈可点的见解：寻常读葬花诗，读出的是黛玉自伤身世，这当然没错，但解盦居士却还能看出英莲与黛玉的同命运，看出黛玉诗中的落花不止象征黛玉的命运，而且还象征天下女儿的命运，作者让黛玉作葬花诗，除了折射黛玉心境外，还有为天下女儿同一哭之寓意，能看到这一层，就令人击节了。可见，同样是以谐音法为起点，既可能走向"假史雪枉""说假王史""明亡血史"，也可能走向对作品意蕴的深度挖掘。

如果说上引之例仍可能被看作旧时评点家的一时兴会、不无误读（虽然是有趣的误读）之嫌的话，那么现代学者关于"瓟斝"和"点犀䀉"的论争，则很能说明一些问题。这桩红学公案，起于近半个世纪前：《红楼梦》第四十一回写宝玉、黛玉、宝钗到栊翠庵品茶，妙玉给宝钗、黛玉饮茶用的器皿，分别叫瓟斝、点犀䀉。就是这两个饮茶器皿，引出一些学者的考订和联想。1961年8月6日，沈从文于《光明日报》撰文《"瓟斝"和"点犀䀉"——关于〈红楼梦〉注释的一点商榷》，认为作者用瓟斝来隐喻妙玉做作、势利，因为俗语有"假不假？班包假；真不真？肉挨心"之说，瓟斝疑是"班包假"的谐音。1961年10月12日，周汝昌的《也谈"瓟斝"和"点犀䀉"》在《光明日报》刊出，表示赞同沈从文提出的曹雪芹描写这些古怪饮器的名称不限于字面意义，但他不同意作者用此二物影射的对象是妙玉，而是认为，它们的含义分别指向各自的使用者薛宝钗和林黛玉——宝钗用"瓟斝"，暗示这位姑娘的性情是"班包假"；至于"点犀䀉"，也并非如沈从文所说的那样，因此物为犀角所制酒器、中有白线直透角顶，故以此器象征妙玉的"透底假"，周氏认为，因庚辰本、戚序本皆作"杏犀䀉"，用之于黛玉，则是"性蹊跷"的隐语，正与书中描写的黛玉"怪僻""多疑""小性""心重"的性格相符合❶。沈、周二氏争论四十余年后，徐乃为又发表了新的看法，认为"觚瓟斝"当隐寓妙玉"羁滞异乡、独处孤庵、衷心有盼、待价而沽、企求垂怜"的意思，此说的起始论证是：

"觚"，《集韵》解曰："瑞瓜"。"瑞"字含"玉"字，"妙玉"亦含"玉"，故此有自指自喻之意。"觚"字由"瓜""分"两字组成，会意有二："分"隐有独处之意，同时自喻青春年华。唐代诗人李群玉《醉后赠冯姬》诗："桂形浅拂梁家黛，瓜字初分碧玉年。"古时文人拆"瓜"字为两个八字，特指女子十六岁，进入青春的意思。因此，"觚"字，此处用于妙玉，当自喻青春少女，祥瑞之兆，孤栖之身。❷

与沈、周二氏以谐音为论证起点不同，徐氏这里的论证起点是拆字。但无论是谐音还是拆字，也无论是否同意沈、周、徐的看法，似乎都不便据此将沈、周、徐划入索隐派，并判定三人的解读"与学术研究沾不上半点边儿"。

更为典型的例子，是对《红楼梦》中宁国公贾演及宁国府的解读。清人周春《阅红楼梦随笔》的索解是："靖逆襄壮侯勇长子恪定侯云翼，幼子宁国府知府云翰，此宁国、荣国之名所由起也。"❸周氏此说，饱受讥嘲，被斥为索隐之劣技。然而，羽翼胡适开创新红学的顾颉刚亦有类似解法，在顾氏 1921 年 6 月 6 日写给胡适的一

❶ 沈、周这次论争，见刘梦溪：《红楼梦与百年中国》，中央编译出版社 2005 年版，第334-335 页。
❷ 徐乃为：《"觚瓟斝"和"点犀䀉"的重新解读——兼探"栊翠庵品茶"原稿》，见中国社会科学院文学研究所中国古代小说研究中心编：《中国古代小说研究（第一辑）》，人民文学出版社 2005 年版，第 373-377 页。
❸ 一粟编：《红楼梦资料汇编》，第 66 页。

封信中，可以见到如下说法："宁国公贾演，这明是标出'江宁'和'曹寅'的人地。"**❶**也就是说，在顾颉刚看来，"宁国公"的"宁"字是指曹家曾任织造的"江宁"，"贾演"的"演"字则可以拆出"曹寅"的"寅"字，所以，"宁国公贾演，这明是标出'江宁'和'曹寅'的人地"。这种读法，与周春之说不过五十步百步之差，红学史家对此又该作何评说？

由此看来，谐音、拆字，固属索隐派红学常用手段，但见谐音、拆字便指为索隐，并无充分的学理依据。不仅是谐音、拆字法，在后面的分析我们还将看到，被视为索隐派重要语义转换手段的分身法、合身法等，在红学其他流派的阐释活动中也时或可见。因此，单纯根据语义转换手段来辨识索隐派的身份，未必有效，对这一学术流派的界定，还需另寻途径。

二、名实之辨：李知其、唐德刚、冯其庸等人的说法

李知其在 1985 年自印的《红楼梦谜（下篇）》里，提出这样一种说法，即红学史中所谓的"索隐派"并不存在，因为对《红楼梦》的阅读就是一种索解，阅读就意味着索隐，因此，"这众多不同见解的读者怎可以被说成是一个派？"**❷**

将一切阅读活动都说成是索隐，李知其的这种说法不可全以强词夺理视之。这种理解，自有语义学上的依据。"索隐"一词原出于《易·系辞上》："探赜索隐，钩深致远，以定天下之吉凶，成天下之亹亹者，莫大乎蓍龟。"这里"探赜索隐"与"钩深致远"对举，含义十分丰富，其中就包括透过表象挖掘隐僻之理这一层意味。唐人司马贞《史

---

❶ 胡适：《胡适红楼梦研究论述全编》，上海古籍出版社 1988 年版，第 57 页。

❷ 李知其：《红楼梦谜（下篇）》，作者自印，1985 年，转引自陈维昭：《红学通史》，第 639 页。

记索隐序》解释《史记索隐》书名的由来时则说："今止探求异闻，采摭典故，解其所未解，申其所未申者，释文演注，又重为述赞，凡三十余卷，号曰《史记索隐》。"❶ 这里"索隐"一词的含义更为丰富，几乎囊括了一切对文本的阐释活动。"索隐"一词的这种宽泛用法，直到今天仍有人使用，如王利器的《〈金瓶梅词话〉留文索隐》一文，这里"索隐"一词的用法就与《红楼梦索隐》《石头记索隐》截然不同，系指——理出《金瓶梅词话》中各条留文的袭用、套用出处 ❷。即使是在红学研究领域，也有人在比较宽泛的意义上使用"索隐"一词来为自己的文章命名，如沈治钧的《林红玉索隐》一文，其实是一篇探佚文字 ❸。

也正因如此，在李知其之前，1979 年，唐德刚在译《胡适口述自传》时，在一条具有唐氏风格的长注中，就提出了一种与李氏之说旨趣相近的说法。在这条长注里，唐德刚将"近六十年来的'红学家'"分为三大派，分别是"猜谜附会派""传记考证派""文学批评派"，其中：

第一，"猜谜附会派"。这派的附会猜谜且有笨巧、大小之分；也有政治、哲学，入世、出世之别。自蔡子民先生而下到潘夏（重规）先生，和潘公在香港新亚书院所成立的"红小组"和组里的红卫兵们，胡适之先生便一竿子把他们都打入"笨猜谜"。笔者不敢附和胡说，且名之曰"大猜谜"。大猜谜也不止蔡、潘两家。近三十年来把"大观园"一分为二，剖成"两个阶级"的李希凡、蓝翎等"斗争派"；和把《红楼梦》划成"两个世界"的余英时先生的

---

❶ 司马贞：《史记索隐序》，见《史记》（中华书局 1982 年版），第十册，卷一百三十后附录。

❷ 王利器：《〈金瓶梅词话〉留文索隐》，载《社会科学辑刊》1991 年第 5 期。

❸ 沈治钧：《林红玉索隐》，载《红楼梦学刊》1993 年第 3 辑。

"人文派";以及一些"佛道派""玄学派",也都和旧"索引派"的出发点差不多。大家都在搞大猜谜。❶

唐德刚的这种说法,固然与李知其的说法不尽相同,但背后的理路却有一致之处。在红学界,又可以看到这样一些说法,如:

当代"红学"走上了"新"的索隐之路:对社会历史的索隐。这种索隐同那种对真人真事的索隐并无质的区别。"红学"家们企图从《红楼梦》中索隐那个时代的政治、经济、制度、对外关系、贸易、宗教等史实。❷

又如:

早期评点家们在《红楼梦》中寻求"作文之法"以及各种闲情,新时期的红学家们则在《红楼梦》中检索那个时代的政治、经济、制度、外贸、外交、宗教等完全有理由从史料中查寻的史实,追究起来,完全可以说他们是在作《红楼梦》广泛的背景索隐,而非《红楼梦》研究。❸

以上诸说,可以通称为"大索隐观"。它们的共同特点是,从宽泛的语义上理解"索隐"一词,然后展开各自的红学史批判。这种大索隐观,固然不无语义乃至学理上的依据,也可以为我们后文的分析提供某些背景支持,却不能成为本文考察工作的支点。因为本文的考察对象,有其特定的范围,是指从周春到蔡元培到潘重规到刘心武

---

❶ 唐德刚译:《胡适口述自传》,华文出版社1992年版,第272-273页。引文中"索引派"一词,原文即如此。

❷ 杨烽:《试谈"红学"的迷误》,载《江汉论坛》1990年第4期。

❸ 陈文瑛:《"红学"索隐品质刍议》,载《陕西师范大学学报(哲学社会科学版)》1995年第24卷第1期。

这一有着某种共同阐释旨趣的学脉。即使是在上述诸种"大索隐观"红学史批判语境下，这一脉也无可置疑地具有迥异于他者的可识别特征，而这后者，便是一般红学史将这一脉诸多研红之作归入同一流派的依据所在，也是本章所力图描述的对象。

"索隐"一词进入红学史，当始于王梦阮、沈瓶庵的《红楼梦索隐提要》，该提要于1914年刊于《中华小说界》第1年第6、第7期。而第一个给红学领域中的"索隐"下定义的，应是郭豫适1980年出版的《红楼研究小史稿》：

> 所谓"索隐"，意思就是探幽索隐，即寻求小说所"隐"去的"本事"或"微义"。其实就是穿凿附会、想入非非地去求索《红楼梦》所影射的某些历史人物或政治事件。❶

次年出版的韩进廉的《红学史稿》中的界定是：

> 索隐派又称"政治索隐派"。所谓"索隐"，就是透过字面探索作者隐匿在书中的真人真事。❷

冯其庸、李希凡主编，1990年出版的《红楼梦大辞典》中，对"索隐派"一条的释义是：

> 索隐派　是盛行于清末民初的《红楼梦》研究派别，代表作有王梦阮、沈瓶庵的《红楼梦索隐》、蔡元培的《石头记索隐》及邓狂言的《红楼梦释真》。这一派著作的主要篇幅用于探寻《红楼梦》隐去的"本事"和"微言大义"，实则是作者从主观臆想出发，把一些从

---

❶ 郭豫适：《红楼研究小史稿》，上海文艺出版社1980年版，第137页。
❷ 韩进廉：《红学史稿》，河北人民出版社1981年版，第123页。

历史著作、野史杂记、文人诗词或随笔传闻中搜集到的材料，与《红楼梦》里的人物、事件互相比附、印证，并从而去评论《红楼梦》的意义和价值。索隐派各作者的写作动机及其著作内容虽然有所不同，但他们所采用的主观的索隐方法和对《红楼梦》思想意义的曲解是一致的。然而，索隐派红学家们认为《红楼梦》不是一部闲书，书中有政治寓意以及对《红楼梦》艺术创作上的某些见解，也不是毫无可取之处的。❶

这一词条，概述了索隐派的兴盛时代、代表人物及著述、阐释特征，并作了简单评价，涉及的内容最全面，但同时也因其断代特征，外延最狭窄，因此还需借"新索隐派"词条来补充：

新索隐派　在胡适等新红学派作家著文对清末民初索隐派著作进行批评后，本世纪二三十年代又出现了一些认为《红楼梦》内容有所影射，并以追索《红楼梦》本事为主要内容的评论著作。这些评论者的观点和结论虽与旧索隐派不尽一致，但是与索隐派一样，仍然是从主观臆想出发去钩沉索隐，探测《红楼梦》的"微言大义"，他们所使用的研究方法也与旧索隐派的牵强附会、拆字猜谜一脉相承，所以红学史上称之为新索隐派。其中较有代表性的是二十年代阚铎的《红楼梦抉微》、寿鹏飞的《红楼梦本事辨证》及三十年代景梅九的《石头记真谛》。❷

只是，这样补充之后，20世纪中叶以降潘重规、杜世杰、李知其等人的索隐又该如何命名？"新新索隐派"？如此分说，未免治

---

❶ 冯其庸、李希凡主编：《红楼梦大辞典》，文化艺术出版社1990年版，第1073页。
❷ 冯其庸、李希凡主编：《红楼梦大辞典》，第1073–1074页。

丝益梦,因此红学史著多弃而不用❶。研究者更多地还是采用郭豫适、

❶　寿鹏飞、阚铎、景梅九等人的索隐之作,郭豫适《红楼研究小史续稿》第五章、第六章称为"后期索隐派",并予专论;韩进廉《红学史稿》未有涉及;白盾《红楼梦研究史论》第二编"胡、鲁论'红'新时代"中,辟专章"'索隐红论'的再蹶再起"论之;刘梦溪《红楼梦与百年中国》第五章"索隐派红学的产生与复活",辟专节"遭到考证派打击之后的索隐派红学",详尽评述寿鹏飞、景梅九之作(阚铎之作未予评);杜景华《红学风雨》"绵延不绝的红学索隐派"一章,辟"后来的索隐派已失去革命意义"一节,简单评述了寿鹏飞、景梅九两家之作(阚铎之作未有涉及);陈维昭《红学通史》第二编"1902—1949年的红学"第三章"索隐红学的第一个高峰",辟"其他的索隐红学"一节,对寿鹏飞、阚铎、景梅九等人的索隐之作给予了简单述评。这些红学史著,或印行于冯其庸、李希凡主编《红楼梦大辞典》之前,或印行于其后,均未见以"新索隐派"指称20世纪二三十年代寿氏等人索隐之作者,冯、李《红楼梦大辞典》"新索隐派"词条云"红学史上称之为新索隐派",未详何据。

但红学史上确实有多人使用"新索隐派"一词。李希凡、蓝翎曾以之指称胡适、俞平伯这一脉:"俞平伯先生这样评价红楼梦也许和胡适的目的不同,但其效果却是一致的。即都是否认红楼梦是一部伟大的现实主义杰作,否认红楼梦所反映的是典型的社会的人的悲剧,进而肯定红楼梦是个别家庭和个别的人的悲剧,把红楼梦歪曲成为一部自然主义的写生的作品。这就是新索隐派所企图达到的共同目标。《红楼梦研究》就是这种新索隐派的典型代表作品。"见《评〈红楼梦研究〉》一文,原载1954年10月10日《光明日报》"文学遗产"第二十四期,收入《红楼梦问题讨论集(一集)》(作家出版社1955年版),引文见该书第80页。此文后收入李希凡、蓝翎《红楼梦评论集》(人民文学出版社1973年版),收入时略有改动,如上引文字作:"俞平伯正是一脉相承了胡适的这种'自然主义'的'自叙'说,而且比胡适说的更直接了当:'《红楼梦》是作者底自传。'他们一致否认《红楼梦》是一部伟大的现实主义杰作,否认《红楼梦》所反映的是典型的社会的人的悲剧,进而肯定《红楼梦》是个别家庭和个别的人的悲剧,把《红楼梦》歪曲成为一部'自然主义'的作品。这就是新索隐派所企图达到的共同目标,《红楼梦研究》就是这种新索隐派的典型代表作品之一。"见该书第36页。胡念贻在文章中批评吴恩裕称:"他发表在《新观察》一九五四年第十七期的《曹雪芹生平二三事》文中的'新妇·孤儿'一条里,考证敦诚《挽曹雪芹》诗里的新妇是'史湘云'……他这一段文字也是沿袭了《红楼梦》是曹雪芹自传的说法,拿曹雪芹来和书中的人物牵合,曹雪芹的新妇是史湘云,这正是新索隐派所乐谈的。"见胡氏《评近来年关于红楼梦研究中的错误观点》一文,原载《人民文学》1954年第12月号,收入《红楼梦问题讨论集(二集)》(作家出版社1955年版),引文见该书第233页。新时期后,许宝骙1981年于《团结报》撰文《抉微索隐　共话红楼》,打出"新索隐派"旗号:"现在是熏风解愠、百花齐放的时候了。我们要理直气壮地维护索隐派,我也明目张胆地自称索隐派,或者说得更确切些是新索隐派。"见《团结报》1981年5月2日,此据胡文彬《红楼放眼录》(华艺出版社1995年版)转引,见该书第230页。胡小伟《评〈红楼梦〉研究中的"新索隐说"——兼论索隐法在古典文学研究中的非科学性》一文中提到许宝骙的宣言后,笔锋一转:"另有一种说法则与旧索隐派小心划出界限,声明不将《红楼梦》中的人物'坐实'为清代人物,也不以作品的整体进行推求比附,但同时又一再宣称'旧红学索隐派思考问

韩进廉那种打通时代的界定方式，如编订于 21 世纪的齐裕焜、王子宽《中国古代小说研究》，对"索隐派"的界定是：

> 所谓索隐派，是指这样的一种小说研究流派，这个流派研究小说时专注于探求隐藏在小说作者与故事情节背后的本事，以便据此阐释

题的某些线索'，也可能给我们以有益的启示'，'如果索隐派的某些见解确有价值，也不妨姑且取来，让它为发展新时期的《红楼梦》研究服务'。因此它直截了当地主张在发掘书中隐含的政治寓意时，'光靠分析艺术形象是不够的，有时需要"索"一点"隐"'（重点号为原文所有）。这就与旧索隐派有所不同，姑且称为'新索隐说'。"胡小伟的"新索隐说"，到了白盾《可悲的历史倒转——评红学索隐派的"复活"》一文中，就被表述成"新索隐派"，它们共同的指涉对象是刘梦溪的"政治掩盖说"。胡文见《文学遗产》1984 年第 3 期；白文见白氏：《悟红论稿——白盾论红楼梦》，文化艺术出版社 2005 年版，第 309—323 页。吴柱国认为胡适是标准的"新索隐派"，见吴氏《红学索隐派新议》一文，《红楼》1997 年第 2 期。梅节则指霍国玲、高阳、周汝昌等人的"龙门红学"是"新索隐派"，如"《脂砚斋评》是周先生的少作，但已显现新索隐派某些基本特点，命题和论证之间的反差：论题惊人，证据薄弱，七宝楼台，建在沙上。这一特点，在周先生另一重要论文、'龙门红学'的扛鼎之作《红楼梦的"全璧"背后》更为突显"。见梅氏《说"龙门红学"——关于现代红学的断想》，《红楼梦学刊》1997 年第 4 辑。杜景华则称"霍国玲姐弟的《红楼解梦》属于新索隐派"，"作者说得很明白，他们著书的主要目的是要证明曹雪芹为了复仇而与宫内人串通杀了雍正皇帝。置大量精彩动人的文学描写于不顾，又加上完全虚构的爱情色彩，于是将子虚乌有的人物香玉虚拟为曹雪芹的情人。让这个情人打进宫去，终成皇后，从而有机会实施谋杀计划。这里一是歪曲了文学创作的根本性质，曲解了文学创作的宗旨，大大贬低了文学创作的意义和作用；二是曲解了作家创作的动机和创作过程，贬低了作家创作的目标，侮损了文学艺术创作的高尚品格。应该说，他们所造成的影响比旧索隐派还差"。见杜氏《新世纪红学》一文，《红楼梦学刊》2000 年第 2 辑。近年又有人以"新索隐派"指称刘心武的所谓"揭秘"研究，如陈晓红《请告刘心武先生：新索隐派之路走不通——访红学家蔡义江先生》："蔡先生认为刘心武的研究可称为新索隐派，他说：'之所以这样区别，是老索隐派所认定的影射对象还实有其人其事，而新索隐派连影射的对象也是虚妄的，比如说废太子胤礽有个私生女寄养在曹家等等。'"见红楼艺苑网、《艺术评论》杂志等编：《是谁误解了红楼梦——从刘心武"揭秘"看红学喧嚣》，陕西人民出版社 2006 年版，第 4 页。另外，还有人指周汝昌为"新索隐派"，如郑铁生："周汝昌是当代新索隐派的代表，他把索隐和探佚推向了极致，最典型的特征有二：（一）坚持'自传说'，将《红楼梦》和曹家本事合一……（二）创建'四学'，在《红楼梦》文本之外寻找'真故事'……（三）盛名之下，真假难辨……"，"刘心武先生沿着周汝昌考证与索隐合一的道路发展，成为新索隐派的带头人"。见郑铁生：《刘心武"红学"之疑》，新华出版社 2006 年版，第 241-247，41 页。

小说文本中的"微言大义"，所谓"索隐"就是探索幽隐，索隐派就是专事于探索小说背后隐事的小说研究派。❶

通观郭、韩、冯（李）、齐（王）诸家之说，可以看到，无论断代与否，他们的界定均不约而同地使用了一个重要范畴："本事"（韩进廉的表述是"真人真事"），并将求索《红楼梦》背后的本事视为索隐派的重要标志。

如此界定，自有其道理，因为它的确指出了多数索隐派之作的共同特征。多数索隐派之作，确实力求在《红楼梦》文本和某些历史人物或事件间建立起映射机制，如"傅恒家事说""明珠家事说""和珅家事说""张侯家事说"……对此，有的红学史家如刘梦溪作了如下概括：

索隐的方法归结到一点，就是阐证本事。换句话说，此派所探寻的主要是历史事实和这些历史事实如何在书中加以表现，所以才称为索隐。❷

如此概括，堪称洗练。只是，当上述方家不约而同地拈出"本事"二字来令索隐派显形时，却也引出了下面这个问题，即用以界定索隐派的"本事"，包不包括胡适考证出并赖以支撑其新红学一派的作者雪芹家事？如果说将《红楼梦》中的贾府人事指为傅恒家事、明珠家事、张侯家事便是索隐，何以胡适将曹雪芹指为"书里的甄贾（真假）两个宝玉的底本"❸便不是索隐？这可以说是困扰了红学史将近百年的问题，也是我们现在必须解决的问题。

---

❶ 齐裕焜、王子宽：《中国古代小说研究》，福建人民出版社 2005 年版，第 66 页。

❷ 《红楼梦与百年中国》，第 294 页。

❸ 胡适：《胡适红楼梦研究论述全编》，上海古籍出版社 1988 年版，第 99 页。

三、索隐红学与自传说

余英时在著名的《近代红学的发展与红学革命——一个学术史的分析》一文中，借用库恩的"典范"说来批判近代红学的发展历程，其中说道：

从晚清算起，红学研究史先后出现过两个占主导地位而又互相竞争的"典范"。第一个"典范"可以蔡元培的《石头记索隐》为代表。……这个典范的中心理论是以《红楼梦》为清初政治小说，旨在宣扬民族主义……吊明之亡，揭清之失。❶

又云：

胡适可以说是红学史上一个新"典范"的建立者。这个新"典范"，简单地说，便是以《红楼梦》为曹雪芹的自叙传。而其具体解决难题的途径则是从考证曹雪芹的身世来说明《红楼梦》的主题和情节。❷

将"以《红楼梦》为清初政治小说，旨在宣扬民族主义"视作索隐派"典范"的"中心理论"，有一定道理。此说虽不能囊括所有索隐家的主张，但从晚清以降，到余英时发表此文的 1974 年 ❸，"宣扬民族主义"确实是索隐派的主流见解，蔡元培、邓狂言、景梅九乃至后起的潘重规、杜世杰均持此说。因此，将"旨在宣扬民族主义，

---

❶ 余英时：《〈红楼梦〉的两个世界》，上海社会科学出版社 2006 年版，第 5 页。

❷ 余英时：《〈红楼梦〉的两个世界》，第 6 页。

❸ 余英时此文发表于香港《中文大学学报》第二期，1974 年 6 月。胡文彬、周雷编《海外红学论集》(上海古籍出版社 1982 年版) 收入此文，文末标注选录出处时，作"香港《中文大学学报》第二期，一九七九年六月"，误，见该书第 30 页。

吊明之亡，揭清之失"和"以《红楼梦》为曹雪芹的自叙传"分别视为索隐派和考证派典范的中心理论，在余文发表的当时，大致符合事实。

但余英时的这种典范划分法，很快就遇到了挑战。在《近代红学的发展与红学革命——一个学术史的分析》一文发表六年后，1980年，香港的牟润孙推出了一篇文章：《论曹雪芹撰〈红楼梦〉的构想》。在这篇文字里，我们可以看到如下分析：

《红楼梦》第五回《金陵十二钗正册》中有"二十年来辨是非，榴花开处照宫闱。三春争及初春景，虎兔相逢大梦归"。歌词指的是元春，题在"画着一张弓，弓上挂着一香橼"的画页上。香橼不仅"橼"字谐"元"字音，更因为香橼是北京正月里，大多数中等以上人家厅堂上常摆设的果子。（很香，不能吃。）用以代表"春"字，颇见巧思。香橼挂在一张弓上，意义是什么？过去尚无人解释过。推想起来，那可能是表示元春姓张，但康熙时并无张贵妃。《清史稿·后妃传》"敬敏皇贵妃，章佳氏，事圣祖为妃。康熙三十八年薨，谥曰敏妃。雍正初，世宗以其子允祥贤，追进封。"按照汉军旗改满军旗的规定，要在汉人原姓下加"佳"字，章佳氏原来应是汉人章氏。曹雪芹以章佳氏为贾元春封贵妃的素材，以"张"之音谐"章"。如果不坚持曹雪芹是在《红楼梦》中全部写自己的家事，贾贵妃就不必非姓曹不可，这一推测或者可以说不十分荒谬。

章佳氏死于康熙三十八年（一六九九），虽不知在哪月？康熙三十八年是己卯（兔），三十七年是戊寅（虎），如果她死在卯年初寅年尾，"虎兔相逢大梦归"一句岂不有了着落。至于"二十年来辨是非"这句似不是指章佳氏入宫二十年，既有"辨是非"三字大有论是非功过之意。曹寅自康熙二十九年（一六九〇）出任苏州织造，康熙三十一年（一六九二）兼任江宁织造，三十二年李煦任苏州织造，曹寅不再兼任，康熙五十一年（一七一二），曹寅死于江宁织造任上。从康熙三十一年到康熙五十一年，整整二十年。若自二十九年算起，则是二十二年，举起成数，亦可说二十年。曹寅在这二十年中为皇帝弄来了无可计算的财富，为应酬皇帝南巡，为应酬皇室中人物，花了不知其数的钱，结果自己却落得亏空公款。这个是非功过真应辨一辨，"二十年来辨是非"极可能是指章佳氏替曹寅辨是非，也可以解释作：康熙十八年章佳氏入宫为妃，曹玺正在江宁织造任上；康熙三十八年她死了，曹寅任江宁织造已有七年。二十年中，她替曹家辨是非。❶

上引两段文字，充分体现了牟氏的研红特征，读此可窥一斑而知全豹。但问题是，如果按照余英时上文中那种划分典范的标准，牟氏此篇文字，是应该归入以蔡元培为代表的索隐派典范呢，还是以胡适为代表的考证派典范？

更为典型的例子，是主张《红楼梦》背后隐有一段曹雪芹和情人所谓竺香玉者谋害雍正的血泪情仇史的霍国玲等，在《红楼解梦》一书中，推出的一个新奇之说：《红楼梦》第一回"你把这有命无运累及爹娘之物，抱在怀里作甚"句旁有甲戌眉批四条，第三条为"武侯之三分，武穆之二帝，二贤之恨及今不尽，况今之草芥乎？"霍氏据此申论云：

《红楼梦》一书的作者，其胸怀、志量与胆略，堪与辅佐汉室后裔刘备统一天下的诸葛武侯相比；堪与立志驱逐胡虏，夺回山河，确

---

❶ 牟润孙：《论曹雪芹撰〈红楼梦〉的构想》，收入胡文彬、周雷编：《香港红学论文选》，百花文艺出版社 1982 年版。本处引文见该书，第 63–64 页。

保汉族天下的武穆岳飞相比。批书人正是以上述两个实典，来比附我们的曹雪芹有……恢复汉族天下的勃勃雄心。❶

　　霍氏这段话及其代表的解梦体系的精神旨趣，可以说既符合余英时对索隐派典范的描述——“旨在宣扬民族主义”，又和余所描述的考证派的典范特征——“以《红楼梦》为曹雪芹的自叙传”严丝合缝。其实在余英时撰写《近代红学的发展与红学革命——一个学术史的分析》一文时，周汝昌的《红楼梦新证》和高阳的某些研红之论，已经有将宫闱秘闻与雪芹家世结合起来的倾向，在余文推出之后，更有人将反清复明与曹家本事结合起来❷，使研红之作出现了一种新的类型，不知这应该归入哪一个“典范”？因此，余英时“红学革命”中的一些说法，如索隐派典范终结说，索隐、考证二典范嬗替说，已渐渐被红学史新的发展事实所否定。

　　而余英时的典范嬗替说所面对的问题，还不仅仅在于此后出现了反清复明与曹家本事合一的新“典范”（如果也可以叫作“典范”的话），即索隐、考证的合流，更大的问题是，在两种“典范”合流之前，红学史上还始终有一个声音不绝如缕，那就是考证、索隐同一说。

　　视《红楼梦》为作者自叙，非自胡适始。清代太谷学派传人张积中（1806—1866）《白石山房文钞》卷一，有一篇题为《题〈红楼梦〉后》的评论，在这篇评论里，张积中说道：“其言宝玉，怪奇诡谲，

　　❶　霍国玲、霍纪平、霍力君著：《红楼解梦（增订本）·第一集》，中国文学出版社1995年版，第85—86页。

　　❷　将反清复明与曹家本事结合起来，非霍国玲一家，如孔祥贤亦主此说，差别只在于，孔祥贤认为《红楼梦》的原始作者是曹頫而不是曹雪芹，但终归亦属曹家故事。参见孔祥贤：《红楼梦的破译（再论）》（中国文史出版社2003年版），第四章“反清思想有所自”，第76—97页。

一往情深,盖自况也。"❶ 这可以说是较早出现的"自叙传说"❷。到王国维撰写《〈红楼梦〉评论》时,这种自叙说,已经流布开来,因此,王国维的《〈红楼梦〉评论》一文中,可以看到如下说法:

> 自我朝考证之学盛行,而读小说者,亦以考证之眼读之。于是评《红楼梦》者,纷然索此书中之主人公之为谁,此又甚不可解者也。……综观评此书者之说,约有二种:一谓述他人之事,一谓作者自写其生平也。❸

在王国维的批判框架里,"述他人之事"与"作者自写生平",均属于"以考证之眼"读小说,都违背了"夫美术之所写者,非个人之性质,而人类全体之性质也"这一普遍的艺术原理,因此同属"甚不可解"者。王国维的最终结论是否正确另当别论,值得注意的是,在这些批判里,王指出了"他事说"与"自叙说"所具有的某种共同旨趣。这一点,开后世红学史研究者视自叙为索隐一家之先河。

在胡适的《红楼梦考证》发表之后不久,这种质疑之声开始出现了。1925 年,即胡适《红楼梦考证》发表后的第四年,黄乃秋发表了《评胡适红楼梦考证》。文中尖锐地抨击了胡适在与索隐派论战时

❶ 张积中:《题〈红楼梦〉后》,《白石山房文钞》,第 71—76 页,严薇青、方宝川编撰:《太谷学派遗书》第二辑(一),江苏广陵古籍刻印社 1998 年版。此据万晴川《太谷学派与〈红楼梦〉》一文转引,见《红楼梦学刊》2007 年第 3 辑。

❷ 陈辽认为"该文第一次提出了《红楼梦》'自传说'",见陈氏《近代一篇罕为人知的〈红楼梦〉评论》一文,载《江海学刊》1989 年第 3 期。万晴川亦主此说,并认为"对近百年后……胡适的'自传说'有所启发",见《太谷学派与〈红楼梦〉》一文。按:张积中之说,在目今所见材料中倡自叙说最早,并且形成于胡适《红楼梦考证》之前,固属事实,但由此得出结论,指张说为红学史中第一次提出"自传说"者,甚而更进一步认为对胡适"有所启发",恐怕还需要补充证据。

❸ 王国维:《〈红楼梦〉评论》,此据姚淦铭、王燕编:《王国维文集(第一卷)》,中国文史出版社 1997 年版,第 19 页。

"其所以斥人者甚是；惟其积极之论端，则犹不免武断，且似适蹈王梦阮、蔡孑民附会之覆辙" ❶，在黄看来：

> 胡君……其自身之考证，顾仍未能出此种谜学范围……其以不相干的零碎史事来附会《红楼梦》的情节，与上三派如出一辙；所不同者，三派以清世祖董鄂妃等，胤礽朱竹垞等，暨纳兰成德等相附会，而胡君以曹雪芹曹家李家等相附会耳。❷

1928年，怡墅发表《各家关于红楼梦之解释的比较和批评》，在这篇文章里，怡墅将胡适的自叙说与王梦阮、沈瓶庵的"为清世祖与董鄂妃而作"说，蔡元培的"清康熙朝的政治小说"说和陈康祺的"纳兰成德的家事记"并列，同斥为"红学猜谜家"的"捕风捉影"，在经过详细的比较和分析后，最后总结道：

> 胡适之先生在他的《红楼梦考证》里谓蔡说（蔡孑民先生的《石头记索隐》）为附会的红学，谓之为"走错了道路"，谓之为"大笨伯""笨谜"，谓之为"很牵强的附会"，我看胡先生也不免是"五十步笑百步"！因为不"牵强附会"，那里能考证出一部非"历史小说"的小说呢？胡先生又说"我现在忠告诸位爱读《红楼梦》的人：'我们若想真正了解《红楼梦》，必须打破这种牵强附会的《红楼》谜学！'"（《胡适文存》三卷二〇〇页）胡先生自以为是他的《红楼梦考证》是千真万确的，如照相版没走样子的一般，其实那里有这回事！

---

❶ 黄乃秋：《评胡适红楼梦考证》，原载《学衡》第三十八期，1925年2月版。此处转引自吕启祥、林东海主编：《红楼梦研究稀见资料汇编》，人民文学出版社2001年版，第130页。

❷ 《红楼梦研究稀见资料汇编》，第132页。按：黄乃秋此文，欧阳健等认为"是'旧红学'圈子以外的学者对胡适进行公开批评的第一人。此事意味着：胡适的红学研究模式虽然激起强烈的反响，但并未获得'定于一尊'的地位"。见欧阳健、曲沐、吴国柱著：《红学百年风云录》，浙江古籍出版社1999年版，第110页。

我现在忠告诸位爱读《红楼梦》的人:我们若想真正了解《红楼梦》,必须去读《红楼梦》,从《红楼梦》里去了解《红楼梦》,必须打破各种《红楼梦》考证的论调;王梦阮、沈瓶庵合著的《红楼梦索隐》固不必读,蔡孑民的《石头记索隐》,亦不必读,胡适之的洋洋数万言的《红楼梦考证》也一样是不必读! 要了解《红楼梦》只有一条路:就是去读《红楼梦》! ❶

怡墅将胡适的《红楼梦考证》与当时比较流行的三种索隐之说通称为"各种《红楼梦》考证的论调",与此相映成趣的是,王沨于1935年发表《关于红楼梦》一文,将胡适的自叙传说与三种索隐之说一同放入"关于《红楼梦》索隐的探讨"一节来探讨 ❷。

如果说黄乃秋、怡墅等人的这种质疑之声在民国时尚应和者寡 ❸,那么,到了1954年,指自叙说之实质为索隐的批判之声突然大了起来。如《文艺报》1954年第23、第24期,发表的蔡仪《胡适思想的反动本质和它在文艺界的流毒》一文称:

"旧红学派"的"索隐",以某一历史事实来附会《红楼梦》的内容,固然是错误的。但是胡适考证的结果,认为"贾政即是曹𫖯,因此,贾宝玉即是曹雪芹,即是曹𫖯之子";"红楼梦只是老老实实的描写

---

❶ 怡墅:《各家关于红楼梦之解释的比较和批评》,原载天津《南开双周》第二卷第三期,1928年10月29日版。此据《红楼梦研究稀见资料汇编》转引,见该书第280页。

❷ 王沨:《关于红楼梦》,原载上海《沪江附中季刊》创刊号,1935年6月。收入《红楼梦研究稀见资料汇编》,第578–584页。

❸ 白衣香1938年9月1日发表于天津《民治月刊》第二十四期的《红楼梦问题总检讨》一文中,将胡适《红楼梦考证》中提出的"曹雪芹自传说"与"影射当时名伶说""叙金陵张侯家事说""纪明珠家事说"等并列为《红楼梦》的十大"本事"说。与此相似的是读云于1940年12月发表于北平《新光杂志》第一卷第九期的《红学杂记》一文中,将胡适的自叙传说与明珠家事说等并列在对《红楼梦》的种种"猜测"和"考证其背景"里。分别见《红楼梦研究稀见资料汇编》,第714–717,754–756页。

（曹家）这一个'坐吃山空''树倒猢狲散'的自然趋势"，只是照样地描写了曹家的盛衰。这不是同样以某一历史事实附会《红楼梦》的内容，不是和"旧红学家"同样错误吗？ ❶

李希凡、蓝翎、胡念贻等人则将胡适的自叙传说称为"新索隐派"。如李希凡、蓝翎于 1954 年 10 月 10 日《光明日报》"文学遗产"栏目发表的《评〈红楼梦研究〉》一文称：

> 俞平伯先生这样评价红楼梦也许和胡适的目的不同，但其效果却是一致的。即都是否认红楼梦是一部伟大的现实主义杰作，否认红楼梦所反映的是典型的社会的人的悲剧，进而肯定红楼梦是个别家庭和个别的人的悲剧，把红楼梦歪曲成为一部自然主义的写生的作品。这就是新索隐派所企图达到的共同目标。《红楼梦研究》就是这种新索隐派的典型代表作品。 ❷

胡念贻《评近年来关于红楼梦研究中的错误观点》一文在批判吴恩裕时称：

> 他发表在《新观察》一九五四年第十七期的《曹雪芹生平二三事》文中的"新妇·孤儿"一条里，考证敦诚《挽曹雪芹》诗里的新妇是"史湘云"……他这一段文字也是沿袭了《红楼梦》是曹雪芹自传的说法，拿曹雪芹来和书中的人物牵合，曹雪芹的新妇是史湘云，这正是新索隐派所乐谈的。 ❸

---

❶ 转引自《红学百年风云录》，第 189 页。

❷ 作家出版社编辑部编：《红楼梦问题讨论集（一集）》，作家出版社 1955 年版，第 80 页。

❸ 胡念贻：《评近年来关于红楼梦研究中的错误观点》，原载《人民文学》1954 年第 12 月号，收入《红楼梦问题讨论集（二集）》（作家出版社 1955 年版），引文见该书第 233 页。

1978 年后，随着中国思想文化界渐渐走上正轨，学术研究走上正轨，此后陆续发出的质疑之声引起了人们的充分关注。

韩进廉在 1981 年出版的《红学史稿》中，在评述蔡、胡论战时称："胡适尽管对索隐之道给予尖刻的批评，但就其实质而言，胡适也是个索隐派……"❶ 这种说法的依据何在，韩著没有在上引论断后直接给出。但是，评述胡适《红楼梦考证》一节中的一段论述，可以看作对这一问题的回答：

胡适在论述《红楼梦》的社会意义时，即在对《红楼梦》进行了一番考证之后，得出的结论说：

我们看了这些材料，大概可以明白《红楼梦》这部书是曹雪芹的自叙传了。

曹雪芹即是《红楼梦》开端时那个深自忏悔的"我"！即是书里的甄贾（真假）两个宝玉的底本！

书中的贾府与甄府都只是曹雪芹家的影子。

显然，这是他先主观主义地"假设"《红楼梦》是曹雪芹的"自叙传"，然后再罗列材料去"求证"：用小说开端时的"作者自云"来附会曹雪芹的生平遭遇，用"石头自云"来附会作者是石头，用凤姐说王家接驾南巡来附会曹家接驾南巡，用贾宝玉的历史来附会曹雪芹的历史，于是得出了"曹雪芹＝贾宝玉＝石头"的结论。这种"对号入座"式的简单求证，把《红楼梦》剪裁成符合"自叙传"说的鸡零狗碎的证据，是典型的主观唯心主义在文学批评上的表现。❷

---

❶《红学史稿》，第 148 页。

❷《红学史稿》，第 234–235 页。

此后，这种声音在红学史论述中反复出现。兹举数例——

1990 年，杨烽发表于《江汉论坛》第 4 期的《试谈"红学"的迷误》一文称：

不难看出，索隐与考证两派的区别仅仅在于《红楼梦》究竟是写谁这点上，而两派的共同点则是：都认为《红楼梦》是一种对真人真事的描述。这种观点违反了文学的典型规律，抹杀了艺术的典型概括和典型塑造，因而这不是对《红楼梦》的正确解释。

1997 年，梅节发表于《红楼梦学刊》第 4 辑的《说"龙门红学"——关于现代红学的断想》一文称：

胡适强调作品的写实性时，混淆了文学与历史的界限，把《红楼梦》看成是曹雪芹家史，"贾宝玉即是曹雪芹"。严格说，胡适的新红学并没有摆脱索隐派的影响，他只是以不那么笨拙的"红楼梦谜学"，代替"牵强附会的红楼梦谜学"，以索"曹寅家事"代替索"明珠家事""张勇家事""傅恒家事""和珅家事"。所以最近有学者指出，胡适是标准的"新索隐派"。

2004 年，赵建忠发表于《红楼梦学刊》第 3 辑的《红学流派批评史的建构设想》一文称：

从本质上讲，考证也是一种索隐，区别仅是它将曹家人物代替了清史人物对《红楼梦》的附会而已。

2007 年，应必诚发表于《沈阳工程学院学报（社会科学版）》第 3 卷第 3 期的《红学三题议——〈红学何为〉序》称：

无论是索隐派，还是考证派的形形色色的自传说，他们对曹雪芹所创造的艺术形象和艺术世界都不感兴趣，他们主张曹雪芹描写艺术形象是假，实际描写的是清世祖和董鄂妃的故事，或是仕清名士的故事，或是曹雪芹的自传，曹家的故事，如此等等。其共同的特点是撇开曹雪芹的艺术创造，撇开曹雪芹在《红楼梦》中创造的艺术形象和艺术世界，去建构另一个故事，从中去探索与《红楼梦》无关的新故事的内容和意义。

顾友泽 2005 年发表于《苏州教育学院学报》第 22 卷第 3 期的《对红学索隐派研究方法的再思考》一文，对"自传说本质上也是索隐方法的运用"这一观点展开了详细论证：

自从胡适提出《红楼梦》"自传说"后，就有学者把"自传说"作为考证派的代名词，"自传说"是否是建立在考证的基础上的，这个问题很值得研究。胡适的"自传说"结论是这样提出的："我们看了这些自白，大概可以明白《红楼梦》这本书是曹雪芹的自传了。"而我们知道，关于曹雪芹本人的材料，迄今为止，也不过仅数百字。以这仅有的数百字去推断《红楼梦》是曹雪芹的自传，似有武断之嫌。胡适根据《红楼梦》第一回中"作者自云"推断"这是何等明白！《红楼梦》明明是一部'将真事隐去'的自叙书。若作者是曹雪芹，那么曹雪芹即是《红楼梦》开编时那个深自忏悔的'我'，即是书里的甄贾（真假）两个宝玉的底本！懂得了这个道理，便知书中的贾府与甄府都是曹雪芹家的影子。"同样，这里的考证成分少，而猜测成分多，与考证派的作法显然是有出入的。再看胡适在这个问题上作出的考证，他将《红楼梦》的某些情节内证与历史上的曹家进行一番类比推理，得出结论：《红楼梦》只是老老实实的描写这个'坐吃山空''树倒猢狲散'的自然趋势。因为如此，所以《红楼梦》是一部自然主义的杰作。"

　　胡适"自传说"的立论是建立在考证的基础之上的，但他的证据显然不足。何以《红楼梦》中的某些情节与历史上的曹家有相似之处，就说明《红楼梦》一定写的是曹家。如果按照胡适的逻辑，索隐派中"明珠家事说"中的明珠一家的荣枯与贾府的遭遇亦有相似之处，而且纳兰性德的性情才情与贾宝玉更有可比之处，"自传说"当为传纳兰性德才对。其他几家索隐派，同样也都是从《红楼梦》小说情节内证与索隐对象之间找出相关合之处。

　　由此可见，"自传说"虽然以考证为出发点，但它得出结论时，使用的推断方式却与索隐派无异，都是以小说中的某些情节、人物、姓名等与历史、生活中的事实有些关联，从而进行推测，也即当胡适的考证没有得到充分的材料之前，他力图得到某一结论，所使用的正是他所反对的索隐派的方法。可以说，胡适的"自传说"，从本质上讲，依然是索隐派方法的运用。

　　这段论述，正与二十四年前韩进廉对"胡适也是个索隐派……"的批判遥相呼应。

　　更为耐人寻味的是，这一质疑之声，在"新红学"发轫之初，在其阵营内部，即已出现。1925 年 2 月，几乎就在黄乃秋于《学衡》发表《评胡适红楼梦考证》一文的同时，俞平伯在《现代评论》上发表了《〈红楼梦辨〉的修正》一文，文中道：

　　若说贾即是曹，宝玉即是雪芹，黛为某，钗为某……则大类"高山滚鼓"之谈矣。这何以异于影射？何以异于猜笨谜？试想一想，何以说宝玉影射允礽，顺治帝即为笨伯，而说宝玉为作者自影则非笨伯？❶

------

❶　俞平伯：《俞平伯论红楼梦》，上海古籍出版社 1988 年版，第 345 页。

约一个甲子后，在 1978 年撰成、1986 年发表的《索隐与自传说闲评》一文中，俞平伯又重申此说：

> 索隐、自传殊途，其视本书为历史资料则正相同，只蔡视同政治的野史，胡看作一姓家乘耳。❶

俞平伯发表《索隐与自传说闲评》约十年后，周汝昌发表了那篇总结 20 世纪红学、耸动一时的《还"红学"以学》一文，此文开篇首论"所谓'旧红学'与'新红学'"，称：

> "红学"本来无所谓新旧之分，今世俗论则以"五四"以前、蔡元培为代表的学派为"旧"的，而以胡适为代表的为"新"的。旧的也称"索隐派"，新的又呼"考证派"。索隐的结果，由"顺治、董妃"说发展为"顺、康、雍三朝政治说"，考证的结论则是"自（叙）传说"。
>
> …………
>
> 今日之人，已然被那些评论者们弄得不甚了然，以为胡适批驳批倒蔡元培，是一场水火冰炭的大"斗争"，双方各执一词，"势不两立"。实际的事情的"本质"，并非如此——他们是"一丘之貉"：都是在研索《石头记》这部小说的"本事"，并无根本的分歧——分歧只是蔡先生认为曹雪芹是写别人，而胡先生则主张曹雪芹是写"自己"。如此而已。❷

被胡适称为"可以算是我的一个好'徒弟'"、被红学史家称为

---

❶ 《俞平伯论红楼梦》，第 1143 页。

❷ 周汝昌：《还"红学"以学》，载《北京大学学报》1995 年第 4 期。

"考证派红学集大成者"的周汝昌❶，发表这种"一丘之貉"说，自是非同小可，也使问题变得格外严峻起来。

上述诸说之外，如果愿意罗列类似的说法，还可以继续罗列下去。比如，香港的李知其称"自叙传"说源自清代读者的一项索隐，即袁枚的曹家本事说❷。台湾的高阳称："《红楼梦》的内容，历来分为索隐、自传两派，壁垒分明。其实既为索隐，亦为自传。"❸学者余国藩，也在《论〈红楼梦〉》一文中说道："胡适对《红楼梦》的传记性强调也产生了一些讽刺性的后果，盖全神所求小说外缘的现象，也不过换汤不换药，把清宫秘辛或恢复汉家天下的说法都附会成'曹氏一族'的故事罢了。"❹……不过，材料梳理还是到此为止吧，现在让我们回到问题本身。

视自叙、索隐为一家，如果从王国维发表《〈红楼梦〉评论》的时日（1904 年）算起❺，迄今已过百年。从黄乃秋发表《评胡适红楼梦考证》、俞平伯发表《〈红楼梦辨〉的修正》时日（1925 年）算起，迄今也有八十余年。可以说，自胡适发表《红楼梦考证》、新红学诞生之日起，这个问题就一直尾随着新红学的自叙传说。而这并不是一个无关紧要的小问题，它牵一发而动全身，关乎整个红学史格局的构建。如果完全接受或不能回应上述种种说法，那么，我们的红学史就应完全重写，自然，本文下一步要展开的"索隐派红学发展史述略"

---

❶ 胡适："汝昌的书，有许多可批评的地方，但他的功力真可佩服。可以算是我的一个好'徒弟'。"见《答高阳书》，《胡适红楼梦研究论述全编》，第 277 页。称周汝昌"考证派红学集大成者"，见刘梦溪《红楼梦与百年中国》第四章"考证派红学的中坚、集大成者不是俞平伯，而是周汝昌"，见该书第 104 页。

❷ 陈维昭：《红学通史》，第 639 页。

❸ 高阳：《高阳杂文》，文汇出版社 2003 年版，第 107 页。

❹ 余国藩著、李奭学编译：《〈红楼梦〉、〈西游记〉与其他：余国藩论学文选》，三联书店 2006 年版，第 17 页。

❺ 王国维《〈红楼梦〉评论》，1904 年连载于《教育世界》杂志第 8、9、10、12、13 期，次年收入《静庵文集》。

部分，也要为胡适、周汝昌、吴恩裕等辟出专节来。但现代红学的格局真的应该如此来构建吗？

四、"问题"与"方法"

胡适大概是不会认同别人将他划入索隐派的，蔡元培等人的索隐派研红路数，在他眼里就是"猜笨谜"。尽管早在1925年，俞平伯即已在《〈红楼梦辨〉的修正》一文中对此表示怀疑："我们说人家猜笨谜；但我们自己做的即非谜，亦类乎谜，不过换个底面罢了。至于谁笨谁不笨，有谁知道呢？"❶ 不过，俞平伯的这一意见似乎并没有对胡适产生什么影响，胡适此后与人论红，仍时不时地将"猜笨谜"三字祭出，比如，在评论潘重规的研红之论时，在对高阳的批评里 ❷。

胡适指别人为猜"笨谜"，而自己不在其列，自有其理由。这

---

❶ 《俞平伯论红楼梦》，第343页。

❷ 胡适《对潘夏先生论〈红楼梦〉的一封信（与臧启芳书）》："潘君的论点还是'索隐'式的看法，他的方法，还是我在三十年前'猜笨谜'的方法。"；《与高阳书》："你在《畅流》上的文章……其实还是'猜谜的文学批评'。……你解释'一从二令三人木'，固然是猜笨谜；你解释'终身误''枉凝眉'曲子，也走上猜谜的路了。"见《胡适红楼梦研究论述全编》，第222，290—291页。《对潘夏先生论〈红楼梦〉的一封信（与臧启芳书）》中"还是我在三十年前'猜笨谜'的方法"一语，宋广波编注《胡适红学资料全编》（北京图书馆出版社2005年版）收录此信，文字亦如此，见该书第328页，不知是否有脱漏。徐复观《敬答中文大学"红楼梦研究小组"汪立颖女士》一文，引述此句作"还是我在三十年前称为'猜笨谜'的方法"，见潘重规《红学六十年》（三民书局股份有限公司1991年版），第239页，又见余英时、周策纵、周汝昌等《四海红楼》（作家出版社2006年版），第333页。据徐文，因论战之需，香港中文大学"红楼梦研究小组"成员汪立颖女士向徐复观提供了《反攻》半月刊的影印件，这其中就包括胡适的这封信。因此，徐氏所引或有所本？即使原文确为"还是我在三十年前'猜笨谜'的方法"，仍不妨仿徐复观氏解作"还是我三十年前批驳过的'猜笨谜'的方法"。如此解法除以红学史实为佐证外，还缘于这样一个简单事实，即日常书信，原不必过于讲求文法，往往只求意会便可。即以胡适此信为例，后文亦有"决不被希望多写一封信可以使某人心服的""我在当年，就感觉蔡孑民先生的雅量，终不肯完全抛弃他的索隐式的红学"，这类于文法上较为随意的句子。当然，胡适原文究竟如何，还应目验原件来确定，这里姑据上述两点理由，略作变通解说。

个理由，就是《红楼梦考证》结语所标榜的"科学方法的《红楼梦》研究"：

> 以上是我对于《红楼梦》的"著者"和"本子"两个问题的答案。我觉得我们做《红楼梦》的考证，只能在这两个问题上着手；只能运用我们力所能搜集的材料，参考互证，然后抽出一些比较的最近情理的结论。这是考证学的方法。我在这篇文章里，处处想撇开一切先人的成见；处处存一个搜求证据的目的；处处尊重证据，让证据做向导，引我到相当的结论上去。我的许多结论也许有错误的——自从我第一次发表这篇《考证》以来，我已经改正了无数大错误了——也许有将来发见新证据后即须改正的。但我自信：这种考证的方法，除了《董小宛考》之外，是向来研究《红楼梦》的人不曾用过的。我希望我这一点小贡献，能引起大家研究《红楼梦》的兴趣，能把将来的《红楼梦》研究引上正当的轨道去：打破从前种种穿凿附会的"红学"，创造科学方法的《红楼梦》研究！❶

这段结语，有两个要点，一曰"问题"，二曰"方法"。"问题"即"著者"和"本子"，胡适认为这属于考证的正当范围，是他的《红楼梦考证》与蔡元培《石头记索隐》"猜笨谜"一个重要差别。胡适的这种看法，放在与蔡元培论战的当时没错，正是靠着对"著者"和"本子"的周密考证，胡适方能予蔡元培等人的索隐体系以沉重打击。但也正因此，此后的"猜笨谜"一派，也越来越多地"在这两个问题上着手"起来。尤其是著者问题，可以说是自叙传说与他传说两派兵家必争之地，它的意义，正如有研究者所概括的那样：

> 关于《红楼梦》的著作权问题，实质上并不是一个现代意义上的

---

❶ 《胡适红楼梦研究论述全编》，第118页。

"著作权"问题，而是包含着非常丰富的文化信息的问题。它讨论的不是《红楼梦》这部书最终的著作权的归属问题，而是《红楼梦》这部书究竟是由曹雪芹原创的，还是曹雪芹对他人作品的修改、写定而成的问题。如果《红楼梦》是由曹雪芹原创的，那么史学实录意义上的"自传说"（而不是文学意义上的自传）才可以真正展开；如果《红楼梦》不是由曹雪芹原创，其原初作者又不知是谁，那么"自传说"就失去了可操作性。———这才是《红楼梦》著作权问题的真正症结所在。❶

可以说，著者问题是"新红学"自叙传说的根基所在。如果《红楼梦》的作者确如王梦阮所推测的那样，"底本当又是冒辟疆所为"❷，胡适的雪芹自叙传说自然不必谈起；反过来，如果胡适对曹雪芹《红楼梦》作者身份的确认及相关家世的考订完全成立，那么这样一个家庭出身的落魄公子，是否会有反清复明之大义，就是件极可怀疑的事。因此，《红楼梦》的著者问题绝不仅仅是著者问题，它会影响到对整个作品的诠释走向。这个道理，胡适明白，胡适的反对者，也明白。所以，胡适的《红楼梦考证》发表后，寿鹏飞、景梅九、潘重规、杜世杰、李知其、孔祥贤、隋邦森、土默热等一干胡适的反对者，无不于此问题一显身手，论证规模也愈趋宏大❸，温云英的索隐之作，干脆就叫《红楼梦作者新证：初论〈石头记〉的作者是太子胤礽和太子妃石氏等》❹。

---

❶ 陈维昭：《"自传说"与本事注经模式》，载《红楼梦学刊》2003 年第 4 辑。

❷ 王梦阮、沈瓶庵于《红楼梦》第一回"欲将以往所赖天恩祖德……自护己短，一并使其泯灭也"句下"索隐"。见张国星等编：《红楼梦与顺治皇帝的爱情故事》，辽宁古籍出版社 1997 年版，第 3 页。

❸ 《红楼梦》作者的身份及其超强的诠释功能，以及新红学的作者说提出后寿鹏飞、景梅九、潘重规、杜世杰、李知其等人的应对策略，对此问题的细致分析见洪涛：《红楼梦与诠释方法论》（北京图书馆出版社 2008 年版），第二章。

❹ 温云英：《红楼梦作者新证：初论〈石头记〉的作者是太子胤礽和太子妃石氏等》，中山大学出版社 2003 年版。

对"本子"问题的深入研究，"猜笨谜"一派自潘重规始。1952年，潘重规在香港新亚书院中文系开设了一门"红楼梦研究"的选修课程，1966年成立了《红楼梦》研究小组，整理版本，便是小组的重要工作方向之一。潘的版本整理工作及其出发点，有研究者作了如下概括：

> 潘重规挑战胡适曹家自叙传说，诠释其明清遗民血泪意义的《红楼梦》时，除了辨识隐语、书写汉民族革命精神史外，另一项诠释重点，就是挑战胡适的版本学研究典范，企图在以版本考证为楷模的红学研究中，建立遗民典范的版本学术基础。其后，他在香港中文大学组织《红楼梦》研究小组，创刊《红楼梦》研究专刊，发刊词中明白指出，小组今后的五项研究方向是：各脂评本与程甲、程乙本的校勘，各脂评本的收集和全面校订，书中人、物、名等等的索引，各种参考数据的索隐与提要的编写，有关《红楼梦》研究问题丛书的结集。五项工作有三项，和重建作者原意、原貌的版本工作有关，并且其成果，对于他以明清遗民血泪说，挑战胡适曹家自叙传说中，作者原意、原貌的版本系统，建立遗民典范版本系统多有助益。❶

胡适的反对者们如此关注版本，是因为版本问题同样会影响到作品意义的走向。

如所谓"靖藏本"第十八回有一段批语：

> 孙策以天下为三分，众才一旅；项籍用江东之子弟，人唯八千。遂乃分裂山河，宰割天下。岂有百万义师，一朝卷甲，芟黄斩伐，如草木焉。江淮无崖岸之阻，亭壁无藩篱之固。头会箕敛者，合从缔交；

---

❶ 萧凤娴：《遗民、索隐、经学——潘重规红学的诠释视野》，载《江西社会科学》2005年第8期。

锄棘矜者，因利乘便。将非江表王气，终于三百年乎。是知并吞六合，不免〔轵〕道之灾；混一车书，无救平阳之祸。呜呼，山岳崩颓，既履危亡之运；春秋迭代，不免去故之悲。天意人事，可以凄怆伤心者矣！大族之败，必不致于如此之速；特以子孙不肖，招接匪类，不知创业之艰难。当知瞬息荣华，暂时欢乐，无异于烈火烹油，鲜花著锦，岂得久乎？戊子孟夏，读虞〔庾〕子山文集，因将数语系此，后世子孙，其毋慢忽之。

　　此批为"靖藏本"独有。有研究者认为，批语结尾处"戊子孟夏"的"戊子"，系指乾隆三十三年（1768），在雪芹死后不久，这条批语，应出自畸笏一干人之手❶。如果这种推断成立，则此批非同小可。余英时认为这段批语"很可能暗示明亡和清兴"，"可以附会明代的终结"❷。刘梦溪赞同此说，认为余的这一分析"至为警辟，完全符合畸笏此批的内容，同时也符合《红楼梦》的思想实际"❸。如果连余英时、刘梦溪这些非索隐阵营的研究者都主此说，则此批及此版本将予主张反清复明的索隐诸家强有力的支撑，自不待言。但问题是，所谓"靖藏本"始终未能公诸于世，究竟世间有无此本，这首先就是红学史上的一桩公案❹，如果此本像有的研究者认为的那样竟属子虚乌有，全部靖批竟属伪造，倚赖它来支撑反清复明之说自然全部落空。

　　也正因版本问题如此重要，后起的索隐家们在论证自己的观点时，几乎人人都要谈上几句版本异文。如《红楼梦》第五十二回，有

---

❶　《红楼梦与百年中国》，第 393 页。

❷　余英时：《关于红楼梦的作者和思想问题》，收入余氏：《〈红楼梦〉的两个世界》，上海社会科学出版社 2006 年版。"很可能暗示明亡和清兴"，"可以附会明代的终结"，语见该书第 144 页。

❸　《红楼梦与百年中国》，第 298 页。

❹　关于靖藏本的论争综述，可参阅陈维昭：《红学通史》（上海人民出版社 2005 年版），第三编第六章第七节，第四编第十二章第六节，分别见该书第 397–399，720–723 页。

薛宝琴记下的真真国女儿诗，该诗最后一联，无论是脂本还是程本，多作"汉南春历历，焉得不关心"，而戚序本此句则作"满南春历历，焉得不关心"。这不同版本间的"满""汉"异文，给了索隐家孔祥贤绝好的发挥空间，在孔看来，戚本更"汉"为"满"，"其实正是指出隐真的机关，使读者可以由此入门作深入的探索"。"戚本把'汉南'改为'满南'，这是不通的，但由此可知，'汉'在这里指的是民族，而不是地域或河流。"在孔祥贤的索隐体系里，真真国女子是作者曹頫自况，所以"真真国女儿的诗实际上是曹頫的反清宣言"。❶借助版本异文，来为自己的观点寻找支撑，这已成为李知其、霍国玲、郭卫、孔祥贤、陈林等后起索隐家区别于当年的蔡元培、王梦阮、邓狂言等前辈的一大特征，后起的索隐家们，最低程度，也会比较程高本与脂本异同。

这样一来，"著者"与"版本"，渐成为"科学的考证"与"猜笨谜"两派共同关注的话题，两派有了共同的问题意识。因此，胡适当年《红楼梦考证》于"问题"之外留下的"方法"，重要性遂凸显出来。三十年后，胡适在回顾当年的《红楼梦》考证时，再次强调了他的"考证学的方法"：

> 所以我在《红楼梦》考证文章的结论上说，我的工作就是用现代的历史考证法，来处理这一部伟大小说。我同时也指出这个"考证法"并非舶来品。它原是传统学习者们所习用的，这便叫做"考证学的方法"。这一方法事实上包括下列诸步骤：避免先入为主的成见；寻找证据；让证据引导我们走向一个自然的，合乎逻辑的结论。❷

也许，这就是胡适对黄乃秋等人的批评以及俞平伯的自省保持沉

---

❶ 孔祥贤：《红楼梦的破译（再论）》，中国文史出版社 2003 年版，第 93，96，92 页。

❷ 唐德刚译：《胡适口述自传》，华文出版社 1992 年版，第 270 页。

默的理由。在信仰科学主义的胡适看来，他的科学方法，和蔡元培等人的"猜笨谜"，差别如此明显，高下相去如此悬殊，既然双方在科学与否这一大是大非的根本性问题上有本质的差异，其他的表面相似，如都是在索解本事，又何足道哉？

胡适这种将科学与否作为考证与索隐之分野的理路，被后来的一些红学史家继承下来。比如，有人是这样描述"科学的考证"与"索隐的方法"两者间的区别的：

首先，科学的考证所提出的考证题目，不是考证家头脑里凭空设想的产物，一般地说是具有一定的现实性的；而索隐派提出的题目，则往往是索隐家头脑里的某种主观的意念，因而往往脱离实际，甚至是虚幻的。其次，科学考证过程中，考证家是尊重事实，并且遵循逻辑思维的规律，是实事求是的；而索隐家在索隐过程中却不尊重事实，或宰割、歪曲事实，并且无视逻辑思维规律的约束，是主观随意的。最后，科学的考证，由于它上述两个前提是正确的，因而有可能考证出合乎实际的结论，使人明白事物的真相，由不知到知，由少知到多知，对人们是有益的；而索隐派的索隐，则由于它上述两个前提是错误的，因而"索"出来的结论是虚幻的荒谬的，它不但不能帮助人们明白事物的真相，反而把人们的思想认识搞糊涂了，对人们是有害的。❶

这一大段批判的要点，恰好可以用前引胡适的三句话来概括，即"避免先入为主的成见；寻找证据；让证据引导我们走向一个自然的，合乎逻辑的结论"。只是和胡适的提法相比，这样的批判夹杂了太多

---

❶ 郭豫适：《论红学的考证、索隐及其他》，载《文艺理论研究》1982年第4期。收入郭氏《拟曹雪芹"答客问"——论红学索隐派的研究方法》(华东师范大学出版社2006年版)，此处引文见该书第183页。

学理层面以外的内容，正是这类内容，反而使批判的有效性变得可疑起来。如说"科学的考证所提出的考证题目，不是考证家头脑里凭空设想的产物"自然不错，但难道索隐派提出的题目就是"凭空设想的产物"？如蔡元培撰《石头记索隐》，于第六版自序里自承"余之为此索隐也，实为《郎潜二笔》中徐柳泉之说引起"❶，不知这算不算"凭空设想"？至于说"索隐派提出的题目，则往往是索隐家头脑里的某种主观的意念"，那么谁的见解又是完全没有主观成分的纯客观之见呢？其实索隐派的所谓"主观的意念"，也同样是在阅读《红楼梦》的过程中产生的，只是因各种原因，比如某种特殊的期待视野，在阅读到文本某一局部时形成了影射判断，这一判断又进而影响到继续阅读的走向，最终乃于文中处处求影射。这样来描述是否更合理一些？至于说"索隐家在索隐过程中却不尊重事实，或宰割、歪曲事实，并且无视逻辑思维规律的约束，是主观随意的"，"宰割""歪曲""无视"云云，其实皆非学理问题，而是学风问题，而学风如何是因人而异的，"科学的考证"一派在具体操作中未必就没人"宰割""歪曲""无视"，"主观的索隐"也未必人人有意如此。将这些词引入描述，实际上等于在胡适的"方法"之外又添加了一个"学风"作为划派标准，而据学风问题来划分学术流派，这无论如何不是一个恰当的做法。最后，"索隐派的索隐，则由于它上述两个前提是错误的，因而'索'出来的结论是虚幻的荒谬的，它不但不能帮助人们明白事物的真相，反而把人们的思想认识搞糊涂了，对人们是有害的"，这个论断下得也绝对了些。此处仅举一例，比如蔡元培在没有见到脂批本的情况下，在《石头记索隐》中就曾索出"元妃省亲似影清圣祖之南巡"，不知这个结论是否虚幻、荒谬？

　　因此，剔除学风方面的指责后，剩下的内容其实又回到了胡适的批判起点："避免先入为主的成见；寻找证据；让证据引导我们走向一

---

❶ 《胡适红楼梦研究论述全编》，第142页。

个自然的，合乎逻辑的结论。"但仔细推敲起来，这些话也同样可疑："避免先入为主的成见"固属应当，但由谁来判断持论者是不是具有先入为主的成见？❶ 至于说"寻找证据"，被目为索隐派的诸家从来就不缺证据。最后，"让证据引导我们走向一个自然的，合乎逻辑的结论"，但"自然"与否全在个人观感，"合乎逻辑"虽稍可辨识，但逻辑问题更多的是个人素养问题，而索隐家与考证派之分歧，有时并非逻辑能力高下所导致，而是演绎推理的前提不同所致。

更加棘手的是，有越来越多的人主张索隐也是一种考证。

譬如，余英时《近代红学的发展与红学革命——一个学术史的分析》一文认为胡适指蔡元培的研究为"猜谜"并不公允，认为蔡元培标举的推求书中人物和清初历史人物之关系的三种方法，"广义地说，这也是历史的考证"❷。刘梦溪也认为，"广义地说，索隐也是一种考证，考证也是一种索隐"❸。

"新红学"阵营里也有这种声音。俞平伯在 1930 年为赵君甫《红楼梦讨论集》所做的序中即称，"谓考证之红学为索隐之一派可也"❹。周汝昌则在 2005 年出版的《和贾宝玉对话》一书中，模拟出如下一段对话：

> 周：玉公，您对"红学"的两大派，认为哪派是对的，索隐还是考证？
>
> 贾：我不认为哪派对，哪派不对，本无两派之说。索隐即是考证，

---

❶　譬如，在 20 世纪 50 年代有大批研究者撰文，痛斥胡适自叙传说的"先入为主""主观主义"。见作家出版社编辑部编：《红楼梦问题讨论集（一集）》（作家出版社 1955 年版），《红楼梦问题讨论集（二集）》（作家出版社 1955 年版），《红楼梦问题讨论集（三集）》（作家出版社 1955 年版），《红楼梦问题讨论集（四集）》（作家出版社 1955 年版）。

❷　《〈红楼梦〉的两个世界》，第 6 页。

❸　《红楼梦与百年中国》，第 295，314 页。

❹　俞平伯《〈红楼梦讨论集〉序》，收入《俞平伯论红楼梦》。"谓考证之红学为索隐之一派可也"，语见该书第 361 页。

考证也是索隐。索隐最古，太史公的《史记》就有了索隐，何况《石头记》？

　　周：有人说，考证派近来也走入索隐之歧途了。您觉得这话对吗？

　　贾：那是只听名词，不问本质。而且念头也不清。索隐本身并不是什么歧途，是猜谜的方法错了路数。考证就是改换一个合理的史学考证的方法来帮助索隐者弄清真相。❶

　　由此可见，考证、索隐同一说由来已久。对此问题在学理层面上论述得最深入的，是当代学人陈维昭。陈维昭在《考证与索隐的双向运动》一文中称：

　　在中国传统的治学方法中，考证是与义理、辞章相对立的一种研究方法。考证包括对文物、典章、制度的考证，也包括对史书、文学作品的内容与其"本事"（原本事件）的关系的考证。古文经学方法是一种考证方法，今文经学方法同样是一种考证方法。对历史材料进行归纳的方法属于考证方法，对历史材料进行演绎的方法也属于考证方法。今天红学界所习称的"考证方法""索隐方法"实质上都属于考证方法。也即是说，今天红学界所谓的"考证派红学"与"索隐派红学"在学术渊源上是同源的，它们源自相同的中华学术传统。——这是我们讨论红学史、红学方法诸问题时首先必须明确的。❷

　　接下来，该文分"索隐以考证为起点""考证中的推理与索隐""考证与索隐的双向运动"三大节全面展开论述，雄辩地证明了"考证"与"索隐"的密不可分。数年后，陈维昭在《"自传说"与本事注经》一文中再次申说此观点：

---

❶　周汝昌：《和贾宝玉对话》，作家出版社 2005 年版，第 224 页。

❷　《红楼梦学刊》1998 年第 4 辑，第 183–184 页。

在传统的学术方法中，考证是文献研究的一种重要方法。考证包括对文献的文字学、音韵学、训诂学方面的研究，这些小学方法可以运用于字义疏证、文物典章制度的考证，也可以用于对文本的历史本事（本来事件）的考证。本事考证也就是索隐。索隐是考证方法中的一种。❶

最后得出的结论是：

红学史上一切的他传说与自传说（史学实录意义上）都是在从事"本事考证"工作，也都是一种索隐红学。❷

至此，借语义转换手段、推求之本事、关注之问题、论证之方法来将以蔡元培为代表的索隐红学一脉与胡适开创的新红学一脉识别开来的努力尽告失败。辨识索隐派之路，似乎已走到山穷水尽。那么，出路何在？

五、以意逆志与影射机制

现在不妨暂停对索隐红学本质特征的追索，回顾一下红学史家们对红学流派的种种划分。对红学流派的划分，历来有各种各样的说法。

这方面比较早的文献是习之的《红学之派别》一文，发表于1948年6月14日的北平《新民报日刊》，该文将红学分为十派：历史影射派，考据派，哲理派，心理派，统计派，西洋文物考证派，医学派，

---

❶ 《红楼梦学刊》2003年第4辑，第14–15页。
❷ 《红楼梦学刊》2003年第4辑，第15页。

竹头木屑派，旧学派，时代模拟派。❶

1974 年，余英时发表的《近代红学的发展与红学革命——一个学术史的分析》一文中，借用库恩的"典范"说来批判"近代"（从晚清算起）红学发展史时，提出了"索隐派""自传说""斗争论"，以及"把红学研究的重心放在《红楼梦》这部小说的创造意图和内在结构的有机关系上"的"新典范"。❷

1979 年，唐德刚在译《胡适口述自传》时，在一条长注中，将"近六十年来的'红学家'"分为三大派，分别是"猜谜附会派""传记考证派""文学批评派"。❸

郭豫适的《红楼研究小史稿》（1980 年）、《红楼研究小史续稿》（1981 年）中则有"杂评家""评点派""索隐派""新红学"等名目。韩进廉的《红学史稿》（1981 年）有"'旧红学'的评点和索隐""题咏派""新红学""十七年的红学"等划分。白盾的《红楼梦研究史论》（1997 年）则有"评点派""索隐学派"等提法。杜景华的《红学风雨》（2002 年）则分出"评点派""红学索隐派""胡适和他的考证红学""批判红学""政治红学"等名目。胡文彬则将 20 世纪的"百年红学"分为"旧红学索隐派"和"新红学"，后者又分为批评派，肇始于王国维，还有考证派，始于胡适❹。林同华则主张将红学分为"美学批评学""文学心理学""史学索隐学""文学考证学"❺。

最流行的分法，大概应算是"考证派""索隐派""小说批评派"这种三分法，刘梦溪的《红楼梦与百年中国》一书采用的就是这种分

---

❶ 《红楼梦研究稀见资料汇编》，第 1361–1364 页。

❷ 《〈红楼梦〉的两个世界》，第 2–31 页。

❸ 《胡适口述自传》，第 272–273 页。

❹ 胡文彬：《跨世纪的思考——写在 20 世纪"百年红学"的扉页上》，载《红楼梦学刊》2003 年第 2 辑。

❺ 林同华：《20 世纪的"红学"：解读、反思与展望（上）》，载《学术月刊》2001 年第 3 期。

法。20世纪与21世纪之交出现的一批红学百年反思的文章，也多用此说。如陈文新、余来明的《谁解其中味——评红学三派》，只是在陈、余二氏的文中，以"文本派"一称来代替"小说批评派"❶。

对于这些令人眼花缭乱的分法，孙玉明有一段很好的评论：

目前红学界对红学流派的划分是不科学的，但确实又找不到更为合理的划分办法。所谓考证派，是就其研究方法而言的。而所谓评点派，又是就其批评形式而言的。比如历来都被视为红学评点派"三大家"之一的张新之，其批评形式虽然表面看来是在评点，但其思维方式、使用方法和实质内核却是地地道道的索隐派。再如一向被列为索隐派代表性著作的《红楼梦索隐》，在形式上却又是传统的评点方式。当然，目前的分类，也是就其主要特征而言的，这是人人都能理解的。就考证派与索隐派而言，前者是指研究的方法，后者则是指研究的目的。考证派是要以历史史料为证求得一份历史的真实，索隐派则是用牵强附会的方法试图去求解隐去的历史。实际上，在红学考证派的某些论著中，也曾使用过索隐派的方法。❷

在这一段评述里，先则说"就考证派与索隐派而言，前者是指研究的方法，后者则是指研究的目的"，继则说"在红学考证派的某些论著中，也曾使用过索隐派的方法"，前后似不统一，但这一批评仍有其价值，那就是"就考证派与索隐派而言，前者是指研究的方法，后者则是指研究的目的"一语，确实道出了困扰红学研究近百年的某些问题的关键所在。

这也几乎就是本文的观点，本文对索隐红学的界定，正是立足于此。本文认为，红学史研究过程中，之所以考证和索隐两个概念纠结

---

❶ 《中南民族大学学报（人文社会科学版）》2002年第22卷第3期。

❷ 《日本红学史稿》，第240-241页。

不清，时而视为对立的范畴，时而又认为可以混一，就在于没有充分认识到，索隐和考证，其实并不是两个平行的概念：考证是一种方法，而索隐却是一种阐释旨趣。所以，不存在纯粹的"索隐方法"，却存在某种特殊的"索隐旨趣"。

索隐红学一脉的阐释旨趣，其实就在它借以命名的"索隐"二字中尽已揭出。"索"就是求索，"隐"就是作品背后隐藏的本事、本旨或其他内容。

这样说似乎并无新意，因为当年郭豫适的《红楼研究小史稿》的定义也是这样下的："所谓'索隐'，意思就是探幽索隐，即寻求小说所'隐'去的'本事'或'微义'。"

但这只是确立索隐派红学的第一步。如果只停留在这一步，我们就又会回到那个困扰了红学史近百年的问题上，即如何区分胡适的自叙传说与索隐派的他传说，因为胡适的《红楼梦考证》，结论也用到了这个"隐"字："《红楼梦》是一部隐去真事的自叙。"

因此，还需对"隐"字作进一步的辨析，即如何隐，为何隐。

确实存在不同种类的"隐"：

譬如，有的"隐"，本事是起点，作品是终点，本事的意义最后融入作品中，标准读者（the Model Reader）以作品作为审美对象即可 ❶，至于推求本事或原型，并不是必需的，不在作者期待、作者创作意图之内。这种情形的"隐"，用现代的文艺理论术语来表述，可以是"取材于……"或"以……为原型"。

但也有另一种类型的"隐"，即作品是起点，本事是终点，本事的意义是藏于作品中，标准读者当以作品为索解起点，借助各种语义转换手段，或者更准确地说，逆向操作作者的语义转换手段，推求出作者隐

---

❶ "标准读者"是和"标准作者"相对应的一个概念。如意大利符号学者昂贝多·艾柯认为："本文被创造出来的目的是产生其'标准读者'。"见艾柯等著、王宇根译：《诠释与过度诠释》，三联书店1997年版，第77页。

藏在现有文本背后的本事，只有这样，才算实现了作者的意图。这种类型的"隐"，用现代的文艺理论术语来表述，可以是"影射……"。而"索隐"，其实正是和"影射"这种类型的"隐"相对的概念。

那么，胡适的自叙传说属于哪一种"隐"呢？我们不妨看一下《红楼梦考证》中胡适自己的表述：

> 《红楼梦》明明是一部"将真事隐去"的自叙的书。若作者是曹雪芹，那么，曹雪芹即是《红楼梦》开端时那个深自忏悔的"我"！即是书里的甄贾（真假）两个宝玉的底本！懂得这个道理，便知书中的贾府与甄府都只是曹雪芹家的影子。❶

又云：

> 《红楼梦》是一部隐去真事的自叙：里面的甄、贾两宝玉，即是曹雪芹自己的化身；甄贾两府即是当日曹家的影子。❷

胡适在这里描述历史人事与作品间的关系时使用的词语有："隐去""即是""即是……的底本""即是……的影子""即是……的化身"。这些表述，确实不同于"取材于……"，它们比后者更绝对化，因此，被一些人视为违反了文学创作规律而饱受诟病。更有研究者指出，胡适的这种"自叙传说"其实并非来自文学的"自传性"，而是来自传统注经学的"实录"观念，在胡适运用实证方法对《红楼梦》的历史本事进行还原时，"表现出与索隐红学相同的旨趣"❸。对于这种说法，

---

❶ 《胡适红楼梦研究论述全编》，第 99 页。

❷ 《胡适红楼梦研究论述全编》，第 108 页。

❸ 陈维昭：《红学通史》，上海人民出版社 2005 年版，第 141–147 页。"表现出与索隐红学相同的旨趣"，语见第 144 页。

笔者并不反对，但在这里想要强调指出的是，即使如此，胡适的这些"即是""影子""化身"一类的说法，去"影射"也仍有一线之隔，"写的就是曹家"仍不等于"就是为了让读者从中读出曹家"。因此，胡适这种带有史学旨趣的"自叙传说"仍有向文学阐释这一向度回旋的余地，"写的就是……"仍有一点退到"取材于……"的回旋余地。这点回旋余地，就是自叙传说与索隐说的间隙。

胡适一生即徘徊于这道间隙内，在"自传"与"自传性小说"的两个概念间摇摆，时而推求雪芹死后留下的"飘零"的"新妇""是薛宝钗呢？还是史湘云呢？"时而陈说："其实我既然已承认隐去了真事，就必然有虚构的部分了。况且我后来也曾经指出过：大观园本不是实有其地，贾元春做皇妃并没有这个人，省亲也不是实事。《红楼梦》里自然有许多虚构的情节。"❶俞平伯则很快由"写的就是曹家"回旋到了"取材于曹家"，由"自叙传"回旋到了"自叙传"的文学，并称"书中每写到宝玉，作者每把自己的身世、性格映现出来，但却非借此影射自己"❷。

也正是由于这点回旋余地的存在，胡适的"自叙传说"及以此为核心的"新红学"，与文学批评派天然地比索隐说更具有亲和力。这也是胡适这一脉极端如周汝昌，也仍然会大谈《红楼》艺术的原因所在❸。

而索隐说则无此回旋余地。因为据索隐说之学理，作品只是一个伪装文本，只有穿透这个伪装文本去探求作者隐藏的本事或本旨，

---

❶ 胡适的这种徘徊、举棋不定，陈维昭有更细致的分析。见《红学通史》，第 159 页。

❷ 俞平伯：《〈红楼梦辨〉的修正》，收入《俞平伯论红楼梦》，"书中每写到宝玉，作者每把自己的身世、性格映现出来，但却非借此影射自己"，语见该书第 347 页。

❸ 周汝昌强调自叙传之极端，如"曹雪芹的小说原是当年表写，脂砚斋也当年表看，我这样排列的笨方法，刚好是雪芹本意的复原……而他的小说，不独人物情节是'追踪蹑迹'，连年月日也竟都是真真确确"。见周氏：《红楼梦新证》，棠棣出版社 1953 年版，第 203 页。

才算实现了作者的意图。正因如此，索隐家们几乎全都要倚赖推定作者意图来立论，如蔡元培《石头记索隐》，开篇即云："《石头记》者，清康熙朝政治小说也。作者持民族主义甚挚，书中本事在吊明之亡，揭清之失，而尤于汉族名士仕清者寓痛惜之意。"所谓"持民族主义甚挚""寓痛惜之意"，皆为对作者意图的推定。王梦阮、沈瓶庵的《红楼梦索隐》同样不免乎此，如在《红楼梦》第一回第一句"此开卷第一回也"旁，"索隐"道："开卷第一回，人人翻书便得，望目可知，作者何必津津道出此七字？初看似觉呆气，不知此七字正有百折之心，万钧之力。如演剧开场之拍板、平话开场之警木，使人心思开目一齐注射，然后作者无限感伤义蕴，乃可用影射笔墨，短简文词，一一曲为传出……"❶

有研究者注意到了索隐说的这一特点。比如，陈文新就认为：

> 包括蔡元培在内，所有的索隐家们都不承认索隐出来的内容是自己的再创作，而把这些再创作的成果"无私"地奉献给了《红楼梦》的作者曹雪芹，这就给旁人留下了批评的口实。这或许是因为"红学家"的桂冠，远比当一名普通的作者更具有诱惑力吧。❷

其实索隐家们将自己再创作的结果"无私"地奉献给曹雪芹，并非因为"红学家"的桂冠远比当一名普通的作者更具有诱惑力，而是索隐红学这一派的学理使然：离开了对作者影射意图的推定，索隐这种阐释行为的合法性何在？因此，也并非索隐家们"不承认"索隐出来的内容是自己的再创作，而是他们根本就认为自己索隐出来的内容是作者的深意所在，因此所谓的"不承认"并非因索隐家

---

❶ 《红楼梦与顺治皇帝的爱情故事》，第 1 页。

❷ 陈文新：《"红学"的历史、现状与未来——写在〈红学档案〉前面》，载《大连大学学报》2007 年第 28 卷第 4 期。

贪慕"红学家"的桂冠或胆怯，倒正是索隐家们自负天下唯一解人的表现。

也正是在如何推定作者意图这一点上，我们可以将胡适的自叙传说和霍国玲的自叙传说区别开来。霍国玲同样主张《红楼梦》是曹雪芹的自叙传，只是她索解出的自叙传是曹雪芹与林黛玉的原型竺香玉谋杀雍正的历史，在霍的"解梦"体系里，《红楼梦》是部伪装文本，文中处处暗藏着作者的影射意图，如：

> 贾蓉实际是用来隐写、隐骂清朝第五代皇帝雍正的。君不见，作者于小说中令贾蓉之妻秦可卿与公公贾珍私通，这岂不是作者巧妙地给雍正戴上了一顶绿帽子吗？作者又借焦大之口骂出："爬灰的爬灰，养小叔子的养小叔子"，不同样是借此指斥清宫的淫秽乱伦吗？❶

这种论说方式，在胡适的自叙传说里是看不到的，也正是如此论说，使霍国玲的自叙传说不同于胡适的自叙传说，因而具有了索隐特征。

所以，问题不在于是不是采用了谐音、拆字、分身、合身等语义转换手段，也不在于索解出的本事是张是曹，更不在于是不是重视"著者"和"本子"，是不是采用了"科学的方法"，而在于阐释旨趣是什么。如果认为《红楼梦》是一部伪装性的文本，作者有意借其外指——或影射某人某事，或阐说某种义理，或隐藏另一部小说、戏曲之类的文本，那么，持这种观点并逆向索解作者之隐意的就是索隐。

这也就是本文确认某人某作属索隐派红学并将其纳入考察对象

---

❶ 霍国玲、霍纪平、霍力君著：《红楼梦解梦（增订本）·第一集》，中国文学出版社 1995 年版，第 79 页。

的依据所在。因此,本文所谓的"索隐派红学"之"派",乃学理之派,如称某人某作为索隐派之作,系指该作在阐释旨趣上具有索隐特征,而非对该研究者所有研红之作的描述。此外,为了行文方便,有时我们也会省称为"索隐红学"。

（本文为孙勇进2008年博士学位论文《索隐派红学研究》第一章，略作修改）

索隐派红学史概观

现在我们来考察一下索隐派红学的发展历程。

本文认为，二百余年的索隐红学发展史，大致可以分为四个阶段，即椎轮草创期（1754—1901年）、第一个高峰期（1902—1949年）、港台及海外发展期（1949—1989年）、多元融合期（1989年至今）。

如此划分，系受陈维昭《索隐红学发展史通观》一文启发。陈氏在《索隐红学发展史通观》一文中，将索隐红学的发展史分为：（1）萌芽期（1754—1901年）；（2）第一个高峰期（1902—1949年）；（3）海外兴盛期（1949—1978年）；（4）多元时代的全面兴盛期（自1978年至今）❶。划分的依据，文中没有给出，但在陈氏随后出版的《红学通史》一书中可以找到答案。陈氏《红学通史》对整个红学的发展历程是这样来划分的：

从意义诠释领域看，《红楼梦》的批评与研究可以分为四个阶段。第一个阶段是从1754年至1901年，这一时期的红学主要是历史本事提示或考证、《红楼梦》文本的鉴赏。……

第二阶段是1902年至1949年。这是现代红学的开端。……真正开启现代红学之先声的不是胡适的《红楼梦考证》，而是梁启超发表于1902年的《论小说与群治之关系》与王国维发表于1904年的《〈红楼梦〉评论》。他们展开的美学视界与学理观念不仅是现代红学的开端，而且，在中国现代学术的建立上有着重要的贡献。……

---

❶　陈维昭：《索隐红学发展史通观》，载《海南大学学报（人文社会科学版）》2004年第22卷第3期。

第三阶段自1949年至1978年。这是马克思主义价值体系在中国确立了统治地位的时期，现实主义文艺观念成为这一时期中国的《红楼梦》批评与研究的最高标准。……

第四阶段自1978年至现在，以中国共产党十一届三中全会的召开为标志，它开启了一个思想解放运动。从红学史方面来看，它重新开启了《红楼梦》研究的多元化时代。……❶

由此可以看出，陈氏对索隐红学发展史的分期，系据其《红学通史》的分期。本文的划分，与陈氏大同小异。划分依据则如下。

第一阶段，椎轮草创期，始于1754年，截至1901年。1754年是乾隆甲戌年，将其作为索隐红学的发端，这可以说完全是接受了陈维昭的意见。陈维昭的《红学通史》即以此年为起点，理由是，脂批是一切红学的总源头，而"今天所知的作为脂砚等阅读《红楼梦》的第一份直接资料是乾隆甲戌年《脂砚斋重评石头记》的过录本。乾隆甲戌年为1754年，脂砚等人对《石头记》的阅读早于'重评'的甲戌年，但未留下任何证据"❷，故陈著的红学史描述自乾隆甲戌年开始。另外，脂批中又确实有相当数量的索隐成分，因此，将1754年作为本文考察对象索隐派红学发展史分期的起始年。

第二阶段，为索隐红学发展的第一个高峰期，始于1902年，截至1949年。将梁启超发表《论小说与群治之关系》的1902年作为索隐红学第二个发展阶段的起点，系因"梁启超等人对小说社会教化功能的大力强调，实际上成为了索隐批评的理论起点"❸，受功利主义时代风潮的影响，对古典小说进行索隐式解读的言说可称比比皆是，如

---

❶ 陈维昭：《红学通史》，上海人民出版社2005年版，第12–13页。

❷ 《红学通史》，第19页。

❸ 单正平：《晚清民族主义与文学转型》(人民出版社2006年版)，第十章"索隐：从艺术考政治的批评方法论"，第340页。

燕南尚生 1908 年发表的《水浒传命名释义》一文称：

一、水浒　水合谁，是相仿的声音（谐声），浒合许是相仿的样子（象形）。施耐庵先生，生在专制国里，俯仰社会情状，抱一肚子不平之气，想着发明公理、主张宪政，使全国统有施治权，统居于被治的一方面，平等自由，成一个永治无乱的国家，于是作了这一部大书。然而在专制国里，可就算大逆不道了。他那命名的意思，说这部书是我的头颅，这部书是我的心血，这部书是我的木铎，我的警钟，你们官威赫赫，民性蚩蚩，谁许我这学说实行在世上啊！只这一个书名，就质诸鬼神而无疑，百世俟圣人而不惑的意思。……
…………

三、鲁达　鲁是鲁国的鲁，达是达人的达。鲁国的达人，不是孔夫子是谁呢？……

四、宋江　宋是宋朝的宋，江是江山的江。公是私的对头，明是暗的反面。纪宋朝的事，偏要拿宋江做主人翁，可见施耐庵不是急进派一流的人物。不过要破除私见，发明公理，从黑暗地狱里救出百姓来，教人们在文明世界上，立一个立宪君主，也就心满意足了。……❶

又如眷秋 1912 年发表的《小说杂评》有云：

《石头记》楔子后，开篇第一句即用"当日地陷东南"六字。试问欲纪姑苏，与地陷有何关系？非指明末南都之陷而何？以此推之，则所纪皆福王被虏以后诸事。故甄士隐出家时，曲中又有"从此后真方唱罢假登场，反认他乡是故乡……到头来都是为他人作嫁

❶　原刊于《新评水浒传》卷首，清光绪三十四年保定直隶官书局排印本。转引自朱一玄、刘毓忱编：《水浒传资料汇编》，百花文艺出版社 1981 年版，第 399–401 页。

衣裳"等语，叹腼颜事仇者之无耻也。呜呼！异族之辱，黍离之痛，所感深矣！ ❶

正是在这种时代风潮背景下，出现了蔡元培的《石头记索隐》、邓狂言的《红楼梦鉴真》，随后又陆续出现了一批索隐之作，推动起索隐红学发展的第一个高峰。

第三阶段，为索隐红学的港台及海外发展期，始于 1949 年，截至 1989 年。1949 年以后，海内外的红学发展出各自不同的面貌。表现在对索隐红学的影响，是港台及海外红学继续发展，并进入理论的高度自觉期，向更成熟的形态演进。

第四阶段，为多元融合期。1989 年 5 月，北京燕山出版社推出霍国玲、霍纪平姐弟合著的《红楼解梦》，这一出版事件，掀开了中国索隐红学发展的新篇章。此前虽早有许宝骙在 1981 年 5 月于《团结报》连载《抉微索隐 共话红楼》长文，但是，许宝骙的索隐文字理论形态粗糙，大体停留在索隐红学草创时期的倚赖直觉来展开论说的水准，影响亦不大，只在红学届内招来一点有限的批判。而霍氏《红楼解梦》一书出版后，很快在海内外引起了反响。随后，冯精志的索隐之作《百年宫廷秘史——"红楼梦"谜底》《大观园之谜》《曹雪芹披露的故宫秘闻》亦分别于 1992 年、1993 年、1995 年推出，中国索隐红学开始进入高速发展时期。至 21 世纪，中国的索隐红学，更迎来了发展及传播史上的一个黄金时代。

---

❶ 原刊于《雅言》第一期（1912），转引自朱一玄编：《红楼梦资料汇编》，南开大学出版社 2001 年版，第 867 页。

一、椎轮草创期

据赵烈文《能静居笔记》：

> 谒宋于庭丈翔凤于葑溪精舍，于翁言："曹雪芹《红楼梦》，高庙末年，和珅以呈上，然不知所指。高庙阅而然之，曰：'此盖为明珠家作也。'后遂以此书为珠遗事……" ❶

这段记载里的乾隆与和珅的对话，讨论的是《红楼梦》的本事问题。二人是从取材这个角度来谈的，还是从影射这个角度来谈的？从"不知所指"一语来看，当指后者。因此，若此段所记之君臣对话属实，那么乾隆可以算是《红楼梦》的索隐先驱了。因此，有的红学史著，如白盾的《红楼梦研究史论》，将《能静居笔记》中的这段话当作索隐文献 ❷，冯其庸、李希凡主编的《红楼梦大辞典》"明珠家事说"条，亦据此称该说首见于乾隆 ❸。不过也有红学史家认为，这段记载的"可靠性如何，很难确定" ❹，"可信度难以考察" ❺，所以，我们对此记载还是存而不论，仅从相对可信的脂评入手开始考察。

正如有研究者所概括的那样："脂评是红学的总源头，脂评的索隐集中在两方面：一是以谐音方法训读《红楼梦》人名的寓意，二是提示《红楼梦》的历史本事。" ❻

以谐音方法训读《红楼梦》，如王仁谐音"忘仁"，单聘人谐"善骗人"，卜世仁谐"不是人"，元迎探惜谐"原应叹息"，万艳同杯、

---

❶ 一粟编：《红楼梦资料汇编》，中华书局1964年版，第378页。

❷ 《红楼梦研究史论》，第123页。

❸ 冯其庸、李希凡主编：《红楼梦大辞典》，文化艺术出版社1990年版，第1074页。

❹ 刘梦溪：《红楼梦与百年中国》，中央编译出版社2005年版，第143页。

❺ 苗怀明：《风起红楼》，中华书局2006年版，第2页。

❻ 陈维昭：《索隐红学发展史通观》。

千红一窟谐"万艳同悲""千红一哭",这类例子比比皆是。

这种训读,一方面是建立在文本特征的基础上,另一方面也是承前人之阐释传统而来。如张竹坡的《金瓶梅寓意说》里即有借谐音来索隐的例子:

> 稗官者,寓言也。……故《金瓶》一部,有名人物,不下百数,为之寻端竟委,大半皆属寓言。庶因物有名,托名摭事,以成此一百回曲曲折折之书。……何以有瓶、梅哉?瓶因庆生也。盖云贪欲嗜恶,面骸枯尽,瓶之罄矣。特特撰出瓶儿,直令千古风流人同声一哭。因瓶生情,则花瓶而子虚姓花,银瓶而银姐名银。……屏、风二字相连,则冯妈妈必随瓶儿,而当大理屏风、又点睛妙笔矣。芙蓉栽以正月,冶艳于中秋,摇落于九月,故瓶儿必生于九月十五,嫁以八月廿五,后病必于重阳,死以十月,总是《芙蓉谱》内时候。墙头物去,亲事杳然,瓶儿悔矣。故蒋文蕙将闻悔而来也者。然瓶儿终非所据,必致逐散,故又号竹山。总是瓶儿心事中生出此一人。如意为瓶儿后身,故为熊氏姓张。熊之所贵者胆也,是如意乃瓶胆一张耳……❶

张竹坡的这种训读,一是于文本字面之外别求深意,二是将求得之深意视为作者本意,因此也就具有了索隐特征❷。脂批中谐音训读一类,亦可如是观。

谐音训读之外,脂评中还有相当数量的对作品本事的揭示或暗示,如甲戌本第十六回回前有批:"借省亲事写南巡,出脱心中多少忆昔感今。"此批即带有典型的索隐旨趣,所谓"借……写……",叙

---

❶ 朱一玄编:《金瓶梅资料汇编》,南开大学出版社1985年版,第202-203页。

❷ 陈洪认为,张竹坡这种索隐属于"有限度索隐",因为"张竹坡明确限定了索隐范围:对于作品自身所体现的深层含义则'索'之,而涉及生活原型的具体认定则不越雷池半步"。见陈洪:《中国小说理论史(修订本)》,天津教育出版社2005年版,第219页。

省亲是手段，忆南巡才是目的，不知背后之本事，则很难领会作者深意。这种阐释理路，就是索隐。还有一些批语，如甲戌本第二回批"嫡其实事，非妄拟也"、庚辰本第六十三回批"此语余亦亲闻者，非编有也"、庚辰本第二十五回批"一段无伦理信口开河的混话，却句句都是耳闻目睹，并非杜撰而有，作者与余实实经过"，也起到了暗示文字背后自有本事的作用，这些脂批与作品中那些扑朔迷离的叙事，一同向读者发出了索隐召唤❶。

脂批之外，比较值得注意的是各种戚序本前的戚蓼生序。序中有云：

> 吾闻绛树两歌，一声在喉，一声在鼻；黄华二牍，左腕能楷，右腕能草。神乎技也，吾未之见也。今则两歌而不分乎喉鼻，二牍而无区乎左右，一声也而两歌，一手也而二牍，此万万不能有之事，不可得之奇，而竟得之《石头记》一书。嘻！异矣。夫敷华掞藻、立意遣词无一落前人窠臼，此固有目共赏，姑不具论；第观其蕴于心而抒于手也，注彼而写此，目送而手挥，似谲而正，似则而淫，如春秋之有微词、史家之多曲笔。试一一读而绎之：写闺房则极其雍肃也，而艳冶已满纸矣；状阀阅则极其丰整也，而式微已盈睫矣；写宝玉之淫而痴也，而多情善悟，不减历下琅琊；写黛玉之妒而尖也，而笃爱深怜，不啻桑娥石女。他如摹绘玉钗金屋，刻画芗泽罗襦，靡靡焉几令读者心荡神怡矣，而欲求其一字一句之粗鄙猥亵，不可得也。盖声止一声，手只一手，而淫佚贞静，悲戚欢愉，不啻双管之齐下也。噫，异矣！其殆稗官野史中之盲左、腐迁乎！然吾谓作者有两意，读者当具一心。譬之绘事，石有三面，佳处不过一峰；路有两溪，幽处不逾一树。必得是意，以读是书，

---

❶ 对此类批语的集中整理，参见霍国玲、紫军、霍纪平等：《红楼解梦·第五集》，新世界出版社 2003 年版，第 64–123 页。

乃能得作者微旨。如捉水月，只挹清辉；如寸天花，但闻香气：庶得此书弦外音乎？ ❶

　　这是篇具有文学和史学双重旨趣的文字。一方面，"写闺房则极其雍肃也，而艳冶已满纸矣；状阀阅则极其丰整也，而式微已盈睫矣；写宝玉之淫而痴也，而多情善悟，不减历下琅琊；写黛玉之妒而尖也，而笃爱深怜，不啻桑娥石女"，这些言说可以理解为能在文字中同时表现或暗示出人物性格、事态发展以及美学风貌中矛盾对立的两个方面，是称道作者文字之能；另一方面，序文又以史做比，宣称《红楼梦》符合史学的撰述原则，即所谓"如春秋之有微词、史家之多曲笔"。而正是后一点，引来了某些后来者无限丰富的联想。因此，本文虽不同意有人提出的"戚蓼生这篇序文可以视为索隐红学的第一篇方法论总纲"这一说法 ❷，但确实见到，有不少索隐者将这篇序文当作索隐方法论文献 ❸，这篇文字对索隐红学的发展确实起了一定的推动作用。

　　脂批、戚序之外，这个时期还流传着关于作品本事的各种猜测，

---

❶　戚蓼生：《石头记序》，朱一玄：《红楼梦资料汇编》，第 561 页。

❷　"总纲"说见陈维昭：《索隐红学发展史通观》，又见《红学通史》，第 65 页。

❸　如杜世杰《红楼梦考释》第二篇第七章，以"一手二牍的创造法"来命名其索隐方法，并援戚序为据。见杜世杰：《红楼梦考释》，中国文学出版社 1995 年版，第 70 页。高阳《横看成岭侧成峰——我对"红学"的一个看法》一文，认为戚序中所谓"一声两歌、一手二牍"系在暗示作品"兼写不同时期的'金陵'和'长安'；亦可说明写'金陵'，暗写'长安'"。见高阳：《高阳杂文》，文汇出版社 2003 年版，第 101 页。霍国玲则认为："戚蓼生明确指出《石头记》是在写历史"，"一声二歌的确切含义应是——一部作品却包含着两个内容。奇书《红楼梦》正是这样一部作品。从表面看，它是一部小说，而小说中却隐进了一部历史……"。见霍国玲、霍纪平、霍力君：《红楼解梦（增订本）·第一集》，中国文学出版社 1995 年版，第 37、38 页。孔祥贤则认为，戚序点出："《石头记》的作者是左丘明、司马迁一流人物"，"隐在里面的真事是正经的历史"，"作者写书写的是两个故事"，最后还疑心到，会不会是作者曹頫本人请戚写的这篇序。见孔祥贤：《红楼梦的破译（再论）》，中国文史出版社 2003 年版，第 142—143 页。

如明珠家事说❶，傅恒家事说❷，张侯家事说❸，和珅家事说❹。其中流传最广的是明珠家事说，信奉者众❺，乃至后虽经王国维《〈红楼梦〉评论》、胡适《红楼梦考证》两篇重量级的文字力辩其诬，仍有持信者❻。而这些家事说里，论证最充分的，是张侯家事说，见周春《阅红楼梦随笔·红楼笔记》，其中写道：

> 相传此书为纳兰太傅而作。余细观之，乃知非纳兰太傅，而序金陵张侯家事也。忆少时见《爵帙便览》，江宁有一等侯张谦，上元县人。癸亥、甲子间，余读书家塾，听父老谈张侯事，虽不能尽记，约略与此书相符，然犹不敢臆断。再证以《曝书亭集》《池北偶谈》《江南通志》《随园诗话》《张侯行述》诸书，遂决其无疑义矣。案靖逆襄壮侯勇长子恪定侯云翼，幼子宁国府知府云翰，此宁国、荣国之名所由起也。襄壮祖籍辽左，父通，流寓汉中之洋县，既贵，迁于长安，恪定开阃云间，复移家金陵，遂占籍焉。其曰代善者，即恪定之子宗仁也，由孝廉官中翰，袭侯十年，结客好施，废家资百万而卒。其曰

---

❶ 主此说者甚多，如陈康祺：《燕下乡脞录》，一粟：《红楼梦资料汇编》，中华书局 1964 年版，第 386–387 页。

❷ 舒敦：《批本随园诗话》，一粟：《红楼梦资料汇编》，第 356 页。

❸ 周春：《阅红楼梦随笔》，一粟：《红楼梦资料汇编》，第 66–77 页。

❹ 阙名：《谭瀛氏笔记》，一粟：《红楼梦资料汇编》，第 413 页。

❺ 提及明珠家事说者，有英浩《长白艺文志》、叶德辉《书林清话》、张维屏《松轩随笔》、孙桐生《脂砚斋重评石头记》眉批、梁恭辰《北东园笔录》、张祥河《关陇舆中偶忆编》、陈康祺《燕下乡脞录》、杨恩寿《坦园诗录》、俞樾《小浮梅闲话》、许叶芬《红楼梦辨》、钱静方《红楼梦考》、舒敦《批本随园诗话》、李宝嘉《南亭笔记》、姚鹏图等《饮水诗词集跋》、徐珂《清稗类钞》等。据洪涛统计，"单就《古典文学研究资料汇编·红楼梦卷》所载，提及明珠家事说的超过二十家"。见洪涛：《红楼梦诠释方法论》，北京图书馆出版社 2008 年版，第 33 页。

❻ 如慎仪：《读〈饮水词〉联想到〈红楼梦〉》，原刊于天津《益世报》，1937 年 3 月 16、17 日，收入吕启祥、林东海主编：《红楼梦研究稀见资料汇编》，人民文学出版社 2001 年版，第 687–689 页。王人恩《评红学索隐派的"明珠家事说"——对红学史的一个检讨》一文，对明珠家事说研究甚力，见《明清小说研究》2006 年第 2 期。

史太君者，即宗仁妻高氏也，建昌太守琦女，能诗，有《红雪轩集》，宗仁在时，预埋三十万于后园，交其子谦，方得袭爵。其曰林如海者，即曹雪芹之父楝亭也。楝亭名寅，字子清，号荔轩，满洲人，官江宁织造，四任巡盐。曹则何以廋词曰林？盖曹本作替，与林并为双木。作者于张字曰挂弓，显而易见；于林字曰双木，隐而难知也。嗟呼！贾假甄真，镜花水月，本不必求其人以实之，但此书以双玉为关键，若不溯二姓之源流，又焉知作者之命意乎？故特详书之，庶使将来阅《红楼梦》者有所考信云。❶

周氏此篇随笔写于乾隆五十九年（1794），比程伟元、高鹗印行程乙本只晚一年多。有人将其视为红学史上第一篇索隐专论❷，然细味之就会发现，这篇文字其实并不是一篇严格意义上的索隐文字，但它的确反映了索隐红学发展初期的一些特点。

首先，我们要判定的是，这篇文字追索《红楼梦》本事不假，但它是在何种意义上追索本事，是在原型意义上，还是在影射意图上追索？从它开篇的措辞来看，"相传此书为纳兰太傅而作。余细观之，乃知非纳兰太傅，而序金陵张侯家事也"，"序"不同于"为"，似指原型，但毕竟又是针对"为"纳兰太傅这一旧说而来，因此在周春的潜意识里，又有向"为"这个向度去诠释的可能。结果，我们可以看到，下面的行文，就是在这两者间摇摆：所谓"案靖逆襄壮侯勇长子恪定侯云翼，幼子宁国府知府云翰，此宁国、荣国之名所由起也"，"所由起"三字传达的，是原型意义上的还原；"贾假甄真，镜花水月，本不必求其人以实之，但此书以双玉为关键，若不溯二姓之源流，又焉知作者之命意乎？"推求"作者命意"，这又是在认为作者有意影射了。再看周春在《阅红楼梦随笔》"红

---

❶ 周春：《阅红楼梦随笔》，一粟：《红楼梦资料汇编》，第66-67页。

❷ 陈维昭：《索隐红学发展史通观》。

楼梦约评"中的某些展开：

> 黛玉二字，未详其义。或云即碧玉之别，盖取偷嫁汝南之意，恐未必然。案香山咏新柳云："须教碧玉羞眉黛，莫与红桃作麴尘"，此黛玉两字之所本也。我闻柳敬亭本姓曹，曹既可为柳，又可为林，此皆作者触手生姿，笔端狡狯耳。❶

这一段文字，是周春在论述黛玉之名的"所由起"，是在推测作者的创作过程，而非推定作者的影射意图。毕竟，无论如何，不能据此申论，说小说作者乃借黛玉之名影香山诗句。但是，它的语义转换手段又确实和大量的索隐派之作惊人相似，之所以会是如此，就在于周春认为，作者创作，就是将那些题材元素经过一系列的语义转换手段，转换成作品中的样子，将创作视同于伪装，并认为这个过程可以逆向求解，既然如此，这样一来，推测作者创作过程中的语义转换手段与推测作者借以影射的语义转换手段就有了某种相通之处。其而，再进一步，既然从题材到作品是借助一系列清晰的语义转换手段完成的，那么，就不排除作者留待眼明心细之公来逆向索解会心一悟之可能，这种期待虽然不是针对全部接受者的，但至少也是作者意图之一部分。如果这样去理解创作，去推定作者意图，则虽非索隐（指索解作者影射意图），亦去索隐不远矣。

周春《阅红楼梦随笔》多处使用语义转换手段来还原作者创作过程。使用的语义转换手段，有时是简单的拆字，有时则复杂得多。如对林黛玉姓名出处的索解，先从白居易咏新柳诗中的"须教碧玉羞眉黛，莫与红桃作麴尘"挑出"黛""玉"两字，接下来，由新柳之"柳"转换到柳敬亭之"柳"，然后依据"我闻"的柳敬亭本姓曹，由柳敬亭之"柳"转换到"曹"，再据上文的"曹

---

❶ 一粟：《红楼梦资料汇编》，第68页。

本作替，与林并为双木"，由"曹"转换到该字的小篆异体字替，再因替"与林并为双木"转换到"林"。不但作了如此繁复的转换，而且还指系作者有意为之，所谓"笔端狡狯耳"，然作者再狡狯却也瞒不过心细眼明之能解者，谜底终至破解，索解之乐真是其乐无穷 ❶。

因此，在周春的《阅红楼梦随笔》中我们可以看到，其所揭出的本事，摇摆于"原型"和"影射"之间，但即使是对"原型"的推求，也是借助一系列语义转换手段，在作品的意义单元与某个文本外的所指建立起一一映射关系，与推求作者影射意图的阐释过程非常相似。这种特点，正是索隐红学发展初期的特点，这个时期留下的种种"明珠家事说"的记载也是如此，有时我们分不清记载者是在说原型，还是在说影射，也许记载者本人也没有清晰的概念。这种摇摆，一直伴随着索隐红学，即使是在索隐红学发展到后来理论高度成熟的阶段，在有些索隐者那里，也仍然可以看到。因此，周春这篇《阅红楼梦随笔》虽不是严格意义上的索隐文字，但在索隐红学的发展史上，自有其标本意义。

本事猜测之外，值得注意的是张新之的《妙复轩评石头记》。是书刊刻于道光三十年，上附太平闲人张新之的评点。张的研红主张，在《太平闲人〈石头记〉读法》中有充分的阐释：

> 《石头记》一书，不惟脍炙人口，亦且镌刻人心，移易性情，较《金瓶梅》尤造孽，以读但知正面，而不知反面也。间有巨眼能见知矣，而又以恍惚迷离，旋得旋失，仍难脱累。得闲人批评，使作者正意，书中反面，一齐涌现，夫然后闻之者足戒，言者无罪，岂不大妙？

---

❶ 李虹有《索隐派浅析——从周春看索隐派之阅读心理》一文，对周春的索隐特征作了全面细致分析。《红楼梦学刊》2005 年第 4 辑。

《石头记》乃演性理之书，祖《大学》而宗《中庸》，故借宝玉说"明明德之外无书"，又曰"不过《大学》《中庸》"。

是书大意阐发《学》《庸》，以《周易》演消长，以《国风》正贞淫，以《春秋》示予夺，《礼经》《乐记》融会其中。

《周易》《学》《庸》是正传，《石头记》窃众书而敷衍之是奇传，故云："倩谁记去作奇传。"

············

《石头记》一百二十回，一言以蔽之，左氏曰："讥失教也。"❶

《太平闲人〈石头记〉读法》中，还有《石头记》如何"演性理"、演《周易》的示范：

书中大致凡歇落处，每用吃饭，人或以为笑柄，不知大道存焉。

宝玉乃演人心，《大学》正心必先诚意。意，脾土也；吃饭，实脾土也：实脾土，诚意也。问世人解得吃饭否？

············

刘老老一纯坤也，老阴生少阳，故终救巧姐。巧（姐）生于七月七日，七，少阳之数也。然阴不遽阴，从一阴始。一阴起于下，在卦为姤☰。以宝玉纯阳之体，而初试云雨，则进初爻一阴而为姤矣，故紧接曰"刘老老一进荣国府"。一阴既进，驯至于剥☷，则老老之象已成，特余一阳在上而已。剥，九月之卦也，交十月即为坤☷，故其来为秋末冬初，乃大往小来至极之时，故人手寻头绪曰"小小一个人家""小小之家姓王""小小京官"，"小小"字凡三见，计六"小"字，悉有妙义。乾三连即王字之三横，加一直破之，则断而成坤。❷

---

❶ 曹雪芹、高鹗著，护花主人、大某山民、太平闲人评：《红楼梦（三家评本）》（上海古籍出版社1988年版），书前《太平闲人〈石头记〉读法》，第2页。

❷ 《红楼梦（三家评本）》，第5-6页。

这种读法，固然不同于在文字背后索解本事，但在文本内各意义单元和文本外各意义对象间建立一一映射关系，并将其指为作者有意为之，则与求索本事的阐释理路并无不同，它同样表现出一种索隐旨趣；并且，与本事索隐相比，这种义理索隐的阐释旨趣倒是非常清晰的，因为它根本就没有向"取材于……""以……为原型"回旋的余地——难道有人能够论证"刘老老以坤卦为原型"？

这种义理索隐亦并非孤例，如汪堃《寄蜗残赘》中提到的"《红楼梦》为谶纬之作"说❶、梦痴学人之视《红楼梦》为丹书❷，都可以归入这一派。

二、第一个高峰期

19世纪、20世纪之交，清王朝已经风雨飘摇。这个时期，也是各种新思潮渐渐涌入中国，人们思想剧烈动荡的时代。梁启超借小说以开启民智的功利主义小说观即出现于此时，受其影响，在小说研究领域，出现了大量的以"社会主义""民权""去君""自由"等带有强烈的近现代色彩的政治理念去比附作品的阐释现象，这种现象特征，在对《水浒传》的阐释活动中最为常见，在对《红楼梦》的阐释中，也同样可以见到。如平子认为《红楼梦》是一部愤清人之作，作者"著如此之大书一部，而专论清人之事，可知其意矣"，"其第七回便写一焦大醉骂，语语痛快。焦大必是写一汉人，为开国元勋者也，但不知所指何人耳！"❸眷秋则认为，《红楼梦》于"异族之辱，黍离

---

❶ 一粟：《红楼梦资料汇编》，第381页。

❷ 梦痴学人：《梦痴说梦》，一粟：《红楼梦资料汇编》，第218–227页。

❸ 平子：《小说丛话》，朱一玄：《红楼梦资料汇编》，第851页。

之痛，所感深矣！"❶正是在此时代风潮的背景下，出现了蔡元培、邓狂言等人的索隐之作，与椎轮草创时期的索隐红学比，它们规模宏大、体系成熟，与这个时期出现的第一部索隐专著——王梦阮、沈瓶庵的《红楼梦索隐》一起，推动了索隐红学第一个高峰。

王梦阮、沈瓶庵的索隐主张，先借《红楼梦索隐提要》一文发表于1914年的《中华小说界》第1年第6、第7期。1916年，乃以《红楼梦索隐》之名附《红楼梦》原著刊行。这部索隐之作的核心观点，据《红楼梦索隐提要》：

然则书中果记何人何事乎？请试言之。盖尝闻之京师故老云，是书全为清世祖与董鄂妃而作，兼及当时诸名奇女子也，相传世祖临宇十八年，实未崩殂，因所眷董鄂妃卒，悼伤过甚，遁迹五台不返，卒以成佛。当时讳言其事，故为发丧，世传世祖临终罪己诏书，实即驾临五台诸臣劝归不返时所作，语语罪己，其忏悔之意深矣。……

至于董妃，突以汉人冒满姓（清时汉人冒满姓，多于本姓下加一格字，或一佳字，似此者甚多，不胜枚举）。因汉人无入选之例，故伪称内大臣鄂硕女，姓董鄂氏。若妃之为满人也者，实则人人皆知为秦淮名妓董小琬也。小琬侍如皋辟疆冒公子襄九年，雅相爱重，适大兵下江南，辟疆举室避兵于浙之盐官，小琬艳名凤炽，为豫王所闻，意在必得，辟疆几频于危，小琬知不免，乃以计全辟疆使归，身随王北行。后经世祖纳之宫中，宠之专房，废后立后时，意本在妃，皇太后以妃出身贱，持不可，诸王亦尼之，遂不得为后，封贵妃，颁恩赦，旷典也。妃不得志，乃怏怏死，世祖痛妃切，至落发为僧，去之五台不返。诚千古未有之奇事，史不敢书，此《红楼梦》一书所由作也。❷

❶ 朱一玄：《红楼梦资料汇编》，第867页。
❷ 王梦阮、沈瓶庵：《红楼梦索隐提要》，一粟：《红楼梦资料汇编》，第297–298页。

此种索隐主张虽属可疑，但《红楼梦索隐》这部书的出现，在索隐红学的发展史上却有其重大意义。其意义，如有的红学史家指出的那样，"是第一次对索隐中的一说加以系统论述，不仅指明什么是《红楼梦》所依据的本事，而且列举了支持自己论点的尽可能详尽的理由，并逐回进行索隐，使书中许多人物和情节都有着落，形成一部自成体系的红学专著。这在红学史上，还是第一次，当然不能等闲视之。"❸

王梦阮、沈瓶庵的索隐初衷，在《红楼梦索隐》的序言里有充分的揭示。此序开篇即道：

玉溪《药转》之什，旷世未得解人；渔洋《秋柳》之词，当代已多聚讼。大抵文人感事，隐语为多；君子忧时，变风将作。是以子长良史，寄情于《货殖》《游侠》之中；庄生寓言，见义于《秋水》《南华》。古有作者，夐乎尚矣。❹

在这段话里，我们可以看到几个重要说法：一个重要说法是"大抵文人感事，隐语为多"，提出了"隐"在文人创作中的普遍性，为自家的"索隐"确立了学理依据；另一个重要说法是"玉溪《药转》之什，旷世未得解人"，这里先提出了一个和后面的"隐"相对的概念"解"，并且明确地以作者意图的解人自居，指出解人之极难一见。从这句话里可以玩味出很丰富的内容，一则为旷世未得解人之玉溪生辈痛惜，二则自居为旷世难得一遇之解人，何等自负，何等踌躇满志。从这段话里，我们可以读出索隐家的普遍心态，可以读出何以索隐这种阐释方式会对一些人产生极为强烈的诱惑力。

❸ 《红楼梦与百年中国》，第146页。

❹ 张国星等编：《红楼梦与顺治皇帝的爱情故事》（辽宁古籍出版社1997年版），书前序。

接下来，很快谈到了堪称"古今之杰作"的《红楼梦》，那么《红楼梦》又有何隐语期待旷世解人来解呢？该序道：

> 大抵此书，改作在乾嘉之盛时，所纪篇章，多顺、康之逸事。特以二三女子，亲见亲闻；两代盛衰，可歌可泣；江山敝屣，其事为古今未有之奇谈；闺阁风尘，其人亦两间难得之尤物。听其淹没，则忍俊不禁，振笔直书，则立言未敢。于是托之演义，杂以闲情，假宝黛以况其人，因荣宁以书其事。❶

在这里，我们既看到了作者所隐何事，又看到了何以要隐。对后者的描述，自是索隐家不应回避的问题，况且索隐家们也乐于揭出作者之隐衷。因此，类似的表述，在此后的索隐之作里屡见不鲜。

在《红楼梦索隐》"例言"里，我们又可以看到：

> 诸家评《红楼》者，有护花主人、大某山民各种，批窍导窾，固无义不搜。然其人用心，大抵不免为作者故设之假人假语所围，落实既谬，超悟亦非，于书中所指何人何事全不领悟，真知既乏，即对于假人假语，亦不免自为好恶，妄断是非。是书流行几二百年，而评本无一佳构。下走不敏，却于是书融会有年，因敢逐节加评，以见书中无一妄发之语，无一架空之事，即偶尔闲情点缀，亦自关合映带，点睛伏脉，与寻常小说演义者不同。以注经之法注《红楼》，敢云后来居上。❷

这段例言，又进一步指出索隐的学理依据，即现有之文本，皆为伪装性文本（"作者故设之假人假语"），如果停留在这个层面，那就

---

❶《红楼梦与顺治皇帝的爱情故事》，书前序。

❷《红楼梦与顺治皇帝的爱情故事》，书前"例言"。

会"落实既谬，超悟亦非"，不但"于书中所指何人何事全不领悟"，而且"真知既乏"，即使是对于现有之文本的艺术感悟，也无从说起（"即对于假人假语，亦不免自为好恶，妄断是非"）。如此分说，等于一笔抹去索隐之外其他阐释方式之立足根基，索隐派后为各派所合力围剿，亦属必然。这段话里还有一句颇值得注意，那就是"以注经之法注《红楼》"，这可以说是索隐方法论的总纲，也揭示了索隐阐释的学术渊源。因此，从王、沈《红楼梦索隐》的序言和例言可以看到，这时的索隐之作开始呈现出清晰的理论意识。

理论意识之外，王、沈对其从作品中推求出的影射方法也作了简明概括："或数人合演一人，或一人分扮数人"，王、沈称其为"梨园演剧法"❶，这其实就是索隐家们屡屡使用的"分身法"与"合身法"。此二法是索隐红学的重要方法，当索隐者们无法在文本中的意义单元和文本外的各所指对象直接建立起一一映射关系来证明其索解出的作者影射意图时，可以凭借此二法，在文本内外的各意义单元间建立起复杂的交叉映射来摆脱困境。如王、沈在《红楼梦索隐》里主张："然小琬事迹甚多，又为两嫁之妇，断非黛玉一人所能写尽，故作者又以六人分写之。《红楼梦》好分人为无数化身，以一人写其一事，此其例也。六人为谁？一秦可卿，二薛宝钗，三宝琴，四晴雯，五袭人，六妙玉。"这就是典型的分身法。分身法、合身法的揭出，极大地方便了后来的索隐家，如后之杜世杰、霍国玲、颜采翔等，皆频频使用此法。

蔡元培之《石头记索隐》，于1916年在《小说月报》第7卷第1～6期上连载，1917年正式出版。从现存的蔡元培日记来看，最迟在1894年，蔡元培即已对《红楼梦》产生索隐兴趣，只是他最初的索隐观点并未涉及民族主义，而近于明珠家事说，后受时代风潮影响，乃渐更主张，终至推出"作者持民族主义甚挚"的《石头记索隐》❷。

---

❶ 《红楼梦索隐提要》，一粟：《红楼梦资料汇编》，第294页。

❷ 参见刘广定：《蔡元培〈石头记索隐〉补遗》，载《红楼梦学刊》2003年第1辑；苗怀明：《风起红楼》，中华书局2006年版，第20-21页。

蔡元培的核心主张是：

> 《石头记》者，清康熙朝政治小说也。作者持民族主义甚挚。书中本事在吊明之亡，揭清之失，而尤于汉族名士仕清者寓痛惜之意。当时既虑触文网，又欲别开生面，特于本书以上加以数层障幕，使读者有横看成岭侧成峰之状况。❶

开篇即从作者意图立论，指出所隐何事，为何而隐，表现出鲜明的索隐特征。

蔡元培的索隐方法，就是在作品中的人物和情节与康熙朝的某个历史人物间建立起对应关系，并且确认作者系以前者影射后者。而影射对象，"可用三法推求：一、品性相类者；二、轶事有征者；三、姓名相关者"❷。除此以外，还可见到分身法的使用，如在主张薛宝钗影高江村的同时，还有如下索解：

> 第一回称穷儒贾雨村"一身一口，在家乡无益，因进京求取功名。自前岁来此，又淹蹇住了，暂寄庙中，每日卖文作字为生。"即江村襆被进都、鬻字大话之影子也。贾雨村"高吟一联曰：'玉在椟中求善价，钗于奁内待时飞。'恰值士隐走来听见，笑道：'雨村兄真抱负不凡也。'"即联句被赏之影子也。四十七回薛蟠遭湘莲苦打，"遍身内外，滚的似泥母猪一般"；又说"那里爬的上马去"。即江村自称落马堕积潴中之影子也。❸

---

❶ 蔡元培、胡适撰，华云点校：《石头记索隐　红楼梦考证》，北京大学出版社1989年版，第6页。

❷ 蔡元培：《〈石头记索隐〉第六版自序》，《石头记索隐　红楼梦考证》，第1页。

❸ 《石头记索隐　红楼梦考证》，第15页。

高江村的事迹分写在薛宝钗、贾雨村、薛蟠身上，这正是典型的分身法。

蔡元培及其《石头记索隐》，余英时视为近代红学索隐典范的代表 ❶，但本文更赞同另一位研究者陈维昭的看法，即从索隐红学自身的发展来看，从索隐方法的成熟、全面来看，他的《石头记索隐》还不能与王梦阮、沈瓶庵的《红楼梦索隐》相比，也不能与此后的邓狂言等人的索隐相比 ❷。

蔡元培的意义，在于他是索隐派阵营中第一位与非索隐阵营论战的红学家，虽然当时蔡元培在与胡适的论战中败北，但这场论战，在索隐红学发展史上之意义仍不容小觑。在此之前，索隐者们多自说自话，无须面对挑战。但从蔡元培起，开始持续地面对论敌的压力、挑战，正是这种挑战的出现，才刺激索隐派渐渐摆脱粗糙的理论形态，开始走向理论的高度自觉，并不断自我完善，向越来越复杂的高级形态演进。从这个意义上来说，本文不能同意余英时借用库恩的"典范"建立起的红学史观，即认为近代红学之一部系考证典范取代索隐典范的典范嬗替史，本文倒倾向于借用英国历史学家汤因比考察文明兴衰时所使用的"应激—反应"理论，认为恰恰是有胡适新红学一脉的持续批判，索隐红学才得以获得不断自我更新、自我完善的生机。

蔡元培在与胡适的论战中，只交手一个回合即败了下来——蔡元培写出《〈石头记索隐〉第六版自序》答胡适的《红楼梦考证》，胡适再撰《跋〈红楼梦考证〉》答蔡元培这篇自序，此后蔡元培再没有接招。但即使这短暂的一回合，留下的《〈石头记索隐〉第六版自序》仍有其不可轻忽的意义，它留下了很多有意味的话题，并且他的某些

---

❶　余英时:《近代红学的发展与红学革命——一个学术史的分析》,见余英时:《〈红楼梦〉的两个世界》,上海社会科学出版社 2006 年版, 第 5 页。

❷　《索隐红学发展史通观》。

应对当时看似无力，却给索隐红学的后辈们以积极的启示。例如，面对胡适的《红楼梦》作者家世考证，蔡答说："鄙意《石头记》原本必为康熙朝政治小说，为亲见高、徐、余、姜诸人者所草。后经曹雪芹增删，或许亦插入曹家故事，要未可以全书属之曹氏也。"这种招架，看似软弱无力，但后来的一批索隐者们，正是沿着这条他著曹改说走了下去。

在王梦阮、沈瓶庵和蔡元培之后，还有其他索隐之作陆续出版。如邓狂言的《红楼梦释真》（1919），寿鹏飞的《红楼梦本事辩证》（1927），景梅九的《石头记真谛》（1934），此外还有一些散见于报刊上的索隐文章。

邓狂言等人几部后起索隐之作值得注意的一些特点是，开始自觉地梳理前人的索隐诸说，并在作者身份及身世的推定上，表现出更为积极的态度。

这方面寿鹏飞的《红楼梦本事辩证》表现得最为突出。它用过半的篇幅对以前诸说一一加以批评和辩证，逐一胪列出九种说法：（1）关于书中人物影射当时名伶；（2）有谓记金陵张侯家世者；（3）有谓记故相明珠家事；（4）有谓为刺和珅而作；（5）有谓藏谶纬之说；（6）有谓影射《金瓶梅》；（7）有谓记清世祖与董鄂妃的故事；（8）有谓影射康熙朝政治状态；（9）有谓系曹雪芹自述生平。对以上诸说，寿氏逐一评述❶，虽然最终是为了引向自己的索隐结论，但这种自觉的梳理，对后来的索隐者们起到了积极的示范作用。寿鹏飞以外，邓狂言、景梅九也在阐释自己的索隐主张时，援引并评述其他索隐者的观点，索隐红学内部的这种自我梳理整合，在这一学派的发展史上，自有其积极之意义。

---

❶ 孙玉明、于景祥主编：《〈红楼梦〉本事之争》，辽宁古籍出版社1997年版，第133-147页。

三、港台及海外发展期

这个时期，索隐红学主要是在港台及海外发展。这一时期的代表人物有潘重规、杜世杰、李知其、赵同，还有高阳等人。其中尤以潘重规、杜世杰、高阳影响为大，他们也从不同的取径发展了索隐派红学。

潘重规在索隐方法论上并无超越蔡元培、王梦阮等前辈之处，但致力于文献考证研究，尤致力于版本研究，是其特色。1952年，潘重规在香港新亚书院中文系开设"红楼梦研究"选修课，1966年，成立《红楼梦》研究小组，创办《红楼梦研究专刊》。潘重规给小组规定的工作方向是：第一，全面影印已发现的版本资料；第二，综合整理已流通的资料——（1）各脂评本和程甲、程乙本的校勘。（2）各脂评本评语的收集和全面校订。（3）书中人名、物名等的索引。（4）各种参考资料的索引与提要的编写。（5）有关红楼梦问题研究丛书的结集。当然，潘重规如此努力，并非出于纯粹的史学趣味，而是寄托深远：

潘重规挑战胡适曹家自叙传说，诠释其明清遗民血泪意义的《红楼梦》时，除了辨识隐语、书写汉民族革命精神史外，另一项诠释重点，就是挑战胡适的版本学研究典范，企图在以版本考证为楷模的红学研究中，建立遗民典范的版本学术基础。其后，他在香港中文大学组织《红楼梦》研究小组，创刊《红楼梦研究专刊》，发刊词中明白指出，小组今后的五项研究方向是：各脂评本与程甲、程乙本的校勘，各脂评本的收集和全面校订，书中人、物、名等等的索引，各种参考数据的索隐与提要的编写，有关《红楼梦》研究问题丛书的结集。五项工作有三项，和重建作者原意、原貌的版本工作有关，并且其成果，对于他以明清遗民血泪说，挑战胡适曹家

自叙传说中，作者原意、原貌的版本系统，建立遗民典范版本系统多有助益。❶

杜世杰则大力完善索隐派的理论体系，并大力应对新红学所提出的作者问题的挑战。杜世杰于 1971 年出版《红楼梦悲金悼玉实考》一书，该书经修订，于 1972 年以《红楼梦原理》为书名进行重印，后再经修订，以《红楼梦考释》之名于 1977 年自印。

杜世杰的索隐主张，用他自己的话来概括就是："《红楼梦》不是曹雪芹的自传，是教汉人明礼反清之作。"❷ 观点本身并无新意，认为《红楼梦》有反清复明之意，可以说是索隐派红学的主流观点，蔡元培、邓狂言、景梅九、潘重规均主此说。值得注意的是，该书第二篇"《红楼梦》的组织和读法"，专门阐述索隐派红学的方法，有谐韵添字法、拆字法、真假阴阳、看反面、巧接等各种各样的名目。杜氏归纳兼发明这么多阐释方法，想要达到的目的，就是文本内的各个意义单元和文本外的所指对象完全平行对应："研究红楼，要像求证几何一样，要从各个角度去求证，例如设宝玉扮演帝王，必须求证其父母为帝王皇后，其祖父母为帝王太后，其妻妾为后妃，其兄弟为阿哥亲王，其姊妹为格格公主，其奴仆为侍儿太监，住处为皇宫，戴的是皇冠，穿的是龙袍……"❸ 但事实上，这办不到，于是还是得大量地借助合身、分身等复杂的语义转换手段。

《红楼梦考释》第八篇"吴梅村与《红楼梦》"，探求的是《红楼梦》的作者问题。杜氏主张，《红楼梦》的原作者是吴梅村，而曹雪芹是一个化名，意思是"抄写勤"❹。此说虽令人无法苟同，但杜氏之

---

❶ 萧凤娴：《遗民、索隐、经学——潘重规红学的诠释视野》，载《江西社会科学》2005年第 8 期。

❷ 杜世杰：《红楼梦考释》，中国文学出版社 1995 年版，第 25 页。

❸ 《红楼梦考释》，第 49 页。

❹ 《红楼梦考释》，第 352 页。

努力亦有其价值。正如有研究者所评价的那样："引用史料之丰富，论证之细密，远远超过持此说的其他索隐者，虽不能最后定谳，却能够启发读者的思索，这正是《红楼梦原理》对著作权的探讨未可全然抹杀的一个原因。"❶

　　高阳正式的研红文字不多，他的研红主张，主要是通过小说创作的形式体现出来。高阳的《红楼梦断》四部，即《秣陵春》（1978）、《茂陵秋》（1979）、《五陵游》（1981）、《延陵剑》（1981），以及《曹雪芹别传》（1982）、《三春争及初春景》（1985）、《大野龙蛇》（1985），这些小说可以说是高阳将其研红主张加以文学化的产物。

　　高阳研红和创作，有一个重要内核，就是《红楼梦》里的元春影射平郡王福彭。据高阳称："到悟出元春为影射平郡王福彭，终于豁然贯通，看到了曹雪芹的真面目和《红楼梦》的另一个世界。"❷ 而高阳看到的"曹雪芹的真面目和《红楼梦》的另一个世界"，就是曹家卷入宫闱斗争的历史，于是曹雪芹记下了这些故事，但是：

　　当《红楼梦》初稿完成后，曹雪芹送请亲友详阅，立刻引起了相当严重的反应；由于他是以象征的手法，描写康熙末年的政治纠纷，并穿插了好些王公府第中的遗闻逸事，因而招来了许多抗议、警告、规劝以及修改的意见。最强的压力来自平郡王府，因为第八十三回"省宫闱元妃染恙"，解释何谓"虎兔相逢大梦归"，配合第五回"金陵十二钗正册"写元春的诗与画来看，一望而知是指平郡王福彭，所以决不容《红楼梦》问世。❸

---

❶ 《红楼梦与百年中国》，第 203 页。

❷ 高阳：《高阳杂文》，文汇出版社 2003 年版，第 104 页。

❸ 《高阳杂文》，第 104 页。

接下来，按照高阳的分析，曹雪芹先作了一个很大的让步，将后四十回割爱，此后一改再改，仍不能满意，最后曹雪芹终于愤然抗争，不为进一步的迫害所屈，留下了现在的《红楼梦》。高阳这种结合雪芹家世与作品中的蛛丝马迹，从中读出宫闱斗争中的曹家本事的读法，并非他的独家发明，牟润孙1980年推出的《论曹雪芹撰〈红楼梦〉的构想》，也是按照这个路数展开的❶。此后霍国玲、孔祥贤与刘心武，走的也是这一路。之所以会出现这种情况，道理很简单，"曹学"的发展，为索隐红学提供了丰富的养料，"曹家被抄家和所谓的'家恨'，成为大部分新索隐的枢纽，这枢纽方便他们在诠释上通向朝廷政争"❷。

于是我们最终看到，大力致力于版本等文献材料的整理，大力发展索隐理论，充分利用"曹学"资料而与后者融合，便成为这一阶段港台及海外索隐红学之新特征。

四、多元融合期

1989年，北京燕山出版社出版了霍国玲、霍纪平的《红楼解梦》。是书开印即印28000册，据胡文彬称，这个印数打破了1949年以来红学论著一次印数的纪录❸。1998年，刘铄出版《红楼梦真相》，胡文彬为刘书作序，序中提到霍国玲、霍纪平1989年出版的《红楼解梦》时说道：

《红楼解梦》能够得以出版，其意义已经远远超出了这部著作的

---

❶ 牟润孙：《论曹雪芹撰〈红楼梦〉的构想》，收入胡文彬、周雷编：《香港红学论文选》，百花文艺出版社1982年版。

❷ 洪涛：《红楼梦诠释方法论》，北京图书馆出版社2008年版，第78页。

❸ 《红楼解梦（增订本）·第一集》，书前"增订本说明"。

本身。这一点，即使它在今天不被承认，但终有一天红学史家也许将对它做出公允的评价。❶

　　笔者不敏，不敢自居为红学史家，但愿意附骥胡先生之说，赞同胡先生的看法，那就是《红楼解梦》的出版，其意义已经超出了这部著作本身，尤其是在索隐派红学的发展史上。它一出版就受到了相当大程度的欢迎，预示着索隐红学的中心将由海外回归到中国。

　　不过，霍氏大展锋芒还要等到1995年。到了1995年，霍国玲、霍纪平、霍力君的《红楼解梦（增订本）・第一集》，由中国文学出版社出版，出版当年即重印，印数达30000册。1996年，第二集出版。与1989年不同的是，这次解梦之作的出版，得到报刊媒体的强力宣传，乃至1997年，红学界不得不作出反应，《红楼梦学刊》连续两期发表一批文章批驳霍国玲。自从1921年蔡胡论战以来，非索隐阵营还是第一次集中力量来应对索隐派红学，由此可见霍著当时反应之强烈。此后，霍氏连续推出解梦之作的第三集、第四集、第五集、第六集、第七集，构筑起宏大的解梦体系。

　　在霍氏连续推出他们的索隐新作时，其他索隐之作也陆续出版。如本文前述，中国的索隐派红学开始进入了繁荣期。时间跨到21世纪，到2005年，刘心武的所谓秦学借助中央电视台这个媒体平台，引起了强烈的反应，文化消费市场迎来了索隐红学的黄金时代。

　　这个时期还有一个值得注意的现象，就是除了投向文化消费市场的索隐专作外，还有一批索隐红学之作以学术文章的面目在各学术刊物上发表。如四川大学中文系教授张放发表于《四川大学学报（哲学社会科学版）》2003年第3期的《红楼梦里藏血情》一文，主张《红

---

❶　刘铄：《红楼梦真相》（华艺出版社1998年版），胡文彬序，第7页。

楼梦》借"假语村言""幻形入世"的手法，在小说中潜藏了康熙朝储位斗争中因叛逆性格沦为牺牲品的太子胤礽的悲剧故事；又如黑龙江社会科学院文学所张晓琦，十余年间更是连续在《黑龙江社会科学》《吉林大学社会科学学报》《学术交流》等学术刊物上发表《宝玉等人命名与康熙帝位关系考》《红楼梦五个书名之谜》《宝玉原型新证》《〈红楼梦〉中的顺治之弟考论》《〈红楼梦〉"钗黛"合为一图之谜》等一系列文章。同时，来自非索隐红学阵营的对索隐红学表了解之同情的声音也越来越多，这一切都表明，索隐红学在中国的生长空间已大不同于以往，再加上文化消费时代的来临，索隐红学的勃兴，实有某种必然。

这个时期的索隐红学，可以说全面继承了前几个阶段留下的遗产。

如理论的建构更加自觉。在这方面最突出的是霍国玲，《红楼解梦（增订本）》第一集开篇即论"《红楼解梦》的研究方向及研究方法"，此后几乎推出的每一集，都有理论阐释和针对来自非索隐红学阵营的批评作反批评的文章。与此类似的是孔祥贤的《红楼梦的破译（再论）》，专辟"隐真的原理与方法""破译的原理与方法"来阐述自己的理论主张，此外附编有"中国隐真文学简史"，梳理中国影射文学的发展史 [1]。无论结论如何，这些积极的努力都自有其学理之价值。

如重视版本研究。霍国玲、紫军校勘有《脂砚斋全评石头记》，由东方出版社 2006 年出版。由于多种脂批本的普及，尤其是网络上各种 PDF 照相版的脂本随处可得，极大地方便了研究者，因此，这个时期的索隐红学借助版本异文来立论的，比比皆是。

如与"曹学"的合流，霍国玲、孔祥贤、刘铄的索隐都有此特色。在这方面郭卫的《红楼梦鉴真》表现得更加特别，在郭的

---

[1] 孔祥贤：《红楼梦的破译（再论）》，中国文史出版社 2003 年版，第 194–303 页。

阐释体系里，不但《红楼梦》中处处有隐，而且几乎所有关于曹雪芹及《红楼梦》的文献，如敦诚、敦敏的诗，明义的诗，全都有隐，全都成为索隐对象，从这种大索隐观出发，得出的结论更加出人意想。

如与"探佚学"的合流。在这方面表现最突出的是刘心武的"秦学"。刘心武的秦学就是宫闱秘闻、"曹学"与"探佚学"的混合体。

此外，在 21 世纪初崔耀华等人的研红之作里，我们还可以看到远承索隐派草创时期张新之《妙复轩评石头记》那种义理索隐的读法。如崔耀华主张，《红楼梦》中的贾、王、史、薛的含义是：（1）贾家代表整个封建贵族社会，当然也包括清王朝在内；（2）史家是中国整个历史之化身；（3）王家是中国帝王之法的化身；（4）薛家代表中国从古至当时社会中商贾"货殖"阶级对社会发展的关系、作用、性质和意义。[1]

带着这些纲领性意见，崔耀华读《红楼梦》时处处比附，如将"林如海"解作"林儒海"，以为"喻儒林似海之意"[2]；又如主张"作品中的元、迎、探、惜是人，也是一种哲学概念"，"元，代表'开元'、大观园之始、诞生，迎、探、惜，代表大观园从产生之后发展的三个阶段"[3]，等等。这种读法，正与一百多年前的妙复轩评相映成趣[4]。

总之，索隐红学经二百余年的发展历程，到今天面目已大不同于

---

[1] 崔耀华、张祖晔、崔天昊：《误解红楼——刘心武之"秦学"》，中国友谊出版公司2007 年版，第 100 页。

[2] 《误解红楼——刘心武之"秦学"》，第 220 页。

[3] 《误解红楼——刘心武之"秦学"》，第 233–234 页。

[4] 郭豫适《红楼研究小史稿》、韩进廉《红学史稿》、白盾《红楼梦研究史论》、陈维昭《红学通史》均未将张新之归入索隐派。郭豫适在新著《拟曹雪芹答客问——论红学索隐派的研究方法》一书中，称张新之为"评点类著述中的索隐派"。

以往，已大大丰富。今后究竟会向何种面目演变下去，没人能够预测，那就让我们拭目以待吧。

（本文为孙勇进 2008 年博士学位论文《索隐派红学研究》第二章，略作修改）

一种奇特的阐释现象：析索隐派红学之成因

一、索隐派的发展及提出的问题

对《红楼梦》进行索隐式的解读，这种奇特的阐释现象从《红楼梦》诞生并开始为人传抄之日起即相随而生，于 20 世纪更是兴盛一时。据赵烈文《能静居笔记》，早在《红楼梦》作为抄本流传时期，即有人提出"明珠家事"说；在程木活字本一百二十回《红楼梦》于乾隆五十六年（1791）发行后，又有周春在《阅红楼梦随笔》中提出"张侯家事"说，这些可以看作索隐派红学的肇端。到 20 世纪初，沈瓶庵、王梦阮的《红楼梦索隐》于 1916 年刊行，蔡元培的《石头记索隐》、邓狂言的《红楼梦释真》踵武其后，索隐派红学始具规模。此后，索隐派红学虽不断受到考证派红学、社会批评派红学的重创乃至"围剿"，却再蹶再起，继起者始终不绝如缕。20 世纪 20 年代、30 年代又有阚铎的《红楼梦抉微》、寿鹏飞的《红楼梦本事辨证》、景梅九的《石头记真谛》问世。到了 20 世纪下半叶，中国的索隐红学也丝毫不寂寞，仅据笔者所见所知，就有香港李知其著《红楼梦谜（上篇）》《红楼梦谜（下篇）》《红楼梦谜（续篇）》《红楼梦谜（二续）》；台湾方豪撰文《从红楼梦所记西洋物品考故事的背景》，潘重规著《红楼梦新解》，杜世杰著《红楼梦考释》，高阳著《红楼一家言》，邱世亮《红楼梦影射雍正篡位论》，王以安《红楼梦引》，王以安又设立"红楼梦引"网站，宣扬其"林黛玉即董小宛"的索隐主张；还有许宝骙于《团结报》撰文《抉微索隐　共话红楼》，霍国玲姐弟著《红楼解梦》系列及《红楼圆明隐秘》，冯精志著《大观园之谜》及《曹雪芹披露的故宫秘闻》，刘铄著《红楼梦真相》，元之凡于《红楼梦学刊》1986 年第 1 辑撰文《薙发案、土番儿、耶律、荳童及其他——试论红楼梦的思想倾向，兼议红楼梦的索隐》，并于 2000 年设立"红楼梦境"网站，声称高举蔡元培的索隐旗帜，打倒胡适的新红学，阐扬其索隐派主张，并有《人民日报（海外版）》《中国青年报》予以报导。笔者又在网上检索到另一对《红楼梦》进行索隐阐释的网站"红楼醒梦"，索隐者颜采翔索隐出《红楼梦》为朱明末系"隐王"所撰之清朝"开国女皇"孝庄之秘史……❶ 对索隐派诸家之说，学界多以其为谬悠而示以清高的漠视，间或冷嘲热讽，然而，此一脉历二百余年绵延不绝，不但没有因遭受严厉批评乃至奚落嘲讽❷ 而消亡，至今反有转加兴盛的势头，实不可忽视。

　　也正因如此，学界渐渐开始感到以新的眼光审视索隐派红学的必要性。有的学者提出了"应如实地将索隐派红学看作是红学之作为显学的一大学派"❸，有的学者对新索隐红学在索隐手段上的进步予以相当的肯定❹，更有学者认为从《红楼梦》文本的特殊性来看，索隐派的方法实有其合理性甚至高出考证派❺，还有人谈到索隐派时说，"既觉得它匪夷所思，又觉得它是人类心智想象力的一个胜利"❻。的确，索隐红学作为红学研究的特殊一脉，它的兴起和发展都非常

❶　此外，刘心武的"学术小说"《秦可卿之死》也可归入索隐派的阵营。

❷　对索隐派红学加以严厉批判的论说很多，如郭豫适《红楼研究小史稿》第六章及《红楼研究小史续稿》第五章、第六章，上海文艺出版社 1980 年，1981 年版；郭豫适《索隐派红学的研究方法及其历史经验教训》，载《齐鲁学刊》1999 年第 3 期；白盾主编《红楼梦研究史论》第一编第四章、第二编第四章，天津人民出版社 1997 年版。

❸　张锦池：《世纪之交的红学断想》，载《红楼梦学刊》2000 年第 1 辑。

❹　赵建忠：《二十世纪红学流派的冲突对垒与磨合重构》，载《红楼梦学刊》2000 年第 4 辑。

❺　龚鹏程：《红楼情史》。

❻　王蒙《双飞翼》，三联书店 1996 年版，第 350 页。

复杂，并非可简单地以"无聊""化神奇为腐朽""点金成铁"之类斥之。

首先，应该承认，绝大多数索隐者的学术态度都非常真诚，都付出了相当巨大的努力，若说是哗众取宠，他们投入的时间和精力成本也未免过高，而且对有些索隐者来说根本无以此来哗众取宠的必要，如蔡元培、潘重规这样的学者，至于高阳这样著作等身且即使在大众文化圈也同样享有盛名的作家兼学者，更不必倚赖索隐红学来耸动视听。

其次，索隐者中固有文史根底不过关犯一些低级错误的❶，但也不乏学养深厚者，如蔡元培，如高阳，至若潘重规更是对《红楼梦》研究有素的专家。那么，何以这些学识深湛的学者会走上在正统的考证派看来是"非科学的"乃至"反科学的"索隐之路，且往而不返？何以索隐一脉虽屡经攻诘辩驳，却始终不肯断绝，屡有继起者？对它的兴起、发展的动因及阐释理路在已有研究成果的基础上作进一步总体性考察，应为学术界不可规避之课题。本文拟对这一学派崛起的必然根由进行学理分析，至于它的阐释理路及其根本缺陷，笔者将另文探讨。

二、《红楼梦》文本之特殊性提供的索隐空间

俞平伯在 1978 年所撰、1986 年整理重抄的《索隐与自传说闲评》一文中指出，索隐与自传说两派"原从《红楼梦》来，其二说在本书开宗明义处亦各有其不拔之根底，所谓'甄士隐梦幻识通灵，贾雨村风尘怀闺秀'"。"既曰有'隐'，何不可'索'？"❷ 这实际也就是在说，

---

❶　如霍国玲等著的《红楼解梦》系列，先后有张书才、周思源、孙玉明及孙勇进于《红楼梦学刊》1996 年第 4 辑、1997 年第 1 辑上撰文批驳。

❷　俞平伯：《俞平伯论红楼梦》，上海古籍出版社 1988 年版，第 1141 页。

对《红楼梦》进行索隐式解读这一现象，实深植根于这部作品的某些特殊性中。

这首先要归因于《红楼梦》的特殊写作手法，如大量的隐喻、象征和谶语，及叙事者声称的"假语村言""真事隐去"，极大地唤起了某些接受者的索隐热情。有研究者精辟地指出：曹雪芹生活于经学复兴的时代，今文经学寻求微言大义的思维对他的创作有影响，《红楼梦》的写作确实有隐喻的成分，再加上脂批屡屡指出文本的实录性质以及可能含有的微言大义，并示范以音韵学、文字学、训诂学去索解小说文字背后的"隐"，无形中推动了一些读者采用与创作的影射思维逆向运行的索隐方法来探寻作家原意和历史原貌❶。说到脂批，这里要附带指出的是，被红学家奉为探寻《红楼梦》本旨的权威参照的脂批，其实也有相当可疑的过度诠释的成分，被索隐派借以索隐发挥。如《红楼梦》第十四回叙秦可卿丧仪，写道："那时官客送殡的有镇国公牛清之孙，现袭一等伯牛继宗，理国公柳彪之孙现袭一等子柳芳，齐国公陈翼之孙现袭三品镇威将军陈瑞文，治国公马魁之孙世袭三品威远将军马尚，修国公侯晓明之孙世袭一等子侯孝康。缮国公诰命亡故，其孙石光珠守孝不得来。这六家与宁荣二家，当日所称'八公'的便是。"针对这一内容，甲戌本回前批曰：

牛，丑也。清属水，子也。柳折卯字。彪折虎字，寅字寓焉。陈即辰。翼火为蛇，巳字寓焉。马，午也。魁折鬼，鬼金羊，未字寓焉。侯、猴同音，申也。晓鸣，鸡也，酉字寓焉。石即豕，亥字寓焉。其祖回守业，即守夜也，犬字寓焉。此所谓十二支寓焉。❷

---

❶ 陈维昭：《红学与二十世纪学术思想》，第一章"索隐方法与经纬学术传统"。

❷ 据《脂砚斋重评石头记》卷十四，第1页，上海人民出版社1975年5月第一版，影印本。

如果说这不是过度诠释，曹雪芹的本旨就是要在这几个过场人物的姓名中搞一套"十二支寓焉"，那么这样做的目的和必要性何在？有红学家以为"八国公"明显影射清朝八个"铁帽子王"❶，可这又和脂批所云"十二支寓焉"有何关联呢？如果考证派、社会批评派等既要坚持尊奉脂批阐释作品意义的权威性，又无法回应这一段脂批提出的循此追索作品本意的挑战，就可能会有索隐派起而应战，比如杜世杰就认为牛是指曾以牛金星为相的李自成，"牛，丑也"是说李自成这类流寇为丑类❷，霍国玲则据"清属水"推断金钏跳井（入"水"）是隐写林黛玉的原型进入清宫（含"清"字）的秘史❸。二人的索隐当然都不正确，因为他们均置脂批"十二支寓焉"的总括性的语句于不顾，实用主义地断章取义，但这里的问题并不在于二人的索隐是否正确，而是要指出，过分尊奉脂批的权威性可能反而给正确阐释作品的意义带来不可克服的障碍。类似的被索隐派利用的脂批例子还有，限于篇幅，这里不一一列举。

其次，必须指出的是，《红楼梦》作品本身确实留下了不少疑点，给索隐者提供了很大的索隐空间。众所周知，书中秦可卿这个人物，对她的叙述就有很多地方启人疑窦❹，比如她的葬礼，一个晚辈少妇死了，族中从代字辈到草字辈上下四辈竟来了这么多人，而且又有如此多的各路王爵、高官前来致祭，规模如此之大、规格如此之高，若仅据考证派的"自叙传"说确实很难予以合理解释，因此便有诸索隐家起而索其背后之隐，如王梦阮、沈瓶庵的《红楼梦索隐提要》

---

❶ 梅节:《围绕〈红楼梦〉著作权的新争论——兼评戴不凡〈揭开红楼梦作者之谜〉》，梅节、马力:《红学耦耕集》，三联书店（香港）有限公司 1988 年版。

❷ 杜世杰:《红楼梦考释》，第 86 页。

❸ 霍国玲、霍纪平、霍力君:《红楼解梦（增订本）·第一集》，第 195 页。

❹ 刘心武:《秦可卿出身未必寒微》，载《红楼梦学刊》1992 年第 2 辑。

以为此隐叙董小宛之丧❶，潘重规也提出秦可卿的出丧，被着意铺排成帝王气派，质疑说"这在曹家如何附会得上"❷，又如杜世杰则解作是影射崇祯皇帝的祭礼❸，刘心武也将其作为推论秦可卿出身未必寒微的一条重要论据❹，索隐者颜采翔则在其主持的"红楼醒梦"网站上发表意见认为是写皇太极之死。索隐家上述种种推论固然令人难以置信，但考证派与批评派的红学家的意见又如何呢？比较通行的解释是，《红楼梦》中写秦可卿葬仪之隆盛系自《金瓶梅》中写李瓶儿之死一段化来（这种见解也是由另一路数的索隐家阚铎在《红楼梦抉微》中较早提出的），近年来又有研究者提出，这段描写和《红楼梦》中隐含的满族之萨满信仰有关❺，但这些见解尚未成为学界之定论，既然如此，索隐家们以自己的方式来予以索隐式的解答，也就不足为怪了。

同样，《红楼梦》中人物年龄及活动之时序错乱亦为引人注目之一大疑点。对于这一大疑点，考证派学者有极力予以否认者，如某位极端强调《红楼梦》自叙传性质的学者坚持认为，《红楼梦》叙事"大有条理"，"所叙日期节序、草木风物，无不吻合，粲若列眉"，对于书中明显的矛盾处则解作"信笔泛叙""疑字有讹误"，"不必以辞害义"，"不得死看"❻。这种看法显然难以服人，因为书中的时序矛盾舛错之处并非只是"偶有二三处欠合的"，据戴不凡先生的分析统计，前八十回几乎每一回都有这一问题，真可说"书中前后矛盾、可

❶ 张国星、张庆善主编，和群据王梦阮、沈瓶庵《红楼梦索隐提要》校点的《红楼梦与顺治皇帝的爱情故事（上）》，辽宁古籍出版社1997年版，第195—206页。

❷ 潘重规：《红学六十年》，原载《幼狮文艺》第40卷第1期，1974年7月，此处据胡文彬、周雷编：《台湾红学论文选》，百花文艺出版社1981年版。

❸ 杜世杰：《红楼梦考释》，第80—88页。

❹ 刘心武：《秦可卿出身未必寒微》。

❺ 富育光：《谈〈红楼梦〉中满族旧俗》，载《红楼梦学刊》2001年第3辑。

❻ 周汝昌：《红楼梦新证》，第六章"红楼纪历"，人民文学出版社1976年版。

疑、破绽之处累累"❶。对此有些学者推断系因《红楼梦》复杂的成书
过程所致，将这类问题视作"大醇小疵""瑕不掩瑜"❷，有红学家认
为从艺术欣赏的方面来看，这根本就不是个问题，它只是中国古代
文学"遗形取神""景为情用"等艺术传统的表现❸；也有研究者认为
书中贾宝玉年龄描写的矛盾现象是作者"重温繁华""逃避自责"的
创作心理所致❹；还有人提出了别出心裁的"超越的遥远的观察'哨
位'"说❺。这些解释都可聊备一说，但不可否认的是，时序矛盾这一
问题的揭出，在一般视《红楼梦》为完美典范的解读者那里，很可能
会带来崇信危机❻，而索隐家们则坚信他们独具只眼的索隐恰能解决
这一危机，恢复《红楼梦》完美典范的形象，因此便纷纷赶来在这一
问题上各显身手，进行种种推论索隐❼。

　　最后，还有对作者意图进行过度推求导致的索隐立场。即如钱静
方《红楼梦考》所云："要之《红楼》一书，空中楼阁，作者第由其
兴会所至，随手拈来，初无成意。即或有心影射，亦不过若即若离，

❶ 戴不凡：《红楼评议·外篇》，"时序错乱篇"，文化艺术出版社 1991 年版。

❷ 参见戴不凡：《红楼评议·外篇》，"时序错乱篇"；郭世铭《谈〈红楼梦〉年表》，载
《红楼梦学刊》1995 年第 1 辑。

❸ 张锦池：《红楼梦考论》，黑龙江教育出版社 1998 年版，第 32-33 页。

❹ 金生奎：《重温繁华与逃避自责——关于贾宝玉年龄问题的一种解析》，载《明清小说
研究》1998 年第 3 期。

❺ 王蒙：《红楼启示录》，附录"时间是多重的吗"，三联书店 1991 年版。

❻ 如胡钦甫《〈红楼梦〉摘疑》中云："全书对于时间的轻视疏忽，是不能讳言的。这
也许是中国旧小说家的通病吧。……所以九十余万言的长篇小说在东方虽不失其为第一
流的杰作，而陈列于世界的文坛，却不免要逊一筹了。"转引自霍国玲等：《红楼解梦（增
订本）·第一集》，中国文学出版社 1995 年版，第 274 页。

❼ 如杜世杰《红楼梦考释》第二篇第六章第三节"巧接"云："作者为了启示读者，乃
使巧姐（谐接）在红楼上时大时小，巧姐年龄之小与大，便代表历史事件发生的早与晚，
并不是作者的疏忽。"并展开分析巧姐年龄大小的变化如何与清初的史事相对应，见该书
第 59-62 页，中国文学出版社 1995 年版；又如霍国玲等著《红楼解梦》，力图以索隐出曹
雪芹与林黛玉的原型"竺香玉"合谋杀死雍正的秘史的方式，对《红楼梦》中的纪年混乱
问题予以完满解释，见《红楼解梦（增订本）·第一集》中"双悬日月照乾坤"一章，中
国文学出版社 1995 年版。

轻描淡写，如画师所绘之百像图。类似者固多，苟细按之，终觉貌似而神非也。"❶

《红楼梦》的作者——曹雪芹、高鹗，以及可能存在的《红楼梦》前身《风月宝鉴》和／或《金陵十二钗》和／或《石头记》的作者——无论是谁，都毫无疑问具有当时至少是中上水准的文化修养，将当时诗文乃至时政掌故等信手拈来，写入文中，是非常自然的，在作者也许是涉笔成趣，别无深意，但后人逆向解读时，就很可能索解出影射意图，将作者无意的成分解作有意，由此展开一系列过度诠释。这说明以意逆志这种文本阐释方式有其有效性之边界，并非可不加限制条件地孤立地任意使用，否则就会如《百年孤独》作者加西亚·马尔克斯尖刻讥讽的那样："评论家和小说家完全相反，他们在小说家的作品里找到的不是他们能够找到的东西，而是乐意找到的东西。"❷当然，不是只有索隐派才有这个问题，这是所有的批评者都应加以警惕的。

三、考证派自传说的缺陷

索隐派不能为学界主流"扑灭"，还可从红学发展中找到内部原因。

红学索隐派虽常受考证派和社会批评派各路共同"围剿"，但因其与考证派都是从传统史学的历史之维去审视《红楼梦》并进行"史料还原"，均以还原《红楼梦》隐去的（或者说，它所影射的）历史上的原本事件、人物为己任，因此它主要的竞争对手就是考证派。虽然自胡适的《红楼梦考证》起，考证派的自传说屡予索隐派以重

---

❶ 《石头记索隐　红楼梦考证》，北京大学出版社 1989 年版，第 46—47 页。

❷ 加西亚·马尔克斯、门多萨著，林一安译：《番石榴飘香》，三联书店 1987 年版，第 104 页。

创，但因其本身的一些缺陷，也给索隐派留下了周旋的余地。

最大的缺陷就是相当数量的考证派学者过度强调《红楼梦》的实录性质，极端者就是制作年表之类。这就带来很多问题，如无法解说《红楼梦》文本中诸多情节前后时序不一致的矛盾，授索隐派以攻击并论证索隐合理的口实；又如蔡元培当年针对胡适的"曹雪芹的自传"和"平淡无奇的自然主义"，曾提出一个问题：

> 而此书又为雪芹自写其家庭之状况，则措辞当有分寸。今观第七回焦大之谩骂，第六十六回柳湘莲道："你们东府里，除了那两个石头狮子干净罢了"似太不留余地。❶

这句话向为人所忽略，考证派及社会批评派的自叙传说者并没予以充分重视，因此便有后起的索隐者不断据此发挥反击，如潘重规在《红学六十年》中质疑道："《红楼梦》的作者对于贾府的恶意仇视，时时流露于字里行间，焦大、柳湘莲的当面嘲骂，尤三姐托梦时的从旁控诉（庚辰、戚本第六十九回），每每都表现作者对贾府的痛恨。如果作者是曹雪芹，他为什么要诋毁他列祖列宗如此不堪呢？可见自叙传的说法是不能成立的。"又如杜世杰在《红楼梦考释》一书中引录了史料中关于曹寅为人品格忠正、干练多才的记载后，亦质疑云："据自传派主张，吴玉峰、畸笏（有人主张是雪芹之父）、脂砚（有人主张是雪芹之兄或继室）、棠村（有人主张是雪芹之弟）、曹雪芹都是曹寅的子孙，都曾参与制造《红楼梦》，仔细想想，这话若是真的，那曹家人究竟集体得了什么病，要花十多年功夫，研究制造一部骂自己的书呢？"❷

确实，对于过分地强调《红楼梦》自传、实录性质的人来说，这

---

❶ 蔡元培：《〈石头记索隐〉第六版自序》。

❷ 杜世杰：《红楼梦考释》，第21—22页。

并不是个好回答的问题。说曹雪芹有叛逆精神、暴露意识也不见得全能令人心服，再叛逆也还有个人情的度，何况在很多红学家那里，渐渐也开始承认曹雪芹的思想还有很多局限性和保守因素。对这个问题，一些学者以《红楼梦》成书过程的复杂性予以解释，如有人认为，《红楼梦》的成书可能是先写了尽力暴露贾家黑暗的《风月宝鉴》后，又写了礼赞女性的《金陵十二钗》，再将前者打散开来分别放入后者中❶。不过，对这一类的解释，索隐者仍可循其原来的理路追问：曹雪芹何以要写如此丑诋先人的《风月宝鉴》？

再有，应该看到考证的方法本身也并不能解决一切问题，诸如《红楼梦》情节中相当数量的内部矛盾，考证派尚不能予以完满解答，这就给了索隐家们用武之地，他们为将《红楼梦》完美化和必能索隐出文字背后真相的信念驱使，坚定地宣称："其纰漏处均是绝大关键"❷，"反常的地方，对立的部分，都是红楼上问题的所在"❸。而在《红楼梦》被不断地经典化至不可超越的伟大典范后，一般层面的接受者也自然产生了对《红楼梦》完美化的接受期待，这也就是索隐家们努力弥缝《红楼梦》之种种固有矛盾的索隐之作，往往在非专门家的广大接受者那里颇有市场的原因所在❹。从这个意义上来说，索隐派的绵延不绝又与《红楼梦》被不断经典化的接受史大背景有一定的内在关联。

因此，从上述归纳的并不完全的几点来看，红学索隐派的兴起及不绝如缕，是《红楼梦》文本外部、内部各种合力推动的结果，实有

---

❶ 赵润海：《〈石头记〉自传说的检讨》，载《文学评论》2000 年第 6 期。

❷ 太冷生：《古今小说评林》，转引自朱一玄编：《红楼梦资料汇编》，南开大学出版社1985 年版。

❸ 杜世杰：《红楼梦考释》，第 42 页。

❹ 仅以霍国玲等著的《红楼解梦》为例，该书初由北京燕山出版社于 1989 年出版，一次便印了 28000 册，据胡文彬先生言，这个印数打破了 1949 年以来红学论著一次印数的纪录（见《红楼解梦（增订本）·第一集》"增订本说明"）。《红楼解梦（增订本）·第一集》则于 1995 年由中国文学出版社出版发行，当年便再版，印数增至 30000 册。

其学理上的必然性。由此可以预言，对《红楼梦》进行索隐式解读的现象，在相当长的时间内还不会消亡，至于对这一现象应如何进行价值评判，那就需要另文探讨了。

（原刊于《南开学报（哲学社会科学版）》2002年第5期，有删节）

无法走出的困境

——析索隐派红学之阐释理路

　　说起红学中的索隐一派，学界并不陌生。早在《红楼梦》作为抄本流传时期，就有人提出"明珠家事"说（见赵烈文《能静居笔记》），在程木活字本一百二十回《红楼梦》于乾隆五十六年（1791）发行后，周春在《阅红楼梦随笔》中又提出了"张侯家事"说，这些可以看作索隐派红学的肇端。到了 20 世纪初，沈瓶庵、王梦阮的《红楼梦索隐》于 1916 年刊行，蔡元培的《石头记索隐》、邓狂言的《红楼梦释真》踵武其后，索隐派红学始具规模。此后，索隐派红学虽不断受到考证派红学、社会批评派红学的重创乃至"围剿"，却再蹶再起，继起者始终不绝如缕。20 世纪 20 年代、30 年代又有阚铎的《红楼梦抉微》、寿鹏飞的《红楼梦本事辨证》、景梅九的《石头记真谛》问世。到了 20 世纪下半叶，中国的索隐红学也丝毫不寂寞，仅据笔者所见所知，就有香港李知其著《红楼梦谜（上篇）》《红楼梦谜（下篇）》《红楼梦谜（续篇）》《红楼梦谜（二续）》；台湾方豪撰文《从红楼梦所记西洋物品考故事的背景》，潘重规著《红楼梦新解》，杜世杰著《红楼梦考释》，高阳著《红楼一家言》，王以安《红楼梦引》，邱世亮《红楼梦影射雍正篡位论》，王以安又设立了"红楼梦引"网站，宣扬其"林黛玉即董小宛"的索隐主张；还有许宝骙于《团结报》撰文《抉微索隐　共话红楼》，霍国玲姐弟著《红楼解梦》系列及《红楼圆明隐秘》，冯精志著《大观园之谜》及《曹雪芹披露的故宫秘闻》，刘铄著《红楼梦真相》，元之凡于《红楼梦学刊》1986 年第 1 辑撰文《薤发案、土番儿、耶律、荳童及其他——试论红楼梦的思想倾向，兼议红楼梦的索隐》，并于 2000 年设立"红楼梦境"网站，声称高举蔡元培的索隐旗帜，打倒胡适的新红学，阐扬其索隐派主张，并有《人民日报（海外版）》《中国青年报》予以报导。笔者又在网上检索到另一对《红楼梦》进行索隐阐释的网站"红楼醒梦"，索隐者颜采翔索隐出《红楼梦》为朱明末系"隐王"所撰之清朝"开国女皇"孝庄之秘史……❶ 总之，索隐派红学不但没有因一些红学家的严厉批评乃至奚落嘲讽 ❷ 而消亡，反有转加兴盛的势头。

也正因如此，学界渐渐开始感到以新的眼光审视索隐派红学的必要性。有的学者提出了"应如实地将索隐派红学看作是红学之作为显学的一大学派 ❸"，有的学者对新索隐红学在索隐手段上的进步予以相当的肯定，甚至还指出索隐派相比于考证派和社会批评派在学理上的优长所在 ❹，更有学者认为从《红楼梦》文本的某些特殊性来看，索隐派的阐释理路甚至高出考证派 ❺。的确，索隐红学作为红学研究的特殊一脉，向学界提出了很多值得深入探究的问题。例如，何以索隐派红学能蔚然兴起且继起者不绝如缕？这种现象深层的学理根由是什么？又如，若从沈瓶庵、王梦阮 1916 年刊行较具系统性的索隐论著《红楼梦索隐》开始算起，发展了近一个世纪且至今未有断绝迹象的索隐派红学的阐释实践，真的仅仅用胡适的一句"猜笨谜"即可涵盖？或者如有的论者所说，是"不讲科学，不讲逻辑，取其一点，不及其余"，"抓住《红楼梦》这本'生活大书'的一枝一叶、一点一滴

---

❶ 此外，刘心武的"学术小说"《秦可卿之死》也可归入索隐派的阵营。

❷ 对索隐派红学加以严厉批判的论说很多，如郭豫适《红楼研究小史稿》第六章及《红楼研究小史续稿》第五章、第六章，上海文艺出版社 1980 年，1981 年版；郭豫适《索隐派红学的研究方法及其历史经验教训》，载《齐鲁学刊》1999 年第 3 期；白盾主编《红楼梦研究史论》第一编第四章、第二编第四章，天津人民出版社 1997 年版。

❸ 张锦池：《世纪之交的红学断想》，载《红楼梦学刊》2000 年第 1 辑。

❹ 赵建忠：《二十世纪红学流派的冲突对垒与磨合重构》，载《红楼梦学刊》2000 年第 4 辑。

❺ 见台湾学者龚鹏程《红楼情史》一文。

大做文章……"？须知索隐诸家不乏学养深厚者，如蔡元培，如高阳，像潘重规更是对红学研究有素的专家，难道这些学者的索隐都是"不讲科学，不讲逻辑"的违规操作？

指出红学索隐者们操作环节的具体问题及某些索隐者学养的不足并非难事❶，但也应看到索隐派的索隐手段在不断地追求发展、改进。如据刘梦溪先生在《红学》一书介绍：台湾索隐者赵同的《红楼猜梦》"一改过去索隐派用拆字、谐韵、类比寻求影射的惯常作风，转而集中使用考证派搜集和发现的关于曹雪芹家世的大量历史史料，包括备受考证派重视的脂批，由这些材料来充实他假设的关于作者和影射问题的基本构架。从理论上说，《红楼猜梦》的作者赵同所做的，是把考证派和索隐派结合起来的一种尝试；在方法上是用考证的方法来达到索隐的目的"。其实利用考证派搜集和发现的关于曹雪芹家世的大量历史史料，包括备受考证派重视的脂批，由这些材料来充实假设的关于作者和影射问题的基本构架，这是很多新索隐者的共同特性，例如霍国玲等著《红楼解梦》系列也同样如此，他们一些具体的考证结论甚至得到考证派重要学者周汝昌先生和徐恭时先生的肯定❷。

总之，红学索隐派的索隐手段在不断地追求发展、改进，新的红学索隐者们力求融合考证派的新成果，具体索隐手法远比蔡元培时代成熟、系统，这些都是事实。接下来的问题是，索隐派的索隐手段尽管在不断地变化，但他们既然被归于一派，他们有没有一个相通的根本性的阐释理路？这一阐释理路是否又有无法克服的根本性缺陷？如果有，是什么？这就非简单地嘲笑几句"猜笨谜"或怒

❶ 如霍氏姐弟的《红楼解梦》系列,先后有张书才、周思源、孙玉明及孙勇进于《红楼梦学刊》1996 年第 4 辑、1997 年第 1 辑上撰文批驳。

❷ 见周汝昌致霍国玲信,收入霍国玲、霍纪平、霍力君著:《红楼解梦·第二集》,中国华侨出版社 1996 年版, 第 417 页；徐恭时:《秦淮梦幻几经春》,载《红楼梦学刊》1990 年第 4 辑。

斥几声"胡乱比附"所能解决的了，这需要我们在更宏阔的理论视野上进行观照思考。

意大利符号学教授昂贝多·艾柯在《诠释与过度诠释》一书中，提到一个非常有趣的现象：在意大利文学史上，但丁是第一个声称其诗歌传达了字面内与字面外两种意义的人，于是从 19 世纪下半叶开始，有一些批评家在反复阅读但丁的《神曲》后，声称在但丁身上发现了一种秘密语言或者说专门用语，并据此认为但丁作品中每一处指涉情爱与真人真事的文字都可以解释为以隐喻的方式对教会进行抨击。据艾柯介绍，这类批评家的名单"令人难以置信地长"。接下来艾柯举了一个例子，讲的是一个叫罗塞蒂的批评者如何通过但丁的《神曲》发现，但丁是共济会、圣殿骑士团及玫瑰十字会的成员（而历史上玫瑰十字会的思想其实形成于 17 世纪初，共济会的第一个集会出现于 18 世纪初）。限于篇幅，罗塞蒂具体的论证过程不在这里复述❶，这里只说一点，罗塞蒂的论证方式如果用汉语中的一个词来概括，那么最恰当的词就是——索隐，如果有兴趣者去阅读书中的具体介绍，就会发现罗塞蒂所采用的诸种阐释手段与红学索隐派可说如出一辙。

这个现象也许可以说明，索隐，其实是一种超越具体文化语境而广泛存在的文学阐释理路，因此深入探究它的方法论实有非同一般的重要意义。由此可见，对绵延不绝的索隐红学一脉的阐释理路进行学理分析，实已成为我们不可规避的课题，这也就是本文的任务所在。

下面，我们将从逻辑学、符号学、索隐派阐释思想的理论前提、索隐派阐释实践的解构特征四个角度，来分析索隐派红学的阐释理路。

---

❶ 参见艾柯等著、王宇根译：《诠释与过度诠释》，三联书店 1997 年版，第 65–71 页。

一

胡适于《红楼梦考证》一文中曾说到蔡元培《石头记索隐》的索隐方法，是"每举一人，必先举他的事实，然后引《红楼梦》中情节来配合"。其实这样做并没有什么特别的不合理，这不正合乎胡适所提倡的"大胆假设，小心求证"吗？因此，关键的问题是如何来"配合"，如何能确立"配合"的合法性、有效性。

纵观各个时期索隐诸家的索隐之作，就会发现，无论是蔡元培时代的索隐著作，还是杜世杰、霍氏姐弟的新索隐著作，他们求证过程的第一步，都是将《红楼梦》文本中某一意义单元作为一能指符号，通过一系列语义转换手段，和文本外的某一所指（如明清历史中的某一人物或事件）对应起来，并将这种对应关系解为作者有意识的影射，这是索隐派构筑索隐大厦的基石，甚至是有些索隐者的唯一手段。

现在我们就来看两个这种通过语义转换来索隐的例子。如蔡元培的《石头记索隐》，开宗明义即索隐道"书中'红'字多影'朱'字，朱者，明也，汉也"，通过这样一系列转换，《红楼梦》中的"红"便和汉民族的"汉"形成了对应关系，然后再由此推论，《红楼梦》中"宝玉有爱红之癖，言以满人而爱汉族文化也；好吃人口上胭脂，言拾汉人唾余也"❶；再看霍国玲姐弟《红楼解梦·第二集》中一例，《红楼梦》第五十二回中，薛宝琴说到八岁时跟父亲到西海沿上买洋货，曾见到一个真真国十五岁女孩，对此，该书索隐道：

"真真"即真而又真之意。"真而又真"岂非"太真"？"太真"是杨贵妃杨玉环的道号，传说此人后来成了神仙，居住在蓬莱仙岛。作者所谓"真真"，实为"太真"的变称。作者借用"太真"称呼这位会写诗的十五岁美人，不正说明此人是一位脱离凡尘、居于仙境的

---

❶ 《石头记索隐　红楼梦考证》，北京大学出版社1989年版，第6页。

神仙一流的人物吗？人间的仙境在何处？庙宇是神仙聚居之地，自然是在庙宇中！这就说明会写诗的十五岁真真国的女儿，是位出家为尼的少女。❶

在这里我们看到，这种语义转换过程可简括如下：

真真——真而又真——太真——杨贵妃的道号——杨贵妃——仙人——仙境——人间仙境——庙宇——出家为尼。

就这样，通过繁复的语义转换，真真国女子便指向了索隐目标——霍氏心中林黛玉的原型，一个出家为尼的少女。

索隐派的语义转换手段十分丰富。谐音、拆字是最简单的，复杂一点的，如蔡元培答辩胡适的批评时所说的推求三法："品性相类者""轶事有征者""姓名相关者"。还有景梅九《红楼梦真谛》中示范的：由高启诗句"雪满山中高士卧，月明林下美人来"，推出"雪"影"满"，"林"影"明"，又据《红楼梦曲》中"空对着山中高士晶莹雪，终不忘世外仙姝寂寞林"，"雪"又影"薛宝钗"，"林"影"林黛玉"❷，于是我们便可以看到：

薛宝钗——雪——空对着山中高士晶莹雪——雪满山中高士卧——满——满族——清王朝；

林黛玉——林——终不忘世外仙姝寂寞林——月明林下美人来——明——明王朝。

索隐派的语义转换手段难易有别，对索隐者的学识要求也有很大差别，正是从各索隐者不同的具体的语义转换操作中，可以看到每位索隐者不同的才情、学识背景乃至情怀。但这些语义转换无论怎样千差万别，一经仔细考察，就会发现，在他们复杂的语义转换过程中，并不是转换链中每一个转换环节都是必然的，其中总有某

---

❶ 见《红楼解梦·第二集》，第 369 页。

❷ 《红楼梦真谛》，辽宁古籍出版社 1997 年版，第 16–17 页。

些环节是或然的，如"红"和"朱"表颜色时可以互训，但由表颜色的"朱"到表姓氏的"朱"这一转换的必然性依据何在？这样的多环节转换链的转换结果，便如有的学者以高阳的元春影福彭的考证为例时分析指出的那样："它由材料向结论推理的过程，是由一种可能性向另一种可能性的过渡、转换的过程，其结论依然是一种或然性、可能性。"❶

索隐派对于影射关系的推求，如上举各例所看到的那样，恰恰是都不能避免有一些或然性的环节在内的转换过程，那么结论也自然只能是不确定的。如上引几例中转换水平最高的景梅九的索隐一例，指"空对着山中高士晶莹雪，终不忘世外仙姝寂寞林"句中的"雪"为薛宝钗、"林"为林黛玉，验诸《红楼梦》文本，当无问题，由"空对着山中高士晶莹雪，终不忘世外仙姝寂寞林"转换到"雪满山中高士卧，月明林下美人来"，也完全合理（这种地方正可看出索隐者的学识），但由"雪满山中高士卧，月明林下美人来"得出结论以"雪"射"满"、以"林"射"明"（射覆法），以及接下来的由"满"对应到"满族"、由"明"对应到"明王朝"，这就很难说了。孤立地看，固然不可遽断为非，但也并不是必然正确的结论，而整个推论链中只要一个环节是不确定的，那么它的最终结论也只能是不确定的，只是多种可能的一种。

这也就是同一个人物、情节等文本材料在不同的索隐者那里会得出不同的甚至截然相反的索隐结论的原因所在。如同样从"雪满山中高士卧"一句出发，在景梅九那里最后推出的结论是薛宝钗影射清政府，在蔡元培那里却是薛宝钗影射康熙朝的高士奇❷；如同主反清复明，蔡元培、邓狂言的结论是男人影射清，女人影射明，而杜世杰的

---

❶ 陈维昭著：《红学与二十世纪学术思想》，人民文学出版社2000年版，第80页。
❷ 《石头记索隐 红楼梦考证》，第14页。

却恰好相反 ❶；又如同样是真真国女子这一文本中的材料，霍国玲解为"太真"云云，而寿鹏飞、景梅九、杜世杰则以为是台湾的郑成功……❷

也同样因为如此，在一些索隐家那里，得出一条材料同时影射多个目标的更为离奇的结论，也就不足为怪了。如邓狂言的《红楼梦释真》，索隐出林黛玉同时影射董小宛、乾隆孝贤皇后富察氏和方苞 ❸；如景梅九的《红楼梦真谛》，据《红楼梦》第二十三回黛玉问宝玉看什么书、宝玉答道不过是《中庸》《大学》一节，索隐出"《大学》《中庸》既影明清，又影性德，双管齐下，巧不可阶"❹。不管这样的索隐结论从创作心理学的角度来说是多么匪夷所思，但在索隐红学一派的内在阐释理路上来说，却并非不可能。道理说穿了很简单：索隐家对每一文本材料向某一所指进行的索隐既然如上面分析的那样，只是一种或然性的结论，那么多种或然性的结论并存又有什么奇怪的呢？

也正因这一点，索隐家们便难逃反驳者采用归谬法予以的致命一击。如胡适《红楼梦考证》里指出，按照蔡元培的索隐路数，据姜宸英祭纳兰性德文，黛玉比妙玉更有资格影射姜宸英，据郭琇参劾高士奇的奏疏来索隐，凤姐比宝钗更可影射高士奇；又如蔡元培认为《红楼梦》中男人指满族人、女人指汉族人，萨孟武的《红楼梦与中国旧家庭》却道，如果有这种影射，则男人指汉族人、女人指满族人也同样成立，且更说得过去 ❺；笔者亦曾用归谬法模仿霍国玲等《红楼

---

❶ 分别见《石头记索隐　红楼梦考证》，第8页；邓狂言著：《红楼梦释真》，辽宁古籍出版社1997年版，第11页；杜世杰著：《红楼梦考释》，中国文学出版社1995年版，第295页。

❷ 分别见寿鹏飞《红楼梦本事辨证》，收入孙玉明、于景祥主编：《红楼梦本事之争》，辽宁古籍出版社1997年版，第159页；《红楼梦真谛》，第25页；《红楼梦考释》，第260-262页。

❸ 《红楼梦释真》，第17页。

❹ 《红楼梦真谛》，第23页。

❺ 萨孟武著：《红楼梦与中国旧家庭　水浒与中国社会　西游记与中国政治》，岳麓书社1998年版，第51页。

解梦》的诸种语义转换手段，索隐出林黛玉的原型并非名叫"红玉"，而应是"翠金"❶。这种用以反击索隐派的归谬法的实质，就是用与索隐派相同或类似的语义转换手段，转换出不同乃至截然相反的结论，以一种可能来代替另一种可能，以子之矛攻彼之盾，以此来从根本上质疑索隐派这种语义转换手段的合理性。

因此，我们可以看到，索隐派用以构筑其意义世界的一块块基石，即各局部语义转换结论，从逻辑学的角度分析来看，只能停留在疑似的水准，在真理性上是何等的脆弱。

二

现在，我们再以符号学理论来审视索隐派这种依赖多次语义转换所得结论的可靠性。

根据艾柯《诠释与过度诠释》一书中提出的理论，"某一东西要想成为另一东西的证据和符号，必须符合三个条件：简洁'经济'（没有比此更加简单的解释）；指向某一单个（或数量有限）的原因而不是诸多互不相干的杂乱的原因；与别的证据相吻合"❷。

艾柯的理论是针对西方一些批评家对但丁作品的索隐式阐释而提出的，它山之石，可以攻玉，对我们分析考察中国的索隐派红学也不无帮助。

先看"简洁经济"这一标准。索隐派这种通过多次语义转换实现的影射，之所以给人牵强离奇的感觉，首先就在于它违反了"简洁经济"的原则。关于"简洁经济"原则，这里可以举一个例子来说明。比如，我们往往通过两部小说文本中某些相同或相似的内容，推断它

---

❶ 孙勇进：《假作真时真亦假——〈红楼解梦〉何尝解梦》，载《红楼梦学刊》1997年第1辑。

❷ 《诠释与过度诠释》，第58页。

们之间的影响关系，如《金瓶梅》与《如意君传》，但这种推断是有前提的，如果我们在乾隆年间小说 A 里看到出现了《论语》中的一句话，又在道光年间小说 B 里看到了《论语》中的同样的一句，因此推论 A 影响了 B，或 A、B 受同一部未见的小说 C 的影响，这样的结论就十分可疑，因为有更简单的解释：《论语》是那个时期的每一个文人都非常熟悉的。现在回过头再看《红楼梦》的脂批，就会发现至少在这一点上，绝大多数脂批与索隐派诸家的索隐拉开了距离，脂批中虽有揭示作品的影射特征的，但多只限于简单的谐音之类，所以并无牵强之感，绝无索隐家们上述诸种多环节语义转换的例子。

当然我们得承认，所谓"简洁经济"原则更多地诉诸接受者的个人经验，也有相当的不确定性，这就需要同时验诸另两个条件。

先看"指向某一单个（或数量有限）的原因而不是诸多互不相干的杂乱的原因"，在这一点上，索隐者的多环节推论也非常可疑。我们看到，他们在推论过程中，几乎不停地改变推论依据，以形式最简单的"红者，朱也，明也，汉也"为例，就先后使用了"表颜色同义""表皇帝的姓氏""建立政权的民族"三种不同依据，其他索隐诸家的语义转换过程均有这一问题。这里在艾柯提出的这一标准的基础上想要进一步申说的是，索隐派的问题还不仅仅在于索隐过程中使用的推论依据的多寡，而且更重要的是如何证明使用这一些而不是那一些推论依据的合法性。如上面所质疑的，由表颜色的"红"到表同一颜色的"朱"是合理的，但由表颜色的"朱"到表皇帝姓氏的"朱"又有何必然性依据呢？应该指出，这一转换的出现有它的历史根由，历史上的清王朝一度利用这种缺少必然性依据的语义转换手段兴起某些文字狱，来实行民族压迫，无形中启示了后来的一些索隐家如法炮制，但这种转换依据并不天然具有合理性。又如同样是主张《红楼梦》中的男／女分别指涉满／汉，蔡元培、邓狂言和景梅九的推论依据就完全不一样，谁的依据能够成立，还是都不成立？同理，蔡元培既然可以循"男/女——阳/阴——君/臣——满/汉"的路数来推求，萨孟武为什么就不可以循"男——汉子——汉"和"女——女真——满"的路数来推求呢？

这就要看第三点了，是否"与别的证据相吻合"。证据有多种，比如外证，如指出鲁迅小说和杂文中有影射当时人物的内容并不难，因为我们有足够的外证，如指出《故事新编·理水》中"其实并没有所谓禹，禹是一条虫"一句影射顾颉刚先生，是因为有顾颉刚先生自己的文章为铁证，但红学索隐家们却从未找到一条这样有力的外证，那就只好求诸内证，回到《红楼梦》文本自身。

考察到这里，索隐派也许会说，他们在这点上是占优势的，因为即便每个例证都有个成立的可能概率问题，但他们一般都会从文本中找出大量相似例证，指向同一结论，这难道还不能说明问题？的确，索隐派一般都用力甚深，下笔动辄数万言乃至数十万言，他们也确实努力从文本中找出多条材料指向同一影射目标，但遗憾的是，这仍不足以说明问题。道理不难解释，从逻辑学的角度来说，索隐派对每一个例证的推理得出的结论都是或然性的，即使这些或然性的结论在每一个例证里孤立地看都可备一说，但这些结论既然全都是或然性的，那么第一，它们之间无法互证，第二，它们相加即对它们进行归纳也得不出一个必然性的结论，须知归纳推理得出的结论永远是或然性的，这和例证的多寡无关，这是一个逻辑学的常识。明乎此，就会明白，蔡元培在《石头记索隐》中举出再多薛宝钗影射高士奇的可能性例证，也不说明什么问题。同样，对我们来说考察索隐派的某一影射推论是否成立的其他证据，也不应是是否有其他类似的例证，那么应是什么？就是能否验诸小说的整个文本语义结构。这一点是最重要的一点，正是靠这一点，我们才能对索隐派的结论彻底证伪。

还是先以蔡元培的《石头记索隐》为例，蔡元培认为《红楼梦》中探春影射康熙朝的徐乾学，其中一例证是历史中徐乾学弟弟徐元文入阁，与高士奇更加招摇搜刮，以致有"去了余秦桧（指余国柱），来了徐严嵩"之谣（以下简称"上谣"），而《红楼梦》五十五回中恰说道，凤姐病中，王夫人命探春同李纨协理，又请了宝钗来，"他三人一理，更觉比凤姐当权时更谨慎了些。因而里外下人都暗中抱怨说：'刚刚倒了一个巡海夜叉，又添了三个镇山太岁。'（以下简称'下谣'）"蔡元培以为此即影射"去了余秦桧，来了徐严嵩"一谣也。此一说乍一看似有理，实则经不起推敲：第一，上谣中"徐严嵩"是指徐乾学之弟而非徐乾学本人，如果说探春影射徐乾学，那么下谣中与上谣"徐严嵩"相对应的镇山太岁就不应指探春，对应《红楼梦》整个文本中的人物关系，"镇山太岁"影射探春之弟贾环方完全平行；第二，蔡元培在《石头记索隐》他处提出影射余国柱的是刘姥姥，而《红楼梦》文本中下谣里与"余秦桧"相平行的"巡海夜叉"却是指凤姐，又不合；第三，上谣意在讥嘲二人搜刮，而《红楼梦》文本中的下谣却是说三人视事谨严，且接下来的情节就是"敏探春兴利除宿弊，时宝钗小惠全大体"，作者是以叹赏的笔调写探春兼及宝钗，这与上谣中的精神相去何啻霄壤！就这样蔡元培索隐出的所谓的对应关系被文本中他处情节完全否定，自然立不住了。此即索隐派之通病也，如霍国玲《红楼解梦》中认为，雍正皇帝被隐写到《红楼梦》中贾敬、贾蓉、薛蟠等一系列反面角色中，曹雪芹自己被隐写到贾宝玉、柳湘莲等一系列正面人物中，然后于《红楼解梦》一书中推论说，曹雪芹将雍正隐写到贾蓉身上，比宝玉低一辈，是巧妙地谩骂雍正"你是我侄子"，此论令人哑然失笑不说，问题是若照此推论，曹雪芹将雍正隐写到贾敬身上，验诸《红楼梦》文本，岂不又要得出曹雪芹甘为雍正侄子的奇谈怪论？另外，书中薛蟠与柳湘莲交好的情节又如何解释呢？例子不必再多举，从现在所能见到的索隐派诸作来看，它们的种种局部语义转换结论，最终被《红楼梦》文本的语义结构证伪，可说是它们的共同命运。

三

现在，我们再在更高的层次上，分析索隐派阐释思想的一个根本性理论前提：什么是影射？当我们说一部作品"影射……"时意味着什么？

蔡元培在《〈石头记索隐〉第六版自序》中，对胡适《红楼梦考证》中"猜笨谜"的批评作了回应：

> 况胡先生所谥为"笨谜"者，正是中国文人习惯……即如《儒林外史》之庄绍光即程绵庄，马纯上即冯粹中，牛布衣即朱草衣，均为胡先生所承认……然而安徽第一大文豪且用之，安见汉军第一大文豪必不出此乎？ ❶

蔡元培的这一问题，并不是个伪问题，值得认真对待。的确，文学作品中的人物与现实世界中的人物有某种对应关系，古今中外所见多是，但这能否用以证明蔡元培索隐的合理性？用蔡元培的话说，就是"安徽第一大文豪且用之，安见汉军第一大文豪必不出此乎？"

我们先来看一下胡适在《跋〈红楼梦考证〉》中对这一问题的回答。胡适的回答概括起来就是：第一，承认"有几种小说是可以采用蔡先生的方法的"，比如《孽海花》，因它是本写时事的书，《儒林外史》也可以，但大多数小说绝不可以；第二，具体地说《红楼梦》不可以的理由，就是如顾颉刚质疑的那样，"别种小说的影射人物，只是换了他姓名"，性别、职业及人物间的关系是不变的，为什么《红楼梦》中的影射，性别、身份及人物关系全变了？因此，胡适得出结论，蔡元培的质疑，即"安徽第一大文豪且用之，安见汉军第一大文豪必不

---

❶ 《石头记索隐　红楼梦考证》，第3-4页。

出此乎",这个类推不适用,"因为《红楼梦》与《儒林外史》不是同一类的书"。❶

那么,胡适的回答是不是能有力地反击蔡元培的质疑呢?现在看来未必。蔡元培在回应胡适对他的《石头记索隐》的"猜笨谜"的批评时,答曰猜"笨谜""正是中国文人的习惯",并援《世说新语》《南史》《品花宝鉴》《儒林外史》为例,用意只是在强调自己对《红楼梦》的索隐式解读自有其学术传统及学理上的依据❷,本就未说所有的小说都可以用他的办法去推求人物背后的原型。具体到《儒林外史》和《红楼梦》,胡适指出"《儒林外史》本是写实在人物的书",但若据其对《红楼梦》与曹雪芹家族史对应关系的考证,《红楼梦》又何尝不是?怎见得两者"不是同一类的书"?至于顾颉刚的质疑,也只是指出蔡元培索隐的具体结论的可疑,并没有正面回应蔡元培的问题。因此,今天我们不得不重新面对蔡元培问题的挑战:既然《儒林外史》中"马纯上即冯粹中"可以成立,何以《红楼梦》中"薛宝钗影高澹人"就不能成立?两者有何本质上的不同?

本质上的不同确实存在。文学作品中的人物和现实世界中的人物的对应关系,有性质不同的两种:一种是作品中的人物是"以……为原型",另一种是作品中的人物"影射……"。在蔡元培时代,由于文学理论术语的缺乏,两者也许都可以表述为"影""即"。但细味之,则两者自有分别:前者从创作这一角度来说,是现实中人仅为作品提供材料,一旦融入作品文本的意义世界,其本身的价值便消失,是一种"舍舟登岸"的关系,后人对此的逆向索解,也仅以史料还原为目标;而后者则不同,影射(请注意"射"这个字的方向性),却是现实材料的意义并不消融于作品文本的意义世界,而是恰恰相反,作

---

❶ 《胡适红楼梦研究论述全编》,上海古籍出版社1988年版,第137—139页。

❷ 蔡元培:《〈石头记索隐〉第六版自序》,见《石头记索隐 红楼梦考证》,北京大学出版社1989年版。

品文本的意义生成还必须回指这一现实材料，后人对此的逆向索解，就不仅仅是史料还原，而且还得以意逆志，逆到作品意图这一层面。差别也由此产生，前者型的作品，史料还原工作固然有助于帮助阐释文本，却并不是必然步骤，没有这一步，对文本照样可以合理解读，而后者型作品如无此还原，文本的意义就至少无法完全生成。说"至少无法完全生成"，是因为同样是使用影射手段，还有局部影射和全文影射之别，如鲁迅的小说、杂文确实有影射时人的，在作者的创作意图中确实有讥刺某些时人的成分在，但这些都属于局部影射，讥刺时人在作品意图中处于一个非常次要的地位，这样的作品，不进行史料还原追索作品局部背后的影射意图，也仍不妨碍我们对整个作品主要意图的理解。但如指某一作品为全文影射，则非此史料还原，作品的意义就无法生成。那么，在红学索隐家的眼中，《红楼梦》属于哪一类呢？综观索隐家诸作，就会见到，他们无一例外地将《红楼梦》解为全文影射，他们所追索的无一例外是《红楼梦》整个文本的作品意图。这也就必然面临着一个问题，即他们的追索结论是否能经受覆盖作品整个文本语义结构的考验？

对于这一点，仍不妨借鉴一下艾柯《诠释与过度诠释》中的看法："怎样对'作品意图'的推测加以证明？唯一的方法是将其验之于本文的连贯性整体。……对一个本文的某一部分诠释如果为同一本文的其他部分所证实的话，它就是可以接受的；如不能，则应舍弃。"[1]

艾柯这里谈的是关于"作品意图"的一般性问题，并不仅仅针对索隐式的解读，但同样适用于索隐式的解读。而在这一点上，正如我们在上面第二节里所分析的那样，验诸《红楼梦》文本的语义结构，索隐派诸作用以支撑其推求的作品意图的局部语义转换结论，无一过关，它们总是会被文本的这一部分或那一部分证伪，按下葫芦起了瓢，倚赖这些局部结论构筑起的整体"作品意图"，自然也无法覆盖整个文本。

---

[1] 《诠释与过度诠释》，第 78 页。

新起的红学索隐者如杜世杰、霍氏姐弟都注意到了这一问题，并力求弥补。他们发明了真假阴阳的两面相法、分序单传法之类，力求使他们的索隐结论得到文本语义结构上的支持，如杜世杰《红楼梦考释》："研究红楼，要像求证几何一样，要从各个角度去求证，例如设宝玉扮演帝王，必须求证其父母为帝王皇后，其祖父母为帝王太后，其妻妾为后妃，其兄弟为阿哥亲王，其姊妹为格格公主，其奴仆为侍儿太监，住处为皇宫，戴的是皇冠，穿的是龙袍……"❶

但我们看到的事实是，后起的新索隐家们无论发明了什么样的分序单传法、真假阴阳两面相读法之类新的语义转换工具，力求在文本整体结构上无懈可击，但没有一位索隐家能成功地实现这一目标。并且，如有的研究者指出的那样："这种转换工具本身却是一个强有力的解构机制，它将小说文本的原来结构进行全面的切割，然后再重新组装，为原来的小说重建了一个崭新的阅读层面，或者说重建了一个崭新的阅读文本。"❷结果更加彻底地颠覆了《红楼梦》原文本的整体结构。

四

最后，我们再来分析一下，索隐派红学的阐释实践在根本上的解构特征。

波兰哲学家英格丹（Ingarden）采用胡塞尔的现象学方法将作品分为几个层面：第一，声音的层面；第二，意义单元的组合层面。"每一个单独的字都有它的意义，都能在上下文中组成单元，即组成句素和句型。在这种句法的结构上产生了第三个层面，即要表现的事物，也就是小说家的'世界'、人物、背景这样一个层面。"❸

❶ 《红楼梦考释》，第 49 页。

❷ 陈维昭《索隐派红学与互文性理论》，载《红楼梦学刊》2001 第 2 辑。

❸ 参见雷·韦勒克、奥·沃伦著，刘象愚等译：《文学理论》，三联书店 1984 年版，第 158–159 页。

而索隐派对作品文本的关注乃至"使用"基本上停留在第二个层面，尤其是早期索隐派，他们对各个意义单元如何组成第三个层面的关注非常有限，他们更多地把意义单元从文本语境中抽离出来，使它的意义外指，从索绪尔的语言学理论角度来看，他们更多地关注一个符号在纵向的联想轴上意义的展开，而对横向的连接轴即符号间的"语法"持漠视态度，这必然会无形中解构了文本。因此，他们索隐出的意义绝大多数只能外指，而无法回到文本中。

当然，索隐家们并非没有作出将外指性结论回融到文本中寻求整个文本支持的努力，但是总难逃无法覆盖整个文本的困境，于是，他们便很容易滑向下一地步，用如下命题来为自己的阐释理路辩护：相比于他们索隐出的意义世界，文字层面各意义单元组成的文本是次要的乃至伪装性的，如王梦阮所云"故作离奇，好为狡猾，广布疑阵，多设闲文"，既云"离奇""狡猾""疑阵""闲文"，自然无太高的关注价值，虽然也说"不玩其假（按：指《红楼梦》的故事层面），无以见是书结构之精"，然着力终不在此。在索隐派看来，他人关注的由文本字面情节组成的意义层面，是应穿透的层面，而不应在审美和批评上流宕忘返，如果这样做了，就是"埋没作者之用心""为作者故设之假言假语所宥。落实既谬，超悟亦非"❶。因此，索隐派的这种阐释取向，也就无形中剥夺了对文本进行审美批评、社会批评、文化批评等批评理路的立足点及意义，因此受到其他各派的合力"围剿"，实属必然。不仅如此，由于索隐派的索隐结论与他说无法兼容（红学索隐家们多喜宣称自己是《红楼梦》问世以来的唯一解人），就还得同时挑战《红楼梦》文本二百多年来的接受史，不但对一般读者的阅读经验构成否定，而且即使同属索隐阵营，也多互相否定，正确的解读是"只此一家，别无分号"，这势必使它极为孤立。

---

❶ 王梦阮、沈瓶庵：《红楼梦索隐·例言》，见《红楼梦与顺治皇帝的爱情故事（上）》，辽宁古籍出版社 1997 年版。

正是在与索隐派上述根本性学理缺陷进行对比中，我们可以看到考证派的优势所在。本来，胡适的《红楼梦考证》固然对作者身世及作品版本有诸多明晰的考证，但他过于自信地提出的近于极端的自叙传说却和索隐派只有一步之遥，也面临着不能覆盖文本整体结构的困境。在这一点上，蔡元培《〈石头记索隐〉第六版自序》对胡适的反击也是击中要害的：

　　若因赵嬷嬷有甄家接驾四次之说，而曹寅适亦接驾四次，为甄家即曹家之确证，则赵嬷嬷又说贾府只预备接驾一次，明在甄家四次以外，安得谓贾府亦即曹家乎？胡先生因贾政为员外郎，适与员外郎曹頫相应，遂谓贾政即影曹頫。然《石头记》第三十七回有贾政任学差之说，第七十一回有"贾政回京覆命，因是学差，故不敢先到家中"云云。曹頫故未尝闻放学差也。❶

　　胡适之所以受此反击，就在于当他于《红楼梦考证》中提出"《红楼梦》明明是一部'将真事隐去'的自叙的书"时，他的解读工作也由史料还原进入了推定作品意图的层面，而且是对作品整体意图的推求，那必然也要验诸于《红楼梦》作品的整个文本，而这种近于极端的自叙传说的推求结论，恰恰可能同样要被《红楼梦》文本证伪，变成另一种"猜笨谜"，便如俞平伯所检讨的那样"若说贾即是曹，宝玉即是雪芹，黛为某，钗为某……这何以异于影射？何以异于猜笨谜？"❷ 正因如此，身为考证派红学另一奠基者的俞平伯，很快在1925年2月7日于《现代评论》第1卷第9期上刊出《〈红楼梦辨〉的修正》一文，对其1922年《红楼梦辨》中"既晓得是自传，当然书中底人物事情都是实有而非虚构。既有实事作蓝本，所以《红楼梦》

---

❶ 《石头记索隐　红楼梦考证》，第4–5页。

❷ 见《俞平伯论红楼梦》，上海古籍出版社1988年版，第345页。

作者底唯一手段是写生"的说法进行反省，反省自己的"自叙说""不曾确定自叙传与自叙传的文学的区别""不分析历史与历史小说的界限"，对极端的自叙传说作了修正。由"自叙传"到"自叙传的文学"，覆盖整个文本结构的压力骤减，这时考证派只需指出"书中人宝玉，固然其构成分子中有许多'雪芹的'，但亦有许多'非雪芹的'。宝玉和雪芹只是一部分的错综，非全体的符合"❶，便顺利地走出困境。由"自叙传"而到"自叙传的文学"，考证派这一退，自占地步，海阔天空❷。而索隐派却无法依此炮制"由影射而到影射性的文学"，盖因依据他们的阐释学理，离了追索影射意图，文学作品本身几乎毫无意义。

同样是追求史料还原的考证派与索隐派相较的另一优势是，考证派的结论最后多可以返回文本情节的意义层面，不但不会对两百多年来一般接受者（如相当数量的读是书而"中夜感泣"的青年男女）的阅读经验构成否定，反而会推动人们对作品理解的深化，即使有些考证结论不会这样直接起作用，如曹雪芹家世、交游考之类，但至少不会和文本的意义层面发生冲突。再者，考证派考订作者生平、版本，可和其他批评阐释理路并行不悖，甚至起一个良性的佐证、丰富、推动作用，对红学的发展作出了重大贡献，因此考证派战胜索隐派，实为学理上的必然结果。

最后，综合上面的考察，我们可以得出结论：尽管索隐派也许在将来相当长的时间内不会终结，并且不断努力融合其他各派的成果，力求在具体的技术手段上有种种改进，但由于索隐派文本阐释理路上的根本缺陷，它的发展终究难以走出困境。

（原刊于《红楼梦学刊》2003 年第 2 辑）

---

❶ 见《俞平伯论红楼梦》，第 190，341，347 页。

❷ 也有些考证派的学者弃俞平伯指出的坦途不走，而发展了胡适《红楼梦考证》中自叙传说的极端倾向，考订出"雪芹生卒与红楼梦年表"一类，终亦陷入左支右绌之困境。

假作真时真亦假

——《红楼解梦》何曾解梦

据有关报载,《红楼梦》研究又取得了耸人听闻的红学新成果。有人从书的背后读出了一部血泪情仇史,然后像走下山来的查拉图斯特拉一样,向世宣告:"二百年来只有戚蓼生和我读懂了《红楼梦》!"此语真足石破天惊。然则是耶,非耶?找来霍国玲姐弟《红楼解梦》一读便知。读后,只觉错谬百出,牵强附会,多以离奇想象代替严密论证,今试就其中一些明显谬误,驳论如下。

一、隐写雍正还是厚诬雪芹

霍氏《红楼解梦》认为《红楼梦》中隐写了这样一段秘史:黛玉及书中众女的原型为一名唤竺香玉的女子,其与曹天祐(即雪芹)为竹马之好,后竺被雍正选入宫,两年后册立为后,与雪芹合谋害死雍正。乾隆即位,竺香玉出家为尼,雪芹时时造访,九年后香玉产下一子,事发,香玉自缢,雪芹惧祸而走,后将此血泪情仇史以小说的形式隐写下来,即为今日大家所读之《红楼梦》。霍氏索隐出的这段秘史不可谓不离奇曲折,它的论证也十分复杂烦琐,然而烦琐并不等于严密,事实上霍氏的论证绝大多数站不住脚。

例如,霍氏为证明《红楼梦》隐写了秘史,从书中发现了所谓的分身法,认为小说中很多人物身上隐写着历史真实人物。如雍正,他就被隐写在小说中一系列反面人物身上。我们不妨就以霍氏对隐写雍正的分析为例,看看所谓的分身法是否成立。霍氏以为隐写雍正最多的是贾雨村。按照霍氏的分析，贾雨是"假语"的谐音，这是在骂雍正好说假话，雨村是"语村"的谐音，是暗骂雍正语言粗村，以此隐骂雍正没有教养。而"胡州人士"是借此暗指此人是中国北方一代胡人的后代。贾雨村娶走了甄家的丫鬟娇杏，后又扶正为夫人，是暗指雍正娶走了曹家的丫鬟香玉，后又册封为皇后。

霍氏的这一番推断乍一看似也有理，实则经不起推敲。"贾雨村"三字所谐者乃假语村言，它的寓意，甲戌本第一回一条脂批已说得清清楚楚："言以村粗之言，演出一段假话也。"是指整部小说属虚空幻设的假话，不可当真，非谓雍正言语粗村，没有教养。实则雍正自幼受严格教育，45岁始继皇位，继位前有充分的学习时间，熟悉满汉文化，亦曾研习佛家经典，且擅长书法，总之雍正帝绝非无学之辈，更非言语粗村没有教养，雪芹即使要骂雍正也不会如此不顾事实，这完全是霍氏想当然的推断；再有，所谓"胡州人士"，甲戌本此句旁侧批已批得清清楚楚"胡诌也"，霍氏又偏偏自作解人，另起炉灶，弄出个北方胡人的后代。尤其不可解者，霍氏谓雨村娶走娇杏并将其扶正系指雍正娶走香玉又将其册封为后，若据是说，则娇杏之名所谐"侥幸"二字又将着落在何处？难道雪芹意中视香玉被立为后为侥幸之事？与此相类的是，霍氏分析雨村所吟"玉在椟中求善价"时云：

联中之玉隐指黛玉，联中之价与贾通，此贾暗指贾雨村。这么一来，此上联的隐含之意就成了：林黛玉在闺阁中，等待贾雨村出巨资聘娶。

如依霍氏之说，玉指黛玉，价者贾也，系指雨村，那么"玉在椟中求善价"的"求"字又作何解？霍氏解为"等待"，姑不论此解是否正确，即以"等待"二字而论，那么何者为等待？等待必是指心有所系而待之，表主动态，若如是，则可理解为黛玉原型香玉知道要被选入宫中，于是等待这一天，这便与霍氏意旨不合；若说黛玉事前对此茫无所知，那就谈不上等待，总之霍氏即使对此联曲辞说之，也仍无法自圆其说。霍氏用以支持其这种观点的旁证是甲戌本此联旁侧批云：

> 表过黛玉则紧接宝钗；前用二玉合传，今用二宝合传，自是书中正眼。

据此则玉、钗二字确实指黛玉、宝钗。其实这一点可作如下理解，即此联从小说的情节层面来说，是雨村借此联嵌入己名吟哦己志，从寓言层面来说，是先于此处点出此书假语村言中双峰并峙的两个重要角色的名字。之所以可以这样理解，是因为小说中贾雨村这个形象的意味十分复杂，绝非"反面人物"四字可以概括，他还承担着线索人物，揭示红楼故事寓言题旨的功能。如"冷子兴演说荣国府"一回，冷子兴言及宝玉，多讥嘲之语，被雨村"罕然厉色"止住，道"大约政老爹也错以淫魔色鬼看待了"，接下来便发了"天地生人"一大段议论，识见极为不凡。正因如此，即使是脂批，多目雨村为奸雄，亦有"写雨村真是个英雄""写雨村真令人爽快"（甲戌本第一回侧批）等赞语，又据霍氏他处所云，脂砚斋系与雪芹合作，借批语形式揭露小说谜底的重要角色，则此处脂批对雪芹切齿痛恨之雍正如此褒赞又是何道理？又据霍氏之说，雨村系指雍正，宝玉系指雪芹，我们岂不要从"冷子兴演说荣国府"一回推论出，只有雍正皇帝才是雪芹真正知音这样的奇谈怪论？

除了贾雨村以外，《红楼解梦》一书认为薛蟠也隐写了雍正，理由有三：（1）薛蟠之"蟠"，实隐"龙"字，因古人诗中有"光芒冲斗耀，灵异卫龙蟠"句，利用射覆法去解，可知蟠字实隐一龙字。

（2）薛蟠承袭祖业，是领取内府帑银行商的皇商。内府帑银即国库银两，"皇商"谐音"皇上"，由此可知，在薛蟠身上，作者隐写了依靠国库银两为生的皇上——雍正帝。（3）护官符"丰年好大雪，珍珠如土金如铁"句旁小注有云："紫薇舍人薛公之后"，霍氏以为紫薇舍人即住在紫薇星上之人，而紫薇星又是天宫所在之地，紫薇星即帝星，人间的皇上被称为天子，自然只有皇上才能配住在紫薇宫中。由此看来，紫薇舍人实隐指皇上。薛蟠是独生子，不言而喻，他是独一无二的紫薇舍人的继承人，自然亦是皇上。

我们来看这三条理由。第一条，"蟠"字用射覆法解出"龙"字，这种解法并不可靠，关于射覆法，《红楼解梦》一书有专文论说，因此笔者亦拟后文详细辩驳；第二条，"内府帑银即国库银两"这种说法并不正确，而以皇商谐音皇上，虽不能说绝对不可，但亦只能算作一条十分不可靠的孤证；第三条，关于紫薇舍人的一段分析则大错特错，紫薇舍人实即中书舍人，魏晋时设中书省，至唐开元元年改称紫薇省，原中书舍人即改称紫薇舍人，为撰拟诰敕之专官，根本就不是什么住在紫薇宫的人，霍氏之解属一知半解的妄论。由此可知，薛蟠身上也并没有隐写雍正。

再有，《红楼解梦》一书认为雍正还隐写在贾蓉身上，论证亦烦琐且牵强附会，并由此论点推出："小说中写宝玉是第四代，长贾蓉一代，这是虚构，作者可以借此谩骂那个隐写的清朝第五代皇帝——你是我侄子。"读此真令人哑然失笑，且霍氏又曾论证贾敬身上也隐写了雍正，这样一来，雪芹岂不又成了雍正的侄子？《红楼解梦》一书就是如此推论一番后，下结论说："《红楼梦》作者，应该属于'有求不遂于心'，所以'编出来污秽人家'的那种，因为在《红楼梦》中，有相当可观的篇章是用来骂人，糟蹋人的。"这就是号称开创红学研究新纪元的《红楼解梦》的伟大创见。

二、披龙腰玉与百家姓

《红楼解梦》隐写秘史说的一个重要观点是，宁国府隐写了清皇宫。关于这一点，《红楼解梦（增订版）·第二集》撰有《宁国府实隐清皇宫》一文（以下简称"《宁》文"），作了专门论证。

《宁》文的论证，主要从宁国府的府邸建置入手，指出《红楼梦》中的宁国府门深九重，有逾清代的建置规定，且宁国府的九重门庭与清皇宫的布局非常相似，由此推断宁国府隐写了清宫。霍氏在指出宁国府门深九重后，提出疑问说："曹雪芹……能写出贵妃省亲的礼仪细节，为什么写到宁府祭祖时竟一下子写出门深九重？用偶尔的疏忽作解释是难以服人的。然而以他这样一个精细的作家来说，写出这样明显犯忌的笔墨又是为了什么呢？"霍氏提出这样的疑问，是要引出这样一个答案：为了隐写清宫。但问题是，既曰雪芹这样写是"明显犯忌"，则其何以还敢将其形诸笔墨？

与此相似的是，《宁》文对《红楼梦》中"宁国府除夕祭宗祠"一节典制文字加以分析，认为宁国府祭祀方式糅合了满汉两种祭法，这种看法也不无道理，但霍氏认为《红楼梦》这样写是为给故事打上鲜明的时代烙印，隐写当时历史，这就难说了。众所周知，《西游记》所叙述的神魔故事的历史背景是在唐代，但小说中却出现了明代的职官名称，可见中国古代小说作者在创作小说时写入自身所处时代的职官典制并不是什么奇怪的事。

再有，《红楼梦》中祭宗祠这一回中写到正殿里悬着的宁荣二祖的遗影，人民文学版的《红楼梦》有"皆是披蟒腰玉"一语，《宁》文认为这是绝对错误的，此句只能以庚辰本的"皆是披龙腰玉"为准。理由是，写披龙腰玉，便点明了宁荣二祖的帝王身份，而写作披蟒腰玉，二公的身份便只是重臣显贵，《宁》文又强调说："难怪批书人脂砚斋曾谆谆告诫读者及传抄者：'一句不能丢，一字不能改'，其深意大概就在于此等地方吧！此处虽只一字之差，却改掉了作者写此书的宗旨。这真是失之毫厘，谬以千里。"

这段话看似有力，实则经不起推敲。首先，脂批所云"此书一句不能丢，一字不能改"，不过是讲《红楼梦》艺术价值极高的夸张说法，并不可如此坐实理解。否则，试问一句，我们现在所能见到的诸多《石头记》抄本，哪一种是绝对正确，"一句不能丢，一字不能改"的呢？是庚辰本吗？这里《宁》文强调书中应为"披龙腰玉"时是以庚辰本为准，但在他处行文中，将通行版本中宝钗所作谜底为更香的灯谜诗定为黛玉所作时，则又以梦稿本为准，可见即使是《红楼解梦》一书自己在索隐秘史时，也并无一种一字不可改的底本为准，这里抬出这条脂批来支持自己，就不是十分有力了。其次，若一定以霍氏所云"披龙腰玉"为准，试问，如此僭越之文字曹公又岂敢公然书之？不要忘了，雪芹正生活在文网森严的时代，且又如何瞒得过当时众多读者中的明眼人，如己卯本抄写的主持者怡亲王弘晓？

更为不合情理的是，《宁》文对《红楼梦》中祭宗祀一回中"肝脑涂地，兆姓赖保育之恩；功名贯天，百代仰蒸尝之盛"一联的分析：

仅此长联业已透出，贾氏宗祠实当为清皇室家庙。请看上联中"兆姓赖保育之恩"中的兆姓，其实是泛指全国各族人民而言。众所周知，"百姓"即百家之姓，只有汉族才用"百家姓"。而中国是由几十个民族组成的多民族国家，作者以"兆姓"将此作了高度的概括。试想，能给予"兆姓"以"保育之恩"的，不是皇家，更指何人？！再看下联中的"功名贯天"。"功名"是指官爵，"功名贯天"则是说这个家族的官运可以直贯云天，高与天齐。这就厉害了，在封建帝王时代，谁人的"功名"地位可以直贯云天？不是皇家，又能更属何人？！

如果"功名贯天"便是指皇家，那么古今以来在门上贴有"福如东海，寿比南山"对联的是不是也是以皇上自居呢？而所谓"兆姓泛指全国各族人民"云云，且不说它的推理，单只"只有汉族才用'百家姓'"一语就违背了最起码的常识。百家姓中有些姓本就自少数民族而来，如呼延、宇文、慕容等，而少数民族使用百家姓在清代也不少见，霍氏就是在这个违背了起码常识的前提下推出了"兆姓泛指全国各族人民"的结论。

三、妙玉何曾作寡妇

《红楼解梦》因不懂文史知识和牵强附会犯下的种种错误，不仅体现于它对史料、脂批及《红楼梦》故事情节的分析，还表现在对《红楼梦》中诗词曲赋的分析上。

如《红楼梦》第七十六回，此回有《中秋夜大观园即景联句三十五韵》诗，其中妙玉所作的十几句诗中有这样几句：

香篆销金鼎，脂冰腻玉盆。
箫增嫠妇泣，衾倩侍儿温。
空帐悬文凤，闲屏掩彩鸳。

《红楼解梦》一书从这几句诗中推断出这样一个事实，即妙玉隐写了一个年轻而富贵的寡妇。它是这样推断的："香篆销金鼎，脂冰腻玉盆"两句隐写了竺香玉的名字，因为诗中有香、玉的字样，且"篆"字中可拆出一"竹"字，而"竹"谐音"竺"；"箫增嫠妇泣"中的"嫠妇"是寡妇的意思，因此这句诗便道破了妙玉的寡妇身份；"空帐悬文凤，闲屏掩彩鸳"中的凤鸳是指凤凰，鸳鸯中的雄鸟，便借它们来喻指男子，因此这两句诗的意思是说："妙玉的睡帐中，藏进了一个颇具文彩的男子"，"妙玉的闲屏不闲，其后又藏进了一个漂亮的男子"。总之，这几句诗是说"（妙玉）虽然出家作了尼姑，但却尘念未了，并不甘心寂寞，暗中与一个风度翩翩、颇有文彩的男子相爱"。

此一番推论看似有理，实则大谬。首两句诗中有香、玉的字样，一方面是表意的要求，另一方面是因为香、玉二字在表现富贵、优雅等格调的古诗句中，出现频率本就极高，并不能说明它隐写了什么。霍氏在《红楼解梦·第二集》中撰有《林黛玉的原型名叫竺香玉》一文，该文从《红楼梦》中搜集了 13 处含有香、玉二字的诗词曲赋，如"三径香风飘玉蕙""香融金谷酒，花媚玉堂人""香新荣玉桂"等，用这些来说明作者有意将竺香玉的名字隐写其中。其实霍氏不知，在中国古诗中，一诗内含有香、玉二字的，并非少见，如《才调集》中有曹唐《仙子洞中有怀刘阮》诗云："玉沙瑶草连溪碧，流水桃花满涧香"，杜甫《奉和贾至舍人早朝大明宫》云："朝罢香烟携满袖，诗成珠玉在挥毫"，李煜《挽辞》云："玉笥犹残药，香奁已染尘"，元代刘秉忠《江边梅树》中有"暗香微度玉玲珑"句，及至《西厢记》中"温香软玉抱满怀"……可见，在古诗词中同一首内出现香、玉二字并不足为奇。最有力的反证是，深为《红楼解梦》所诟病的高鹗续写的后四十回中，也有这样两句："亭亭玉树临风立，冉冉香莲带露开"（第八十九回）。我们是否也要据此推断，高鹗也有意将竺香玉的名字隐写其中呢？可见，仅凭"香篆销金鼎，脂冰腻玉盆"诗句中有香、玉二字，便认为其中隐写了香玉的名字，这种推证并没有说服力。

再有《红楼解梦》一书认为鸳、凤都是雄鸟，便断定这是指妙玉和一男子相会，这种论证也似是而非。鸳、凤在与鸯、凰对指时固然是指雄鸟，但它们单独使用时却并非如此，而是鸳鸯、凤凰的省称。如杜甫《朝雨》诗云："风鸳藏近渚，雨燕集深条"，周邦彦《尉迟杯》词云："有何人念我无聊，梦魂凝想鸳侣"，又如李商隐《无题》诗云："身无彩凤双飞翼"，古又有凤冠、凤钗、凤旗、凤盖等物称，将上述诗句和名词中的鸳、凤一定要坐实解为雄鸟，反而会闹笑话。最有力的反证是，《红楼梦》第五回宝玉游太虚幻境，翻阅金陵十二钗正册，关于王熙凤，也有一画一判词，画面是"后面便是一片冰山，上面有一只雌凤"，若"凤"必得解作雄鸟，则"雌凤"又当作何解？至于这里同时出现鸳、凤二字，一方面是平仄和押韵的要求使然，另一方面，在中国古诗中，也有以鸳、凤对举的写法，如唐朝钱起《长信怨》诗云："鸳衾久别难为梦，凤管遥闻更起愁"，又如杜牧《为人题赠》诗云："和簪抛凤髻，将泪入鸳衾"。可见，古诗中向有鸳、凤对举的写例，霍氏不察，而深文周纳，穿凿附会出种种深意。

再有，"箫增嫠妇泣"系从苏轼《前赤壁赋》中"泣孤舟之嫠妇，舞幽壑之潜蛟"化出，本是用以喻指箫声幽咽，妙玉这里化用其句并其意，谈不上什么隐写寡妇。霍氏不明此句出处，单凭"嫠妇"一词，便想当然地推论一番，得出的结论自然是错误的。

《红楼解梦》的作者将妙玉判为寡妇，还有一条"硬证"，据霍氏云，《红楼梦》第五十回写宝玉到妙玉处讨来一枝梅花，归后赋咏红梅诗，诗中有"不求大士瓶中露，为乞孀娥槛外梅"句，孀娥意指寡妇，这两句诗岂不是非常显豁地点出了妙玉的寡妇身份？ ❶ 但是，翻开人民文学出版社以庚辰本为底本校定的《红楼梦》，发现此处宝玉所写的诗句是："不求大士瓶中露，为乞嫦娥槛外梅"，与霍氏所引并不相同，因手头材料缺乏，笔者一时不能断定霍氏所

---

❶ 这个例证没有写进新版《红楼解梦》第一集、第二集，但霍国玲女士在对外经济贸易大学举办关于此书的讲座时（当时笔者亦在座），曾抛出这一例证，引起不小的震动，因此这里一并辩明。

引据何本而出，但有一点可以确定，即使某一种本子确有"为乞媚娥槛外梅"的写法，其中"媚娥"也一定是"霜娥"的误写，霜娥实即嫦娥。如宋代黄裳《蝶恋花·月词》："俄落盏中如有恋，盏未干时，还见霜娥现"，清代黄景仁《中秋夜雨》诗："请从乐府歌霜娥，肯向愁人鉴华发"，这里的"霜娥"都是指嫦娥。由此观之，《红楼解梦》将妙玉说成寡妇，说她隐写了竺香玉守寡的一段历史，这种说法根本不成立。

《红楼解梦》中乱解诗词处还有很多，再如，《红楼梦》第五回，宝玉所观金陵十二钗正册判词七云：

> 勘破三春景不长，缁衣顿改昔年装。
> 可怜绣户侯门女，独卧青灯古佛旁。

"可怜绣户侯门女"，《红楼解梦》解作："可怜这个生于绣户，长在侯门的女子"，又发挥道："香玉自幼生于绣户。为了向读者透露这一点，作者不仅在书中极口称赞黛玉的刺绣技能，晴雯的织补才能（香玉又一分身），而且还特笔写出一个擅长刺绣的苏州姑娘慧娘，作为香玉才干、特长的补充。"

绣户与绣房、绣阁义近，指妇女所居华丽的居室。如鲍照的《拟行路难》诗之三云："璇闺玉墀上椒阁，文窗绣户垂罗幕"，它跟什么刺绣根本扯不上关系。《红楼解梦》一书作者的古文功底和学术能力，由此可见一斑。

四、关于李纨的诗才

《红楼解梦》除因曲解裁割史料、缺少文史常识而致种种舛谬之外，还有因读《红楼梦》读得不细而出的差错。兹举二例：

其一,《红楼梦》第十七至十八回"大观园试才题对额,荣国府归省庆元宵"中,写到元春省亲时,将怡红院悬挂的"红香绿玉"匾,改成"怡红快绿"。元春的这一改动,本系从艺术着眼,"怡红快绿"较原匾确实更显轻灵,不似"红香绿玉"那般质实寡味,但是《红楼解梦》一书却认为这一处描写别具意味:元春所以作这种改动,因为身为雍正帝皇后的元春原型名叫竺香玉,香玉是娘娘的讳,自然不能任人胡叫。

此说孤立地看,似也成立,但是通观《红楼梦》中归省庆元宵这一回,就会发现《红楼解梦》的这种推断并不成立:如果说元春将"红香绿玉"改为"怡红快绿"是因为原匾犯了她的名讳,那么她将"浣葛山庄"改名为"稻香村"又作何解释呢?尤有甚者,黛玉代宝玉所作《有凤来仪》诗中,有"秀玉初成实""穿帘碍鼎香"句,在献给元春的这首诗中同时出现了"香""玉"的字样,这又当作何解释?

其二,《红楼梦》第三十七回中写道,一天,探春偶然诗兴大发,邀宝玉、黛玉、宝钗商议建立诗社,李纨走来笑道:

雅的紧!要起诗社,我自荐我掌坛。前儿春天我原有这个意思的。我想了一想,我又不会作诗,瞎乱些什么。因而也忘了,就没有说得。既是三妹妹高兴,我就帮你作起兴来。

在"既是三妹妹高兴,我就帮你作起兴来"处,有己卯夹批曰:

看他又是一篇文字,分序单传之法也。

由《红楼梦》中的这段叙述和这条脂批,《红楼解梦》生发出如下一番妙论:

笔者认为，脂批中提出的"分序单传法"是对分身法的具体解释，意思是说："作者将那些被隐写的历史人物的经历，分阶段、分方面、分步骤地隐写在一群小说人物身上。每个小说人物，只承担着这个历史人物的一段经历，一种特长。"……通过李纨，作者仅仅隐写了香玉生子后青春丧偶之史实。……因此，作者写李纨不会作诗，却又带头起诗社，似乎不合情理。其实不然，因为李纨背后所隐写的，仍然是那个颇富咏絮之才的香玉，只是由于作者在书中使用了"分序单传法"，李纨只反映香玉生子后寡居的一段经历，所以作者在小说中写李纨不会作诗。清楚了这点，不仅明白了"分序单传法"之含意，而且李纨这个不会作诗的竟然带头加入诗社，也就不会感到奇怪了。

经此一番解释，李纨带头加入诗社的确不会让人感到奇怪了，让人奇怪的倒是，《红楼解梦》的作者，恒兀兀以穷年地钻研《红楼梦》十余载，竟会犯下如此低级的错误：李纨说自己不会作诗，只是谦虚，其实她会作诗呀！在《红楼梦》归省庆元宵一回中，元春省亲，命钗、黛等各题一匾一诗，李纨也写了一首：

文采风流匾额
李　纨
秀水明山抱复回，风流文采胜蓬莱。
绿裁歌扇迷芳草，红衬湘裙舞落梅。
珠玉自应传盛世，神仙何幸下瑶台。
名园一自邀游赏，未许凡人到此来。

李纨的这首诗，虽不及钗、黛之作，但也还不弱，可见李纨说自己不会作诗，只是说自己写诗不好的谦虚说法，并非真不会作诗。很难想象，一个完全不会作诗的人能做诗社掌坛，品第钗、黛诸人诗作。《红楼解梦》作者既不理会此节，读书又不细，在一个错误前提下想当然地推论一番，得出错误结论，真足为治学者戒。

五、红玉、翠金与射覆法

《红楼解梦》不仅索出了雪芹、雍正、黛玉原型间的情仇秘史，还索出了黛玉原型的姓名：此人姓竺，名香玉，小名红玉。《红楼解梦·第二集》撰有《黛玉原型小名红玉》《红玉姓竺不姓林》《林黛玉的原型名叫竺香玉》等文专门对之加以论证，它的论据大体可以归纳如下：（1）《红楼梦》诗句中多有竹、香、红、玉等字；（2）《红楼梦》中地名、人名、物名多有或隐有竹、香、红、玉字；（3）个别脂批的暗示；（4）射覆法的运用。

现在我们就来看一下上面的这几条论据。首先，霍氏指出《红楼梦》的诗句中多有或隐有竹、香、红、玉等字，这是事实，如包含有"红"字的诗句有"枉入红尘若许年""今宵红灯帐底卧鸳鸯""桃红柳绿待如何"等，霍氏统计出 25 首诗词 34 处使用了"红"字；包含"玉"字的有"先上玉人楼""玉在椟中求善价""玉为肌骨铁为肠"等，共 25 首 28 处；一首诗里"红""玉"二字都出现的有十几处，"香""玉"二字都出现的有 13 处，诗中含"竹"字的也有十几处。再有，霍氏指出《红楼梦》中的地名、人名、物名多有竹、红、香、玉等字，这也是事实，如"红"字，有"银红撒花半旧大袄""厚底大红鞋""大红绸里包袱"及"千红一窟"茶等，此外《红楼梦》中还用了些和"红"义近的字，如绛、朱、赤、紫等字，而"玉"字则包含在许多人名里，如宝玉、黛玉、妙玉、白玉钏、蒋玉菡等，还有许多人名可以拆出"玉"字，如琥珀、珍珠、瑞、环、珍、琏、琪等。此外，《红楼梦》中还多次写到竹子和竹制品，至于"香"字，《红楼梦》中写到的就更多了，霍氏认为如果将书中"香"字逐一标出，会不下一千个。这一番材料的搜集、统计，足见霍氏用力之深。那么既然霍氏的这些论据都属事实，它们又能否支持霍氏的推断呢？

回答是否定的：不能。不错，《红楼梦》的诗词中红、香、玉等字样不少，但这些诗词多属香艳之类，这几个字出现的频率高些本不足为奇。当然，这种反驳在霍氏看来并不算有力，霍氏在《黛玉原型小名红玉》一文中说道：

有人会说，作者所写诗词曲赋多属香艳之类，诗中出现红啊玉的也是正常现象。笔者却不这样认为。因为同属香艳诗词，后四十回续书中，却没有一首诗词曲赋中是同时隐着"红""玉"二字的。虽然有人为《红楼梦》写了续书，但实际上他们却从来未曾看懂过《红楼梦》。因此，他们只能从表面去摹写，而《红楼梦》的灵魂，他们却从未捕捉到。

这一反击，乍一看很厉害，其实不然。《红楼梦》后四十回中没有一首诗词曲赋同时包含"红""玉"二字，这不假，但这是因为后四十回中几乎就没有香艳诗词，甚至一般题材的诗词也很少，只有几首不长的骚体诗，所以"同属香艳诗词"这个前提就没了着落，况且后四十回中固然没有一首诗词曲赋同时隐有"红""玉"二字，但"亭亭玉树临风立，冉冉香莲带露开"一联却恰好同时含有"香""玉"二字，按照霍氏的逻辑，这不恰好证明了后四十回续作者直接指出了黛玉原型名叫香玉，又怎能说他没有读懂《红楼梦》呢？

再有，本文还可以按照霍氏的办法，照方抓药，说《红楼梦》中隐写了个叫"翠金"的人物。论证如下：《红楼梦》第二十三回中，宝玉写了四首即事诗，其中两首同时包含"翠""金"二字，其《秋夜即事》诗云：

抱衾婢至舒金凤，倚槛人归落翠花。

其《冬夜即事》诗云：

女儿翠袖诗怀冷，公子金貂酒力轻。

两首诗中"翠""金"二字都是对举，该不是巧合吧？这是否是说宝玉在颠来倒去地念一个人的名字，她的名字叫翠金或金翠？而能令宝玉如此颠倒的非黛玉谁何？这是否在暗示黛玉原型的名字叫翠金或金翠呢？很可能，因为在第三十八回中，众女分题吟菊花诗，探春作了首《残菊》：

露凝霜重渐倾欹，宴赏才过小雪时。
蒂有余香金淡泊，枝无全叶翠离披。
半床落叶蛩声病，万里寒云雁阵迟。
明岁秋风知再会，暂时分手莫相思。

诗中又是金翠二字对举，也该不是巧合吧？而且大家都知道，黛玉不是也喜欢以菊花自喻吗？"孤标傲世偕谁隐，一样花开为底迟"不是既咏菊又自抒怀抱吗？顺着这个思路走下去，就会越看越觉得这首诗是在写黛玉：诗题"残菊"是在象征黛玉的身世凋零，"露凝"句是在说黛玉身处的环境越来越险恶，命运每况愈下，"宴赏才过小雪时"，雪隐指薛，这句说黛玉才华超过宝钗，而"蒂有余香金淡泊，枝无全叶翠离披"则是在说黛玉性格淡泊，亲旧凋零（枝无全叶），"明岁秋风知再会，暂时分手莫相思"则是正话反说，暗示出黛玉和宝玉间爱情的悲剧结局。

除了这三首诗，还可以按照《红楼解梦》的方式，找出许多旁证：《红楼梦》中不是有很多诗句中有"翠"或与其义近的"青""绿""碧"等字吗？如"青灯古殿人将老""桃红柳绿待如何""青枫林下鬼吟哦""新涨绿田浣葛处""绿蜡春犹卷""冷翠滴回廊""竿竿青欲滴，个个绿生凉""一畦春韭绿"……如果将前八十回中含翠、青、绿等字样的诗句统计下来，也会有几十处；同样，含"金"字的诗句更多："金簪雪里埋""金闺花柳质""可怜金玉质""都道是金玉良缘""作践的，公府千金似下流""光灿灿雄悬金印""富贵的金银散尽""一庭明月照金兰""金门玉户神仙府""金笼鹦鹉唤茶汤""香融金谷酒"……这样统计下去，隐有"金"字的诗句只怕不会比隐"玉"字的少。再有，《红楼梦》中写物品时，"金""青""绿""碧"也用得很多，如"石青貂裘排穗褂""青绿颜色并泥金泥银""青金闪绿双环四合如意绦""青哆罗呢对襟褂子""绿绫弹墨夹裤""柳绿汗巾""金彩绣石青妆缎沿边的排穗褂子"等，还有"金翠辉煌、碧彩闪烁"的雀金裘，统计下来，不会比"红"字用得少。至于《红楼梦》中的金属制品，恐怕要比竹制品多得多，此外，大观园中固然有怡红院，但也有栊翠庵、凸碧堂，而人名中含有"金"字的更多，如宝钗、秦钟、金莺、金钏、夏金桂、白玉钏、金鸳鸯等。而且晴雯病中补的雀金裘，小说中说它"金翠辉煌"，因此雀金裘实际是"翠金裘"，"裘"与"君子好逑"之"逑"谐音，因此"裘"实为"逑"，而"逑"字又通"雠"，作配偶讲，因此雀金裘便隐写了"翠金雠"三字，意思是说那个叫翠金的人才是宝玉的配偶。又《三宣牙牌令·其七》中有："中间'三四'绿配红，大火烧了毛毛虫","红"是指宝玉,因为宝玉是怡红公子,他所配的玉也是红玉,那么"绿"便是指"翠金"了。"绿配红",是说他们很相配,是一对佳偶。

因此,你《红楼解梦》说《红楼梦》隐写的黛玉的原型叫"红玉",我偏说是叫"翠金",而且也能如此这般地索隐一番,也像模像样,似能自圆其说,对这又当作何解释?这只能说明用统计"竹""香""红""玉"在诗句中及人名、物名、地名中出现的频率来证明什么,这种办法并不可靠。

当然,霍氏的推证除了这种简单的统计以外,还有几个特别的证据,如为了证明黛玉的原型姓竺,书中举《芦雪庵即景联句》(第五十回)中的两句为证:

沁梅香可嚼,淋竹醉堪调。

霍氏认为这里的"淋"暗隐着"林"字,而"调"读作 diào,有调换义,"不难看出,林与竹十分相像。在人们醉眼蒙眬时,便可将两字互相调换。如此一调换,'林'便换成'竹'了"。

这又是在想当然地乱解,这里的"调"字只能读作 tiáo,因为此字恰好在联句诗的韵脚上,只能读成平声字,而不会读作 diào,更不会有调换之义。

但霍氏为证明其上述错误推断,又找了一条脂批,第七十回回末戚序本总批云:

文与雪天联句篇一样机轴,两样笔墨:前文以联句起,以灯谜结,以作画为中间横风吹断;此文以填词起,以风筝结,以写字为中间横风吹断,是一样机轴。前文叙联句详,此文叙填词略,是两样笔墨……

"雪天联句篇"即指《芦雪庵即景联句》，霍氏因此批中有"机轴"一词，便推断说，第五十回与第七十回中，同样伏有机关与扣结。其实根本不是这么回事，此处"机轴"与"机杼"义近，是指文章的布局，这一段脂批是说第五十回与第七十回在文章的结构布局上非常相似，但具体每一部分的详略又不同，此之谓"一样机轴，两样笔墨"，而根本没有什么"机关扣结"。这里随便再举一个例子，《红楼梦》第十九回（庚辰本）有这样一段夹批：

余阅《石头记》中至奇至妙之文，全在宝玉、颦儿至痴至呆囫囵不解之语中，其诗词雅谜酒令奇衣奇食奇玩等类，固他书中未能，然在此书中评之，犹为二着（著）。

对此批霍氏分析说："利用这段批语，脂砚斋已悄悄告诉了读者，《红楼梦》里的'诗词雅谜、酒令、奇衣奇食奇玩'等类即使在此书中评之，亦'犹为二著'。何谓'二著'？即小说中藏入的另一部著作。"

"二着"者，第二着也，此处"犹为二着"即"尚在其次"之义，哪里有什么另一部著作？

现在再来看射覆法。因《红楼梦》第六十二回写众女行酒令有射覆令，《红楼解梦》便认为《红楼梦》中大量地运用了射覆法来隐写黛玉原型的名字，即"香玉"二字，如：

（1）第五回《好事终》里有这样的诗句："画梁春尽落香尘"，此中的"尘"覆"玉"字，因书中有"你看那风起玉尘沙"句，因此这一句里便隐有"香玉"二字；

（2）第十回医生给秦可卿开的药方中有香附米、玉枣两味，"红"字也覆"玉"字，因书中有"吹落荷荷红玉影"句，故此方中也隐

有"香玉"二字;

（3）第五回："桃李春风结子完"，其中桃覆红（桃红又见一年春），以玉射红（吹落荚荷红玉影），春覆香（团圆莫忆春香到）;

（4）第三十八回："蜡屐远来情得得，冷吟不尽兴悠悠"，其中蜡覆绿（绿蜡春犹卷），玉射绿（绿玉春犹卷），冷覆香（清冷香中抱膝吟）。

用这种办法，《红楼解梦·第二集》在《林黛玉的原型名叫竺香玉》一文中，列出40处例证隐有"香""玉"二字，再加上明确含有"香""玉"二字的尚有10余处，这样算起来，这五十几首在《红楼梦》全书共200首诗词曲赋中占的比重可不算小了，霍氏的这一番论证可谓煞费苦心。

但是用这种射覆法来索隐的例证是否真能支持霍氏的观点呢？还是不能！因为本文也可以同样用这种办法索隐出另外的结论。演示如下：

（1）《红楼梦》中所有的"红"字都覆"袖"字，因第四十九回中有"红袖楼头夜倚栏"句，第五十回中又有"幽梦冷随红袖笛"句，所以红覆袖应该没有问题，然后再以"翠"射"袖"字，因第二十三回中有"女儿翠袖诗怀冷"句，因此，《红楼梦》中的"红"都隐写"翠"字;

（2）《红楼梦》中的"香"字都覆"冷"字（清冷香中抱膝吟），又宝钗所服为"冷香丸"，因此以"香"覆"冷"应无问题，然后再以"翠"射"冷"，第十七至十八回中有"冷翠滴回廊"句，因此《红楼梦》中所有的"香"字也隐写的是"翠"字;

（3）《红楼梦》中的"玉"字覆的是"金"字，第五回中有"都道是金玉良缘""可怜金玉质"句，因此以玉覆金当无问题。

由以上论证可以得出结论：《红楼梦》中所有的"红玉""香玉"都是在隐写"翠金"，这样，本文对林黛玉的原型名叫翠金的索隐也算功德圆满了。这么说，《红楼梦》中真的隐写了个什么翠金？当然不是，这里只是想借此说明，《红楼解梦》的这套索隐办法，根本靠不住。

（原刊于《红楼梦学刊》1997 年第 1 辑，略作修改）

《红楼梦》与中国人生悲剧意识

中国文化虽然不乏超脱的意向，但的确为较少超越性格的文化。中国文化将宇宙、自然、社会视作和谐、圆融、完满的一个整体。人，作为个体生命，在这迁流造作、生生不息、万有同存的大舞台上出场，最高贵的使命，就是使出现偏失的现实回归到梦幻般理想的德行美懿的古典世界。或者，如道家所言，以一种审美的态度去体悟弘括宇宙的大生命秩序的寥廓与伟大。总之，无论是"名教中自有乐地"❶，还是怡情于山水之间，自足的、圆满的、现实的感性世界，已为人生价值的实现提供了足够的保障，而不必超越此世去探寻终极的价值。在安详静谧的生活氛围里去获得精神的宁和与幸福，这就是人生的乐趣所在。基于对这种迥异于西方的文化性格的认识，中国学者将中国文化概括为乐感文化。德国存在主义哲学家雅斯贝尔斯将古代中国，尤其是佛教传入前的中国，视作一个缺少悲剧知识的文化国度❷，也确有他的道理所在。

然而，这毕竟只是一种大而化之的概括，如果对中国文化漫长的迢递嬗变的过程作一细致考察，我们就会发现一些由于显示出过多的沉重与悲凉而与上述和悦亲善的文化氛围不相谐调的范例，它们贯穿于中国文化传承演化的始终，形成一个传统，一个虽然并不强大但顽强而又执着地彰显着独特的文化价值的传统，一个在某一方面赋予中国文化以深度的传统，这就是抒写对世事的忧患、人生的感伤乃至空幻的传统，它体现着中国文化中的悲剧意识。《红楼梦》正是展现这种悲剧意识的卓绝典范。

---

❶ 《世说新语·德行》。

❷ 雅斯贝尔斯：《悲剧的超越》，工人出版社1988年版，第12页。

一、忧患与感伤的传统

翻开代表中国文化源头的先秦的典籍，我们随处可以看到对危机世道的忧患之辞：

心之忧矣，如匪瀚衣。❶
心之忧矣，我歌且谣。❷
心亦忧止，忧心烈烈。❸
心之忧危，如蹈虎尾，涉于春冰。❹

《周易·系辞下》亦云："作《易》者其有忧患乎？"先秦典籍中的这些忧危之辞，多数表达的是一种政治忧患，即庄子所谓"今世之仁人，蒿目而忧世之患"❺。也有些忧患之辞，表露出位居下层的微臣贱吏在那如火烈烈的时代里生存的困境，所谓"忧道不忧贫"，恰从反面说明了当时的忧患主要是对道不行于天下的焦灼或者是对生存艰危的感慨，前者所代表的忧道患志、忧国忧民的精神，不断地体现在后世深具入世情怀的儒家信徒的言行中，范仲淹的所谓"先天下之忧而忧"，就是这方面的典范。至于纯粹的忧贫之叹，由于缺少文化个性，虽然在后世的文学作品中时有流露，但不能形成一个文化传统。

除了忧道、忧贫以外，还有一个忧生的传统。殷周交替之际，周代史官文化取代了殷代的巫史文化，实用理性精神成了中国文化

---

❶ 《诗经·风·柏舟》，据朱熹注：《诗经集传》，上海古籍出版社1987年版。

❷ 《诗经·魏风·园有桃》。

❸ 《诗经·小雅·采薇》。

❹ 《尚书·君牙》，据蔡沈注：《书经集传》，上海古籍出版社1987年版。

❺ 《庄子·骈拇》，据陈鼓应：《庄子今注今译》，中华书局1983年版。

的主导，由于宗教意识的淡薄，中国的先哲们很早就对死亡有着清醒的认识。在《论语》中，我们随处可以看到孔子对生命的悲哀与感慨：

伯牛有疾，问之，自牖执其手，曰："亡之，命矣夫！斯人也，而有斯疾也！斯人也，而有斯疾也。"❶
子食于丧者之侧，未偿饱也；子于是日哭，则不歌。❷
颜渊死，子哭之恸。从者曰："子恸矣。"曰："有恸乎？非夫人之为恸而谁为？"❸
颜渊死。子曰："噫！天丧予！天丧予！"❹

孔子的悲哀和感慨，是源于对生命短暂的清醒的认识。在孔子和孔门子弟看来，人死后并不存在一个宗教性的彼岸世界来作为依托，生命价值的实现不在于死后的轮回或末日审判，而在于此世间的奋斗：

曾子曰："士不可以不弘毅，任重而道远。仁以为己任，不亦重乎？死而后已，不亦远乎？"❺

"死而后已"实际上也就是说"死则已"，人死后并不存在生命的延续形态，如佛家所谓的轮回，所以孔门将生命价值的实现放在此世间，以入世的态度积极进取，也正因为不相信死后还会有生命的延续，将生命看作一次性过程，才会对生命格外留恋，对时间的流逝极为敏

❶ 《论语·雍也》，据朱熹：《论语集注》，上海古籍出版社 1987 年版。
❷ 《论语·述而》。
❸ 《论语·先进》。
❹ 《论语·先进》。
❺ 《论语·泰伯》。

感，临川而叹，对美好生命的毁灭至感悲哀，乃至于"恸"（朱熹注：恸，哀过也）。

庄子也同样承认人之必死，所谓"吾生也有涯"❶"死生亦大矣"❷，说明庄子也同样面临着生的毁灭，面临着死亡的冲击。但是庄子能将死亡问题提升到宇宙论的层次，将死亡看作个体生命与生生之源、大化之道合为一体，加入宇宙大生命的变易流转的一个必要程序，在形而上的层面上予以解决。《大宗师》即以富于诗意的语言对这种解决方式的阐述。

然而形而上的解决并不能消除形而下的悲哀。庄子的解脱方式虽然富于诗意，但离人面临死亡时的具体情绪也相当遥远。"死生亦大矣，岂不痛哉！……固知一死生为虚诞，齐彭殇为妄作。"❸后人的这种批评正说明了庄子的解脱方式的于事无补。

同样，像儒家学说所主张的那样将人生看作实现某一价值的过程，并为之努力奋斗，也只能在一定程度上缓解对死亡的恐惧，并不能予以根本解决。即使是对儒家的济世理想持一种相当真诚的态度的儒学信徒，在事功的追求受到挫折时，也往往遁入庄禅佛老以求得精神的解脱。至于在整个社会陷入战乱频仍、祸患相连、死者相藉、白骨千里的大动荡的时代，儒家的解脱方式对于大多数人来说更加显得虚幻，即使是少数用心于事功的人，面对着死亡的威胁、人生的短暂，内心中也同样忧心忡忡、感慨万端，在这样的时代，忧生之叹常常成为整个时代的主旋律。

然而，我们并不能据此论定：道家和儒家的人生哲学是一种虚假或无力的哲学。当人从神的怀抱中走出，向宇宙展示自己独立解释世界的宏图大愿时，他也同时不无绝望地发现与这宏图大愿极不相称的

---

❶ 《庄子·养生主》。

❷ 《庄子·德充符》。

❸ 王羲之：《兰亭集序》，《古文观止》，中国书店 1982 年版。

自身生命的渺小与有限，从这个意义上来说，参照于神的恒久长存，人的生存从根本上来说就是一个悲剧。何况，在一些学者看来，即使是混沌未开的初民，对死亡现象除了迷惑不解以外，也怀有一种蒙胧的恐惧。德国哲学家恩斯特·卡西尔就特别强调："在某种意义上，整个神话可以被解释为就是对死亡现象的坚定而顽强的否定。"❶ 只不过，初民的这种死亡恐惧还仅仅是出于模糊的直觉，还没有借助理性的力量在人们心中获得强固的地位，很容易消融在神话的信仰之中。

但是，中国文化中的理性思维成熟得太早了，与这种理性思维相随而生并极度发达的历史意识，对神话信仰作了相当有效的瓦解。在《晏子春秋》中，齐景公登上牛山，出于对死亡的恐惧，感慨流涕，被后人视作墨家信徒的晏子，正是用历史发展的观点对齐景公加以劝解，而不是求助于宗教的假设或神话的信仰❷。

当然，有些中国人出于对死亡的本能的恐惧竭力抵抗死亡的威胁。从位尊九五的秦皇汉武至身为下贱的仆妇役夫，颇有耽溺于长生的幻想之中者，千百年来不绝如缕的关于仙人的传说也证明了这一点。但即使是这样，这些仙人的故事，这些求仙的欲念，也和先民的神话信仰有着根本的不同：在后者中，再生是生命普遍具有的能力，而在前者，首先是将死亡作为普遍现象肯定下来，然后企图以后天的努力或者机遇来摆脱死亡的打击。不过，对于绝大多数受过儒家文化熏陶的士人来说，诸种求仙的办法是否有效还是大可怀疑的事情："服食求神仙，多为药所误"❸，"可闻不可见，慷慨叹咨嗟"❹，大多数中国读书人对于羽化成仙的幻想缺乏真诚的信念，并没有多少人拿它当真，相反，对于死亡的哀伤、对于人生有限的感叹，不绝如缕，成为

---

❶ 卡西尔：《人论》，上海译文出版社 1985 年版，第 107 页。

❷ 《晏子春秋·内篇谏上》，《诸子集成》，上海书店 1986 年版。

❸ 《古诗十九首·驱车上东门》。

❹ 阮籍《咏怀诗》其七十八。

中国文学的恒长主题之一。

从"生年不满百，常怀千岁忧""人生自有命，但恨生日希"，到"对酒当歌，人生几何，譬如朝露，去日苦多"，到"人生若尘露，天道邈悠悠"，到"善万物之得时，感吾生之行休"，到"人生代代无穷已，江月年年望相似"，到"前不见古人，后不见来者，念天地之悠悠，独怆然而涕下"，再到"人生如梦，一樽还酹江月"……它们的风格、主题、意向不同，带有各自时代的烙印，但它们有一个共同的出发点：对人生短暂的深沉的慨叹。

佛教的广为流播，使这种感伤的内涵有了微妙的转变。考察佛教对中国文化的深刻影响，非本文的任务所在，但笼统地说，佛教的传播一定程度上解除了中国人对死亡的恐惧，这种概括虽十分粗糙、浅陋，大有草率之嫌，但就宏观的把握来说，还是大体成立的。不过，尽管中国化了的佛教使中国人从"死生亦大矣"的悲痛中暂时解脱出来，但对人生的感伤并不能彻底消除，相反，在某一方面更得到了强化。

"一切有为法，如梦幻泡影，如露亦如电，应作如是观。"《金刚经》中这段有名的"六如偈"生动地、不无夸大地描述了现象界的短暂虚妄，难以把握。如果说庄子强调道的生生不已，斡流而迁使人感受到道的生机与伟大，那么佛家突出现象界的变动不居，则使人清醒地意识到：人即使可以摆脱死亡的恐惧，也仍然无法把握此在的现实，人的有限性反倒更加清晰地凸显出来，美好与辉煌的流逝或毁灭成了人类不可规避的宿命。在文学作品中，对往昔美好的青春、辉煌的功业、强盛的帝国的追怀，代替了"浩浩阴阳移，年命如朝露"这种沉痛而又笼统的感叹，魏晋诗歌中出现频度最高的意象"古墓"与"朝露"，也被"落花"与"流水"取代，这种变化透露出的信息暗示了中国文化的感伤传统的发展与转变，这种传统，在《红楼梦》那里发展到了高峰。

二、《红楼梦》的悲剧主题

《红楼梦》，似乎是永远也说不尽的。蔚为大观的红学，不但不会像有些人推测的那样可能会消亡，而且还会更加大观起来。一代代审美趣味、价值观念、思想意识、人生理想迥然不同的接受者都能不断地在它身上激发出阐释的活力，流连于红楼世界，陶然忘返，证明了这部杰作的无与伦比的魅力。

欣赏和评价一部作品，当然不能回避它的主题问题。关于《红楼梦》的主题，有各种说法，爱情主题说、政治小说说、色空观念说、社会批判说，各持己见，聚讼纷纭。但无论是持哪一种看法，就《红楼梦》这部作品整体的美学风貌来说，说它是一种悲剧小说，这总没错，不过，这种大而化之的概括实在是太嫌疏阔，进一步探究这部艺术杰作的悲剧蕴含也是无法回避的课题。在笔者看来，这部作品承继了中国文学乃至中国文化中的感伤与忧患的传统，既有忧时患世的焦灼与愤慨，又有对人生空幻的感伤与悲哀。在前者，表现为社会的历史的悲剧；在后者，表现为人生的悲剧。

我国的红学界对《红楼梦》中的社会的历史的悲剧，作了大量的充分细致的研究。重视《红楼梦》中的社会悲剧，是从清末民初开始的。在此之前，虽然有些索隐派的研究者力图在《红楼梦》中追索出政治斗争的本事，但那只是一种以史解小说的落后的小说观的表现，穿凿附会，结论大多荒诞不经。至清末小说界革命，中国人的小说观念有了重大的转变，小说的社会批判价值受到了重视。不过，在当时，人们以社会批判来衡量小说的价值，对《红楼梦》的评价反而不高，大多数批评家仍将其视为艳情小说，如梁启超"述英雄则规画

《水浒》,道男女则步武《红楼》" **❶** "言情则《西厢》《红楼》" **❷** 等语。即使肯定它的艺术成就,也贬低它的社会批判价值,如卧虎浪士《女娲石叙》云:"《红楼梦》善道儿女事,而婉转悱恻,柔人肝肠,读其书者,非入于厌世,即入于乐天,几将曰英雄气短,儿女情长矣。是书也,余不取之。" **❸** 还有更极端的言论:"正乐取夫《西厢》《红楼》《淞隐漫录》旖旎妖艳之文章,摧陷廓清,以新吾国民之脑界。" **❹** 将《红楼梦》列入了扫荡对象。可见,如果没有一种先进的方法作指导,就难以认识《红楼梦》的批判价值,这种情况,直到1949年后,才有了重大转变。李希凡、蓝翎、刘大杰、何其芳、蒋和森等一大批红学家,以马克思主义为指导,对《红楼梦》作了深入细致的研究,深刻地揭示出《红楼梦》悲剧的社会本质,高度评价了《红楼梦》的社会批判价值,对《红楼梦》人物性格的分析也超越了点评派的直观水平,不乏精彩之论。总之,经过这一批红学家的艰苦努力,对《红楼梦》中的社会悲剧的认识实现了一个质的飞跃,达到了空前的高度。

不过,如果从文化史的角度立论,那么,我们只能将更多的注意力投向它所写的人生悲剧。它对前人的影响也主要在这一面,前人对它的评论也证明了这一点:

案有《红楼梦》一书,乃取阅之。大旨亦黄粱梦之美义,特拈出一情字作主,遂别开出一情色世界。

(清·方玉润《星烈日记》 **❺**)

---

❶ 梁启超:《译印政治小说序》,转录自朱一玄:《红楼梦资料汇编》,南开大学出版社1985年版。

❷ 梁启超:《告小说家》,录自《红楼梦资料汇编》。

❸ 转录自《红楼梦资料汇编》。

❹ 松岑:《论写情小说于新社会之关系》,转录自《红楼梦资料汇编》。

❺ 转引自朱一玄:《红楼梦资料汇编》。

《红楼梦》作者精神全注黛玉，譬诸黛玉花也，紫鹃护花幡也，宝玉水也……宝钗、袭人淫雨狂风也，凤姐剪刀也，无根无叶，本难久延，况复雨妒风摧，正欲开时，陡然一剪，命根断矣。

（清·谢鸿申《东池草堂尺牍》❶）

《红楼梦》悟书也……人生数十寒暑，虽圣哲上智不以升沉得失萦诸怀抱，而盛衰之境，离合之惊，亦所时有，岂能心如木石，漠然无所动哉？缠绵悱恻于始，涕泣悲歌于后，至无可奈何之时，安得不悟？谓之梦，即一切有为法作如是观也。非悟而能解脱如是乎？

（清·江顺怡《读红楼梦杂记》❷）

除开索隐派那套追索本事的路数以外，只要是从艺术鉴赏的角度来阅读这部小说，绝大多数人注意到的都是它的艳情和人生空幻。邹弢《三借庐笔谈》谈到当时的青年男女被感动得"中夜常为隐泣"，至于王国维的《〈红楼梦〉评论》更是以叔本华的学说阐释《红楼梦》，将《红楼梦》看作对普适意义上的人生悲剧的摹写。批评这些人眼界不高、不能发现隐含于书中的微言大义是一回事，承认《红楼梦》在中国文化史上的主要影响在于对人生悲剧的抒写又是另一回事，正是基于这样一种认识，我们将《红楼梦》看作一个窗口，一个展现中国文化中人生悲剧意识的窗口。

在具体地考察《红楼梦》所体现的人生悲剧意识之前，我们还得解决一个问题，即如何看待《红楼梦》的后四十回。关于后四十回的作者归属及艺术评价问题，学界颇有争议。但本文主要是从文化史的角度立论，自乾隆五十六年（1791）、五十七年（1792）程伟元印行程甲本、程乙本起，到民国时期几种脂批本陆续被发现以前，

---

❶ 转引自朱一玄：《红楼梦资料汇编》。

❷ 转引自一粟：《红楼梦书录》，上海古籍出版社 1981 年版，第 174 页。

在世间广为流传并产生影响的主要就是程氏印行的一百二十回本。有鉴于此，本文在考察《红楼梦》所展现的中国人生悲剧意识时，将一百二十回作一整体观。

三、《红楼梦》的悲剧意识

如前所述，《红楼梦》作为中国文化感伤与忧患的传统的继承者，既有对堕落的人世的沉重的叹息，又有对人生空幻的无奈的感伤，对应于这两者，《红楼梦》中的悲剧表现为两种形态：一种是社会的历史的悲剧，另一种是哲学的人生的悲剧。前者体现出在封建时代及其文化走向末路即将崩毁的前夜，一个先觉者的沉痛，后者体现出一个对宇宙人生有着极为敏锐感受的诗人的悲哀。这两者又是有联系的：一方面，一个汲汲于在宇宙人生中寻求美好事物的具有一颗赤子之心的真诚的诗人，绝不会对人世的堕落与苦难无动于衷；另一方面，对窳败黑暗的现实的清醒的认识，如果不能引发对革故鼎新的呼唤，那么就有可能导向对人生空幻的感发。所谓"忽喇喇似大厦倾，昏惨惨似灯将尽。呀！一场欢喜忽悲辛。叹人世，终难定！"正是此书作者曹雪芹的心路历程。两者纠结在一块，使此书着意表现的对美的幻灭和对青春的毁灭的深沉的悼惜因负载着沉厚的历史内容而具有独特的深刻的价值。另外，使此书在对现实保持着清醒的批判时流露出浓厚的挽歌情调。从这个角度，我们可以重新认识最为人所诟病的"兰桂齐芳"的结局的意义，所谓"兰桂齐芳"正是以众人耽溺于虚假的繁华富贵的麻木不觉来反衬出于遍被华林的悲凉之雾独为呼吸领会的贾宝玉的孤独与痛苦，这实际上正是当时的历史真实的写照，处于封建时代末世预感到没落来临的先觉者，既要承受无路可走的痛苦，又要忍受不被理解的孤独。当一颗心灵实在无法承受起这沉重的历史负荷时，他只能走向对人生空幻的感叹，以求解脱。也正因如此，

《红楼梦》中的人生悲剧才写得格外深沉与美丽。

红楼世界大致可以分为五重，它们以不同的方式和贾宝玉发生着联系。第一重是警幻仙姑的太虚幻境，绛珠仙子与神瑛侍者在尘世间的悱恻情缘即前定于此境。贾宝玉只能通过做梦的方式上达此境，获得命运的启示。第二重是大荒山下的青埂峰的世界，与这个世界密切相关的一僧一道常常亲自走入红尘世间干预贾宝玉等人的命运。第三重是荣宁二府之外的世界，贾宝玉对这个世界的认识是相当模糊的，这是甄士隐、贾雨村、北静王、倪二、刘姥姥的世界，在贾宝玉模糊的认识里，薛宝钗、林黛玉、花袭人、邢岫烟等人就是由这个外在世界进入荣宁二府的，除此之外，对这个世界并无明晰的观点。第四重世界是以荣府为主的荣宁二府的世界，贾宝玉对肮脏与堕落的感受就是在这个世界中获得的，但是他的生存又从根本上依赖于这个世界。第五重即最内一重世界就是贾宝玉的理想赖以维系的乐园，大观园的世界。头两重世界用神话框架定下了红楼故事的色空的悲剧的调子，然后在红楼故事展开之前，用第三重世界中甄士隐觉悟的过程，总括了扰攘尘世的价值虚无，定下了人生幻灭的调子。最后写贾宝玉在后两重世界中成长并获得悲剧知识的过程，《红楼梦》对中国人生悲剧意识的充分展现，主要就是借着对这一过程的叙述来进行的。而大观园世界对这一过程又具有决定的作用。

对于贾宝玉和其他红楼儿女来说，作为精神乐园的大观园具有双重的意义：一方面，在空间上，它把红楼儿女同外界那鬼蜮横行的污浊的世界隔离开来，以维护他们精神生命的清澈❶；另一方面，如美国学者夏志清所指出的那样："从象征意义上来说，大观园可以看作是为这些惶恐的青少年设计的天堂，以消除他们对即将到来的成年所

---

❶　参阅余英时《〈红楼梦〉的两个世界》一文，《中西比较文学论集》，北京大学出版社 1988 年版。

感到的悲哀。"❶ 也就是说，是为了抵制超越空间的时间对青春的侵蚀与吞噬。

然而，无论是对外界的肮脏与邪恶的抵抗，还是对时间的冲决力的抵抗，两种抵抗都注定以失败告终。大观园里诗意的生活的保障，从根本上来说要依赖于荣国府对佃农不光彩的盘剥，甚至要靠凤姐罪恶的收入来填补亏空，这本身已构成了一种反讽，而且不断有因蝇头微利而发生的争吵，来亵渎这里的诗意与安宁。至于时光冲决的强力则更无可抵抗，绣春囊的出现，标志着真实的情欲的成熟，并将取代柏拉图式的青春梦幻——意淫，以现实的身份来瓦解这个理想王国。在接下来的几回中，王夫人因意识到这种成熟的青春的威胁将晴雯逐出，直接导致了晴雯的死亡；迎春被第一个送入婚姻市场，所适匪人，受到凶暴的虐待；香菱也因丈夫新娶的正室的妒忌而饱受凌辱，从诗的世界里惊醒，开始面对身为人妾的屈辱的现实；自命高洁的妙玉因情欲的萌动走火入魔；至于黛玉，对婚姻难遂的恐惧也代替了"你我虽为知己，但恐自不能久待"❷ 的纯情绪的感伤。绣春囊的出现，不但使作为物质实体的大观园受到了抄检，而且也宣告了大观园所象征的咏叹青春的精神乐园的终结。

其实，在这片精神乐土最后的崩溃之前，一种清冷哀凉的调子就时常在这片乐园里奏响，伴随宝玉的成长。和甄士隐饱经世事的沧桑后看透了人生之虚幻的彻悟和解脱不同，在宝玉这里，更多的是对繁华流逝、青春不再的细腻的感伤。

春梦随云散，飞花逐水流；
寄言众儿女，何必觅闲愁。❸

---

❶ 夏志清：《中国古典小说导论》，安徽文艺出版社 1988 年版，第 313 页。

❷ 《红楼梦》第三十二回，人民文学出版社 1982 年版，第 446 页。

❸ 《红楼梦》第五回，第 73 页。

在警幻仙姑出场之前，宝玉便听到了她的歌声。这支歌是否在预示出宝玉一场繁华富贵以及悱恻情缘终将消散的同时，暗示出其统属太虚幻境内，一对儿女神瑛侍者和绛珠仙子在凡尘中化身多愁善感的性格呢？

贾宝玉确乎对美和青春有一种异乎寻常的执着。这首先体现在他的女儿崇拜上，"女儿是水作的骨肉，男人是泥作的骨肉。我见了女儿，我便清爽；见了男子，便觉浊臭逼人"❶。宝玉的这段话是相当著名的，这段话和其他几处表现贾宝玉这种女儿崇拜言行的段落，经常被一些红学家引用，并从中挖掘出对男女平权新道德理想的向往：

原来在雪芹书中，他自称的"大旨谈情"，此情并非一般男女相恋之情。他借了他对一大群女子的命运的感叹伤怀，写了他对人与人之间应当如何相待的巨大问题。他首先提出的"千红一窟（哭）""万艳同杯（悲）"，这已然明示读者：此书用意，初不在于某男女一二人之间，而是心目所注，无比广大。他借了男人应当如何对待女子的这一根本态度问题，抒发了人对人的关系亟待改善的伟思宏愿。因为在历史上，女子一向受到的对待方法与态度是很不美妙的，比如像《金瓶梅》作者对妇女的态度，即是著例。假如对待女子的态度能够有所改变，那么人与人（不管是男对男、女对女、男女互对）的关系，定然能够达到一个崭新的崇高的境界。倘能如此，人生、社会、国家、世界，也就达到了一个理想的境地。

最后得出结论：

宝玉是待人最平等、最宽恕、最同情、最体贴、最慷慨的人，他是最不懂得"自私自利"为何物的人！❷

---

❶ 《红楼梦》第二回，第 28 页。

❷ 周汝昌、周伦苓：《红楼梦与中华文化》，工人出版社 1989 年版，第 16、17 页。

这种评价代表了相当一部分人的看法。然而，真是如此吗？"此情并非一般男女相恋之情"，这是不假，而且贾宝玉也确实对一大群女子的命运颇为感叹伤怀，但能否得出结论说作者的用意就在写人与人之间如何相待的巨大问题？我们不要忘了贾宝玉还有一段关于女儿崇拜的十分著名的言论作为上面那一段话的补充："女孩儿未出嫁，是颗无价之宝珠；出了嫁，不知怎么就变出许多的不好的毛病来，虽是颗珠子，却没有光彩宝色，是颗死珠了；再老了，更变的不是珠子，竟是鱼眼睛了。"❶ 这话又如何解释？难道出了嫁的女孩儿以及老女人就不是女人了吗？难道老女人就不该体恤？如果是这样，那它还不及孟子的体恤鳏寡孤独的主张更富有人道精神。在第八回中，宝玉的乳母李嬷嬷吃了他的一碗茶，茜雪将情况向他说明后，"宝玉听了，将手中的茶杯只顺手往地下一掷，豁啷一声，打了个粉碎，泼了茜雪一裙子的茶。又跳起来问着茜雪道：'他是你那一门子的奶奶，你们这么孝敬他？不过是仗着我小时候吃过他几日奶罢了。如今逞的他比祖宗还大了。如今我又吃不着奶了，白白的养着祖宗作什么！撵了出去，大家干净！'"❷ 说着便要去立刻回贾母，撵他乳母。最后的结果是虽然没撵李嬷嬷，但茜雪却无辜被逐。难道这就是宝玉的"待人最平等、最宽恕、最同情、最体贴、最慷慨"？要知道，这可不是程高本的改篡，被红学家奉为真本的脂本甲戌本也有这一段落，连脂砚斋在批语中都对宝玉的这一行为表示不安，用"石兄真大醉也"来替宝玉辩解，但是通观《红楼梦》全书，或者仅看它的前八十回，除了贾母以外的老年女人尤其是老年仆妇几乎都是为了和女孩儿进行对照的具有反面意义的形象，作者在写到这些人的出场时不无调侃和嘲讽 ❸，这又如何解释呢？如果事实确如宝玉所认为的那样，女人越老越差劲，

❶《红楼梦》第五十九回，第 833 页。

❷《红楼梦》第十九回，第 131 页。

❸ 如《红楼梦》第五十八、五十九、六十回中的有关描写。

年轻女人一定比老年女人更值得欣赏，那还好说，可事实并非如此。在第六十回中，芳官和蝉儿为一碟糕发生争执时，表现极为骄狂傲慢，第六十一回中，司棋为了碗炖鸡蛋就到厨房大打出手，蛮横无理之极。相形之下，第五十九回中春燕的姑妈掀起一场风波，不过是为了维护自己的正当利益，比起司棋等人的举措更值得同情。可见，宝玉对老年女人的看法和态度并无公正可言，硬要把宝玉说成体现着男女平权思想的新人，恐怕有失于偏颇。

那么，又如何解释宝玉的女儿崇拜呢？其实道理很简单，在宝玉的眼中，女儿是青春和美的象征，宝玉是以一种审美主义的眼光来看待这些青春期的女孩子的。这种看法也非雪芹首创，南宋谢希孟《鸳鸯楼记》中就有"天地英灵之气，不钟于世之男子而钟于妇人"的话，也正是从这个角度立论的。也只有从这个角度，我们才能理解贾宝玉和秦钟、蒋玉菡的关系。当然，书中主要强调的还是贾宝玉那种审美主义的"意淫"，从书中对秦钟和蒋玉菡极度女性化的相貌美的描写来看，贾宝玉对他们的钟爱实际就是女儿崇拜在男性世界的延伸。

这样，我们就可以明白宝玉对青春时代的女子情有独钟的缘由。事实上，宝玉的这种观点也并非毫无道理，从普遍现象来看，青春时代的女子即所谓"女儿""女孩儿"也确实比红颜老去的女子更有魅力。在宝玉的眼中看来，青春的流逝，就意味着美的丧失，意味着清澈的生命本质的丧失，意味着走向污浊，加入外界邪恶的世界。如果说在中国古代哲人的思维里善往往就意味着真，那么，在贾宝玉这里美就意味着善，这是一种典型的诗性思维，从本质上说是一种儿童心理，这种价值评判的误区在每个人身上都多多少少地有所体现，是一种人性的弱点。所以，在第八十回中，贾宝玉对夏金桂有着鲜花嫩柳般的容貌而性情却如此乖戾感到迷惑不解，宝玉求疗妒方的笑话，既写出了宝玉的天真，也是作者对这种人性的弱点的善意的调侃。然而诗性思维也罢，人性的弱点也罢，宝玉的独特之处就在这里，对美的异乎寻常的执着，才使他对青春的流逝、繁华的凋谢格外敏感：

> 只见柳垂金线，桃吐丹霞，山石之后，一株大杏树，花已全落，叶稠阴翠，上面已结了豆子大小的许多小杏。宝玉因想到："能病了几天，竟把杏花辜负了！不觉倒绿叶成荫子满枝了。"因此仰望杏子不舍。又想起邢岫烟已择了夫婿一事，虽说是男女大事，不可不行，但未免又少了一个好女儿。不过两年，便也要"绿叶成荫子满枝"了。再过几日，这杏树子落枝空，再几年，岫烟未免乌发如银，红颜似槁了，因此不免伤心，只管对杏流泪叹息。❶

与其说这里流露出的是出于对人生短暂的笼统的认识而引发出的对死亡的恐惧，毋宁说它表达的是具体的生命过程中青春流去无可追挽的悲哀。同样，黛玉葬花，宝玉听到"侬今葬花人笑痴，他年葬侬知是谁""一朝春尽红颜老，花落人亡两不知"等诗句，恸倒在山坡上，心中所思是：

> 试想林黛玉的花颜月貌，将来亦到无可寻觅之时，宁不心碎肠断！既黛玉终归无可寻觅之时，推之于他人，如宝钗、香菱、袭人等，亦可到无可寻觅之时矣。宝钗等终归无可寻觅之时，则自己又安在哉？且自身尚不知何在何往，则斯处、斯园、斯花、斯柳，又不知当属谁姓矣！❷

在黛玉，更多地抒发的是身世之感的伤痛与忧怨，而在宝玉则是对美的事物不能常驻的幻灭与惆怅。不过，尽管两者的出发点有

---

❶ 《红楼梦》第五十八回，第821页。

❷ 《红楼梦》第二十八回，第385页。

微妙的差别，对繁华的凋谢却有一种共同的哀感。林黛玉是除贾宝玉以外，唯一对人生幻灭抱有同样敏感的人，这可以归结于她的文学素养、多病的体质和所处的环境。在这个大家族中寄人篱下的地位，使她不可能像贾宝玉那样居高临下地产生广博的同情。同情和共鸣不同，在本质上意味着优越，而在这个大家族中，和她身份相仿的其他任何人的处境都比她相对优越，她所同情的对象只能是她自己。在这样的环境里成长起来，形成自哀自怜的封闭性格，由于对自己人生的前景缺乏信心，对毁灭和失败必然极为敏感。这种心情投射到外界，外界自然无处没有毁灭，无处不充满着忧伤，这种对外界的感受反过来又强化了她内心中悲剧的宿命感。如此循环，越陷越深难以自拔，中国文人感花伤己的传统在她心中找到了共鸣点，异乎寻常地发达起来：

> 这里林黛玉见宝玉去了……正欲回房，刚走到梨香院墙角上，只听墙内笛韵悠扬，歌声婉转。……又侧耳时，只听唱道："则为你如花美眷，似水流年……"黛玉听了这两句，不觉心动神摇。又听到："你在幽闺自怜"等句，亦发如醉如痴，站立不住，便一蹲身坐在一块山子石上，细嚼"如花美眷，似水流年"八个字的滋味。忽又想起前日见古人诗中有"水流花谢两无情"之句，再又有词中有"流水花落春去也，天上人间"之句，又兼方才所见《西厢记》中"花落水流红，闲愁万种"之句，都一时想起来，凑聚在一处，仔细忖度，不觉心痛神痴，眼中落泪。❶

如前所述，林的感伤是出于对个人命运无法把握的沉痛，更多的是一种自我中心的忧伤，对他人较少同情，甚至对紫鹃也很少表示关怀，而贾宝玉则是出于对青春和美的执着，他将青春时的女子视作美

---

❶ 《红楼梦》第二十三回，第327、328页。

的象征，因此对位居下贱的女孩子亦颇多关怀，在这种超阶级的关怀中，这种审美主义起了决定的作用。尽管宝玉和黛玉感伤的意味并不相同，但毕竟在对美的追悼上达成共鸣。而这一点贾宝玉是不希望在别人身上能够获得的，即使是具有出世性格的惜春也无法理解林黛玉的悲哀："林姐姐那样一个聪明人，我看他总有些瞧不破，一点半点都要认起真来。天下事那里有多少真的呢。"❶ 从某种意义上来说，性情偏私的惜春是红楼儿女中唯一真正具有出世性格的人，对别人的苦痛漠然视之。在金陵十二钗中，她的排名还要在迎春之后，仅仅高于王熙凤、巧姐、李纨和秦可卿，这也暗示出她和宝玉情感上的距离。至于带发修行的妙玉，以美洁自居，强烈的优越感使她既没有对人世苦难深广的同情，也缺乏对美的幻灭的细腻的感伤。对这个人物，作者有几分哀悼，也有几分冷嘲，甚至可以说作者对她的同情一定程度就是建立在对她的不觉悟的反讽上。只有黛玉，可以在某些方面对宝玉表示理解，使饱受误解和讥嘲的宝玉对之铭感在心，将黛玉引为同调。而林黛玉也只有在宝玉那里才能感受到一种深切的、真挚的关怀，在这种基础上，他们萌生出爱情，但他们的爱情基础本身就无法为世人所承认，他们的失败也是无可避免的。

在欢歌笑语声中，在虚幻的安宁与诗意的氛围中，贾宝玉呼吸着悲凉之雾渐渐地成长。这是一个悲剧主人公由混沌未明到获得悲剧知识的启悟过程，一个对美与青春由执着走向幻灭的过程。贾宝玉曾将美视作人生的真正价值所在，对功名利禄颇为淡漠。这种从审美主义立场否定外在事功的人生哲学，并非曹雪芹首创。在《与山巨源绝交书》中，在《归去来辞》中，我们就已看到对"陋巷"或者田园生活的诗意的描述与向往。曹雪芹的贡献就在于将审美主义从与社会—历史相对立的山林和田园引入了扰攘的世间，同《儒林外史》的理想人物的转变——由山林隐逸的王冕到市井奇人的转

---

❶ 《红楼梦》第八十二回，第 1187 页。

变一样，在浓厚的挽歌色调与没落情绪中，我们看到了明代个性解放思潮最后回声和渐渐生发的近代人文气息。在曹雪芹的笔下，古典的逍遥解脱的世界——大荒山世界是那样的荒凉和寂寞，和虽然充满着肮脏与堕落但不乏温暖的繁嚣的尘世形成一鲜明对照。但贾宝玉最终还是舍弃了人世走向荒凉世界，这是因为曹雪芹对那个时代的社会现实有着清醒的认识，对那个吞噬美善的罪恶的世界充满了沉痛和悲哀，以一种诗人的诚实写出了美的注定毁灭。贾宝玉无路可走，最终只能逃向大荒山下的无情世界，在这无奈的逃遁里，充满了无尽的苦涩与悲哀：

只见宝玉一声不哼，待王夫人说完了，走过来给王夫人跪下，满眼流泪，磕了三个头，说道："母亲生我一世，我也无可答报，只有这一入场用心作了文章，好好的中个举人出来。那时太太喜欢喜欢，便是儿子一辈子的事也完了，一辈子的不好也都遮过去了。"……李纨见天气不早了，也不肯尽着和他说话，只好点点头儿。此时宝钗听得早已呆了，这些话不但宝玉，便是王夫人李纨所说，句句都是不祥之兆，却又不敢认真，只得忍泪无言。那宝玉走到跟前，深深的作了一个揖。众人见他行事古怪，也摸不着是怎么样，又不敢笑他。只见宝钗的眼泪直流下来。众人更是纳罕。又听宝玉说道："姐姐，我要走了，你好生跟着太太听我的喜信儿罢。"宝钗道："是时候了，你不必说这些唠叨话了。"……宝玉仰面大笑道："走了，走了！不用胡闹了，完了事了！"众人也都笑道："快走罢。"独有王夫人和宝钗娘儿两个倒像生离死别的一般，那眼泪也不知从那里来的，直流下来，几乎失声哭出。但见宝玉嘻天哈地，大有疯傻之状，遂从此出门走了。❶

---

❶《红楼梦》第一一九回，第 1620、1621 页。

此时的宝玉已经第二次游历了太虚幻境，彻底悟透了这个尘世间美与青春的必然失败，故而对惜春的出家冷眼旁观，但是轮到他自己向这个曾倾注了无限深情的红尘世界告别时，他那深于情者的禀赋，挣扎着向命运强加给他心头的冷漠作了最后的反击，使他泪流满面，向尘世间两个最亲密的人——王夫人和宝钗深情地道别。然后，忍心不顾王夫人和宝钗因悲剧的预感流下的泪水，在众人茫无觉悟的笑声中仰天大笑，强压着心头的痛楚，带着对已破碎的往昔的青春梦幻的怀念与伤痛，走向那寂寞荒凉的大荒山世界。

《红楼梦》的人生悲剧不在于对情缘、人世的否定，而在于为这冷漠的姿态所掩盖的对人世的深深的眷恋，以及对青春的美好与毁灭的深沉的咏叹和悼惜。"林花谢了春红，太匆匆，无奈朝来寒雨晚来风。胭脂泪，留人醉，几时重，自是人生长恨水长东。"（李煜《相见欢》）中国文化传统中这种感花伤己的单纯的感伤意绪，在这里铺衍成一个哀婉凄绝的红楼故事，但是在这个故事里所表现出的已不是单一向度的人生的空幻与寂寞，而是由执着与幻灭的矛盾所形成的痛苦与悲哀，中国的人生悲剧意识在这里有了更深刻的发展。正是由这种矛盾形成的悲哀与痛苦，震颤着读者的心灵。读者流连于红楼世界，所感受到的并非如一些批评家所希望的那样，是一种冲决网罗的激情，而是更具有普遍意义的人生的苦涩与沉痛，这正是《红楼梦》作为一部超越时代的艺术杰作，真实而又永恒的魅力所在。

四、《红楼梦》中两种悲剧意识的发展

如前所述，作为感伤与忧患传统的继承者，《红楼梦》中既有社会的历史的悲剧，也有哲学的人生的悲剧。这两种悲剧在后世的文学作品中不断地有所表现。

在《红楼梦》问世后，不到半个世纪，历史上所谓的"康乾盛世"便告结束，进入嘉庆年间，清王朝开始走下坡路，社会危机频繁暴发。鸦片战争以后，巨大的政治危机和民族危机，使救亡图存成了时代的主题，忧时患世的传统有了突出的表现。龚自珍虽然也处在封建时代的末世，并为这个即将完结的时代而感到痛苦，但这时毕竟不同于曹雪芹创作《红楼梦》的时代，龚自珍已经敏锐感觉到时代风雷即将到来，所以在他的作品中虽然也不乏沉重和苦涩，但还有将要迸射而出的重整山河的力量。同样是咏落花，龚自珍的《西郊落花歌》大气磅礴，奏出了时代的强音。如果说在龚自珍的诗中更多地表现的是一种冲决网罗的激情，那么发展到《老残游记》等谴责小说，则是对社会虽不彻底但比较积极、全面的批判，《老残游记自序》即表现出对忧患传统的有意继承：

> 以哭泣为哭泣者，其力尚弱；不以哭泣为哭泣者，其力甚劲，其行乃弥远也。《离骚》为屈大夫之哭泣，《庄子》为蒙叟之哭泣，《史记》为太史公之哭泣，草堂诗集为杜工部之哭泣。李后主以词哭，八大山人以画哭。王实甫寄哭泣于《西厢记》，曹雪芹寄哭泣于《红楼梦》……

同样，《红楼梦》的神话框架定下了故事悲剧的色空的调子，《孽海花》的神话框架却是为了呼唤民族自强，鼓吹自由。我们作这种比较，当然不是为了证明《孽海花》比《红楼梦》杰出，而是想说明时代进步对小说处理社会悲剧时的态度的影响，由不自觉地带有一种感伤情绪的暴露，到自觉地积极地揭露和批判，忧时患世的传统得到了全面的发展。等到巴金的《家》，觉慧的出走已不再是宝玉出走时的无奈与沉重，而给人以明朗的希望。

相形之下，《红楼梦》对人生悲剧意识的表现，后世却没有更多

的发展。像《青楼梦》这类刻意模仿《红楼梦》的，由于创作者的
人生体验、艺术才华、哲学思考等各方面均无法和曹雪芹比肩，虽然
也将结局写成风流云散、繁华凋谢，但是对人生悲剧意识表现的深度
却无论如何不能和《红楼梦》相提并论。至于像《红楼圆梦》那些刻
意追求大团圆效果的红楼续书，对《红楼梦》之悲剧精神更是未尝梦
见，徒然遗灾梨枣，自彰鄙陋罢了。后世的小说如清末民初的苏曼殊
的《断鸿零雁记》、鸳鸯蝴蝶派的一些小说以及"五四"以后一些作
家的小说，虽然也是以比较普泛意义上的人生悲剧意识为表现对象，
但都无法像《红楼梦》所写的那样深邃而美丽。从这个意义上来说，
《红楼梦》可以看作古典人生悲剧意识表现的辉煌的终结。

（原载于庞朴、刘泽华主编：《中国传统文化精神——代表中国
文化的三十本书》，辽宁人民出版社 1995 年版）

《红楼梦》对中国古代小说叙事艺术的
全面继承与创新

　　《红楼梦》甲戌本开篇"凡例"结尾诗云:"谩言红袖啼痕重,更有情痴抱恨长。字字看来皆是血,十年辛苦不寻常。"第一回又有诗云:"满纸荒唐言,一把辛酸泪。都云作者痴,谁解其中味。"这些诗句,皆可看作对《红楼梦》病蚌成珠式创作的最好概括。一个具有极高艺术修养的天才文人,耗尽十年心血去创作一部向来被视为"小道"的小说,并寄予最深沉的生命理想,这一事件本身即在中国古代小说发展史乃至中国文学发展史中具有重大意义。也正因经此天才文人呕心沥血之创作,《红楼梦》才终于成为中国古代小说艺术的集大成者,在充分总结继承前人艺术创作经验的同时,又多所突破,成为中国文学一个永恒的艺术丰碑。

　　正如阐释《红楼梦》的精神旨趣或曰思想内容,我们认为不妨从它总体叙事的张力式构架入手,把握这部作品的整体美学特征,也同样不妨由此入手。《红楼梦》文本中的张力,既是叙事内容意义指向上的,又是美学风貌上的。前者表现为执着与幻灭的矛盾,它使作品形成类同于多声部复调音乐的意义世界;后者体现为悲凉与绮丽两种美学风貌的交错呈现,使作品在叙事情调上形成起伏跌宕的感发节奏。而这两者,都是在对前人有所继承的基础上,又经作者自觉的审美创新。

　　在情节的演进中插入暗寓悲剧结局的预叙成分,这在中国古代小说中可谓屡见不鲜。早在《三国志通俗演义》和《水浒传》中,即可见到作品于金戈铁马或江湖壮剧中插入隐逸高人、方外之士或神界人物的预言、谶语等，来预示后文悲剧结局。如《三国志通俗演义》卷十七"刘先主兴兵伐吴"一则，叙李意于刘备大举伐吴前画兵马器械四十余张，画毕一一扯碎，预示猇亭之战蜀汉一方的惨败；如《水浒传》中以智真长老的偈子暗寓鲁智深的结局，等等。在清初小说《金云翘传》中，又可见到以刘淡仙托梦（第二回）和王翠翘惊恶梦（第四回）等情节预示王翠翘悲惨命运的手法，这已十分近于《红楼梦》。此类预叙成分，和许多中国古代小说的神话框架一样，折射出中国文化传统对人事与天命二者关系的思索和感悟，因此也形成了一个民族的叙事传统。但是《红楼梦》前诸多说部中运用此类预叙手法，更多是小说作者的天命观使然，很难说有多少美学的自觉，是以这些预叙成分往往十分单薄，仅仅承担预示人物或事件悲剧结局的功能，本身缺乏审美品位，支撑不起独立的一元丰满的富有审美价值的意义世界。而《红楼梦》的超越之处正在这里，其将审美精神自觉地注入这一叙事传统，使其无论叙诗意红尘还是无常幻灭，皆饱满浑融，具有感荡人心的力量，由是，作品方真正形成一个二元对立的富有张力的意义世界。

同样，因各部分叙事内容的不同而呈现出的美学风貌的变化，在《红楼梦》前的中国古代小说中也并不少见。如金圣叹评点《水浒传》第二十二回武松阳谷遇兄嫂一节所指出的："上篇写武二遇虎，真乃山摇地撼，使人毛发倒卓。忽然接入此篇，写武二遇嫂，真又柳丝花朵，使人心魄荡漾也。"又如毛宗岗评点《三国演义》第三十五回刘备马跃檀溪后于水境庄上遇司马徽一段文字所云："玄德于波翻浪滚之后，忽闻童子吹笛，先生鼓琴；于电走风驰之后，忽见石案香清，松轩茶熟。正在心惊胆战，俄尔气定神闲。"从上举两部作品中相关片段的接受效果来看，应该说金圣叹和毛宗岗的观察与评点是非常有道理的。但这并不等于说，这种美学效果是出于两部小说写定者自觉的审美创造，它更可能是随情节演进无意间带来的美学风貌及接受效果的变化，小说尤其是长篇小说，随着叙事内容的变化总会有美学风貌的变化，只是一般作品中的变化不像上举《水浒传》和《三国演义》中的例子变化反差那样大，又缺少金圣叹、毛宗岗这样有心人观察并揭示罢了。但是《红楼梦》却不同：首先，这种美学风貌的反差不是只在一二处偶然出现，而是于整部作品中时时出现，使整部作品形成了跌宕起伏的感发节奏；其次，这种绮丽与悲凉两种美学风貌的双重变奏，服务于整部作品执着与幻灭二元对立的意义结构，因此可以认定是出于作者审美创造的自觉，而不是无心插柳。正因如此，作品中两种意义指向或两种美学风貌的叙事内容，最终便不是简单地交错出现，而是互相映照，彼此强化，愈执着而愈幻灭，愈幻灭而愈执着，感荡人心的力量均得以加强。这便是美学的自觉、叙事的自觉，是对小说叙事全局独具匠心的统驭，仅此一点，便可见《红楼梦》作者对如何充分开掘长篇小说这一叙事文体的表现优势有深刻的领悟。

除了上述对叙事内容的全局统驭，作品在具体地展开叙事时将多条线索交织成网状结构，也应特别予以关注。《红楼梦》要讲述的内容事件纷繁，千头万绪，有多条线索并行，这对作者的叙事调度无疑是种考验："从某种意义上说，叙事的时间是一种线性时间，而故事发生的时间则是立体的。在故事中，几个事件可以同时发生，但是话语则必须把它们一件一件地叙述出来。"❶ 面对这一叙事难题，中国古代白话小说多采用强行中断一条线索的情节演进转入另一线索的叙述的手法，即所谓"花开两朵，各表一枝""按下 ×× 不表，且说……"等，叙事者的外部干预十分明显。这种干预转换，《红楼梦》中也同样多有使用，但在这种传统的干预转换手法之外，《红楼梦》又能在对一个事件的叙述中尽可能同时盘绕多条线索，使事件本身在纵向发展的同时，左右生支，与其他线索的事件联结起来。如第

---

❶ 兹韦坦·托多罗夫：《叙事作为话语》，伍蠡甫、胡经之主编，朱毅译，徐和瑾校：《西方文艺理论名著选编》（下卷），北京大学出版社 1987 年版。

十六回，叙贾琏带林黛玉送林如海灵柩至苏州后返回荣国府，与王熙凤絮话，先写王熙凤讲述理事后情形，道出其与府中诸管家奶奶的矛盾，正说着，平儿来回话，话题引向了香菱，通过王熙凤的话交代出香菱到薛府后的状况，"一语未了"，贾政将贾琏传去，贾琏走后，凤姐和平儿谈放利盘剥之事，贾琏回来，有赵嬷嬷来为儿子讨差使，话题转到省亲，接下来有贾蓉、贾蔷来回话，商议盖造省亲别院、到苏州采买女孩子，言谈中又说到了和江南甄家的密切关系。这种写法，既符合生活的原生态——现实生活中人们的交谈常随意转换话题且随时可能被中断，又笔致从容，摇曳生姿，同时，多个事件的线索集中到这里，又由这里辐射出去。《红楼梦》就是这样通过缜密细致的叙事安排，使整部作品的叙事能"一击空谷，八方皆应"，形成经纬交叉的网状结构，全方位地展现出矛盾错综复杂的众多人物于其中活跃演出的立体式生活画面。这也无疑是中国古代小说叙事艺术的一大飞跃。

正因作者对小说叙事有深刻领悟，故每多杰出表现。如大量的内视点的运用。作品对场面中的景物、人物乃至事件的叙述，往往不是借全知全能的超故事层叙事者来交代，而是多借助场面中一个角色的观察来展开。林黛玉初进荣国府的叙述是一个例子，刘姥姥一进荣国府的叙述也是一个典型的例子。这种限知叙事，一方面可以避免行文的板滞❶，另一方面又可以通过叙事语言反照出观察者的心理及性格特征，如叙宝、黛初相见，宝玉眼中只见黛玉的风神，而未注意她的衣饰，脂砚斋批："从宝玉目中，细写一黛玉。直画一美人图。——不写衣裙妆饰，正是宝玉眼中不屑之物，固不曾看见。"而与宝玉观察黛玉形成对照的是，刘姥姥进贾府，所见则多先惊骇于人的装束，如叙其眼中的平儿为"遍身绫

---

❶ 这一点，清代的评点者即有所领悟。如二知道人《红楼梦说梦》云："写荣国府之世系，从冷子兴闲话时叙之，写荣国府之门庭，从黛玉初来时见之，写大观园之亭台山水，从贾政省功时见之。不然，则叙其世系适成贾氏族谱，叙其房廊不过止房出卖帖子耳。雪芹锦心绣口，断不肯为此笨伯也。"一粟编：《红楼梦卷》（第一册），中华书局 1963 年版，第 85 页。

罗、插金带银、花容玉貌的"(第六回),鸳鸯为"纱罗裹的一个美人一般的丫鬟"(第三十九回),所以如此,盖因刘姥姥地位卑微,不敢打量对方相貌,同时对方富贵妆饰会最先刺激这一乡下老妪的视觉,引起心理反应。由章法变化避免行文板滞,而到通过叙事语言反照观察者,这就体现出对限知叙事的更深层意义的领悟,从而更充分地发挥了这种叙事手段的表现潜力。这一点是《红楼梦》前中国古代小说很少注意的,如脂砚斋将小说中"只见……"的叙事形式称为"水浒文法"❶,但《水浒传》中的此类叙事却并未达到《红楼梦》的水准。例如,《水浒传》第六回中,叙鲁智深见林冲出场,"只见墙缺边立着一个官人,头戴一顶清纱抓角儿头巾,脑后两个白玉圈连环鬓环……手中执一把折叠纸西川扇子"。这一段"只见……",看似限知叙事,其实很不彻底,因如纯从鲁智深所见所知来写,则鲁智深无论如何也不能对林冲的服饰质地样式说得这么准确,这里有全知叙事者叙事修补的成分❷。这种叙事语言缺少因观察者的不同而应有的个性,如上引的"只见……"一段对林冲的"观察"描述,将观察者换成宋江、吴用或武松皆无不可。而《红楼梦》运用内视点限知叙事,则多能各各不同,注意切合观察者的身份、心理,说明对运用内视点限知叙事,《红楼梦》比前此中国古代白话小说有了更深刻的理解和把握❸。

　　频繁且成功地使用限知叙事的背后,是全知全能叙事的弱化。它

---

❶　甲戌本第二十六回"不是别个,却是袭人"句旁侧批。

❷　参看王彬:《水浒叙事札记》,收入《水浒的酒店》一书,中国三峡出版社1997年版。

❸　不过《红楼梦》中也有全知全能叙事者对限知叙事加以修补的地方,如林黛玉进贾府后见王熙凤出场:"这个人打扮与众姑娘不同,彩绣辉煌,恍若神妃仙子:头上戴着金丝八宝攒珠髻,绾着朝阳五凤挂珠钗,项上戴着赤金盘螭璎珞圈,裙边系着豆绿宫绦,双衡比目玫瑰佩,身上穿着缕金百蝶穿花大红洋缎窄裉袄,外罩五彩刻丝石青银鼠褂,下着翡翠撒花洋绉裙。一双丹凤三角眼,两弯柳叶吊梢眉,身量苗条,体格风骚,粉面含春威不露,丹唇未启笑先闻。"六岁的林黛玉也未必能对王熙凤的服饰判断得如此准确,未必对王熙凤如此从容细致地打量。这段描写,一方面是受中国古代白话小说借出场诗或骈文来描写人物的表现传统的影响;另一方面,也可能是出于借此以铺排凤姐气派威势的考虑。

使《红楼梦》与拟书场格局下的其他中国古代小说形成了明显差异，并借此产生了种种独特的叙事效果。

这表现在很多方面，如与前此中国古代白话小说比，《红楼梦》对人物心理与动机的叙述十分节制。以第二十七回滴翠亭宝钗扑蝶一段为例，宝钗听到小红和坠儿谈私情事后，采用"金蝉脱壳"之计，将偷听嫌疑引向黛玉，那么她这样做的动机何在？是潜意识中对黛玉的敌意使然，还是情急之下只图自保？在这里叙事者放弃了揭示人物行动动机的义务，由读者自行判断。又如，第六十三回中，叙贾敬亡故后贾珍父子的悲恸表现，"贾珍下了马，和贾蓉放声大哭，从大门外便跪爬进来，至棺前稽颡泣血，直哭到天亮喉咙都哑了方住"，这一笔，极写贾珍父子的哀痛，但这种哀痛，是否为贾珍父子的真实情感？若结合此段前后的一些叙述——贾珍父子于赶来奔丧途中闻听尤氏姐妹到来时相视一笑，哭灵之后贾蓉立即赶回家中与尤氏姐妹放荡调笑，这里贾珍父子的哀痛十分可疑。但是，这里叙事者却并未对此二人哀痛表现的真伪作一判断，放弃了进入人物内心并向读者交代揭示的传统义务，只作一客观叙述，与读者一道从外部观察，而将判断的任务交给了读者。这些叙述，与《儒林外史》的叙事手法不无相似，都与中国古代白话小说传统的全知全能叙事主流形成了差异，值得注意。

又如，对作品中的核心人物，中国古代小说往往于其甫一出场时，便由全知全能叙事者借出场诗词或骈文之类，对其相貌、能力、品行之类先作一总体描述，又由于中国古代白话小说超故事层叙事者传统上具有的全知全能的权威性，这类出场诗的描述自然也成了对人物无可质疑的"定性"，对读者的接受理解有明确的导向意义。但《红楼梦》对贾宝玉的描述却并非如此，于作品中可见冷子兴的看法，贾雨村的看法，林黛玉从母亲那里听到的描述、从王夫人那里听到的描述，此外还有甄家婆子的描述，贾母的描述，兴儿的描述，等等。由于这些描述皆出自故事中人的观点，受其出身、阅历等因素的限制，因此都不具有权威性，且歧见纷纭，这就形成了富有文学意味的含混与丰富。这种含混与丰富，相对于传统的由全知全能叙事者出面定性的明晰与单一，无疑更能激发起读者接受阐释过程中的主动参与，读者不是简单地接受一个给定的结论，而是在阅读过程中，不断地深化、整合，人物的形象内涵因之也更具有开放性，在各个读者的阅读整合过程中逐渐得以丰富，这无疑是十分高明的叙事手法。

此外，《红楼梦》中即使有超故事层叙事者亲自显身作的评论，其功能及意义也与前此中国古代小说大不相同。仍以作品对贾宝玉这一主要人物的描述为例，除了冷子兴、贾雨村、贾母、甄家婆子、兴儿等故事中人的言说之外，在作品的第三回中宝玉出场时，小说其实还是模仿了中国古代小说拟书场格局的叙事传统，以两首出场诗或词来对人物作了评判：

无故寻愁觅恨，有时似傻如狂，纵然生得好皮囊，腹内原来草莽。潦倒不通世务，愚顽怕读文章。行为偏僻性乖张，那管世人诽谤。

富贵不知乐业，贫穷难耐凄凉。可怜辜负好韶光，于国于家无望。天下无能第一，古今不肖无双。寄言纨绔与膏粱：莫效此儿形状。

这两首《西江月》，对贾宝玉无疑是一派贬抑之辞。但这种贬抑是否应对读者阅读阐释这一人物具有导向作用？读者应该接受这种评判吗？它能代表作者意图吗？若衡诸拟书场格局下的中国古代白话小说的叙事传统，这些问题的答案应该是肯定的，但到了《红楼梦》这部小说，答案就不能这么肯定了。超故事层叙事者类似的描述和评论还有："原来那宝玉自幼生成有一种下流痴病，况从幼时和黛玉耳鬓厮磨，心情相对，及如今稍明时事，又看了那些邪书僻传，凡远亲近友之家所见的那些闺英闱秀，皆未有稍及林黛玉者，所以早存了一段心事，只不好说出来。"（第二十九回）所谓"下流痴病""邪书僻传"

云云，都代表着一种价值评判，但这种评判却并不为读者接受。不为读者接受，又不是由读者生活时代及个人思想观念的差异等外部因素所致，而是否定的力量就来自文本内部，也就是说，我们从文本内大量的具体的叙事中所领会到的精神旨趣，与这类评判并不一致。因此，在这里出现了叙事者与隐含作者（作者在作品中表现出的整体的价值取向）间的差异：超故事层叙事者亲自出来评论时，多采用彼时社会主流意识形态的立场，但这显然并不会被视为作者的真正立场，读者在作品中所感受到的作者的价值取向，即使不是对社会正统全持否定态度，也至少远为复杂，有相当大程度的叛逆倾向。

这就值得予以特别关注。大体来说，中国古代白话小说的超故事层叙事者，随着小说叙事艺术的发展，逐步显现出个性化的演变轨迹：早期作品，超故事层叙事者的议论、评判，传达的都是标准的社会道德观，并且作品的叙事也支持这些议论、评判。到了冯梦龙、凌濛初这样的作家，他们在作品中纳入了自己的世界观，在原先的叙述者身上加上了表现自我的因素。再发展到清初李渔的作品和艾衲居士的《豆棚闲话》阶段，模仿和教诲的动机逐渐消失，小说中作者个人的声音更加突出 ❶。这种变化，体现了中国古代白话小说在叙述者的身份上从自我异化向自我表现的回归，这无疑是小说叙事艺术的进步 ❷。但《红楼梦》却独辟蹊径，走的是另外一条路：在作品中，超故事层叙事者仍然是站在标准的社会道德观立场作出评判，但作品的具体叙事却对这种议论、评判构成了颠覆，使其成为不可靠叙事。而由于超故事层叙事者评判的不可靠，便会出现"作者与读者背着叙事者进行秘密交流"，"决不会接受叙事者作为自己可信赖的向导"的情况 ❸。相比于传

---

❶ 参见 P. 韩南著，尹慧珉译：《中国白话小说史》，浙江古籍出版社 1989 年版，第 28–29 页。

❷ 参见王彬：《红楼梦叙事》，第二章第一节，中国工人出版社 1998 年版。

❸ W.C. 布斯著，华明、胡苏晓、周宪译：《小说修辞学》，北京大学出版社 1987 年版，第 331 页。

统的全知全能的叙事方式，这种有意识颠覆超故事层叙事者的权威、使其与隐含作者形成差异的手法，会给读者带来全新的阅读体验，使作品的意义生成过程更为复杂，大大丰富了作品的接受效果。这种手法，已多少具有了现代小说的意味。

在小说叙事全知全能弱化的背后，是小说观念的深刻变革。中国古代白话小说源自书场艺术，因而一直笼罩在后者的强大影响之中。全知全能的叙事方式即为其一。在书场艺术的信息传播格局中，作品的信息是通过"说—听"模式传播的，这种传播模式中的接受者，对信息传播过程没有控制力，他不可能随意要求信息传播者暂停传播信息，以有时间余裕来对已接受的信息进行深度整合，因此，只能被动地接受给定的信息。这种传播格局，势必导致接受者对传播者的高度依赖，由传播者对诸信息先予整合并进行全知全能的叙述、评判，便成为这种传播格局的必然要求。中国古代白话小说虽由书场艺术转为案头读物，信息传播过程也由"说—听"模式转为"写—读"模式，但传统的巨大惯性，仍使作品多呈现为拟书场格局，表现其一就是仍普遍使用全知全能的叙事方式。但转变毕竟在缓慢地发生，如作品对文字技法的重视及诸评点家对此的揭示，都体现出对小说案头读物性质的认识逐步加深。只有对小说信息传播过程由"说—听"模式转为"写—读"模式有高度的自觉，才会去充分探索叙事技法，因为只有在"读"这一可以由接受者自主掌控信息整合过程的接受行为中，全知全能弱化、不可靠叙事等复杂的叙事技法才能发挥其艺术表现力。因此，从这个意义上我们可以说，《红楼梦》对中国古代小说叙事艺术的全面继承及诸多卓越创新，一方面，展示出作者对叙事艺术的天才领悟；另一方面，也深刻地反映出中国古代白话小说逐步摆脱书场艺术的影响走向高度成熟的必然历程。

（节选自《中国小说通史（清代卷）》，第十六编第三章"宏阔深邃的巅峰之作：《红楼梦》"，高等教育出版社 2007 年版）

《红楼梦》的写实艺术与诗化风格

《红楼梦》作为一部伟大作品，不但体现于它杰出的叙事才能，更体现于它对生活的深刻领悟及浓郁的理想色彩。后两者在艺术上又分别表现为高超的写实和小说的诗化特征。

《红楼梦》高超的写实艺术，表现于作品的诸多方面，其中人物塑造方面表现得尤为突出。

鲁迅在谈到《红楼梦》于中国旧小说中"不可多得"的价值时曾说道："其要点在敢于如实描写，并无讳饰，和从前的小说叙好人完全是好，坏人完全是坏的，大不相同，所以其中所叙的人物都是真的人物。"❶ 其实，中国旧白话小说也并非皆为"叙好人完全是好，坏人完全是坏"，如《金瓶梅》，张竹坡就曾注意到其中潘金莲闻母死而落泪一节，指出即使这样一个奸狡之妇仍会有人性的正常一面；又如《儒林外史》中的马二先生，古道热肠而又迂腐不堪，也不是一个单色调的人物。甚至总体艺术品位不高的才子佳人小说中，也会有《好逑传》这样的作品，写出一个游移于善恶两端的下层小吏济南府历城县令，一方面攀附权贵助纣为虐，另一方面又同情欣赏水冰心，为其屡屡挫败奸谋而惊喜，既曾设谋暗害铁中玉，又感于二人侠烈转加维护，写得真实且富有层次感；若将观照视野扩展到戏曲，则又可见清康熙三十八年脱稿的《桃花扇》中，杨龙友既奔走于马士英之门，又同情维护侯方域、李香君，同样塑造得富有立体感。相类的例子还可以举出一些，这说明随着中国小说戏曲创作的文人化、案头化，在人物塑造上已渐有了摆脱类型化的倾向。但这种倾向其时远远未形成小

---

❶ 鲁迅《中国小说的历史的变迁》第六讲"清小说之四派及其末流"。

说创作的主流，只有到《红楼梦》，才会有全面的突破。

《红楼梦》塑造了上百个不同身份、不同性情的人物，无不传神写意，使之各具光彩。其中的主要人物，作品自然成功地描画出了他们鲜明的主导特征，如贾宝玉的喜在闺阁中厮混，林黛玉的敏感娇弱，王熙凤的精明泼辣，因之这些形象才能成为现实生活中几类人物的"共名"。但作品与此同时又充分展现了生活原色中真实人物的多侧面、多层次，使之富有立体感。如薛宝钗豁达大度、善解人意，却又有冷酷无情的一面；王熙凤毒设相思局、弄权铁槛寺的狠辣手段让人心惊胆寒，但和宝玉间却有亲切的姐弟情，对刘姥姥也有一定程度的体恤；贾琏纨绔好色，却因不肯助纣为虐迫害石呆子而挨贾赦一顿毒打；薛蟠目无法纪、欺男霸女，但对柳湘莲的情义却真实可感；袭人的奴才相让人腻烦，但她一样会为金钏之死而落泪，对贾赦谋占鸳鸯不满，当宝玉对她说起希望她的两个姨妹也到贾府中来时，她的冷笑更令人难忘。即使像晴雯这样作者饱含感情刻画的正面人物，也有对小丫头坠儿动肉刑这一凶暴残酷的举动。其他人物如贾母、贾政、探春、尤二姐、尤三姐等，无不有其复杂的精神世界。甚至像司棋这样出场有限、着墨不多的角色，小说也能一波三折地逐渐展现她作为一个真实生活中人物的各个侧面：她因一碗炖鸡蛋带人到厨房大打出手的骄横令人反感，她谋使自己婶娘秦显家的入主厨房却偷鸡不成反蚀把米令人笑叹，她的外祖母王善保家的怂恿抄检大观园结果却抄到她头上，现世报让人痛快，但她追求爱情、即将面临封建礼法的严酷惩治时面无惧色却又令人同情起敬……

这些人物形象的成功塑造，得益于作者对生活有极为深刻的观察与领悟。只有如此，作者才能真正塑造出饱满圆融的人物，使人物形象的不同侧面在对立的同时又能在生活的逻辑上获得统一，而不是成为分裂形象。如薛蟠，他打死冯渊强夺英莲与他对柳湘莲的情义，一恶一善，看起来矛盾，但作者却能让它们统一于薛蟠特有的行事特征

"呆"——不知利害权衡，完全任性行事。正因这特有的呆，使他的欺男霸女不同于贾琏包占尤二姐，是为恶而不知其恶，是不知王法为何物，故不知遮掩谋划；也正因这呆，使他的好色又不同于贾珍、贾蓉的好色，不知伪饰；正因这呆，他对人事的情感反应才简单而又强烈，如对柳湘莲的态度。同理，宝玉和他能一道饮酒谈笑，融洽欢快，也可由此获得某种解释，对厌弃礼法的宝玉来说，和这样一个不知修饰言行的浑人打交道，至少要比与士大夫们打交道少一些周旋揖让的虚饰而轻松自然。至于薛蟠何以会有此"呆"的行事特征，会不知王法为何物，打死了人自谓花几个臭钱就可以了掉，会如此缺乏教养，则可以有多种诠释，如可以从当时权势阶层普遍枉法的历史状况分析阶级压迫，也可以从薛蟠成长的特定的家庭环境（"家有百万之富""幼年丧父""寡母的溺爱纵容"等）分析其缺乏教养任性而为的性格成因。但无论哪一种深度诠释，都有一个共同的出发点，即这是一个特定历史条件下特定家庭环境中成长起来的特定人物，符合生活的真实，而不是以往旧小说写坏人容易写成的一坏到底的概念化人物，更不是因作者欠缺驾驭文字能力而造成的分裂人物。也只有这种以深刻的写实之笔写出的人物，才经得起种种深度诠释。

人物的性格如此，人物间错综复杂的关系也是如此。善良的平儿和狠毒的凤姐间会有深厚的感情，爱护女儿的宝玉也并没有对荼毒香菱的薛蟠疾恶如仇，也会和贾珍这种荒淫无耻之徒来往谈笑，这才是真实的生活。只有真实生活中的人物才能这样亦善亦恶，非善非恶，事件才能这样超越一切理念的设计，充满命运的吊诡、复杂人性的况味。作者只有谨慎地摒除主观情感对人物和事件的叙述的干预，以对生活的深切体察如实去写，才能写出如此血肉饱满的人物，写出人性的丰富内蕴，于读者心中唤起复杂的审美感受。这也就是鲁迅所云"盖叙述皆存本真……正因写实，转成新鲜"❶的道理所在。

---

❶ 鲁迅《中国小说史略》第二十四篇"清之人情小说"。

更值得注意的是，《红楼梦》以写实手法大力塑造人物，并非"无心插柳"，而是出于高度的自觉。在小说的开卷第一回里，有作者自云："今风尘碌碌，一事无成，忽念及当日所有之女子，一一细考较去，觉其行止见识，皆出于我之上。……我之罪固不免，然闺阁中本自历历有人，万不可因我之不肖，自护己短，一并使其泯灭也。"同回下文空空道人对石头又道，"你这一段故事……并无大贤大忠理朝廷治风俗的善政"。这些言说透露了丰富的信息：其一，这部作品本就以刻画人物为创作主旨之一；其二，该小说创作自觉地淡化了主流意识形态外加的文化使命感（"并无大贤大忠理朝廷治风俗的善政"）。而后者在中国古代小说发展史中尤有不可轻忽的重大意义：中国文学本就有悠久的文以载道的传统，而在中国古代各种文类中地位低下的小说尤其是白话小说，则更需攀附经史以自高身价——或标榜弘扬儒家经典中的伦理道德，资治体，助名教，或声称于史有征，可补史乘之阙。此类言说，可能仅仅是出于一种冀望获得接受环境价值认同的表述策略，也可能是作者真诚创作动机的剖白，但无论是哪一种，这一传统都对小说创作产生了无形制约。这种制约，在中国古代小说的人物塑造上有充分体现，既然小说价值在于表现社会的正统思想，导化民情，那么对人性复杂蕴含的探索体察自然便成了题外之义。即使考虑到作品的美学效果，如历史演义、英雄传奇之追求波澜壮阔的史诗气魄或令人血脉偾张的冲突效果，借"围绕着单一的观念或素质塑造的"扁形人物来表现❶，也无疑是种便捷的选择——相比于性格复杂、行动更多变数的圆形人物，尖锐的扁形人物在文本的故事世界里更易成为情节波涌浪卷地推进的动力元，人物之间互相碰撞产生的撞击效果也会更加强烈，更易产生矛盾冲突，且冲突更富有戏剧化，也更利于白话小说传播的主要接受者——广大民众的理解和认同。更何况，中

---

❶ 佛斯特《小说面面观》："就最纯粹的形态说，扁形人物是围绕着单一的观念或素质塑造的。"见《小说美学经典三种》，上海文艺出版社 1990 年版，第 255 页。

国古代小说的演绎史事，本也不是为了客观地还原历史，而是同样要承担感人心、辨忠奸的传道使命，亦更需道德理念化了的扁形人物的矛盾冲突释放浓郁的伦理激情❶，产生"可喜可愕、可悲可涕、可歌可舞""怯者勇、淫者贞、薄者敦、顽钝者汗下"的强烈的教化效应。由此可见，中国古代小说所负荷的沉重的文化使命，严重地抑制了小说人物圆形化的创作发展空间，使中国古代小说中的人物塑造总体上长期处于理念化、类型化状态。而《红楼梦》自觉地淡化小说外加的文化使命感，将记述"家庭闺阁琐事""大旨谈情""实录其事"作为自己的创作方向，不但没有妨碍作品丰赡的叙事自然地充盈丰富的文化蕴含，并且在艺术表现上为展现人物丰富的精神世界、挖掘人性的复杂蕴含，拓展出广阔空间，也因而在中国古代白话小说中，实现了人物塑造上的一大飞跃❷，这是值得大书一笔的。

在以高超的写实之笔描绘出广阔的社会生活和众多人物画卷之外，《红楼梦》还具有浓郁的理想色彩。这种理想色彩，在艺术上表现为小说的诗化风格。

小说的诗化风格，首先引人注目地体现于作品中相当数量的诗词。这些诗词曲乃至骈文等作品，一方面显示了作者精深的古典文化修养，本身即具有很高的艺术价值，如《枉凝眉》的缠绵悱恻，荡气回肠，《红楼梦引子》开辟鸿蒙的旷远情思，《葬花词》的哀艳凄绝，《问菊》诗的淡泊超逸，等等，都使人留下难忘的印象，大大增强了作品感荡人心的力量；另一方面，这些诗作又多能有效地服务于作品的叙事——或用来象征人物命运，或用来揭示人物性格，它们并没有如中国古代其他小说中的诗词那样往往游离于小说的叙事，而是与作

❶ 佛斯特《小说面面观》论扁形人物："他本身就是观念,而他所过的那种生活就从这观念的锋芒、从这观念受到小说中其他因素冲击时发出的火花中闪闪发光"。见《小说美学经典三种》,上海文艺出版社 1990 年版, 第 256 页。

❷ 关于《红楼梦》淡化文化使命感,参见苏涵:《民族心灵的幻象——中国小说审美理想》,第八章第二节, 人民文学出版社 2000 年版。本文受其启发, 但论说角度不同。

品整体的氛围融合无间，成为作品叙事肌理的有机组成部分，充分地发掘了长篇小说这一叙事文体可兼备众体之长的表现潜力。

而《红楼梦》小说的情韵，它的抒情色彩，它的诗化特征，并不仅仅体现于表面的诗词的运用，更重要的是作品总体上情怀的诗化。如对青春的热烈咏叹，对爱情的讴歌：西厢记妙词通戏语，秋爽斋偶结海棠社，栊翠庵茶品梅花雪，琉璃世界白雪红梅，脂粉香娃割腥啖膻，芦雪庵争联即景诗，憨湘云醉眠芍药裀，呆香菱情解石榴裙，寿怡红群芳开夜宴，以及宝钗扑蝶，龄官画蔷，晴雯补裘……这些场景无不洋溢着青春的诗情，动人的情怀。即使是普通的生活场景，如：

> 宝玉却留心看时，内中并无二丫头。一时上了车，出来走不多远，只见迎头二丫头怀里抱着他小兄弟，同着几个小女孩子说笑而来。宝玉恨不得下车跟了他去，料是众人不依的，少不得以目相送，争奈车轻马快，一时展眼无踪。（第十五回）

那知慕少艾后不无几分天真的怅惘，也同样以抒情的笔调叙出。在小说中，甚至哀愁也是诗化的，如牡丹亭艳曲警芳心，如黛玉葬花，如宝玉闻听岫烟论嫁后观杏子结枝的感叹迷惘，这些身世之感，生命之悲，在叙述中因春的氛围、花的映衬、诗的浮想，亦别具一种动人心怀的力量。

《红楼梦》情怀的诗化，遍及小说的各个因素之中，如人物的诗化、环境的诗化、事件的诗化等。人物的诗化，既体现在人物容貌、服饰的诗化描写，也体现在人物品格性情的诗化，如黛玉的风神飘逸，如湘云的浑朴烂漫，如香菱的纯洁天真。这种对人物的诗化描写，可以理解为对贵族家庭内人物生活及文化素养的怀旧写实，但更是作者寄托理想的结果。除了人物，小说中的环境描写也同样富于诗情。在"大观园试才题对额"一回中，作者引导读者随着贾政、宝玉父子一行的步履，尽情欣赏了春光明媚中丝垂翠缕、蓓吐丹霞的古典园林之美。更难得的是，在叙众女儿搬入大观园后，则无论是写潇湘馆的凤尾森森、龙吟细细，还是状秋爽斋的疏朗阔大，以及蘅芜院如雪洞般的素净，都在保持诗化格调的同时，承担着隐喻人物品格的叙事功能。美国著名文学理论家韦勒克和沃伦在《文学理论》中曾指出："家庭内景，可以看作是对人物的转喻或隐喻性的表现。一个男人的住所是他本人的延伸，描写了这个住所也就是描写了他。"[1] 这句话用来概括《红楼梦》中人物居所的环境描写，同样是非常恰当的。此外，小说中的环境描写，往往又因作为观照主体的人物移情于景，而染上强烈的主观色彩，别具情味。在第七十九回中，宝玉于迎春出嫁后，天天到紫菱洲一带徘徊瞻顾，"见其轩窗寂寞，屏帐翛然……再看那岸上的蓼花苇叶，池内的翠荇香菱，也都觉摇摇落落，似有追忆故人之态"，景致因宝玉这一观察主体的移情，笼罩着一层无可排遣的悲哀。由是，小说中本就具有诗化情韵的人物在诗情画意的空间里演出的事件，也必然洋溢着诗的情致。共读西厢，龄官画蔷，湘云卧石，宝琴立雪，宝玉乞梅……这些人物，这些情境，这些事件，一起构筑成一个绮丽晶莹的世界，使小说带有浓郁的抒情色彩，具有强烈魅力。因此，有人称《红楼梦》为"诗的小说""一部叙事的诗"，确实不无道理。同时，这种以诗意情怀来统驭小说叙述的手法，亦超越了以往中国古代白话小说重质实轻写意的叙述传统，一定程度上具有了现代小说的审美特征[2]。

最后，看一下《红楼梦》的语言。小说的语言，这里根据叙事功能的不同，粗略地分为两类，一类是直接引语，即人物对话；另一类是叙述语，即超故事层叙事者的讲述用语。而无论是哪一类语言的运

---

[1]　雷·韦勒克、奥·沃伦著，刘象愚等译：《文学理论》，三联书店 1984 年版，第 248 页。

[2]　参见苏涵：《民族心灵的幻象——中国小说审美理想》，人民文学出版社 2000 年版，第 184–185 页。

用,《红楼梦》都达到了极高明的境界。

《红楼梦》中人物语言,历来有口皆碑。它们往往能同时揭出人物的身份、性格、文化修养等综合特征,并充分个性化。如黛玉的语言多敏感尖利,而宝钗则圆融周到,湘云说话胸无城府、直爽烂漫,探春则精明干练、锋芒时现,而凤姐则机智诙谐、口角生春,这些人物的语言无不各具光彩、各具特色。这里仅以王熙凤的一段话为例,第三回中林黛玉进贾府后,王熙凤甫一出场,便"携着黛玉的手,上下细细打谅了一回,仍送至贾母身边坐下,因笑道:'天下真有这样标致的人物,我今儿才算见了!况且这通身的气派,竟不象老祖宗的外孙女儿,竟是个嫡亲的孙女,怨不得老祖宗天天口头心头一时不忘。只可怜我这妹妹这样命苦,怎么姑妈偏就去世了!'"几句话,既赞了黛玉,又奉承了贾母,还捎带着恭维了在座的迎春、探春("竟是个嫡亲的孙女"),又卖好地说出贾母如何想念黛玉,又道出自己对黛玉的关切,一石数鸟;待王夫人说到该拿出两块缎子给黛玉裁衣裳时,王熙凤答说:"这倒是我先料着了,知道妹妹不过这两日到的,我已预备下了,等太太回去过了目好送来。"既自炫精细,又找足一句,表明不敢专擅,滴水不漏。这种四面见光、八面玲珑、活色生香的语言,只能出于王熙凤之口。又如贾雨村、甄士隐、贾政及诸门客的对话,同是文白夹杂,因文化修养而求雅,但雅中声吻又有不同,贾政多峻厉,门客则多逢迎;薛蟠、邢大舅皆粗鄙下流,但薛蟠的口气多财大气粗,邢大舅则牢骚满腹;李贵和茗烟说的都是下人的语言,但李贵老成,而茗烟顽劣;李嬷嬷讲话是倚老卖老,其他婆子则往往煽风点火、幸灾乐祸。其余如袭人、晴雯、小红、刘姥姥、焦大、兴儿、尤氏姐妹等文化素养不同、身份不同、性情不同的角色,形容刻画无不声吻毕肖,不因重要程度不同有所散漫,这种人物语言的充分个性化,在中国古代叙事文学作品中是前无古人的。

再看小说超故事层叙述者的叙述用语。这一类语言,亦因作者能深体人情物理,故写人物举止亦往往于细微处见精神。如第四十回中，叙刘姥姥于筵席上高声说出"老刘，老刘，食量大如牛，吃一个老母猪不抬头"，接下来几百字叙述用语叙不同人物的不同笑态，堪称笔笔传神；又如第十四回，叙王熙凤至秦可卿棺前哭灵，"于是里外男女上下，见凤姐出声，都忙忙接声嚎哭"，这里"忙忙接声嚎哭"，既于不动声色中透出对礼的伪饰的嘲讽，又是熟透人情世故之笔；再如顽童闹学堂一回中，宝玉因受辱大为光火，问李贵"金荣是哪一房的亲戚"，李贵"想了一想"道："也不用问了。若问起哪一房的亲戚，更伤了兄弟们的和气。"李贵的"想了一想"后才回答，与顽童茗烟在窗外不假思索接口便道"他是东胡同里璜大奶奶的侄儿"而后大肆辱骂形成对照。那么，何以要叙李贵"想了一想"？可能是李贵要先想出金荣的亲戚背景接下来要权衡利害关系然后决定息事宁人，有了这不起眼的四个字，才能准确地写出李贵这一成年奴仆应有的世故。与此相似的是，第三十四回中，在贾政毒打宝玉后，王夫人遣人叫宝玉身边的一个人去，"袭人见说，想了一想，便回身悄悄告诉晴雯、麝月、檀云、秋纹等说：'太太叫人，你们好生在房里，我去了就来。'说毕，同那婆子一径出了园子，来到上房。"这里何以又叙袭人"想了一想"？袭人想的又是什么？读完下文袭人对王夫人所进的"忠悃"之言，回过头再看这四个字，就会见出这一笔的意味深长。作者写李贵和袭人在不同的特定环境下的举止，都用了"想了一想"这平平常常的四个字，却都合乎两个人的身份性格，意在言外，而意蕴又各各不同。再如第五十四回，荣国府元宵夜宴：

宝玉便要了一壶暖酒，也从李婶薛姨妈斟起，二人也让坐。贾母便说："他小，让他斟去，大家倒要干过这杯。"说着，便自己干了。邢、王二夫人也忙干了，让他二人。薛李也只得干了。

　　贾母"说着，便自己干了"是心中高兴，邢、王二夫人"也忙"干了，是顺承婆婆，主动巴结，而薛李也"只得"干了，则是上了年纪不胜酒力但出于礼节勉强应承。与上举写李贵、袭人的两个"想了一想"一样，这里的"也忙"和"只得"同样笔力入微，细如牛毛，于极不起眼处见深细写实之功力。其实整部小说前八十回的叙述文字莫不如此，使用的是白话语言，却往往如文言炼字般千锤百炼，简洁准确且能传神写照，甚或意在言外、有"味外之旨"，将中国古代白话小说白话语言的表现力发挥到了极致。

　　《红楼梦》这部不朽杰作的艺术魅力其实是说不尽的，这里只能作一些很不全面的粗略的考察。即使如此，我们亦可看到，这部作品无论是在叙事技巧还是在写实艺术、诗化情韵及小说的语言运用等方面，都在总结前人艺术经验的基础上取得了中国古代小说的最高成就。此后百余年，中国古代小说再没有哪部作品能够超越它。正是在这个意义上，我们可以说，《红楼梦》这部伟大作品，是中国古代小说艺术的辉煌终结。

（节选自《中国小说通史（清代卷）》，第十六编第三章"宏阔深邃的巅峰之作：《红楼梦》"，高等教育出版社2007年版）

随笔三篇

花边考证

不久前，因事返回母校，几位师友召请小酌，席间，某师尊谈起近读一文，一篇考证《圣经》中伊甸园位于云南的文章，堪称"神妙"。文中考证如下：云南多有地名带"甸"字，是即为伊甸园；《诗经》中有诗句"南山有台"，这"有台"便是犹太；云南亦有锡伯族，此锡伯正是希伯来……

言未竟，座中有为之喷饭者。

这种考证，如果用以点缀某报副刊，那将雅而且趣，实属绝妙小品，命之为"花边考证"可也。然而，笑声渐止，师尊却又道，作者绝非意在取笑，是一点不含糊地在作严肃考证、学术研究。一时，举座哑然。

其实这种所谓的严肃考证，它的理路并非什么新发明。鲁迅先生于《马上支日记》中提到，他先前在日本东京时，看见《读卖新闻》上逐日登载着一种大著作，其中有黄帝即亚伯拉罕的考据。大意是日本称油为"阿蒲拉"，油的颜色大概是黄的，所以"亚伯拉"就是"黄"。至于"罕"，是与"帝"形近，还是与"可汗"音近，鲁迅先生说他记不真确了，总之，阿伯拉罕即油帝，油帝即黄帝而已。

不过这种考证，一旦它不肯"花边"而"严肃"起来，功用也不可小觑。

这种考证，还可以考出红学研究的"新纪元"，考出红学发展史上的"里程碑"，如近一两年造了不大不小声势的霍国玲女士的《红楼解梦》。此书从《红楼梦》的背后，考出了一部曹雪芹、雍正皇帝和一名唤竺香玉的女子（即霍氏所云林黛玉原型）间的血泪情仇史，真足石破天惊。《红楼解梦》已出数册，不过仅就笔者读过的第一、二册，便可找出百余处错误。霍氏考证，每每出人意想，如林黛玉所作《咏螃蟹》诗中有"多肉更怜卿八足"句，霍氏考曰：

> 此句可能隐指雍正脚上多肉。有可能雍正脚上生有六个趾。因何如此想呢？因为螃蟹除了夹子上有肉外，小腿上已经没肉了。而蟹脚向来只有两层皮，此处写出足上多肉，岂非怪事？螃蟹小脚上没有肉这点，在作者心中是明确的。……多么肥的蟹，足上也没肉。这是事实。然而作者却偏偏要在诗中写出"多肉更怜卿八足"，这实在令人生疑。这便是笔者怀疑雍正是六趾的起因。……促使笔者作如上设想的另一因素是《清史稿》有关雍正的一段记载……《世宗本纪》上所书"生有异征"不知指何而言，或许就是他的足上多肉，与众不同罢。

关于"生有异征"，霍女士不妨去翻一翻萨孟武的《水浒与中国社会》，里面辟有专章谈这个问题。至于由蟹腿无肉（事实上蟹腿也并非无肉）考出雍正脚上多肉，由多肉又考出雍正六趾，这一路考证的确是非同寻常，原来林黛玉等妙龄女子所食之美味螃蟹，竟是雍正的尸体！有如此丰富之想象力，何必还搞红学考证，何不去好来坞做恐怖片导演？真是可惜。

但靠的就是这一路路神妙的考证，霍氏考出曹雪芹是志在恢复汉家河山的反清志士，考出曹雪芹在《红楼梦》中谩骂了雍正"你是我侄子"……考出了洋洋百万字，还考得某些传媒为之喝彩，考得个别大学生赋诗称颂，你还敢小看它的力量吗？

不过，时至今日，大概不会有人相信亚伯拉罕便是黄帝、蚩尤乃"赤化之尤"的奇谈，伊甸园位于云南的高论，好像也不太行时，至于霍氏的红学"里程碑"，它的命运可以留给时间、留给将来去裁断。

其实还是雪芹先生在《红楼梦》里讲得好："假作真时真亦假，无为有时有还无。"真正严肃的研究，是靠不得哗众取宠的，翻空出奇或别有目的的花边考证，也许可以上晚报副刊去娱乐大众，却绝不足以支持真正的学术研究。

（原刊于《人民政协报》，2001 年 7 月 10 日）

说不尽的索隐派

不久前，收到陕西一位老先生的信。老先生跟我素不相识，因为看到了我的文章，便写来信，探讨起《红楼梦》来。据老先生的看法，《红楼梦》其实是在写唐明皇和杨贵妃，又借着写这二人影射清初的多尔衮，是指唐骂清。证据呢，列了一些，比如贾府玉字辈的人物，贾珍、贾珠、贾琏、贾宝玉、贾环，名字连起来是"珍珠连玉环"，这分明是杨贵妃了，又如金陵十二钗，含有"元应李秦王史"，这又说到了李世民，等等，十分有趣。

这种有趣的读法，在红学中有个专门的名目，叫作"索隐"，就是要从《红楼梦》表面的文字和故事的背后，读出一段特别的历史和特别的含义，比如反清复明之类。这其实也是种比较古老的读法，据清人赵烈文《能静居笔记》里的相关记载，早在《红楼梦》作为抄本流传时期，即有人提出，《红楼梦》讲的是康熙朝纳兰明珠的家事。这样算来，索隐派红学到今天也有了二百多年的历史。这二百多年间，总有人不断加入对《红楼梦》进行索隐的队伍，其中大大有名的，是蔡元培，写了本《石头记索隐》，还和胡适展开了论战，除此之外，据笔者有限的所见所知，20 世纪海内外的相关著述，也总有数十种之多。

他们的研究结论，往往出人意想，比如，有人会通过辗转论证，告诉你贾府中的小红原来是洪承畴；另又有人会告诉你，薛宝琴说到海外的真真国女子，那便是割据台湾的郑成功，当然也有人不同意，说真真国女子是杨贵妃；还有人说，林黛玉是同时影射董小宛、乾隆孝贤皇后富察氏和桐城派的方苞，这就更绝了。

可你还真别说这些都是谬论，至少在人家那儿，是认真当成门学问来研究的，而且研究者里不少人也确实有学问，甚至大学问，蔡元培就不用说了，其他的索隐者，像台湾的潘重规先生，那是知名红学家，写历史小说著作等身的高阳先生，那也不是一般的博学，就是其他人，看他们的著述和文章，那也是在文史上下了大功夫的，所以对这些人的研究首先得有个尊重态度。又如，头两年笔者研究索隐派时上网检索，还真在网上发现了一些网站或个人主页，或声称高举蔡元培的索隐旗帜，打倒胡适的新红学，或力证《红楼梦》为朱明末系"隐王"所撰之清朝"开国女皇"孝庄之秘史，或主张"林黛玉即董小宛"云云。

这就很有意思了。中国古代的小说那么多，单说有名的，像《三国演义》《水浒传》，怎么就没人对它们进行索隐，说这些书隐藏了什么什么历史？这说明《红楼梦》这部小说，确实有些特别的地方，会吸引人把它当成谜书来猜。

首先是《红楼梦》的一些特殊写作手法，如大量的隐喻、象征和谶语，这本身就类似于谜语，还有叙事者开头声称的"假语村言""真事隐去"，更让一些索隐家理直气壮：人家作者自己都说了，讲的是假语村言，背后有真事隐去，那为什么不能去猜？

再有，必须承认，《红楼梦》这部作品确实留下了不少疑点。比如，秦可卿的葬礼，一个晚辈少妇死了，族中从代字辈到草字辈上下四辈竟来了那么多人，而且又有如此多的各路王爵、高官前来致祭，规模如此之大、规格如此之高，仅据考证派的"自叙传"说确实很难予以合理解释。因而便有诸多索隐家起而索其背后之隐了，如王梦阮、沈瓶庵的《红楼梦索隐提要》论证说是隐叙董小宛之丧，台湾的杜世杰说是影射崇祯皇帝的祭礼，刘心武将其作为推论秦可卿出身未必寒微的一条重要论据，颜采翔则在其主持的"红楼醒梦"网站上发表意见，认为是写皇太极之死，等等。

又如，也是最麻烦的，是《红楼梦》中的人物年龄和活动时序的错乱。随便举一个例子，林黛玉进贾府时到底是几岁，就很不好说。有说六岁或七岁，也有说十三岁，各有各的道理，又各有各的不通，若是六岁或七岁，可书中对和黛玉年岁仿佛的探春的描写是："削肩细腰，长挑身材，鸭蛋脸面，俊眼修眉，顾盼神飞，文彩精华，见之忘俗"，这哪里是个六七岁的幼女？可若据有的版本说黛玉进贾府时是十三岁，那也不对，书中第二回，贾雨村做黛玉的塾师时，黛玉"年方五岁"，"堪堪又是一载的光阴"后，贾敏病故，贾雨村即携黛玉入京都进贾府，难道说路上竟走了七年之久？这样的情况若只是偶尔一两处也还罢了，可又不是，据有些学者研究，真要较起真儿来，前八十回几乎每一回都有这问题，乃至有人说"书中前后矛盾、可疑、破绽之处累累"，这就很麻烦了。对这一问题，有些学者推断系因《红楼梦》复杂的成书过程所致，将这类问题视作"大醇小疵""瑕不掩瑜"；有红学家认为从艺术欣赏的方面来看，这根本就不是个问题，它只是中国古代文学"遗形取神""景为情用"等艺术传统的表现；也有研究者认为书中贾宝玉年龄描写的矛盾现象是作者"重温繁华""逃避自责"的创作心理所致，等等。这些解释当然都可聊备一说，但要有人硬是不服，觉得《红楼梦》这样伟大的作品，就不可能犯这"低级错误"，这样写一定是别有深意，背后大有文章。至于背后的文章是什么，各索隐家的说法就不一样了。

因此，单就《红楼梦》本身的一些特别之处来说，就不能怪索隐家去挖空了心思对它作特别的解释。当然，索隐派的兴起和绵延不绝，还有其他诸多复杂原因，就不在这里细说了。要之，对索隐派红学这一脉，应抱了解之同情，不应一棍打倒。

但抱了解之同情，不等于说对他们的研究结论就完全肯定。索隐派研究，有它们存在的理由，但他们的研究路数，也有大的毛病。最大的毛病，是他们的一些局部论证，得不到整部小说的支持。比如，有人认为《红楼梦》隐写了一部曹雪芹与雍正皇帝间的血泪情仇史，雍正被隐写成《红楼梦》里的贾敬、贾蓉、薛蟠等一系列反面角色，曹雪芹自己被隐写成贾宝玉、柳湘莲等一系列正面人物，然后推论说，曹雪芹将雍正隐写到贾蓉身上，比宝玉低一辈，是巧妙地谩骂雍正"你是我侄子"，可要照这么说，曹雪芹将雍正隐写到贾敬身上，那岂不是说曹雪芹又愿意做雍正的侄子？另外，薛蟠与柳湘莲交好的情节又如何解释呢？这可说是索隐派研究的通病，他们对《红楼梦》的局部研究得出的结论，总是会被整部作品的这一部分或那一部分证伪，按下葫芦起了瓢，永远无法摆脱这种困境。

当然，即便如此，我们仍然不妨说，这些索隐派的研究，大大地丰富了红学世界，也间接证明了《红楼梦》的巨大魅力，甚至就像有人所说的那样，这也是人类心智想象力的一个胜利。

（原刊于《人民政协报》，2003 年 12 月 23 日）

赵姨娘的青春

提起《红楼梦》里的赵姨娘，就会想到她一把鼻涕、一把泪的样子。这人愚昧，颟顸，粗鄙，喜欢兴风作浪，却又常碰得灰头土脸。说她坏，并不是真有本事足够坏，更多的是无能，然而这就更不招人待见。小说世界里的人物，可以坏，然而要坏得有可观赏性，而这种可观赏性又和人物的作恶能力呈正比，奸雄高于小人，小人高于小丑，所以《三国》里的曹操让人敬畏，《奥赛罗》里的伊阿古让人恐惧，而《红楼梦》里的赵姨娘，只有让人鄙夷。

可是这样一个角色，怎么偏就做了贾府的姨娘？贾府说起来也是诗礼之家，纳个什么人做妾，总得稍存体面，忽然冒出这么一位姨娘，也总该有个理由吧？

有人给出过说法，说这是为了写贾政。贾政者，假正经也，别看他整天绷着个劲儿，品格端方，道德君子，想想他纳的什么人做妾，就可知骨子里的品位。这叫曲笔。

这一说，听起来有趣，但并不十分合理。贾政什么品位，这可以先不说，问题是他想纳谁做妾，并不全由他自己说了算，总得经当时府里掌权人士的点头认可，那就是当时贾府上下都瞎了眼？

这显然不是一部正常小说应有的逻辑。那么问题出在哪儿？

出在赵姨娘被遗忘的青春。就在红楼世界里那群风姿濯濯的女儿的身影里，可以看到赵姨娘青春时代的影子，看到她过去的岁月。

这个影子，就是晴雯。晴雯是黛玉的副本，是黛玉的影子，这已被人说得太多，可要说晴雯是赵姨娘的影子，这似乎唐突佳人，荒谬，异想天开，罪过。

不过，也未必就不如此。

晴雯美貌，在丫鬟堆儿里是出尖儿地美丽，可怎见得赵姨娘年轻时代就不美？

当年的贾政，不是二老爷，是二公子，地位正与后来的宝玉仿佛，而小说里可以看到，宝玉近身服侍的丫鬟，都要经过贾母怎样的甄别，袭人、晴雯容貌均为一时上选，那么贾府为公子纳妾，又怎会在容貌上等闲放过？

如果说赵姨娘工诗善书，或有什么贾府可图的家道背景，或许还另当别论。可并非如此，赵姨娘不通文墨，身份又极有可能是家生奴婢，赵姨娘的弟弟死前曾服侍贾环上学，姐弟俩身份可由此大致推知。

因此贾府当时选中她，容貌绝对是不可忽视的因素。

更何况，赵姨娘后来的女儿探春风采又如何？用兴儿跟尤二姐闲谈时的话说，是一朵又红又香的玫瑰花。由女而及母，这也是一旁证。

这一切都可以说明，赵姨娘，必有过她花容照眼的青春。

而贾府的等级是森严的，能备位姨娘的，无论如何都不会是一个粗使丫头。那么赵姨娘当年的地位，应与紫鹃、鸳鸯、袭人、晴雯相去不远。这样的地位，正可以使女儿的青春恣肆地绽开，那时的赵姨娘，身为人妾的屈辱，残酷的生存竞争，也许还很遥远，她的胸无城府，她的直肠直肚，她的不甘人下，正就是晴雯式的快人快语，真率烂漫，是山川秀气之所钟……

看过《红楼梦》的人，忘不了黛玉、宝钗、湘云、探春、香菱、晴雯、鸳鸯、平儿、紫鹃、龄官、芳官这一群红楼女儿，忘不了那一派姹紫嫣红，鲜艳明媚。那么，如果让时光倒流几十年，在当年那另一群冰清玉洁的女儿上演的诗剧里，定可见到赵姨娘青春时代动人的身影。

然而，好花不常开。一旦丫鬟们青春流逝，不再具有贵族生活的点缀装饰作用，那就开始另外一种活法，叫作发卖的发卖，配小厮的配小厮。赵姨娘身为人妾，算是得了上上签，攀了高枝。可攀了高枝又怎样？是离二十两银子的螃蟹宴越来越远，是为凤姐生日二两银子的贺礼而愁眉不展，是开始面对艰窘的生计，就如第二十五回里写的那样，马道婆来看赵姨娘，只见那炕上堆着些零碎绸缎，赵姨娘正粘鞋，马道婆开口要两块碎缎做鞋面，这时赵姨娘只有叹气："你瞧瞧那里头，还有哪一块是成样的？成了样的东西，也不能到我这手里来！……"这样的光景里年复一年，再加上新一代少主包括自己亲生子女的作践，还能指望有什么青春的诗意存留？

照这一说，晴雯的被逐和夭亡，倒正见她幸运。"霁月难逢，彩云易散"，这一死，生命就永远定格在那灿烂的青春，永远留下撕扇时小儿女的任情、病补雀金裘的温馨，令宝玉铭感在心，供我辈悲悼怀想。可假如晴雯不死，那她最好的结局，大抵是做妾。再假如她依旧心比天高，依旧爆炭脾气，则势必为自己利益锱铢必较，一点就着，势必兴风作浪，活脱一个赵姨娘的翻版。若是再经十几年岁月煎熬，红颜老去，那就更加面目可憎。

赵姨娘的今天，就是晴雯的明天。那些为虎作伥、凶恶鄙俗的管家娘子，那些蝇营狗苟、昏聩麻木的"婆子"，也将是四儿、芳官、春燕一流的明天。相比于抄家这偶然外力摧折造成的风流云散，相比于白茫茫大地一片真干净，这，才是最为彻底的悲剧。

（收入《红楼梦学刊》编辑部：《微语红楼：红楼梦学刊微信订阅号选萃（一）》，文化艺术出版社 2016 年版）

昊苏篇

《红楼梦》文本研究的初步反思

一

首先应该承认的是，笔者并非专业意义上的"红学家"，也从未打算将《红楼梦》研究列为自己的主要研究方向。尽管，近年正踏入"乾嘉文学思想史"的相关研究，不可避免地要解决若干涉及《红楼梦》的问题，但这毕竟只是研究内容之一，在这方面的积累和功底还较为浅薄。

本书所收录的几篇论文及一些随笔札记，是笔者在近几年求学历程中偶然写下的一些"红学"文章。其中一部分根据课堂作业和师友讨论改写而成，一部分则是就读书偶得整理成文。尽管曾得到诸多师友的指点与帮助，并曾陆续公开发表过一些内容，但终究均属读书课余的所思所得，因此展现的面貌还较为粗疏。可以说，这些研究的新意和深度还远不能令笔者满意。不过，仅就现阶段的一些思考来说，由于对当下尚未解决的一些问题有所辨析，似乎也有值得公开发表的地方。见仁见智，就需要请方家详细批评书中的这些文章了。

由于笔者并未真正接触过"红学圈"，作为圈外人，研究方法、旨趣等方面均属"红外线"（陈洪先生语），难免会有所疏失。不过，或许正是因为未受到现有主流研究范式的限制，一得之愚似乎间有逸出前贤之处。在此谨将个人的研究历程与研究思路开列于下，以便读者加以更全面的批评。

硕士第一学期修习"学术方法"课程时，选择以"胡适及《红楼梦》研究"为作业课题,并写出《对胡适〈红楼梦〉研究的反思——兼论当代红学的范式转换》一文。这是笔者正式接触《红楼梦》研究之始。大致与此同时,笔者又在杨洪升先生主持的"《古史辨自序》读书会"上作了简单的发言,在此过程中对"学术现代化进程"的相关问题产生兴趣,并展开初步的反思。

"新红学"与"古史辨派"无疑都是 20 世纪早期的"显学",其学术论断、学术方法都具有极高成就,并建立起一套独特的学术范式,对此后学术发展产生重要影响,可以说是现代学术中的"经学"。然而,近年来兴起的"还原脂砚斋"和"走出疑古时代"通过新的材料与新的解读方式,对胡适、顾颉刚等民国学人提出了强有力的质疑。除却具体问题的争议外,这些讨论无疑还指向一点:重估民国时期建立的学术范式与学术成就。这对习于称述老辈大师的人文学科来说,似乎也起到相当的刺激性。

诚然,没有人会过于苛责学术大师的偶然失误,也没有人会相信某种学术范式能够一劳永逸地解决全部学术问题。但是,当其中的某些核心论断遭遇冲击时,是否暗示着新的学术范式即将诞生,而前辈的精彩论断或会过时? 如果答案是肯定的,那么作为新时代刚刚踏入学术领域的后辈,应该如何看待前贤的经典著作,又如何选择个人的求学取向?

出于对这一系列问题的困惑,笔者展开了对红学史的阅读与反思,并提出了"方法大于成果"的初步思考。不过,尽管从中发现著名的"大师""泰斗"也会在研究中出现若干错误,但这似乎并不应该构成对前辈的否定:如果"实证主义"学者胡适的弱点仅仅是"不够实证"的话,那么只需要沿着其奠定的方法继续推进,使研究日益精密,就可以消除范式危机。亦即,通过仿效胡适的思想方法以"还原脂砚斋"的相关研究,应该成为新红学的正脉——这无疑与当下学术现状存在抵牾。俞平伯早在中华人民共和国成立初期的反思更令笔者感觉到，新红学本身还存在更深刻的危机。

在此基础上，笔者尝试用"经学化倾向"一词进一步反思学术范式可能遇到的危机。这里想讨论的核心问题在于：当一种"范式"奠基以后，除能引领"常态研究"（库恩语）外，也容易形成固有的研究套路——"常态研究"只关注合乎套路的问题，而套路之外甚至是反套路的研究则不在视野之内。这种将某一方法孤立化、绝对化的研究，才是学术困境的根源。而且，就连"反套路"的研究，也很难跳出固有的思维模式，从而导致"反套路"仍以"套路"的特殊形式展现。因此，只有通过对既有范式的深入反思（而非简单化的内在加固），引入更多元的思维方式和研究方法，方能促进学术的健康发展。这绝非抹杀新红学的贡献，而是希望能在更高层面上追求调整与突破。在笔者看来，学术应后胜于今，不可能以三代为尊，故学术发展必须要"站在巨人的肩膀上"而非"跟在巨人的身后"。只有充分认识到前贤研究可能的极限，其在特定时代背景下的成就才更加凸显，"阿喀琉斯之踵"于伟大无害。比起一般意义上的称述和推崇（这类论文似乎已汗牛充栋），适当的批评更能得前贤之真。尽管笔者不敢确定自己的反思是否切中肯綮，但这实是笔者所努力的方向。

在这样的思考下，笔者陆续写成一组反思红学史的文章，尝试以局外人的身份探讨其间得失。然而，这只是一种学术的"外史"，如果不能对学术问题本身有所理解，那么对学术史文献的竭泽而渔，其意义亦相对有限。由于缺乏对相关问题的实际体悟，很容易"其疑有理，其立阙然"，只是根据他人的二手研究与若干话头发挥，但并不能真正提出有意义的见解。因此，即使只是讨论红学史的问题，也不得不对若干具体红学问题展开初步的研究。硕士期间的相关反思没有进一步修缮，正是自知在红学领域所知有限之故。幸而，在博士阶段转向从事"乾嘉文学思想史"的研究，不可避免要涉及《红楼梦》的文学思想。这一时期白话长篇小说的"自寓性"与"自传性"是笔者关注的问题之一,《红楼梦》正是其中重要的文本。而研究的一大前提则在于,如何考量脂批等文献的效力,在此基础上方能进一步审视《红楼梦》的自传性。因此,为更好地进行博士论文撰写,必须更深入地清理新红学的相关文献与学术论断。在这一现实背景下,笔者尝试采取个人较熟悉的文本研究方法切入,并逐渐形成收入本书的剩余几篇文章及札记。

这一研究方法在笔者看来颇为简易且并不新鲜,但由于与新红学某些固有思路相异,因此似有进一步说明的必要。

二

新红学因"还原脂砚斋"而遭受冲击——尽管欧阳健的研究已经得到学者的若干批评,看上去多有失误;但不可否认的事实是:脂批本身确实存在颇多疑点,应该甄别其文物性质和文献价值后审慎使用。或者用新红学常见的话头来说,必须要区分"极关紧要"和"极没相干"者。

对脂本相关文物真伪的争议一直颇为热闹,近年来又多有进展,"证真派"看上去应在上风。但这仍属第二义的问题——今存脂本显然均为"过录本",那么目前只能证明"过录本"之真,而"过录"内容之真伪却仍属不可知。如"伪古文尚书"确有若干"真"的内容,但学界主流目前仍将其认定为"伪书"。在没有重要新文物发现的情况下(发现的概率似乎很小),"证真"终将面临困境。像周汝昌这样的新红学代表人物,也曾经严格地批评过部分脂批,更有不少红学家选择性地忽视一部分批语,足见脂批尚有很多内在矛盾还不能得到很好的解释。

在此基础上,似乎有必要对现有文本进行更深入的细读、分析,即能否从现存脂批内容出发,尝试对相关文本得出一种更圆通的认知，至少尝试甄别出一部分材料的真伪正讹。这一方法主要来自笔者本科阶段研习《汉书·艺文志》等文献的体会，此外也受到考据学、实证主义、推理小说等多方面的影响与启发。这一方法的核心思路在于：面对有限的文献，通过合乎"程序正义"的方法，尝试作出现有条件下成立概率较大的假设。对于这些方法更具体的论述，除已散见于本书各篇论文之外，笔者尚受到不少学界前辈的启示，自己也有若干粗浅的论述。为行文流畅起见，兹将相关论述一并附于本文之末，以展示笔者的主要思维方法和受益所在。如果未来别有机缘，当更系统地梳理、讨论相关方法问题。

更通俗地说，可以将学术研究想象成法庭审判，论文写作类比为撰写判决书。学术研究者（法官）必须依据现有质证证据，推断事实可能的情况。而且，由于当事人已不能"出庭作证"，缺乏有效的直接证据的情况下，需要根据文献中的蛛丝马迹，串联多种间接证据，在逻辑指引下构成能起效果的证据链，从而形成"零口供"的判决。同时，也要审思其他学者（辩护律师）的立论依据，并决定哪些内容可供采信，哪些内容暂不宜引用。"结案"尤其需要特别慎重，但一旦"结案"，则应该是证据充足、难以推翻的结论——"零口供"意味着可以不受虚假供述的误导，因此能够最大限度地保证结论的客观有效。这对于研究者是相当严峻的考验。特别是，"说有易，证无难"，想否定一条材料的证据效力，需要提出大量有说服力的理由；要想系统清理脂批文献（数万则异文、数千条批语）的价值，其难度可想而知。欧阳健《还原脂砚斋》即取此思路，尝试在每一个环节都击倒新红学的辩护，其所遇到的空前困境，正是笔者特别想要避免的前车之鉴。在笔者看来，就当下的研究状况来说，依靠新红学基本假设，而对其加以推演、互攻、修订、验证是较为省力，也较易成功的方法。只有在相关文献得到更系统的清理之后，才能够决定现有假设的说服力强弱，由此考虑是否要提出新的假设。笔者在论文中尽管提出了自已的疑问和对部分文本的假设，但目前只能说是简单的猜想，必然会在更深入的研究后再不断加以修正。

事实上，本书收录的各篇论文尽管尝试提出了一些假设甚至结论，但本质上均非"定案"，而只是阶段性的推理报告。"结案"还需要更深入、更丰富的研究，这次将阶段性成果集结发表，其重要理由也是迫切希望更多方家能够从事于这一角度的探索，也希望读者在阅读中给予"同情之理解"。

不过，尽管只是阶段性的推理，似乎也有所创获——通过这一阶段的研究，目前已有若干可能性可予以排除，笔者亦在此基础上得出初步的推测和假设。

脂批与脂批文献存在大量的自相矛盾与不合常理之处，其文献的证据效力非常可疑。尽管目前还不宜草率地得出证伪结论，但将脂批当作信史直接加以采纳，除有违文献学研究基本伦理之外，在文本内部也有难以自圆其说之处，即相信某一部分脂批，依逻辑必然导致否定另一部分脂批，脂批不可能得到全盘采信。

因此，立足于脂批有效性建立起的"新红学"大厦，当然仍是成立概率颇高的假设，但其中已有若干观点需要被重估甚至被扬弃，新红学从宏观来看也已很难被认为是《红楼梦》研究的"唯一解"。事实上，新红学当下也存在众多歧见，其内部也在很多重要问题上缺乏共识。不过在笔者看来，其中相当部分歧见只是一种"意见"，尽管以学术论著的形式公开发表，但本质上是研究者在将个人直觉包装成作者的"权威"。这类讨论往往只需要"认为"而无需"证据"，似乎当在"逻辑推理"下一等。

笔者尝试的文本研究方法，至少在相当程度上展示出新红学内在的困境，同时亦一定程度上提供了脂批文本自圆其说的可能性。目前并未产生定论，恰好说明这是一种证真、证伪双方都值得尝试的研究方法。换句话说，笔者对脂批文献的性质尚无成见，非常乐见有学者能够采取这种方法修正本书的假设。

不妨再次用法庭审判类比学术研究——判决书并不代表法官能够洞察真相、复原历史，而只代表在现有观念与可信证据的基点下，应该如何认识这一事件。颇值得关注的是美国著名的"辛普森杀妻案"，据说"全美国人"都将辛普森当作凶手，但法律却并未支持定罪的要求（稍类似的还有日剧 *Legal High* 第二季的"安藤贵和案件"等）。笔者只是想在研究中说明，由于新红学立论过程中提出的证据不足，所以有些见解不应采信；而辨伪者提出的指控同样多有不可靠处，所以当下也不宜信据。这里的讨论目前局限于"当下"。如果发现新的证据，或此前论证中的错误，当然可以重新审核甚至翻案。通过这些研究会不断逼近可能的历史真相，但研究者不可能具有"神性"或"神力"，过度自信难免会产生谬误。更重要的问题也许在于，应该尝试用何种眼光认识这些文献，即"方法"或许比"结果"更加重要，正是因为方法的合乎学理，才能确保结果是符合科学的；而不符合学理的结论，即使偶然命中，也意义有限。

就笔者个人来看，本书所采的文章，实际上已经是"方法大于结果"的——"方法"大致稳定，但"结果"仍有不断修缮的空间。即使就笔者当下的粗浅认识来说，尽管核心假设大致稳定，但也已经在若干细节问题上超越了书中论文的见解。这足以证明这一方法还有更深入开掘的空间，笔者也将在主业之余尽可能地呈现相关材料与思考，推进这方面的讨论。而以这种形式遽然灾诸梨枣，也是想表达笔者的自我认知与研究目的：历史的真相、研究的正误当然是重要的永恒话题，但更重要的是如何得出这些观点的论证过程。即使是所谓的"共识"，在得到确定论证之前也只能是"假设"而已。

即使目前还没有更强硬的文物证据（很可能永远也不会有），但"当你排除了所有可能性，还剩下一个时，不管有多么的不可能，那就是真相"（福尔摩斯语）。文本研究至少是一种有意义的排除法，也正是因此令笔者相信，文本研究对于更深入的、逼近真理的研究会有所裨益，甚至还可以成为文物研究与曹学研究的补充品和试金石。

相信读者也会发现，尽管新红学研究成果已汗牛充栋，但笔者在写作中直接引及的前人研究却颇为有限。其原因并不是观点相左或文人相轻，而是在于——由于研究方法存在本质区别，过度引用看似相近的观点，很容易治丝益棼，遮蔽方法和理路的内在差异。相似甚至相同的见解，背后蕴藏着迥异的理据，其关系是相斥而非互补。在阅读前贤的研究时，笔者也经常发现精彩的结论，但由于有时候还不能很好地认同其论证过程，因此写作中以忍痛割爱者居多。在笔者看来，只有将目光聚焦于问题本身，尽可能摆脱学术史的前见，从文本自身的内容和逻辑出发，才可能更好地推动研究。换句话说，这是一次"截断众流"的尝试。至于是否能够达到预期效果，笔者尚不敢自信，这次抛砖引玉颇期待方家的批评。

三

在这里似乎应该更系统地说一下笔者所采取的研究方法、基本原则及这一方法可能具备的学术意义。当然，这并非笔者对本书相关文章的自我评价，而只是描绘个人旨趣之所在，特别是阅读红学著作中所生出的一些方法思考。应该承认的是，尽管这些研究旨在客观讨论文献的复杂面目，似可称为"还原"，但无疑也会有若干"建构"的部分。如何更好地"徘徊于还原与建构之间"，这里只是初步的抛砖引玉。

第一，未经直接证据证实的论断，即使符合常识或得到学界公认，亦只能认作一种假设。既然只是一种假设，因此尚不能轻信，应通过多种方式验证相关论断的可靠性。从论证策略考虑，也可以权且接受相关假定，在此基础上加以推理和分析，再由其结果反思前提。这些都应该是小学数学题就已经颇为常见的解题方法，但同样适用于更复杂的问题。创立新红学的胡适曾经在多个场合提到"疑而后信，考而后信，有充分证据而后信"，这一条无疑合乎他治学的精神。

第二，如果先接受了某种假设，然后基于这一假设得出了若干合乎情理的结论，这会提升假设的可能概率，但本质上却仍只是一种循环论证而已。如果最初的假设不同，很可能得出完全相反的解释，这在校勘学中有诸多显例。当然，能够自圆其说的假设，很容易得到更广泛的接受，但这还只是假设层面。而且需要特别注意的是，即使仅接受预设而加以怀疑性的研究，也很容易在具体操作中误将假设当作事实。这会进一步影响论证的可信效度。特别是如果存在同样能够自圆其说的歧解，循环论证之间往往难以互相说服，甚至因前提不同而无法对话。这时候，如果想将"假说"上升为"定论"，必须给出更强有力的理由以说明其他假设的谬误。

第三，证据并非越多越好，尤其是引入不同类型的证据时应特别慎重。为了证明一种假设，学者会尽可能多地收集相关证据以为佐证。但如果忽略证据本身的语境及前提，这一论述将会失去证据效力，甚至将起到反效果，因为某些证言可能在某方面对立论有利，但同时还存在某些方面合乎驳论方的立场。研究者要么不采用这份证言，要么就应对整份证言的矛盾处给出合理解释，有意的选择性解读是不符合学术客观性的。抽样性的阶段研究（如本书的一些讨论）也面临类似的危险。即使是在提出疑问的时候，每个环节的讨论似乎也应集中于一种路径，以避免混淆主要议题。

第四，对所用文献的可信效度应该给出详细的审查。"证人"是会犯错的，其中也有可能存在自相矛盾之处，甚至故意地曲解事实。曹雪芹在创作《红楼梦》的时候，情节前后存在不接榫之处，也可能在读者影响下对情节作了并不完善的修订——"秦可卿淫丧天香楼"的文本矛盾就是其中显例。研究者对这些疑点应该给予充分的认识，但也应给予"同情之理解",这些矛盾并不一定指向对曹雪芹著作权的"辨伪"。但至少,在采信文献时,应该对其中的基本问题和核心问题作出判断,如果在重要之处产生明显的错讹或矛盾,且不能对此给出合理的解释,那么其可信性是值得怀疑的。另外需要注意的是,应该考虑到文本自身可能存有的内在矛盾,因此要避免在"抽样作证"过程中,由部分现象推出整体结论,甚至有意遮蔽一些具有特殊性的现象——在未能系统研究每一句话之前,很有可能会将干扰项与有效信息混淆起来。故现阶段,"疑"比"破"和"立"或许更为重要。

第五,一种科学的假设,应该同时关注证实、证伪两个层面。在"大胆假设,小心求证"之后,学者很容易放松警惕,在自圆其说之后将假设直接推定为事实。这在论文写作中看上去顺理成章,但在思维方面却应该多加一重考量,即应该考虑到这一假设可能在何种情况下被证否,并判断其被证否的或然性。研究者个人的思维方式与"前理解"、研究过程中采取的最初"大胆假设"等因素,都会影响到对具体研究问题的判断。比如,乾嘉学派虽然声称是在展开"训诂明然后义理明"的客观研究,但其见解很大程度上仍受到义理之局限,即本质上依然是"义理明而后训诂明"。对同样一则材料,持不同"前理解"的学者也会有结论不同,但同样合乎学理的判断。读者选择相信哪一种结论,很大程度上受到其"前理解"的假设。对《红楼梦》前八十回与后四十回的关系,新红学家多对续书的若干情节有所批评,甚至有认为应仅读前八十回者;然而若观《红楼梦(三家评本)》,则在不少早期批者眼中,全书一百二十回首尾通贯,情节合理,看不出"续书"的影响。仅就"作者原意"来说,这里面仍有很大争议。而且,当涉及"反例"的时候,研究者很容易低估反例的有效性与价值,高估能够支持己方论点文献的证据效力。对读者的一般阅读、研究者的初步假设来说,选择一种观点当然无妨。但作为现代的学术研究，特别是文献学研究，应当更全面地考虑多种可能，在没有提出更强有力的客观证据前，任何判断、推论、解释都有被颠覆的可能性。文献作者并不是机器，其思想很可能存有内在矛盾冲突，对这些问题应该加以慎重的讨论。而学术场域应该对这种争议提供更有效的衡估平台。

四

由于多数论文主要在笔者的师友圈内流传，因此目前得到的批评也相对有限。但尽管如此，也已经收到了不少针对方法论角度的极具启发性的批评，其中不少是很有深度的讨论。谨借此机会略作回应，同时也是对书中论文的补充。

首先则是文本研究与文物研究的关系。红学界对脂批相关文物的真伪问题，已经有相当丰富的讨论。本书的研究只讨论到其中一部分文献，因此相当一部分争论目前暂时不在笔者的视野范围之内。而且，对于重点关注的甲戌本、己卯本、庚辰本、《枣窗闲笔》等文献，也仅限于了解相关研究与论争，个人学力实不足以在文物鉴定方面得出更深入的看法。因此，笔者选择暂时尽量折中双方的意见，认为脂批相关文献成真的概率较高，但其中确有若干疑点值得进一步讨论，即有怀疑地对相关文献展开研究。

尽管在研究开展之初期，总归要先依据某一较主流的假设展开，但不可否认的是，这一前提实际上具有相当的危险性。这也是文本研究一路孤行的危险所在——如果采用的基本版本、史料是靠不住的，那么结论当然就难以取信。在笔者看来，靖藏本是明显不可信据的伪证，但这份文献却一度得到众多学者的取信，并以此为基础展开了深入的研究。这些研究的价值无疑会由于靖藏本的证伪而失色。不过，假如能够确定为真文物的靖藏本又重现于世，那么恰好又会令笔者的不少分析失去意义。同样，如果在文物研究中得出了更具突破性的结论，特别是如果得出了脂本伪造的结论，笔者的研究也很容易被推翻。但是，目前文物研究似乎尚属僵局，恰好可通过文本研究进一步推动对文物本身的认知。

在先唐文献研究中，学者们近年来提出了"文本稳定"与"文本失控"等一系列的问题，揭示出抄本文献的若干特殊性。约略言之，一个重要观点在于，文本形态可能是非常复杂的，而且具有动态生成的性质。这对于传统单线思维习惯提出了挑战。如果简单认为脂批存在作伪，论证难度当然会轻松很多，但也很容易出现逻辑不能自洽的地方。最明显的则是钱穆对顾颉刚之批评——"遇到要证成刘歆伪作而难说明处，则谓此乃刘歆之巧，或遇过分矛盾不像作伪处，便说是刘歆之疏或拙"。提出一般性的疑问和反对当然无妨，但若欲系统证伪，那么这种矛盾是颇为致命的。且通过对文本内在张力的理解，也可以更好地讨论文献生成的相关问题。如前所及，文本研究是一把可以同时用于证伪与证真的双刃剑。特别是，即使文物得到了证真，这些绝大多数出自辗转过录的文献，也仍然需要给予更深入的审视——文物之真并不等同于文献之真。如果文本自身就存在难以弥合的内在矛盾，那么不论其文物是真是伪，在能够给出新的圆通解释以前，其证言都是不宜采信的。当然，也不能简单由文献之讹推论文物之伪（特别是在没有系统梳理全部文本之前），因为文献的致误原因众多，"层累形成"的抄本文献很可能是真伪正讹并存的复杂文物，必须进行更细致的判别与分析。解决这一问题，当下需要的是更深入的推理与思辨，并需要将与主要问题无关的干扰项暂时排除。

类似于此的还有文史研究的边界问题。笔者这组文章对于曹学的考据成果，也基本未予以关注和讨论。应该声明的是，笔者对曹学研究同样颇为尊重，不存在有意忽视的情况。只是，术业各有专攻，在笔者看来曹学、红学间仍有分界，既然不能简单地"以曹证贾"，那么历史考据也就不能代替文本细读。曹学研究无疑会是评价文本信度的重要标尺，但当下如何会通两路研究，似乎还需要进一步的摸索。如有机缘，笔者当然很愿意作这方面的尝试，也颇希望曹学研究者能够更深入地介入相关文献的检核中来。只是限于学力和精力，现在提交的这组文章只能简单涉足文本研究，暂时无力会通文本与史事。

五

另外一个更重要的问题则是，现代人按照自己的经验，运用"默证"及"理证"推导出来，并认为没有逻辑错误的推论很可能是错误的。一方面，"默证"很容易被文物新发现所冲击——如梁启超、钱穆、齐思和等学者，都认为今传本《孙子兵法》托名孙武不可信，这一说法在当时学界几乎成为定论。诸学者对《孙子兵法》的内容及相关典籍皆有深入而系统的论辩，其说宋人已有之，至近人已爬梳钩沉，完全做到逻辑自洽，且根据现有传世文献看，几乎无甚漏洞。但1972年在银雀山汉墓出土之竹简，却已毫无疑问地证明《孙子兵法》《孙膑兵法》之不伪。这类现象的大量出现，引起了当代学者"走出疑古时代"的反思。红学研究同样面临类似可能。材料的缺乏令研究者不得不更多地依靠逻辑推理，而逻辑方面的推进必然导致难以证实的危险性。不仅是某些"任意思辨"的研究很可能多不具备学术价值；即便是严格的考据，因其对有限材料展开了过于细致的审查，亦很有可能反倒成为误入歧途的"抽样作证"。但是，为了能够尽可能地推进现有研究，这些方法虽有风险，却甚有必要。

另一方面，即使不考虑可能出现的新材料，推理本身也有极明显的局限性。推理小说创作有"推理十诫"或"二十条守则"的说法，其中有云：

　　侦探不得用偶然事件或不负责任的直觉来侦破案件。（推理十诫之六）

　　侦探不得成为罪犯。（推理十诫之七）

　　侦探不得根据小说中未向读者提示过的线索破案。（推理十诫之八）

　　读者所受的蒙骗应该仅止于罪犯施诸侦探本身的那些诡计。（二十条守则之二）

　　罪犯应该是个举足轻重的人物。这个人物至少应该是读者所熟识的，并曾经引起过兴趣的。将罪责推到一个从未出现过的人物或者无关痛痒的角色，是作者的一种无能的表现。（二十条守则之十）

　　罪犯的真相，在阅读小说的过程中应该颇为明显，瞒不过特别聪明的读者。（二十条守则之十五）

　　无疑，这只是小说创作的方法，现实生活绝不可能受到这些条件的限制。也就是说，采取推理小说式的思路进行研究，在相当多方面都具有危险性。即使是一般的推理小说，也经常采取一些手法展示过度推理和套路化的危险。此外，东野圭吾《名侦探的守则》更是用相当辛辣的讽刺解构了所谓的"本格推理"。客观来说，笔者的研究方法可能也难免上述的批评。

　　其实在红学领域，这种情况实不新鲜，颇为常见。早在光绪年间孙桐生考据"太平闲人"时，就有看似精彩的过度推理。在红学"索隐""考据"之主流与末流中，这类情况也是屡见不鲜，毋庸详引。而版本校勘中对《红楼梦》"定本""原本"的某些讨论，同样也是在用研究者个人的观念来为作者树立"权威"。

　　但是，这种局限性并非仅见于文本研究，而是学术研究中相当普遍的现象——"索隐""考据"等都不是红学家的发明，正乃文史领域长期以来习用的研究方式，无甚特殊。而且，现代历史学家亦已经认识到，"过去发生的事"不可能被重复，因此所谓"真实"很大程度上均只是一种假说——立足于现有材料，能够得出的最好解释即"真实"。从"是"与"非"的角度来说，成立概率最高的解读并不必"是"，令人难以理解的现象也未必就"非"。"奥卡姆剃刀"是一种科学思维方式，却并不见得指向事实。而且，由于只是推演而非科学复原，所谓的"是"与"非"也难以质证。换句话说，很大程度上"真理"并不越辩越明。如果在这种问题上不断纠缠，必将旷日持久，而永远不会得出结论。这正如《齐物论》揭示的那样：

既使我与若辩矣，若胜我，我不若胜，若果是也，我果非也邪？我胜若，若不吾胜，我果是也，而果非也邪？其或是也，其或非也邪？其俱是也，其俱非也邪？我与若不能相知也，则人固受其黮暗，吾谁使正之？使同乎若者正之？既与若同矣，恶能正之！使同乎我者正之？既同乎我矣，恶能正之！使异乎我与若者正之？既异乎我与若矣，恶能正之！使同我与若者正之？既同乎我与若矣，恶能正之！然则我与若与人，俱不能相知也，而待彼也邪？

不过，"真理"是"神"的事；而"学术"则是"人"之业。基于这种方法的学术推论，只要不超过一定的限度，尽管很难成为定论，却可能成为现阶段成立概率较高的一种假说。而且，这种假说对于现有的若干假设可以起到修订、推动乃至颠覆的作用。仅此，就对学术有所贡献了。在承认难以回到"历史本来面目"的前提下，根据现有资源尽可能追求合理的说法，这是笔者所能够理解的为学"第一义"，也相信这种思维方法是有益的。而即使是被后来论证的结论，如果在立论当时并没有充分的证据，也只能认为是一种"意见"而非"研究"，即需要被学者辨明的或许并不是"真理"，而是"追求真理的方法"。

在这一节的最后,笔者想引用罗新先生在《从大都到上都》中的一段论述,在笔者看来,用这段话来形容"红学"与"《红楼梦》的研究"之差别,也甚为妥帖:

罗生门的故事是历史研究的常规模型:尽管我们相信真相只有一个,用来还原真相的证据(证言)却指向多个彼此难以重叠的过去。通常我们相信,未来是开放的、流动的、不确定的,因而也是无法准确预估的。没有人敢说自己能看到未来。同时我们也相信,过去是已经发生的,因而是确定的、唯一的、不可更改的。然而当我们试图重建过去的真相时,所有的经验都告诉我们,真相的确定性和唯一性几乎是无法实现的。也许这就是历史与历史学之间的巨大鸿沟。

大概历史学的基础并不是对真相的信念与热情,相反,却是承认真相的不确定性、流动性和开放性。在这个基础上,历史学建立和积累学科内普遍遵守的规范,发明、改进和提升从业者都接受的技术与语言,以此探讨历史。我们站在罗生门的门楼下,向过去看,向未来看,看到的都是多种可能。

六

《红楼梦》的诸多版本、批语,曹家与清史丰富的文献,以及红学家们浩繁的研究与争鸣,共同构成了一个庞大的"红学迷宫"。无数的学者在其中耗尽一生精力,但产生的推进也许事倍功半。更值得忧虑的是,迷宫可能的出口又在何方? 甚至迷宫是否有出口可寻? 就红学界内部来说,是否能够停下来梳理相关的共识,详悉各方的争议,令未来的讨论能够在同一层面,而非各说各话? 就《红楼梦》的研究与阅读来说，这些共识与争议，究竟如何影响非专研"红学"的古代文学、古代小说研究者，甚至一般的《红楼梦》爱好者？这些问题似乎很难看到清晰的答案。

笔者曾尝试初步检索一些相关的研究，当然并非全无所获，但投入与所得却全然不呈正比。尽管能够按图索骥到不少优秀的研究论著，却不容易很快了解到现有的成果与论争，更谈不上很好地利用这些成果以解决自己所关注的问题。也许这是笔者身在"红外"的缘故，但即使如此，也可略微窥见红学界研究与其他学科研究的疏离。换句话说，《红楼梦》研究很大程度上成了红学家内部的事。这一现象会深刻影响到红学研究的现实价值。

这里当然并非对"求真"型的研究展开批评。只是想说明，红学研究已经极度类似于传统的经学注疏——红学家们追求研究精密，皓首穷经；但其成果却很难突破红学共同体，得到更多的一般性关注。甚至说，其门槛还有不利于"红外"人进入之处。在这种情况下，其研究到底有何价值，是很容易得到怀疑的。尽管按照胡适的说法，认出一个字的意义堪比发现一颗小行星，为己的学术本身不应以实用性作为衡量标准，但当这些研究进入学术共同体及社会的"知识仓库"时，识别文字与发现行星无疑是有明显的客观差别的。而且，既然是一种"经学化"的研究，那么其中很多见解当然是不符合现代学术规范的，即"不科学"。

在笔者看来，红学研究尽管有独特的方法与成就，但并不需要与一般的文史研究有本质的差别，恐怕也并不是一般的文学研究者难以理解的学科——《红楼梦》本文及相关史料，都是普通的、易于阅读的文字，本身并没有过高的门槛。笔者也相信红学家们并不以"隐秘书写"作为自己的学术旨趣，愿意很好地解释现有研究。如此在笔者看来，对现有的红学成果给出系统的清理就颇有意义。亦唯其清理越具体，红学的特殊成就也就越能凸显。而若不能系统地清理，无疑会给"民科"以优渥的生存土壤。不仅红学如此,还有大量领域亦然。

以上是对笔者所见一些红学现象的刍见,同样也是对本书相关文章旨趣的说明。相信书中有几篇文章的论述过程甚为曲折晦涩(不少师友也已给出了切中肯綮的批评),其原因是为尽可能全面地展示自己的论证过程,因此在文章中以说明这些内容为重点,而对其他方面有所忽略。但那并不代表笔者不愿意简明地说清楚这些问题,只是个人思辨能力和写作能力不高所致,绝非有意为之。因此,尝试在这里尽量补充说明一点希望或者说所谓的"研究意义",以作为对相关文章思考进路的补充,亦希望对读者有所裨益。

在笔者看来,《红楼梦》文本的特殊性有之,但远没有到必须与古代文学研究、古代小说研究乃至专书研究区隔的层次,更多地恐怕只是文本复杂程度和具体情况的不同而已。因此,完全可以在已有方法的基础上对《红楼梦》展开研究,而且笔者也是这样尝试的。这种说法也许是解构周汝昌学科意义上的"红学",但笔者的旨趣却在于为《红楼梦》提供更多的研究武器。事实上,许多学者已经在尝试会通、借鉴西方的文献学研究方法,以启发对中国传统文献的研究思路。由此看来,笔者能想到的思路只嫌少不嫌多。

笔者尝试的文本研究方法,本质上似乎亦并未超出一般意义的抄本文献研究。也许由于研究对象的不同而略显新鲜,但笔者也深知"太阳底下没有新鲜事",自己读书太少,一点粗浅经验恐怕未必有太多创见。然而,《红楼梦》文献的特殊性与丰富性,却是绝大多数抄本文献所不具备的。通过对《红楼梦》文本的进一步研究,相信能够提供更多有益的研究成果,这对于一般意义上理解文献形态也必会有所帮助,而这也同样将涉及抄本文献研究的若干理论问题。进而言之,尽管当下对抄本文献的研究似以先唐为盛,但明清时期以抄本形式存在的白话长篇小说,恐怕应当得到更多的重视与更高的地位。

此外，通过对相关文本的重新研究与再认识，除却在文献意义上解读《红楼梦》的成书过程与抄本流传外，无疑会对《红楼梦》的文学性质得出新的认识。特别是如"自叙传"这个新红学习见的基本设定，目前已经得到了新的理解方式，未来也许会得到进一步的扬弃。这对于文学史研究和一般读者无疑都有重要意义。

七

本书所收录的这些研究虽然均以《红楼梦》为研究对象，但其实在研究内容和研究旨趣上皆属"红外线"。正如鲁迅所论"经学家看见《易》，道学家看见淫，才子看见缠绵，革命家看见排满，流言家看见宫闱秘事"，不同的读者眼中有不同的"红学"，比起"作者本意"这样的"究竟义"，笔者更希望从中看出的是《红楼梦》相关文献的生成方式，以及相关争论的学术意义。

对于有识者来说，这篇文章实在过于冗长了——想讨论的问题本身并不新鲜，而更核心的思考也已经在书中其他几篇论文中展现出来。但是，如果不专门写一篇文章的话，似乎许多读者只会关心结论，而并不关心论证前提是否有据、论证过程是否合理。为解决这一现象，笔者曾多次在学术场合尝试引及"非学术"的内容帮助论证，但效果却不尽如人意。乃至在具体细节方面，由于未用"通信"代替"QQ聊天"之类的表述，也曾经屡屡得到若干"不合学术规范"的批评。

这些批评当然是非常善意的，但以笔者看来，这些"不合学术规范"的表述，能够进一步声明笔者思考的基本进路，或许更有利于"学术共同体"——至少，不少批评家选择性地忽视笔者的声明，而依然选择用断裂的思维评判前后倚立的假设。在笔者看来，这一类的批评是难以令人信服的，且批评笔者对研究方法的声明为冗余，这种"规范"的态度不知渊源何在，亦令笔者颇难接受。而引及"QQ聊天"

之类，除确属客观事实外，也其实在暗示新时代学术交流的不同方式，这种即时性的交流会影响学术批评的讨论焦点与文字风格。所谓的"学术规范"并不在于"QQ"是否雅驯，而在于是否能够客观地描述现象。

为了更好地凸显一些具有方法论意义的问题，并更浅显地解释这些问题，笔者写下这篇文字，同时也作为对自己近年读书的总结与反思。无疑，一定会有更好的言说方式，但笔者浅薄的学力暂时难以达到。在更清楚地说明问题、与墨守所谓"规范"之间，笔者选择用前一种方式，并对暂无能力写出完全合乎"学术规范"的理论文章表示遗憾。笔者所关注的仅在于论述的可验证性与可理解性，但愿这篇冗长无味的文字能够进一步说清某些问题。

书中所收录的各篇文章成时不一，写作仓促，又基本未予以修订，因此难免有不够妥帖乃至前后失当之处。然而，似乎这些文章无形中也成了"文本失控"的现实实验品，如果这种不妥帖能够激起读者加以深入批评的兴趣，则未尝不是一种独特的学术价值。从写作最早的《对胡适〈红楼梦〉研究的反思——兼论当代红学的范式转换》，至本篇方法反思，时间前后相隔近五年，这种"动态生成"的文本当然应该存有内在张力，而这张力中同时蕴含着笔者未来努力的方向。

最后，必须感谢陈洪先生的教诲与推荐，书中每篇文章都在先生的指点下得以提升，但由于个人悟性、学力均极有限，不能完全理解师教，所以研究方法和主要观点的一切疏漏应完全由笔者负责。还需感谢的是孙勇进对其中多篇文字的批评意见，这次能附之骥尾，亦极感荣幸。另外要感谢的是 QQ 群"泛太平洋新民学会"的文献互助与学术评议，这对笔者不断反思、修订已有研究起到重要帮助。感谢每一位认真读过这些文字，特别是曾提出读后意见的师长和朋友，令笔者感觉这些不成熟的文字除却一己之娱外，也能够对学术、对他人产生一些特别的价值。尽管一篇方法反思的文章以此结尾殊为不伦，在这里也不能更详尽地表示谢意，但这些支持在笔者的学术与人生中都至关重要，也正是这些支持令笔者有勇气提交这份粗疏的阶段作业。

（2018年2月12日初稿，2018年2月15日二稿，时为"壬午除夕"后二百五十五年）

附　录

　　这里仅摘录一部分启发笔者研究方法的前贤论述。希望通过这些引述，能够更好地展示几年来笔者对文本研究方法的思索。事实上，前贤在这方面的论述是相当丰富的，即就笔者所见而言，这里也仅仅是一小部分。但这些内容似乎足以说明问题的重要性了。

　　最后不揣冒昧，摘录笔者其他文章的引言部分，并不是这些内容值得敝帚自珍，只是由于方法上存在一脉相承处，故特将"武器库"公开，以俟方家更严格的批评与指正。

胡适：

　　凡作考据，有一个重要的原则，就是要注意可能性的大小：可能性（Probability）又叫作"几数"，又叫作"或然数"，就是事物在一定情境之下能变出的花样。把一个铜子掷在地上，或是龙头朝上，或是字朝上，可能性都是百分之五十，是均等的。把一个"不倒翁"掷在地上，他的头轻脚重，总是脚朝下的，故他有一百分的站立的可能性。

　　——《重印乾隆壬子本〈红楼梦〉序》，本文作于 1927 年 11 月 14 日；文据《胡适红学研究资料全编》，北京图书馆出版社 2005 年版，第 210 页。

　　证实是思想方法的最后又最重要的一步。不曾证实的理论只可算是假设；证实之后才是定论，方是真理。我在别处（《文存》三集，页二七三）说过：

　　我为什么要考证《红楼梦》？

　　在消极方面，我要教人怀疑王梦阮、徐柳泉一班人的谬说。

　　在积极方面，我要教人一个思想学问的方法。我要教人疑而后信，考而后信，有充分证据而后信。

　　我为什么要替《水浒传》作五万字的考证？我为什么要替庐山一个塔作四千字的考证？

　　我要教人知道学问是平等的，思想是一贯的。……肯疑问"佛陀耶舍究竟到过庐山没有"的人，方才肯疑问"夏禹是神是人"。有了不肯放过一个塔的真伪的思想习惯，方才敢疑上帝的有无。

　　少年的朋友们，莫把这些小说考证看作我教你们读小说的文字。这些都只是思想学问的方法的一些例子。在这些文字里，我要读者学得一点科学精神，一点科学态度，一点科学方法。科学精神在于寻求事实，寻求真理。科学态度在于撇开成见，搁起感情，只认得事实，只跟着证据走。科学方法只是"大胆的假设，小心的求证"十个字。没有证据，只可悬而不断；证据不够，只可假设，不可武断；必须等到证实之后，方才奉为定论。

　　……我这里千言万语，也只是要教人一个不受人惑的方法。被孔丘、朱熹牵着鼻子走，固然不算高明；被马克思、列宁、斯大林牵着鼻子走，也算不得好汉。我自己决不想牵着谁的鼻子走。我只希望尽我的微薄的能力，教我的少年朋友们学一点防身的本领，努力做一个不受人惑的人。

　　——《介绍我自己的思想》，首载 1931 年 6 月 10 日《新月》第 3 卷第 4 期；文据《胡适红学研究资料全编》，北京图书馆出版社 2005 年版，第 262–263 页。

钱穆：

　　今文学家遇到要证成刘歆伪作而难说明处，则谓此乃刘歆之巧，或遇过分矛盾不像作伪处，便说是刘歆之疏或拙。恐不能据此以为定谳。

　　……今文学家先存一个刘歆伪造的主观见解，一见刘歆主张汉应火德，便疑心到汉初尚赤是刘歆的伪造，再推论到秦人初祠白帝也是刘歆伪造了；又见刘歆说五帝有少昊，便疑心到凡说到少昊的书尽是刘歆伪造，便从此推及《左传》《国语》《吕览》《淮南》《史记》全靠不住了。

……何以今文学家定要说刘向云云尽是刘歆假托，而把刘向以前的一切证据一概抹杀，要归纳成刘歆一人的罪状呢？遵守今文家法的人如此说，考辨古史真相的为何也要随着如此说呢？以上推论，只说明少昊插入五德终始里，决不是刘歆时无端伪造出来，不过在刘歆手里才正式大规模地写定一遍。

——《评顾颉刚〈五德终始说下的政治和历史〉》，文据韩复智《钱穆先生学术年谱》卷二"1931年"条，中央编译出版社2012年版，第393–396页。

盖昔人考论诸子年世，率不免于三病。各治一家，未能通贯，一也；详其著显，略其晦沉，二也；依据史籍，不加细勘，三也。惟其各治一家，未能通贯，故治墨者不能通于孟，治孟者不能通于荀。自为起迄，差若可据，比而观之，乖戾自见。余之此书，上溯孔子生年，下逮李斯卒岁。前后二百年，排比联络，一以贯之，如常山之蛇，击其首则尾应，击其尾则首应，击其中则首尾皆应。以诸子之年证成一子，一子有错，诸子皆摇。用力较勤，所得较实。此差胜于昔人者一也。

——《先秦诸子系年·自序》，九州出版社2011年版，第5页。本书初版刊行于1935年冬。

欧阳健：

现在，就让我们一道来寻找证明脂砚斋存在的材料；借用法律用语，就是寻找证明他存在的"证人"和"证言"。民法领域正在实施的"证据开示"给了我们有益的启示，"证据开示"的核心精神，是在程序上保证双方权利的公平与平等。具体做法是：控辩双方对将要在法庭上出示的全部证据进行交换，使各方对于对方的证据使用了然于心，从而更有效地实现指控和辩护。我们在寻找、听取、审核有关脂砚斋的证明时，也将尽量按此精神办理。

——《还原脂砚斋——二十世纪红学最大公案的全面清点》，黑龙江教育出版社 2003 年版，第 7 页。

龚鹏程：

现在，道术渐为天下裂了。非求其综合与浑融，而实欲着力于分析与辨异。知识化与方法化的特点，在于区判诸家持论的分异，并考其所以分异之故，进而提出我与各家俱异之说，并明我所以与各家俱殊之故。本领所在，在于找出各家学说间断裂、隙罅、矛盾、不连续的地方，借此暴露其窘状，逼使其互攻，然后我"独标胜于众家之表"。

——《四十自述》，中国工人出版社 2008 年版，第 138 页。

程苏东：

先唐文献形成过程体现出的复杂性，给我们的研究带来了挑战和困扰：如果所有的文本都是不可靠的，那么我们的研究将以何为据呢？随着研究的深入，这种困扰似乎越来越强烈，而努力适应这种新的研究理念，重建相关研究的基本范式，已成为一个不容回避的问题。以下仅就笔者管见，略陈几点：

第一，从观念上说，应充分考虑文本形成与传播过程的复杂性，直面文本内部的矛盾、失序、割裂与残缺，并以此为径进入文本的深层结构。我们的研究常常有一种倾向，愿意为文本构建一个统一的体例，否定或忽视其内部的不合理性。但事实上，笔者在对《汉志》《毛诗正义》等文献研究的过程中发现，如果我们主动放弃对文本统一性的追求，承认其体例的不完备性，并由此努力辨识其不同的文本来源与层次，则文本的每一处矛盾，就好像一处裂缝，提供给我们窥探文本深层结构的绝好机会。这不仅不会影响我们对于文献的整体理解，还会进一步丰富我们对于其复杂形成过程的认识，从而对这类文献形成立体化的理解。

第二，就具体研究方法而言，可以尝试在"场域"理论的引导下，通过文献比读与文本细读的结合，把握文献的内部结构与个性。"场域"原是近代物理学中的概念，自法国社会学家皮埃尔·布迪厄（Pierre Bourdieu）将其引入社会学研究之后，乃成为人文社科理论中一个常用的概念。该理论所强调的，是在同一时空条件下，存在内部竞争性、互动性、激荡的共生环境，在研究中既注重整体环境对其中个体的影响，亦注重个体之间的竞争、互动关系以及由此造成的对环境自身的影响。我们认为，这一理论对于我们理解具有复杂形成过程的文献颇有帮助。一般来说，这些文献同时处于两个"场域"当中，其一是与它们具有传抄关系的文献所构成的大场域，而互文性文献的比读，就是要借此为研究对象重建一个真实的文献生成环境，使我们了解研究对象所处的知识背景。其二则是一种或多种上源文献经过作者的编纂、增删、重写而构成的小场域，也就是文献本身。而文本细读，则旨在发现上源文献之间及其与作者间的固有矛盾，由此理解文本内部的深层逻辑以及作者的创作意图。

第三，对文本复杂形成过程的认识对于先唐文献的辑佚和校勘提出了更高的要求。传统的辑佚学注重佚文的搜集与编排，但是对佚文所属原书引书体例的研究，则一定程度上受到忽视。事实上，所谓"佚文"，既然被纳入了新的文本系统，不免会受到新文本的语境制约，因此，了解佚文所属原书的引书体例，是我们评估佚文"还原度"的重要前提。同样，"他校"原是常用的校勘法，但是，进入其他文本的互见文献，多大程度上保留了其源初的版本形态，这也需要结合具体的文本作出切实的评估。

总之，对于先唐文献复杂形成过程的认识，要求我们形成一种新的研究理念，即无论是文学、历史还是哲学背景的研究者，都应掌握处理复杂文献学问题的基本能力，但版本、目录、校勘等传统的文献学研究方法，又已经不足以应对这些复杂的文献学问题。先唐文献形成过程的复杂性，要求传统文献学的外部研究必须与深层次的文本细读密切结合。在这种研究理念中，文献学研究不再仅仅是一种工具或手段，它本身就成为文学史、思想史研究的主体之一，成为我们研究和叙述文学史、思想史的重要方式。

——《基于文本复杂形成过程的先唐文献研究——以〈汉书·五行志〉为个案》，载《求是学刊》2014 年第 5 期。

张昊苏：

……如无出土文献的新发现，在材料上产生突破性进展的可能性似不大。在这样的基础上，就需要更彻底地解剖已有材料，并力图得出更深入的解读。一方面，在于对学界熟悉的材料进行更加细致的文本分析；另一方面，则在于援引相关可为佐证的材料，以增加论点成立的可能概率。而从学界纷纭的解读来看，各种材料之间存在矛盾、张力，理论上可以形成多种开放性解读。换句话说，对这一问题的考察（同时也包括对这一时期其他问题的考察），可能更多地有如推理小说的侦探解谜，是一种在"建构"与"还原"之间求平衡的工作。但是，历史上的问题绝不可能如自成完满体系的推理小说一样，有着"十诫"或者"二十条守则"——即便如是，侦探的"完全推理"也可能被证明是过度推论❶。因此，所谓整合了全部材料而得出的"完全推理"有时恰足怀疑❷，如现代历史理论指出的那样，此更

---

❶　参见《名侦探柯南》TV 版第 225 集《生意兴隆的秘密》。此外，用配角人物的过度推理以迷惑读者的情节设置已成作家的惯技（《名侦探柯南》中的毛利小五郎便是最好的注脚）。

❷　对于这一问题的批判，可参见陈寅恪《冯友兰〈中国哲学史〉审查报告》，其言曰："吾人今日可依据之材料，仅当时所遗存最小之一部；欲借此残余断片，以窥测其全部结构，必须备艺术家欣赏古代绘画雕刻之眼光及精神，然后古人立说之用意与对象，始可以真了解。……此种同情之态度，最易流于穿凿傅会之恶习……若加以联贯综合之搜集，及统系条理之整理，则著者有意无意之间，往往依其自身所遭际之时代，所居处之环境，所熏染之学说，以推测解释古人之意志。由此之故……其言论愈有条理统系，则去古人学说之真相愈远。"

近乎"神话"而非"历史",对碎片的清理尤为必要——而这同样冒着去精取粗的风险。❶

另一方面说,在材料不足的情况下,颇易流为缺乏事实依据的思辨性推论。从概率的角度上看,任何一种猜测都有合乎历史本来面目的可能,没有"上帝视角"则难断是非。因此,学术界往往存在任意思辨的"新说"。在这种情况下,不妨借由法学的思路——"法律事实"是在质证证据的基础上,推断得出的事实情况,其核心在于"程序正义"。该思路虽不能直接移入文献研究中来,但其给予本文的研究不少启发:本文仅依据现有能见的材料,尝试作出成立概率最高的结论。这一结论或许将被此后的新材料所推翻,但探究结论过程中所使用的方法,方是本文展开写作的初衷。

作为碎片的材料本身并无意义,寻求并赋予其意义则是历史研究者当仁不让的工作。笔者认为,就本问题而言,最大的问题在于复原的方法仍然不免原始,因之其结论看似圆通(从概率上看,自然正确的可能性也极大),却存在"不过是空中楼阁"的可能性。本文的尝试是经由《汉书·艺文志》的直接记载,用一种不同的方法对本问题进行重新解读,并得出更具开放性的结论。换句话说,本文的结论,往往与前人的结论暗合,但方法与对材料的运用则出乎文献学的眼光,与他人存在截然不同之处。而本文所讨论者,也不仅仅在乎对结论的"创新",同时尚在于对考据方法及文献学理论的重新反思。当然,本文或同样具有上述"空中楼阁"的问题,尽管笔者竭力避免这一倾向——其方法是尝试加固立论的最底层。

……似可这样断言:若《汉书·艺文志》的"体系"亦属"层

---

❶ 根据个人的见解复原历史真貌,其极致,盖即考古工作中复原器型的工作,仍是要用"内在逻辑"加以推理。即使如此,复原中的错误也是难免的,秦始皇陵出土的铜车马,在复原之后发现大量碎片无法安置,便是其中一例。比起文物工作来说,对纸面内容的考据没有"不可逆"的技术局限一说,因此可以随时推翻重来;但也正是缺乏了"不可逆"的达摩克利斯之剑,导致许多无根之谈的盛行。

累"，那么古史辨以来对"层累造成""复杂文本构成"的论说仍可更进一步。因此，这个问题看似是简单的考据，其实背后亦引发对早期文献的认知问题。

——《西汉时期〈史记〉流传与亡篇考：基于〈汉书·艺文志〉的考察》，第五届"两岸六校研究生国学高峰会议"会议论文，2015年10月。有删节，下同。

在这样的背景下，研究之浩繁反而容易引发真相的淆乱与遮蔽：淆乱并非"百家争鸣"，而是缺乏研究评价标准的体现。而所谓歧说，不过是基于某一观念而自由心证的产物，缺乏应有的逻辑理路与文献依据。因此，本文除行文中必要之征引而外，无意重新梳理学术史——细致的梳理或有助于条列前人疏失，但对于解决核心问题毫无帮助：在根本研究方法存在漏洞、核心思考进路及大前提存在混乱的时候，自甘低层次的研究综述只可能是基于某种成见的叠床架屋；唯有重新反思研究方法，方有进一步推进研究之可能性。这里并非一味否定前贤的探索，而是欲将聚焦点集中于问题本身，故不必过度涉足学术史领域而令本末倒置。本文旨趣在于研究一"学术问题"而非"学术史问题"。

平心而论，前人看似广博的材料征引实际上忽略了对文本语境的考察。由于文献片段之上下文联系被忽视，其文本信息未能得到全面解读，而所征引的材料也十九居于外围，并未深入该问题之核心领域。……对所研究之对象缺乏合乎历史语境的定义，缺乏循名责实的能力，这正是"学术现代化"以来不少论著文不对题的根源所在。

——《〈汉书·艺文志〉诸子略序文的文本结构与学术建构：以小说家为核心的考察》，待刊稿。本文初稿写成于2016年2月。

经学·红学·学术范式：百年红学的
经学化倾向及其学术史意义

清代乾嘉学术作为宋明之学的反动，注重考据知识的可靠性、准确性，在将传统经学阐释带向新高峰的过程中，也蕴含了若干"学术现代化"的因素，从而促生了对经学本身的解构，成为经学衰亡的先声。新文化运动以来，以胡适为代表的民国学者则进一步走向对清代学术的反动，并在此基础上宣传实证主义，创制现代学术。但是，正如乾嘉之学貌似宋明之学的反动，实际上却一定程度上继承了宋明之学一样（"汉宋皆采"），胡适等人同样未能很好地清理与传统学术方法的关系，彻底脱出前代经学的影响，从而导致其创制的先天不足。胡适生平最具代表性与影响力的研究当首推其建构的"新红学"范式，这一范式在不断发展的过程中，同样也最为明显地表现出经学化的倾向，并将影响渗透至红学研究、古代文学研究乃至人文学科研究。即使是胡适的修正者或反对者，也多没有逃出经学的窠臼。本文试图在红学史的观照之外加入经学视野进行类比，探讨以下两个问题：

其一，新红学乃至现代学术的经学化倾向从何而来、达到何种程度，并应如何从学术史角度理解？

其二，面对存在经学化倾向的现代学术，应该尝试从哪些角度思考范式转换的相关问题？

一

进入这一问题，首先要界定何为"经学化倾向"。

众所周知，经学的基本文献是上古王官学之《诗》《书》《礼》《易》《春秋》五经（如将三《礼》及《春秋》三传分算，则是后世所称的"九经"），此外又随着时代的发展形成十三经，加入了四书、小学等内容，但并未成为经学的主流问题。先秦时期，经学是诸子百家的共同知识，非为某一家所专 ❶。汉代以降，除部分佛、道家学者曾偶然涉猎、讲说经学外，经学解释几乎长期为儒家学者所垄断。但是，"儒家"与"经学"，在传统经史子集的学术视野中，仍有不可逾越的鸿沟——经史子集四部虽并称，其地位却有等差，史、子、集很大程度上实际是辅经而存。如《四库总目》指出，"自六经以外，立说者皆子书也"，"儒家本六艺之支流"，即谓儒学只是百家思想中最重要之一家，但经学则是"禀圣裁，垂型万世，删定之旨，如日中天，无所容其赞述"的永恒真理，二者无法相提并论，此关系自汉以来就有定评，可称古代学术共同体的常识。以现代眼光作类比的话，儒家盖属于哲学流派之一，而经学则一定程度上近似于西方之神学。

因此，笔者以为，从儒家角度理解经学，诚然可抓住经学史上的主流问题，但若欲把握经学之核心特色，不妨暂时略过经学当中的儒家表述特性，而从表现形式尤其是意识形态、影响力等抽象的"共性"上加以理解。对此，笔者尝试初步作出以下几点总结。

第一，经书具有先验的权威性，是对真理的定论，后世的经学家只能在接受经文的基础上进行阐释，至多对传、疏等阐释文本有所驳正（而且还有"疏不破注"之类的规范），但不能对经本身的神圣性、正确性加以质疑。这就抑制了用文献学方法研治经书的可能性。

第二，经学虽然在历史发展过程中形成诸多派别，但对于单个流派来说，价值是一元而非多元的，派别之间多处于互斥状态，也就往往容易导致入主出奴、门户之见、意气之争。作为官方承认、标举的学问，经学话题往往并非"纯学术"，与特定历史背景下的社会形势、

---

❶　具体论述可参考程元敏：《先秦经学史》。

政策导向、政治斗争、派系恩怨、私人利益等非学术因素都有难以剥离的关系。这些问题既受到先验"前理解"的影响,又受到"非学术"因素的扭曲,会消解经学研究的学术价值。

第三,研究经学的派别尽管众多,但若溯其本源,则多是"内生性"的,即"经学"必须有别于"经的研究"。换句话说,是先划定了自己的研究范式,然后再展开具体研究,因此其结论必然符合预期假设。故"经学"内部尽管曾产生大量不统一的意见,但并不会引向自我否定一途。即使是最接近现代学术的乾嘉考据学,也旨在"训诂明然后义理明"。只有引入外部力量之后,经学的地位才真正动摇。

第四,经学虽然分为义理、考据两途,但本质上仍以义理为中心:考据不仅在地位上低于义理,而且在具体问题的研究中,也多须借助义理以判定考据的是非。乔秀岩提出郑学第一原理为"结构取义"❶,这似乎可认为是经学家运用文献学手段治学的典范。但是,这依然并非现代意义上的文献学、考据学研究——方东树(1772—1851)的《汉学商兑》曾尖锐地指出"训诂多有不得真者,非义理何以审之?……传本各有专祖,不明乎此,而强执异本异文,以训诂齐之,其可乎?……何义门云:'但通其训诂而不辨义理,汉儒之说《诗》,皆高子也'"❷,这里实际上是在暗示"义理明而后训诂明"❸。

第五,经学在古代学术史中长期属于中心话题、显学,既是学术热点问题,又是学术权威所系,因此经学阐释方法对包括史学、子学、文学在内的几乎全部古代学术都有重要影响,并往往处于指导性地位。经学范式的转换会对整个人文研究产生冲击。

以上所列数点只是大概言之,在中国经学发展过程中必然不乏反例,但在古往今来的大量经学家,尤其是并非顶级的经学家中,这种

---

❶ 乔秀岩:《郑学第一原理》,见《北京读经说记》,台湾万卷楼出版社 2013 年版。

❷ 《汉学师承记(外 2 种)》,三联书店 1998 年版,第 311–312 页。

❸ 唐君毅《中国哲学原论·导论篇》自序。

思想特性占据了经学史发展的主流。因此在下面的论述中，将主要从上述几个视角出发，以观察红学研究的经学化倾向。

接下来要解释的是，为何要从看似毫无关联的经学角度重新解读红学问题。

首先，当然要说明的是，本文无意也不可能证明，红学研究就是当代的经学研究；而只是希望从两者的对比出发，通过揭示其中核心特质的近似性，借以更好地分析本文的重点课题。换句话说，本文所说的"经学"，更多的只是一种思维方法，不会也不必追求与经学史家或西方阐释学家所说的"经学"在定义上完全相合。但是，力图把握其中气质上的一致性。此外涉及的"考据""义理"等术语亦如是，因此一般用引号括出。

其次，从现代学术的大背景来看，所谓"经学"也从来没有消散过。近代以来，经学虽然退出了历史舞台，但接踵而来的则是"主义"的代兴。对于具体的研究个体而言，"主义"所含有的世界观、方法论等内涵，具有决定性的指导地位，从微观来看，其影响不亚于经学。而近代以来的主义纷争，较有影响力的也仅限于少数几个思想流派，宏观上看亦近似于经学的影响。通过阅读当代某些格套化、烦琐化的论著，我们也可以轻易看出，"主义"完全可以做到控制研究者的思维方式、研究套路，而非研究者运用"主义"来解决学术问题——这种情况在特定的时期下表现得尤为明显。今之某些"理论"也同样有引起研究者削足适履的危险。由此看来，这些现象尽管并非"经学"直接影响所致，但内在却有若干相似性，从经学视角切入批判似乎仍未过时。

再次，从红学研究史上来看，在标志着红学进入现代化的"新红学"以前，《红楼梦》研究的旨趣与方法都打上了浓厚的经学烙印。对此，陈维昭在《红学与二十世纪学术思想》中已有讨论。陈氏指出，早在戚蓼生为《红楼梦》作序的时候，就指出"读者对《红楼梦》的解读、诠释，应该遵循还原规则，重现其微言大义、作家本旨"❶，而这明显是《春秋》学对文学研究的投射。而此后的索隐红学，或所谓"附会的考证"，顾颉刚以为出于《诗经》之学❷；陈氏不仅指出这是传统经学的主要方法之一，更提出索隐方法其实是乾嘉学派发挥到淋漓尽致之后的产物❸。除此而外，新红学在思想与方法上受惠于清学这一常识，也标明了经学方法在红学研究中的重要地位。

最后，既然提及了"经学化倾向"，那么从逻辑上来说也必然有"非经学化倾向"以为其区别。在笔者看来，在较基本的操作层面上，这两者的区别有时候颇类似于"好的研究"与"坏的研究"，未必皆具有本质思维的差异。比如，清代经学与明代经学均为"经学"，但前者的"经学化倾向"并不明显，成就也高于明代经学。笔者想指出的是，除却这些易于发现的问题，在具体思维方式上的差异，即经学是权威的真理，因此经学化的研究服务于对经典神圣价值的证明，"真"与"善"存在等同。而文献学或科学的研究则并没有这样的预设，甚至有意于打破这种预设。当然，在其他学科中也有类似的情况，如文学研究中往往将"作者的原意"等同于"研究者认为最合理的解释"，即其中显著一例。此即谓"非经学化倾向"。

上述几点理由，既属概论，也是泛说，在下面的具体论述中，将会尝试结合红学史上的具体问题，包括而不限于上述理由展开进一步的解读。

二

首先我们将从胡适建立的"新红学"研究范式说起。

---

❶ 《红学与二十世纪学术思想》，人民文学出版社 2002 年版，第 11 页。

❷ 《红楼梦辨·顾序》。

❸ 《红学与二十世纪学术思想》，第 13 页。

"新红学"虽一定程度上受乾嘉学风的影响，但本质上是现代学术的产物，更明确地说，是胡适在接受西方实证主义学术方法之后，用以指导中国学术研究的一种存在。其核心观点是，《红楼梦》为曹雪芹的自叙传，方法要义是用实证的方法对《红楼梦》的作者、版本等进行深入考据，并据历史考据成果为小说中的人物找到现实原型，将小说中的故事还原为历史上发生过的本事。因此，首先需要特别注意的是，胡适对《红楼梦》的研究并不仅仅是通常小说研究史上的专书研究，从主观动机与客观效果来说，这一研究都具有引领学术风气、建立学术范式的明确指向，从而与传统学术中流行的本事考证❶划清了界限。此外，胡适还从材料上抛弃传统经典，选择古白话；从方法上以"大胆假设"与"小心求证"相结合，而以前者为出发点；从目的上追求通过"整理国故"达成"再造文明"，现实功利高于学术真理。可以说，新红学在表面上继承了乾嘉学术的范式，但在实际上恰好是乾嘉学术的反动。因之，新红学的诞生并非偶然，其内在原因在于，研究《红楼梦》既可作为胡适学术理念的最好表达，也正合于当时学术的发展方向。

胡适自述考证《红楼梦》的原因是：

我要教人一个思想学问的方法。我要教人疑而后信，考而后信，有充分证据而后信。

而胡适也确实做到了这一点。此前胡适的先秦哲学研究尚多被认为空疏，并被章太炎、梁启超等学术名家所批评。直到他《红楼梦考证》等文打响以后，胡适的学术方法论才真正得到了学界的承认，即使是旧派传统学者，也多对胡适表示赞许。其后，实验主义"大胆的

---

❶　这里的考据本事，不仅包括前揭的经学方法，同时也包括传统文学研究中的诗文批评、笺注。这一点，是莱斯大学杨耀翔提示给笔者的。

假设，小心的求证"逐渐成为中国现代学术的重要基石，而古史辨派等学术思潮也在胡适影响下诞生并日趋壮大。因之，从中国现代学术史的维度看，新红学的范式是革命性、普适性的，也随着现代学术体系的形成而经典化。在这样的背景下，新红学已非单纯的新兴学术领域，而成为某种学术范式的代表性箭垛。这种学术范式对学术研究有着极为深刻的影响，甚至说仍是现代学术的指导性思想也不为过。

但是，胡适的研究至少有两大缺憾，对此笔者在《对胡适〈红楼梦〉研究的反思——兼论当代红学的范式转换》中曾举例约略论之。

其一，从认识论上说，胡适由于缺乏对文学—文化关系的理解，而单纯以"考据癖""历史癖"进入研究，导致其研究存在颇多与文学本质相违背处。体现在《红楼梦》研究中，就表现为考据与索隐在认识论上并无本质区别，看似言之凿凿，其实多有牵强附会或先入为主之处。考据与索隐的差异人共知之，本文也不拟特别反对。只是希望说明，在表层的差异之外，仍有进一步可供发覆之处。

其二，在具体研究过程中，胡适的方法亦多有空疏主观、违背科学精神之处。这种空疏的产生有两个原因：首先是由于胡适本人原因的操作疏失，即对其方法未能加以严格贯彻；更重要的则是这种空疏本质上受到上述认识论的影响，故存在内在的局限性。

在继承胡适学术范式与治学长处的进程中，对上述两点缺憾的沿袭与反动，也贯穿于"新红学"的发展史中。

胡适以后，随着顾颉刚、俞平伯、周汝昌、冯其庸等名家先后参与《红楼梦》的研究，新红学长期以来处于鼎盛期，其学术观念与研究方法长期居于红学研究的统治地位，并衍生出曹学、脂学等分支学科。其中，胡适以后的"集大成者"当推周汝昌。周汝昌的《红楼梦新证》光大胡适新红学，完成了大量对曹雪芹与《红楼梦》史事的索隐及考据，他也带领"新红学"完成了优长与缺失的"俱分进化"。该书在当时的历史背景下，对红学相关文献进行了系统的搜集、梳理和考证，对曹雪芹生平、红楼梦地点、脂砚斋何人都进行了考述，进一步充实了胡适未能完成的诸多推论与猜想。在此研究的基础上，1982 年，周汝昌在《什么是红学》中明确提出红学研究方法不同于一般小说研究，其核心为曹学、版本学、探佚学、脂学。该文标志着"新红学"的体系建构日趋宏大，而其强烈的野心与排他性也已达到惊人的地步。

其说虽未得到红学界的共识，却反映出相当一部分红学家的思想态度。同时，人所周知的是，在此以后若干年间，由于现有资料几乎竭泽而渔，考据罕有新的发现与进展，从此新红学由"考据红学"而变为"探佚红学"，即转向运用推理方式来复原《红楼梦》的故事原型。也就是说，"新红学"在集大成之后，出现了两大变化。

其一，曾经指导现代学术范式的"新红学"，一定程度上从追求普适性转向追求特殊性，以"红学构架"代替了《红楼梦》研究，并尝试与通常的古代小说研究、古代文学研究方法划清界限。在笔者看来，既然红学成为一种宏大而突起的特殊学问，那么其"学"也就难免近似于经学。提出"《红楼梦》毕竟只是小说"，其危险性有如在经学时代提出"《五经》毕竟只是先秦古典文献"。

其二，以批判索隐起家，标榜以客观之考据为宗的"新红学"，在其发展到极盛之时，所谓"探佚学"反而为索隐所摄，"新红学"考据为表、索隐为里的状态已被"新红学"家自我指认出来。可以说，由于索隐派至今仍在不断发展完善，这种情况甚至不能被认为是两派合并，或可看作索隐的胜利，即索隐派"兼并"了考据派。尽管"自叙传"看上去比"猜笨谜"更高明些，但终究都是不能证实亦不能证伪的推断，从中或许可以看出研究者的文学修养与思维妙谛，却并不是现代意义上的具有科学性的学术研究。

对于第一点，需要补充的是，周汝昌似也并没有认为一般意义的

《红楼梦》研究不重要，只是强调其"红学"研究方法的独特性为其他古代小说所不具备，因此在范式、难度、意义上都高于一般的小说研究。如果我们引入汉宋经学史上"子学→经学→理学（新子学）"的变动视野加以类比，或许能有如下启示："新红学"的诞生是应指导学术发展之需，即以"特殊"指导"一般"；而当"新红学"范式已经成为一种传统，却限于材料无法进一步突破之时，若仍想继续获得话语权，就需要再从"一般"走向"特殊"，通过凸显特殊化以进行学术表达。毫无疑问，这种转向是经学式的，与科学性无涉。事实上，尽管《红楼梦》确实在中国小说史上具有非常特殊的地位，但很多所谓的"特殊性"并不是本书的独特专利。最明显的就是，其"自叙传"性质及索隐、考据的研究方法，都与成书更早的《儒林外史》具有相当多的相似性。但在《儒林外史》研究史上，过度的探佚却相对少见。这一方面或许是因为《儒林外史》涉及的人物、情节较易证实；另一方面也是《儒林外史》研究并未建立"独立王国"。遵循传统"文史互证"的边界，对某些不恰当的"研究"能够起到约束作用。而且，脂本中更有若干明显反对自叙传说法的批语，足见《红楼梦》相关论证的有效性很可能低于《儒林外史》。

对于第二点，考据与索隐间的关系，前贤已多有论文指出。在这里想要谈的是，除了红学研究本身存在的特殊问题而外，胡适提出的"大胆的假设，小心的求证"，这一观念本身即蕴含了索隐与考据合流的可能性。清代考据学多以"小心求证"见长，直到民国时期，持旧式方法治学者如汤用彤等，尚多坚守"自认胆小，只能作小心的求证，不能作大胆的假设"❶的清学风格。此种态度细密而不易失误，但也容易陷入沉闷，缺乏创新。用库恩的话来说，此之谓"常态研究"；而用更传统的词汇形容则是"朴学"。朴学本身当然是一个偏向正面的形容词，但近代以来面临的主要问题是"西来风雨"迫使中学进行

❶ 见胡适 1937 年 1 月 18 日日记。

范式转换，甚至立刻通过学术走向"致用"，而朴学由于在方法上受到既有范式的先天局限，在这方面能做的就比较少。因此，很多精微的"朴学"会被目为"无用"❶，其在新旧时代转捩之际遭到抛弃，并非无因。胡适在"小心求证"外，又标举"大胆假设"，盖因认为掌握了新材料与新方法，便可"一拳打倒顾亭林，两脚踢翻钱竹汀"❷。即使掌握了新材料，也很难认为胡适的学养要高于顾炎武、钱大昕这样的清学宗师，所以这里实际是说，在急剧变化的时代，也许最重要的在于打破思想上的局限与拘束，谋求创新。这一观念在当时的思想解放过程中自有其意义，却也留下了问题——依照胡适的表述，"大胆假设，小心求证"并非具有可操作性的研究方法。相反，由于胡适并未对此种"大刀阔斧"的怀疑之限度有详细的界定与论证，这种态度反而恰足以引人入歧途，特别是令人产生一种可以任意"大胆"的幻觉。

新红学的考据，正因为过度地使用了"大胆假设"，而不可避免地走上了索隐派的道路，而道路既歧，虽然红学家们尽可能地对史料竭泽而渔，但许多结论却适足以从反面证明新红学的局限性。索隐派的求证未必就均不及考据派"小心"，但其最本质的问题或许在于，为什么要按照这种方式来索隐？在小说本文或相关史料中有哪些支持？如果不能给出合适的解释，那么这种假设或许就没有"小心求证"的必要。在笔者看来，这是"大胆假设"的命门之一。

尽管胡适本人应该不会认同，也在实际研究中尽量避免了这一研究倾向，但胡适本身的研究也存有若干局限，其末流的客观影响更是不应忽视的。

更进一步说，既然红学史常见的"索隐派""考据派"之分，更

---

❶ 这里当然并非说学术的优劣应由"有用""无用"区别，只是想说在特定的时代背景下，需要的是不同类型的学术。

❷ 胡适：《治学的方法与材料》。

多地在于观点差别，而研究方法上却有内在相似，那么似乎这种区别更近似于"门户之见"。特别是周汝昌等"考据派"宗师的"探佚"，完全可以同样理解为"支持曹雪芹著作权的索隐派"。这显然又回到蔡元培最初的意见去了。按照严格的学术方法来说，似乎应该将这些探佚驱逐出"考据派"的阵营。如此重写红学史当然能多有胜义，但同样也会出现新的不妥之处——除学术方法外，观点结论同样也是分派的重要标准；且一位研究者也会同时采取多种研究方法，既考据又探佚绝非自相矛盾。这样看来周汝昌仍然可以算作"考据派"。这些复杂性犹有待于红学史家更深入地研讨。

由于有了上述的倾向，在面对其他学术范式或观念进入《红楼梦》研究时，即使并未冲击到新红学的核心考据观点，红学家们也多对此持倾向于否定或漠不关心的态度。当以一元眼光看待《红楼梦》时，评点派等的冲击就已非学术争锋，而是异化为类似于传统经学门户汉学—宋学间的派系政治斗争。这一困境是否完全由某些研究者的偏执所决定？或不尽然。对《红楼梦》价值的先验认定不同，才是研究者考据结论针锋相对的根本原因，而其根本原因可追溯到新红学整个体系的建构——这个始于"科学"的体系，却在近百年的发展中走向了科学的反面。

如果以学术史的眼光看，新红学并非单纯的科学考据问题，本质上是胡适学术与文学思想的集大成，即其"整理国故，再造文明"的表达。"整理国故"者，指运用科学的方法进行考证（可为注脚者为胡适对于《红楼梦》研究中艺术评点派的评价），"再造文明"则是基于上述方法而建构的一种新的学术文化体系，从目的与效果来看都堪称指导现代学术的"新经学"。因而，这种"新经学"也就会在1949年之后被新的指导思想所批判冲击。因之也就易于理解，当这一体系受到冲击时，红学家们首先想到的反应并非展开新的范式转换，而是通过标举红学的特殊性，以声明新红学范式的合法性。胡适—周汝昌的"新红学"发展历程，如以考据学眼光观之，殆不符合科学精神；但如果以经学思维观之，则似乎易于理解其中发生变迁的缘故。

三

近二十余年来，与主流红学界仍恪守胡适—周汝昌范式不同，先后产生了两股试图为"新红学"救偏的力量。

1991 年以来，欧阳健先后撰写了大量考证论文，力辟脂本之伪，并且提出了"程前脂后说"的新假设❶。欧阳健之否定脂本，不仅仅只是否认现存之全部脂批本与相关史料记载，其学术意义更在于，其说倘能成立，整个新红学的体系建构与学术范式都将被打破，近百年间新红学研究者的成果几乎将全部宣告为错误。从时间点上看，正处在新红学盛极而思变的关键时期，当以实证为标榜的新红学索隐化、粗疏化、毛利化的时候，欧阳健及其支持者的横空出世，无疑既是对同时期新红学研究的重大打击，也是对新红学范式的进一步发展。

客观而言，不论其方法与结论是否能够成立，欧阳健的学术血脉仍然本源于胡适。他对于学术假设的研究态度，对于已有文献的清理方式，甚至是在研究中反映的学术硬伤，都明显表现出与胡适的亲缘关系。❷ 欧阳健的观念与结论从未被主流红学界所承认，但主流红学界也少有能真正对欧阳健造成冲击的全面驳论，至少目前来看，尽管"程前脂后"说成立的难度极大，但其脂本辨伪却多可取之处，犹足成为一家之学。而红学界对欧阳健在书外的反击，却明显是派系斗争式而非学术争鸣式的。这种态势显然合乎本文所说的"经学化倾向"。

---

❶ 其观点主要见于欧阳健著《红学辩伪论》(贵州人民出版社1996年版)、《还原脂砚斋》(黑龙江教育出版社 2003 年版) 等。

❷ 参张昊苏《对胡适〈红楼梦〉研究的反思——兼论当代红学的范式转换》等。

　　有趣的是，欧阳健的学术变迁，也恰与他所反对的新红学走上了同样的道路。其研究中牵强比附、过度推论等操作性的失误，多大胆假设有余而小心求证不足，且与新红学的若干失误颇有同趣。即从欧阳氏近年所撰之《曹雪芹考证的观念与方向———兼及〈金瓶梅〉作者》❶诸文为例，其学术之新的增长点在于运用"知人论世"的方法考证《红楼梦》的作者为曹頫，即同样由考据出发，而归于索隐。在这里，我们可以发现一个趣景：作为反新红学研究范式而出现的欧阳健，仅就研究方法而言，其在研究之起点上近于新红学之开端，而在研究之落点上则近于新红学之终点。在具体论争中，两派均标举实证与还原，却充满门户之见，各自建构体系，完全无法相融。除此之外，还有大量的民间研究者，其坐标盖在新红学与欧阳健之间，或明或隐地继承了新红学的学术遗产，却在观点上多与"新红学"如同寇仇，毫无对话基础。

　　从欧阳健这一次救偏尝试中，我们可以再次发现如下的问题：

　　没有加以明确限制的"大胆假设，小心求证"，在运用到学术研究中具有明显的局限性。当"大胆假设"成为先行思想的时候，假设的观点成为先验的一元价值，于是求证越深入，越足以证实而非证否假设，因为许多"求证"的本质仅是推测，而在某一假设的指导下，是很难注意到其他假设或可能性的。基于《红楼梦》文本本身存在的影射性、多义性，包括索隐派在内的各个派系，都能够从文本中找到支持自己猜想的材料——由于对材料的解读多无科学依据可循，而依赖于个人的假设与"前理解"，那么如果假设错误的话，所谓"求证"恰足以起到反作用。但是，假设是否正确并无标准答案，其正确概率的大小或取决于"求证"力度的强弱。于是，假设—求证的循环导致诸多完全互斥的猜想无法证实亦无法证伪。也就是说，由于前提不同，标准迥异，不同派别间的对话几乎是不可能的。因此，欧阳健的加入，

---

❶ 《文学与文化》2013 年第 2 期。

并没有真正撼动新红学的大厦；相反，在力图撼动新红学的过程中，欧阳健却被考据—索隐范式所摄，无形中仍受到新红学的局限，甚至在很多方面比新红学的末流要走得更远。而且，如果我们认为"新红学"就是"考据红学"，那么对《红楼梦》的考据，理论上都应当归属于"新红学"的阵营。但不仅是从欧阳健本人的论述，抑或从欧阳健所遭到的抵制与批评来看，不论"新红学"界与欧阳健双方，都并不认为脂评辨伪在方法上可归于"新红学"的范畴。也就是说，即使是有着近似的认识论、运用着相同的研究方法，却因为结论的不同而无法互相对话。这足以证明"新红学"在很大程度上已经成为依靠前提假设而非思想方法的学派。

作为"考据学者"的红学家间乃至新红学家内部的无法相容，也标志着考据已经成为服务于无法共容的门户的工具，也再一次指出了现有之"考据学"在解决"类经学问题"上的有限性。原因之一也许在于，学者往往认为只有依据某假设"考据"出简明结论的内容才有意义，但文献本身的复杂情况可能才是现实，考据本身就可以成为学术研究的目的。也只有尽力尝试脱离"前理解"、避免"阐释循环"，才会令考据得到更多可能。

另一值得注意的救偏力量则是近年来黄一农推出的《二重奏：红学与清史的对话》（台湾"清华大学"出版社2014年版；中华书局2015年版）及若干篇相关论文。2010年以来，黄氏运用"e考据"进行红学研究，其敏锐的眼光走在当代学术研究的前沿，堪称考据红学之加强版，颇有"当代胡适"之风。其考据方式为，基于"正确的知识与谨严的推理"，通过网络上的海量文献进行数据检索，极大地提高了研究效率，通过这种方式发掘出更多史料，通过极为细密的考据分析，打破红学史料已"竭泽而渔"的一般认知，以推动研究进一步深化。从对《红楼梦》的认识来看，黄一农的观点大体游走于考据与索隐之间，而以相对有分寸的表达方式将这一认识论问题搁置起来。笔者认为，黄氏总体上并未刻意选择某一派的先入之见，而是基于个人对史料的搜集、分析展开考据，因之其说多较为客观持平。❶

"e 考据"红学的主要研究成果包括两大方面：

其一，反对欧阳健的脂学辨伪论，特别是以证真裕瑞《枣窗闲笔》最具学术影响力。

其二，进行曹学、红学与清史的互动研究，注重小说与史事的互动关系，但主要精力在于相关人物关系、事件原型的"小说考古"，而并不认同《红楼梦》是曹家的自叙传。

对上述研究成果，除欧阳健长期持"脂本伪造"观点，黄氏多次提出辩驳外（主要集中于《枣窗闲笔》的真伪之争），刘梦溪亦提出："不过一农兄长途跋涉、历尽艰辛的资料举证分疏，到头来也只能是各种关于'本事'猜测中的一种而已，终逃不出索隐派红学的终极局限，即所有一切发覆索隐都不过是始于猜测而止于猜测，无法得出确定不易的考实结论"❷，并举出"未免过于相信'耳食之言'""不慎落到陷阱里"的若干例证。高树伟亦提出"阐释则略显过度"的数点问题。目前可以看到的批评主要集中于研究分寸的问题上，即对黄一农的研究方法多持正面态度，但对于某些结论是否可靠则保持矜慎。

笔者认为，不论出发点如何，如果仅有关于具体结论的批评，不免仍似立足于"新红学"的框架上加以判断。其实更值得深入讨论的是黄一农所追求的范式转换。黄氏提出："希望在数位与传统相辅相成的努力中，将红学推向新的高峰，更期许能以具体成果建立一个成功案例，强有力地说服文史学界：文科的研究环境与方法正面临千年巨变，而在这波典范转移的冲击之下，许多领域均有机会透过"e 考据"跃升至新的高度！"书中亦同时提及"适之先生不知会否

---

❶ 具体论述参张昊苏：《红学与"e 考据"的"二重奏"——读黄一农〈二重奏：红学与清史的对话〉》，载《文学与文化》2016 年第 3 期。

❷ 《红学研究的集成之作——读黄一农教授〈二重奏：红学与清史的对话〉》，《中华读书报》，2015 年 4 月 1 日。

欣赏我的努力……相信胡先生在读到拙著的许多新发现时应该会极兴奋"。无疑，黄一农与胡适一样，同样是希望通过红学研究来谈具有普适性的研究方法问题，并希望在新的历史背景下达成文史学科研究的范式革命。这种范式革命则有赖于"e考据"，即运用电子检索的方式进一步挖掘史料，可以使研究者迅速进入研究领域，不失为一种极具效率的研究方法。

虽然现在电子检索已成为学术研究的常态，但毫无疑问的是，黄氏在考据的细密程度、运用材料之广之深，不仅为红学研究中所少有，在整个文史学术研究中也罕有其匹，明显处在学术前沿。但是，运用电子检索等方式进行科研，其具体理论虽仍嫌匮乏，却早已成为文史学界习用的研究方式。若仅以长于检索为能事，不过只是技术手段上的出神入化，放在学术史长河中俯视，或许更多的是缩短了走弯路的时间，而并不代表可以创建出一条红学研究新路。之前的红学研究者与文史研究者，似罕有不追求对史料竭泽而渔者，唯限于各种条件，不能如黄一农所得之多而已。

因此，如果与以前学术史发展的情况类比，就相当于：文献学为学者提供了检索文献的门径与方法，但文献检索本身并不引发研究方法的转变；只有文献学"辨章学术，考镜源流"的思维方式，才可能引发对研究的不同理解。同理，黄一农所提出的"e考据"，本质上是电子文献检索，即在传统文献检索方法的基础上进一步改良"器"，其对于"道"本身的影响则取决于两点：其一，前人忽略了多少有革命意义的颠覆性材料；其二，面对数量更庞大的史料，有何种新眼光以重新认识，换言之即如何认知大数据史料的复杂性与矛盾性（这一点方是大数据最核心的问题）。对于前者，似乎是可遇而不可求，或可促成某一领域的范式变动，但未必对于文史学界具有普适性；对于后者，其实亦属中西方古典文献学研究都在关注的命题，至于"e考据"是否能提供良好解答，则仍有赖于时间的进一步检验。

　　由此看来，这一方式对于史料早已近乎竭泽而渔的红学，其有效性当存在一定限度。当下红学研究之困境，并不完全在于从业者考据能力的缺乏，而在于对文学研究中考据之有效性及其合理限度的忽视。笔者无意否认"e考据"在学术突破中的重要作用，但是这种突破本质上仍然是历史学、考据学的，并不能彻底解决文学研究尤其是红学研究中的根本缺陷。如黄一农所说，在"e考据"的冲击下，许多领域确实有机会达到新的高度，但从学术史角度看，这种高度依然是基于原有框架上的效率提升与结论更新，未必等同于学术范式的全面变化，而置之于未利用史料本来相对有限的红学研究中则尤不然。当现有已被电子化的资料再一次被彻底检索后，新红学研究恐仍将陷入停顿中。其根本原因在于，新红学的困境是范式上的而非资料上的，在范式已可宣告僵死的情况下，资料越多，有时却得出更加离题千里的结论。这话题其实并不新鲜，胡适《红楼梦考证》在当时一度曾被视为索隐派，亦可为一小脚注。当下来说，运用"e考据"到底能发现和解决多少对红学研究具有决定性意义的命题，仍然是未定论的当代史问题，因之在判定其学术意义之前，犹有继续观望的必要。

　　此外，值得顺带一提的是，此处黄一农及相关讨论中提及的"大数据"，似更多注重于讨论数据在量上之"大"，并不等同于近年来古代文学学界所讨论、运用之"大数据方法"❶。后者的主要落脚点都集中于"云计算"层面，即通过计算机对海量数据进行分析与计算而得出结论，这种方式似未见黄氏利用与提及。"云计算"的范式转换意义显然高于"大数据"，究竟该如何认识在文史研究中二者间的关系，

---

　　❶ 古典文学学界对定量分析的关注始于20世纪90年代，近年来随着技术及学术理论的不断完善，已成为新的学术增长点。其中，王兆鹏、郁玉英《宋词经典名篇的定量考察》(《文学评论》2008年第11期)、张一南《汉唐诗歌中两种比喻模式的交替演进》(《文学遗产》2012年第1期)、郑永晓《加快"数字化"向"数据化"转变——"大数据""云计算"理论与古典文学研究》(《文学遗产》2014年第6期)等文都是在重要刊物上运用大数据方法进行研究，且较具影响力的研究成果。

虽然亦具学术意义，却并非本文讨论的对象了。

目前，红学的根本症结仍然在于，基于《红楼梦》的文学性质与特殊的叙事方法，相关研究结论多不能证实，亦难以证伪。甚至，包括著作权、自传说等核心问题，都有相当大的争论空间。而基于猜想建立起的空中楼阁，自然更不免主观臆断之因素。这种模糊性、多义性是科学研究开展的障碍，但诸多红学家却乐在其中。原因或在于：这种多义性，恰为红学家们构建不同的解释框架提供了无穷的可能性——在这样的文本与研究面前，仅仅依赖考据是否能够对文本有重新清理？是否能够成功批判充满索隐的解释框架？换言之，仅依靠考据方法的改变能否彻底引发红学的范式革命？如以经学史为前车之鉴的话，当对这个持续了近百年的红学问题缓下结论。

四

在考据—索隐红学长期占据主导地位之外，站在其学术理路以外加以批评者亦不少。1909 年，王国维在《〈红楼梦〉评论》中如是批评：

> 自我朝考证之学盛行，而读小说者，亦以考证之眼读之。于是评《红楼梦》者，纷然索此书中之主人公之为谁，此又甚不可解者也。夫美术之所写者，非个人之性质，而人类全体之性质也……故《红楼梦》之主人公，谓之贾宝玉可，谓之子虚乌有先生可，即谓之纳兰容若、谓之曹雪芹亦无不可也……然诗人与小说家之用语其偶合者固不少，苟执此例以求《红楼梦》之主人公，吾恐其可以傅合者断不止容若一人而已。

从时间来看，此时的王国维当然不及见胡适以降新红学的研究成果，但作为一种认识论，引用这样的观点批评新红学依然尖锐有效。而王国维的《〈红楼梦〉评论》也开启了红学研究的另一种可能性。《〈红楼梦〉评论》一书，以叔本华等西方哲学为指导，从美学、哲学、伦理学方面全面批评《红楼梦》的文学成就与写作思想。该书的第一章是《人生及美术之概观》，具有导论性质，足以看出其文学批评是哲学与美学，或曰学术与人生的结合体，而非居于客观地位的观照。因之，其评论的立足点在于生活之本质、人生之解脱，而非对《红楼梦》本身的分析研究。"玉者欲也"之类的说法毫无疑问不足征，其解读中亦不少生吞活剥叔本华理论之处，但《〈红楼梦〉评论》的价值在于，宣告文学批评应该以价值阐释为目的，而这一阐释当归根于本体论的角度，即从"人学"的角度彻底地审视文学。因之，《〈红楼梦〉评论》并非通常意义上的文学评论，更不仅是讨论哲学问题与伦理价值，而在于这是王国维的生命之学与人格气质的反映（陈维昭称为"主体性哲学与价值学诠释"），在此基础上，仅谈学术上的是非，是不足以尽此书之长的。从方法上看，运用西方哲学解读中国文本是其特色，而这种特色其实并非完全源于西方——以《红楼梦》文本之酒杯，浇个人人生哲学之块垒，恰好是经学—阐释学常用的解读手法，而这种方法也在王氏的《人间词话》等文学评论著作中表现出来。这种方法，或可称为红学研究中的"义理之学"。后来之学术继承者对于王国维创立的新的阐释范式评价颇高，却罕有能踵武其学者，其根本原因在于，包括余英时《〈红楼梦〉的两个世界》在内的著作，虽然否定考据红学，强调精神取向，但大多数仍然是一种强调了审美价值的客观研究，而《〈红楼梦〉评论》则是以主观为立身之本、具备思想原创力的"接着讲"。余英时在《〈红楼梦〉的两个世界》中称，"作者的本意大体仍可从作品本身中去寻找……因此对于所谓'本意'的研究，即在研究整个的作品以通向作品的'全部意义'"，可以看出仍然是一种"我注六经"式的还原，唯其范式与新红学不同罢了。因之，其他套用某种哲学、某种理论解读《红楼梦》的著作，由于其"我注六经"而非"六经注我"的特性，就不能与王国维列入同样的评判标准中。事实上，这一类的解读往往多与生吞活剥无二，故其论必于可爱与可信两失之。

当然，在红学研究的汪洋大海中，亦不乏能接续王国维之范式，以心灵治学的可爱者。具有这一倾向者，以刘再复的研究最具社会影响力❶。刘再复是 20 世纪 80 年代颇具盛名的文学学者，自 1989 年旅居国外以来，渐钟情红学，并以近年之"红楼四书"引发学界与社会的广泛关注。刘再复在《红楼四书总序》中称："不讲述《红楼梦》，生命就没劲，生活就没趣，呼吸就不顺畅，心思就不安宁，讲述完全是为了确认自己，救援自己。"可以说，《红楼梦》就是刘再复的精神家园，其研究思路上接王国维，"以悟法读悟书"，其所悟在于生命美学领域。

同样，与王国维《〈红楼梦〉评论》或者更有过之的是，刘再复在评论中有大量想当然与简单化的论述，其中亦出现了不少误读，可以认为是其"硬伤"。不过，《红楼梦》的本原是否果如刘再复理解的那样？这个问题在刘氏著作的语境下已无足轻重。正如传统经学家所做的那样，刘再复的红学研究是"接着讲"而非"照着讲"，他接续的是《红楼梦》中的某种价值，而非小说文本本身。刘再复的阐释方式则是禅宗心灵悟证之法，由文本阅读与生命直觉相辅相成。此外，刘再复又提出，传统文化在四书五经之外尚应有《山海经》《道德经》《南华经》《六祖坛经》《金刚经》和《红楼梦》组成的"六经"，此"六经"重自然、重个体生命的思想倾向，是中国由传统进入现代化的必经之途。在此"六经"中，又以他对《红楼梦》的研究最为深入，评价也最高。刘再复将《红楼梦》定为中国文化的"正典"，世界级的文学圣经，其红学与其生命哲学、美学观念合力构建出一个大致圆

---

❶ 此外很重要的研究者是李劼，由于笔者拟单独讨论其研究，这里姑且从略。

通的话语体系，而这一体系除合于刘再复本人的哲学思想外，亦可认为是他重新解读文学、重新解读中国传统的尝试。因此可以认为，刘再复对《红楼梦》的解读，其杰出处正如海德格尔对荷尔德林的阐释。顺带值得指出的是，刘再复近年的文学批评论著如《双典批判》等，同样采取的是上述眼光，因之其结论必须结合"知人论世""以意逆志"之旨，而不能用学术立场简单看待。

而从王国维到刘再复的红学研究路数，正是一种经学—解释学的学术立场，这种"接着讲"的立场构成了新红学的对立面。但是，恰如经学史上的"汉宋之争"一样，看似完全两途的对立其实仍有内在逻辑联系。

"新红学"的考据多近乎索隐，从"名实相符"的角度来看，不严谨是其学术之根本硬伤。但是，作为"不严谨"的新红学的反动，影响最大者却并非"严谨"的新红学（当然亦有之，参见上文对欧阳健、黄一农研究的述评），而是转向了对严谨性、科学性几乎完全摒弃的阐释学方向。这种范式转换的过程，或可从传统文化结构中发现类似思维。魏晋时期以"真放诞"应对"假名教"，这种以逆否命题代替原命题的思维方式，或亦是红学从"考据"转向"义理"的因缘之一。

此外，同新红学近似的是，包括王国维、刘再复在内的"义理"研究者，同样是不限于红学研究红学，其研究范式与结论也应当从较为广阔的角度分析。换言之，这是希望从另一种路径完善"普适性研究方法"。当然，较之新红学的注重考据，这种"义理"研究本身空疏，严格来说不合乎现代文学研究或阐释学的规范，故本文暂时称为在方法上更近乎经学的"义理"一脉。而晚清的今文经学尽管大讲"新学伪经"乃至"建立孔教"，但其根基终究有"考据"（尽管不甚可靠），与这里的徒讲"义理"不同。如果类比经学的话，似乎应该更接近宋明理学的某些倾向。

五

在上面的论述中，本文对于胡适—周汝昌，欧阳健—黄一农，王国维—刘再复的红学研究理路进行了简单的重新梳理。这一梳理并非通常意义上红学史的书写，而是希望从经学眼光切入，抓住一些值得关注的特性。所选取的三条脉络，并非书写其学术谱系，亦不完全等同于红学史的发展脉络，而是依据其内在逻辑与外在方法的某种关系加以分类讨论。换言之，是希望跳出既有红学史的一些惯常理解，提示出其他角度的思维可能。

在前文的讨论中可以发现，红学的几种代表性研究范式，虽然在认识论、方法论及具体结论上皆有较大差异，但如果用经学的眼光来看，则都具有若干经学的倾向。其大端至少有以下几点。

其一，在学术野心上，并不仅仅将红学视为古代文学——古代小说下的一个分支，而是将红学当作现代文史学术研究的一个前沿领域，并力图通过这个前沿领域的成功经验，将其思想与方法转化为具有普适性的研究范式。从其文本之地位与方法的指导性看，红学一定程度上具有现代学术中之"经学"的地位，亦相当程度上继承了传统经学之方法。周汝昌所持的具有特殊性的"红学"定义，尽管脱离了"普适性的研究范式"的层面，似乎与经学略有不同，却颇有自高其学的意味，此似可以类比于经学高于史、子、集各部的学科地位。

其二，从学术方法上看，不论是否以科学的考据作为自我标榜，在实际研究中仍脱离不开先验的假设与主观思维——而且主观思维羼入的成分远远高于其他文史领域。因此，红学研究实际上仍是沿着经学考据—义理互动的路径继续发展，而与现代科学的研究范式相对疏离。段宇凝练地指出，"围绕《红楼梦》的'场'的性质，决定了《红楼梦》的性质"，这正是红学研究的重要特征。

　　其三，从面对具体学术问题的解决方式来看，由于"就事论事"之不可得，因此即使看似小问题的讨论，也往往会影响到派别间根本歧异、互斥的地方。于是，派系之争等非学术因素极大影响了学术讨论，学术之争变成家法之争的事件常有发生，这些争斗亦遮蔽了应有的学术论辩。

　　上述红学的经学化倾向何以产生？通常的解释是，《红楼梦》的版本存在极大的复杂性、文本具有特殊的叙事方式、作者的相关史料相对匮乏，由于文本的这些客观情况，就导致在研究中无法避免上述经学化之倾向。这固然是一个重要原因，但在中国古代的经史、诗词、小说中，具备极高艺术价值，而又符合上述条件者，实不在少数，且有些文本还具有比红学更深厚的早期"经学化"积淀，何以在现代学术的发展中，红学的经学化倾向格外明显？笔者认为，需要从学术史的高度中找寻答案。

　　红学成为现代学术的显学，除了《红楼梦》本身的特性外，更重要的原因或在于，《红楼梦》恰可成为现代学者反动清学乃至传统学术的重要武器。中国古典学术以经史之学为核心，文学作品尤其是白话文学多属于不登大雅之堂的内容，包括《四库全书总目》《书目答问》在内代表官方或学术界主流态度的目录著作，对此类作品根本不加收录，也即其由于非圣非雅，连被批评的资格都并不具备。但随着西学东渐以来，对传统经史之学进行解构与反动，已成为新兴的学术潮流。除了"国学"提倡者尝试以先秦诸子学取代经学外，新派的学者更注意到白话文学尤其是小说的政治功用。自1902 年梁启超发表《论小说与群治之关系》以后，作小说者多以小说为宣传思想之工具，小说研究者亦多力图从小说中读出社会、政治的价值关怀，乃至将小说与政学名著相提并论（如陈蜕就曾将《红楼梦》比作东方《民约论》）。于是，受此影响的早期红学研究家运用文学评点与本事索隐的方式分析《红楼梦》中的色空观念、家族兴亡、道德轩轾，实际已经一定程度上具备了借小说研究达到反传统目的的"微言大义"。

而胡适正是基于上述的思潮展开自己的研究的。以《先秦名学史》起家的胡适，随后转向对《红楼梦》的研究，这一学术转变表现出明显的学术弄潮特性。如果说《先秦名学史》尚是明显的西学中用，那么《红楼梦考证》就表现出对清学兼有反动与继承的两面性。从考据方法上，胡适尚重视清代考据学遗产；但从认识论与学术视野上，则表现出与乾嘉考据学者的明显区分。从影响上看，胡适"新红学"对现代学术方法论的影响可称至大，再加上胡适在民国学术界的崇高地位，红学具有高于其他学科的经学地位也就并不奇怪。在这样的背景下，新红学已非单纯的新兴学术领域，而成为某种学术范式的代表性箭垛。中华人民共和国成立以来，以 1954 年李希凡、蓝翎《关于〈红楼梦简论〉及其他》为导火索的大讨论，正是以批判新红学作为全面拔除胡适学术影响的前哨点——以马克思主义方法之"经"，取代胡适方法之"经"。其中的政治因素姑不论，但可以看出红学之于"胡学"，"胡学"之于民国学术的重要地位，也可成为本文之前论述的一个注脚。在此之后的红学发展，似亦多可作如是观：红学的经学化，并非因为《红楼梦》本身具有经的性质，而在于研究者希望将红学升级为经学。

行文至此，红学的经学化倾向似无剩义。但如从学术史与学术转型的角度出发，百年红学的经学化历程仍可为我们提供若干新的思考。

其一，古代文史研究，乃至人文学科，是否存在一种"第一哲学"？从红学史上看，在前之胡适，在后之黄一农，个人学术野心容有差异，但其学术论著无疑都明确指向了这一终极目的。毫无疑问，这种方法的启发性是相对普适的，但是必然并非唯一方法，且其分寸究竟应该如何把握，尚未有明确定义的严密标准。仅从其在红学的研究来看，目前所提出的方法均尚未能较妥善地处理红学的诸多疑难问题，但在负面作用上，则不免仍然落入价值一元论，有排除或轻视其他研究范式的倾向。因之，在当下或许更应关注不同学科间及学科内部研究方法的多元化与互动关系，通过多重角度而非单一角度以"还原"历史本真。

其二，红学研究的经学化倾向显然是非科学的，其根本原因并不在于方法的非科学性，亦不在于研究者个人的研究局限，而在于认识论的层次。也就是说，在研究以前，由于对《红楼梦》文本性质认识的不得当，经学化的种子就已经埋下，而有待于某一特定时机的发芽。周策纵先生在《论〈红楼梦〉研究的基本态度》中早就谈道："三十年以前我就常想到，《红楼梦》研究，最显著地反映了我们思想界学术界的一般习惯和情况，如果大家不在基本态度和方法上改进一番，可能把问题愈缠愈复杂不清，以讹传讹，以误证误，使人浪费无比的精力。而'红学'已是一门极时髦的'显学'，易于普遍流传，家喻户晓，假如我们能在研究的态度和方法上力求精密一点，也许对社会上一般思想和行动习惯，都可能发生远大的影响。"但过去的思考方式，依然是从新红学内部展开反思；而今天更需要的，当是从一个更高的角度重新审视《红楼梦》文本及红学本身。从学术史的发展脉络看，从经学到科学，并非仅仅是一个方法的问题，而是需要在认识论上有重大的革新。当然，这里的"科学"，亦并非指文史之学要抽空主观，而是说在客观与主观的交融之中，以客观为要求，摒弃主观的随意诠释。

其三，出于对"科学"的追求，现代学术研究往往追求一种线性的解释方式。胡适提出："整理就是从乱七八糟里寻出一个条理脉络来，从无头无脑里寻出一个前因后果来，从胡说谬解里面寻出一个真意义来，从武断迷信里寻出一个真价值来。"这也成为影响现代学术取向的重要思维。这一追求脉络的解释方式，无疑具有价值一元的经学倾向，恰好走向科学的反面。对此，重新认识文本的复杂性与张力，而非简单地定于一尊，已经成为近年文献研究开展的新路径。实际上，这看似是一个文献学上的问题，却指向了重新认识文本性质的根本性问题，因之也就应当被认为是文史研究开展的基础所在。

其四，从学术演进的角度看，百年红学看似一直在作学术上的反动，但最终归根于继承，而这也可认为是现代学术发展的一个缩影。以胡适为代表的现代学者对清学的反动在于两个方面：以实证眼光反对义理之发挥；以大胆假设摧破乾嘉学术之沉闷。实质上，即以现代意义上的"考据"反动传统之"义理"，而又以现代意义上之"义理"批评传统之"考据"。包括胡适、顾颉刚、傅斯年在内的近代学术代表性人物，在研究范式上仍然并未彻底摆脱传统学术之思维方式，而在实际操作中表现为标举史料的史观派，亦不可谓之为科学的学术。百年红学看似处在科学性的前沿，却也同时处在经学倾向的前沿，也正是由于此一学术史背景所决定的。换言之，现代学术从根本上就是建立于经学的余波之上，而并非西方化的科学研究。新红学如是，古史辨派如是，"史学即史料学"等亦如是。笔者认为，近代学术史上，以西方思想方法治中国固有学问者，多不免落入貌似科学的经学窠臼；相反，善能运用传统方法精髓者，虽然看似抱残守缺，但其范式与结论却往往近乎科学。对此问题，将别为文以论之。

综上所述，百年红学给我们的根本启示或者在于：与通常研究者的讨论重点不同，研究方法上的更新已非最为迫切的问题，通过梳理学术史的脉络，以达成对研究对象认识论上的更新，或许才是范式转换的根本之途。在此，至少有两条具备普适意义的途径可供选择。

其一，通过文化和文学血脉传承的角度展开研究，通过"互文"

视角讨论文学的传承流变及文化史关联。对此,陈洪除有《从"林下"进入文本深处——〈红楼梦〉的"互文"解读》等文章专门解读《红楼梦》外,对东坡词、《水浒传》等亦有所讨论,足证这一方法在研究红学及文学的有效性及普适性。笔者认为,可以参考"e考据"提出"e互文"概念,或能在具体问题上取得更多突破点。

其二,以文献发展的动态角度探讨文本的复杂构成,亦即所谓由"单线演进论"转向"古书形态学"❶。对此,仅就笔者所读所见,乔秀岩等基于传统经学文献❷、陈正宏等基于明清版本❸、虞万里基于出土文献之考察❹,都成为新时期运用文献学手段解决文本形态构成的典型案例。在古代文学方面,这一方法也方兴未艾地运用在先唐文学的研究中。古典小说,尤其是明清白话小说,在文献的复杂形态上正与上述之研究对象类似,而包括魏安《三国演义版本考》在内的著作也对此问题有所揭示,因此似可认为,这一文献方法同样具有相当的普适性。红学家早已认识到《红楼梦》在早期流传中有脂本、程本两大系统,这不妨参考《文选》版本研究的方法,承认文本的不稳定性,先各自独立研究。

采取上述两条路径展开研究,对新红学的研究范式固然会有相当的冲击,却并不意味着要对红学推倒重来。相反,只有在反思学术史的基础上,经由多元的研究范式分别演进,才有逐步逼近科学研究的可能。这也同样是百年红学给我们的启示,亦同样适用于其他文史学科。

---

❶ 《北大藏西汉竹书〈老子〉即将出版推动简帛古书研究向"文本形态学"发展》,《中国社会科学报》,2012年12月17日。

❷ 代表研究如乔秀岩著《北京读经说记》等。

❸ 《从单刻到全集:被粉饰的才子文本——〈双柳轩诗文集〉〈袁枚全集〉校读札记》,见陈正宏著《东亚汉籍版本学初探》,中西书局2014年版。

❹ 《由简帛〈老子〉重论其书之形成和篇章分合》,见樊波成《老子指归校笺》卷首,上海古籍出版社2013年版。

　　附识：本文系硕士期间在师门内部的发言报告，约成于 2015 年上半年，当时曾得陈洪、孙勇进批评。此后，又在学术 QQ 群"泛太平洋新民学会"中作了内容相同的报告，并依据部分批评作了简单的修订。这次收录除略微改正讹字外，具体见解均依原貌。

　　对于报告时所得到的批评意见，如有机缘，将重新修撰文字，以便进行更详细的讨论。

对胡适《红楼梦》研究的反思

——兼论当代红学的范式转换

对《红楼梦》的研究,已经成为近百年学术界的"显学"之一。建立"新红学"研究的理论范式者乃胡适,他被红学家们奉为不祧之祖。在新文化运动"再造文明"的大的文化背景下,胡适力行白话文学尤其是古典白话小说的考据研究,并用科学方法以证成之,具有援西入中的现代学术意义。他的古典白话小说研究持续四五十年之久,用力甚深,范围甚广,成果甚大。在对《红楼梦》的研究中,他摧破传统的评点派与索隐派"旧红学",而通过考据作者、版本等内容,建立"新红学"的理论模式。他的研究以 1921 年的《红楼梦考证》为早期代表,1928 年的《考证红楼梦的新材料》为成熟期代表,在学界产生很大影响,也成为《红楼梦》研究的指导范式。不过,胡适的学术成果虽对中国学术现代化的推动起到了决定性作用,但平心而论,他的红学研究仍未臻于至善之境界。胡适自称:"至少我对于研究《红楼梦》问题,我对它的态度的谨严,自己批评的严格,方法的自觉,同我考据研究《水经注》是一样的。"❶ 这种自我评价虽然大体如实,但亦有过分自信之处;而他的研究思路与认识论,在当下的学术语境中,亦有于反思中求发展的必要。因而,对胡适的红学研究成果尤其是其局限性进行再反思,不仅是对胡适的学术史地位进行重新定位的问题,也是对现当代红学界如何摆脱研究困境进行思考的出发点,具有重大意义。本文即从认识论与方法论两大角度对这一问题进行初步反思,并力图探索当代红学研究范式的转换之路。

---

❶ 见胡适 1952 年 12 月 1 日在台湾大学的演讲。

一

胡适的《红楼梦考证》这篇二万余字的文章，于1921年3月成初稿，并小范围流传；修改后于4月誊清，5月发表。后又根据新得资料，进行第二次大修改，于同年年底定稿并再次发表。通过几次修改的内容变更及此期的胡适日记、书信的相关记载来看，应该认为胡适此文的写作是较严肃的，而且在考据中颇下功夫，因而此文出后，大得时人赞许。《红楼梦考证》结构清楚，方法客观，论证亦较平实。在该文中，胡适首先摧破索隐派各家已有成说，然后建立胡适个人对《红楼梦》的考据与理解：首先，胡适从考据曹雪芹的生平经历、家世出发，参以《红楼梦》的文本内容，从而认为《红楼梦》是曹氏的自叙传。其次，胡适考证各版本的源流与优劣，从而断定后四十回是高鹗所补，属于曹著者仅前八十回。从《红楼梦考证》独树一帜的论述中可见，胡适对《红楼梦》性质的认识是清晰的，但这种独到之见同时也是值得商榷的。

胡适对《红楼梦》性质的认识，首先体现在对索隐派的批判上。索隐派红学起源甚早，该派认为《红楼梦》中的故事是隐喻历史上实有的真事，其人物亦是影射历史上实有之人物，并将之进行附会牵合。胡适开篇即对这种旧有的研究路径进行了批判，先后批评了"清世祖董鄂妃说""康熙朝政治小说说"和"纳兰性德家世说"。鉴于"康熙朝政治小说说"为当时的北京大学校长蔡元培所推崇，影响甚大，因此胡适对此说也颇多着墨，当作一个重要的靶子来针对。对此，胡适的批判主张是明确的，认为蔡元培对人名的猜测属于"猜笨谜"，而在牵合事迹上也根据己意随意去取，并不能有一个一贯的统系，所以只不过是牵强附会，毫无价值。

这种批判总体上是正确的，但实际却远不足以令蔡元培心服。首先，胡适并没有全盘推翻蔡元培的猜测，只是举出若干例证来批判，因而在蔡元培眼中，胡适指摘的不过是一城一地的得失而已，殊不足以对索隐方法造成致命打击。蔡元培列举若干自认为合理的索隐之例，对胡适进行还击；同时，举出《儒林外史》类似的"猜笨谜"的例子，作为自己合法性的支持。他在《〈石头记索隐〉第六版自序——对于胡适之先生〈红楼梦考证〉之商榷》中，一方面仍坚持己见，认为胡适的考证多有缺失；另一方面亦退一步说，认为纵然在承认胡适考据的基础上，这种对曹雪芹家世的研究，也同时可以帮助索隐派完善其说，反而成为支撑索隐派的一个论据。❶ 在此，作为索隐派一员的蔡元培让步了，但是这一让步并非代表索隐派的让步。

蔡元培的解释和辩解自有其思想理路，在面对胡适《红楼梦考证》的批判时，尚有可以在逻辑上立得住脚的内容。明乎此，也就不难理解，为什么胡适提出其学说数十年以后，索隐派仍然大有市场，乃至于今天还余绪不绝。❷ 这种现象产生的原因，并不只在于胡适所认为的"思想的难以改变"，根本原因在于胡适的批判一定程度上仍有皮相之嫌——他只是从史料考据的角度出发，而未能从认识论上深切洞明索隐派的立论缺陷，因此也就未能有彻底之清算。

索隐派在学术上能否站得住脚，其核心问题并非具体的论说是圆通还是附会，而在于对《红楼梦》小说本质的判断。关键的大前提是要辨明，《红楼梦》主要部分是隐喻实事的另类史著呢，还是出自锦心绣口的文学作品呢？蔡元培的选择是前者，即视《红楼梦》的性质与《儒林外史》《孽海花》之类的小说为等同。这种指导思想的合理

---

❶ 在此文中，蔡元培通过认为《红楼梦》非一时一地而成，从而成功将曹雪芹的"自叙传"内容纳入其学说框架中。但胡适一贯态度鲜明地认为此书前八十回乃曹雪芹一人写作完成，甚至认为可能是"共同作者"的脂砚斋也是曹雪芹的笔名。如胡适能够在此对蔡元培进行鲜明的回应，无疑亦能对索隐派造成重创。惜胡适亦未在此点出问题的核心。

❷ 如龚鹏程《红楼丛谈·所谓索隐派红学》就提及了蔡元培以后直至现代的索隐派的大量相关著作与研究热。而以刘心武为代表的"草根红学""探佚学""秦学"云云，毫无疑问也是这一派的衣钵传人。

性依据首先是值得怀疑的，因为《儒林外史》本身有"史"之称，且其他的旁证亦多指向本书切合真实的特点，已为索隐提供了合法性依据❶；而《孽海花》中也有相关的作者自道：

> 这书主干的意义，只为我看着这 30 年，是我中国由旧到新的一个大转关，一方面文化的推移，一方面政治的变动，可惊可喜的现象，都在这时期内飞也似的进行。我就想把这些现象，合拢了它的侧影或远景和相连系的一些细节事，收摄在我笔头的摄影机上，叫它自然地一幕一幕地展现，印象上不啻目击了大事的全景一般。❷

因而除文本线索之外，文献的外证已经提供了证据支持，使这种索隐读法来理解小说的路径具有合法依据。但《红楼梦》却不具备这些特征，除无文献依据以外，文本的核心部分是描写、渲染心路历程、情感历程，这与散点式记述一批人的行迹之作大相径庭。

其实，即使在《儒林外史》可以明白断定很多人物行迹有所影射的情况下，相关的评论家亦对纯然索隐的解读方法进行了强烈的批判❸，指出小说中的大量故事其实有其文化渊源，而非世家、列传式的记述。在这个根本性的问题上，索隐派学者往往是略过不提的。对这一先天缺陷，《红楼梦考证》并未抓住，也就限制了批判的深度，不能从根本上清理索隐派的观点。

不过，细究胡适思想，可发现他对此问题已有考虑，只不过取舍

---

❶ 如金和《儒林外史跋》（原载苏州群玉斋刊本《儒林外史》书后）就找出了书中主要人物的相关原型，这一观念长期以来被《儒林外史》的读者和研究者所认可。

❷ 曾朴：《修改后要说的几句话》，见《孽海花》卷首。

❸ 如惺园退士在齐省堂本《增订儒林外史》例言中就指出，"窃谓古人寓言十九……空中楼阁正复可观，必欲求其人以实之，则凿矣。且传奇小说，往往移名换姓，即使果有其人，而百年后亦已茫然莫识，阅者姑存其说，仍作镜花水月观之可耳"，这里对小说"虚""实"关系的认识，显然高过了相当一部分的红学家。

抑扬之际失了分寸。其观点概括来说主要有两点：（1）胡适认为艺术批评的"评点派"不符合他的科学方法，故而不能算是学问，根本毫无意义。❶ 在胡适的学术视野中，他认为艺术批评只有依附于科学考证才有价值，因此他也就拒绝认同"虚"的理论观念。在《红楼梦考证》一文中虽不论及，但胡适的心中却早有定论。而他之所以选择索隐派作为批判对象，则是认为其中还有"实"的部分。（2）胡适所说的"自传"，其原初意义在于表明曹家及曹雪芹乃《红楼梦》的原型，并非认为《红楼梦》是一部只隐去真名，而完全符合现实情况的传记。但在行文之间，胡适却有意无意地过分坐实，这与他针对蔡元培的强烈目的性有关。至后来甲戌本脂砚斋重评本的发现，胡适更心折于新材料带来的喜悦，对于认识论上的局限性更抛开不谈了。

从学术书写的角度看，这种论说方式除了不够精准严密外，更大的问题是，胡适的这一认识并非基于研究而得出，而是将假设当作预设定论，然后寻找资料加以证实，却未从反方面怀疑假设，则难称是完全科学的。在面对《红楼梦》这部小说的时候，考据派认为小说中全部是真实生活的镜像，在现实生活或历史中有一个小说的底本存在，这本身就是一个局限性很大的观念。小说之为小说，作家的阅历、体验是必不可少的基础，但也仅仅是基础而已。因为他是在完全非功利的自由状态下写作的，又是以既有文学和文化修养为材料写作的，因而作品中"白日梦"的存在是必然的，虚与实的关系亦必然是处于张力状态的。诸多例证已经清楚表明，《红楼梦》的许多核心人物、情节，都已经明显打上了文学和文化的"虚"的烙印。譬如，陈洪先生在《从"林下"进入文本深处——〈红楼梦〉的"互文"解读》❷ 中所谈到的，小说中林黛玉与薛宝钗的"双峰并峙"，受

❶ 如胡适在《水浒传考证》中就称："我最恨中国史家说的什么'作史笔法'，但我却有点'历史癖'；我又最恨人家咬文嚼字的评文，但我却又有点'考据癖'！"类似的话语在他的论文中亦经常出现。

❷ 《文学与文化》2013 年第 3 期。

到《世说新语·贤媛》"林下风气"与"闺房之秀"的文化审美传统影响；而思想上《红楼梦》对女性的尊重尤其是褒才女、褒处女的观念，亦与《午梦堂集》"无叶堂"的话题不无关系。此外，太虚幻境、薛蟠作诗、宝玉挨打乃至黛玉葬花的诸多细节，都能从历史文本中找到近似的表述。很难认为这些描述都是作者个人的亲历，而恰好与古人暗合。在考证过程中也可以发现，反而是相反的结论更容易得到支撑，即脂批中那些言之凿凿的批语颇有与曹氏三代行迹凿枘之处，曹雪芹并未经历过与贾宝玉完全相同（甚至近似）的生活，因而作品肯定包含有大量虚构的成分。所以，更近情理的看法是，曹雪芹在写作中受到了前人或显或隐的影响，而这种影响产生作用、影响创作的原因，正在于这种内容并非个人性的，而是一种具有普遍意义的文化观、审美观。这就恰如王国维在《〈红楼梦〉评论》中所下的精辟论断：

> 自我朝考证之学盛行，而读小说者，亦以考证之眼读之。于是评《红楼梦》者，纷然索此书中之主人公之为谁，此又甚不可解者也。夫美术之所写者，非个人之性质，而人类全体之性质也……故《红楼梦》之主人公，谓之贾宝玉可，谓之子虚乌有先生可，即谓之纳兰容若、谓之曹雪芹亦无不可也……然诗人与小说家之用语其偶合者固不少，苟执此例以求《红楼梦》之主人公，吾恐其可以傅合者断不止容若一人而已。❶

　　研究《红楼梦》这部名著，如果仅能从考据入手，汲汲于寻找其现实底本，固然有其价值，但在缺乏史料、仅靠推论的情况下，则不免越走越窄；而若能从文学与文化的传统出发，对于文本的价

---

　　❶　王国维《〈红楼梦〉评论·余论》，见《王国维文学论著三种》，上海古籍出版社2001年版。

值与内在精神才能有深刻的把握，这种方法才是研究走向宽广的必经之路。胡适囿于所谓的"科学方法"，对一切非考据的分析不屑一顾，就导致了他对于文学作品的理解往往难以深入，这是我们须辨明、注意的。

不过，胡适本身的考据还是较有分寸的。比起索隐派特别注重牵合小说与历史的关系，胡适的考据主要集中在作者与版本研究方面，其中虽往往有牵合之处，但多数还是作为论证过程，其主要目标是十分明确的。但这种有分寸的研究亦并非完全没有造成弊端。首先，这种研究方法开启了后世以"曹学"代替"红学"的《红楼梦》研究，虽然曾有积极意义，但走到极端就是买椟还珠，甚至衍生出"秦学"的怪胎。其次，在实际的研究中，胡适也多次通过牵合的方式来进行论证，并没有完全脱出索隐派的窠臼。因而，如今出现了一个看似吊诡，实际上却合乎情理的现象：当代用索隐方法研究红学的人物（如刘心武、霍国玲等），亦常常将胡适、周汝昌等考证派而非蔡元培等索隐派学者作为其学术导师。

要说明的是，从学术研究的角度对索隐派及考证派的认识论进行质疑，并非要以此否认《红楼梦》中有据实而写的内容，毕竟认为小说完全脱离现实而成，本身是不现实的；更不是否认《红楼梦》有作者自况的意味，因为自况、自比与据实写自传是完全不同的两个概念。考证确实有其价值，但以《红楼梦》故事主体为实有其人其事这一观念作为研究的主导思想，尚有诸多不能自圆其说之处。此一问题胡适在回应蔡元培的商榷时亦有所涉及，但未能深入论说，其根本原因在于，胡适虽否认索隐派的研究大前提，但在实际操作中仍沿用这一前提，所以从本质上来说，他只是用坚实的索隐来代替附会的索隐而已，将可能与《红楼梦》相关的原型碎片，认定确有其事，必求其能够切合，实际上仍有昧于小说的性质。所以，从认识论上讲，胡适虽较索隐派有进步，但如丸之走盘，仍然没有越出索隐派的范畴，这点也被蔡元培所明确指出。在《红楼梦考证》中，胡适引用了一段钱静方的话，并对此极为推崇：

> 要之，《红楼》一书，空中楼阁。作者第由其兴会所至，随手拈来，初无成意。即或有心影射，亦不过若即若离，轻描淡写，如画师所绘之百像图，类似者固多，苟细按之，终觉貌是而神非也。

但胡适只是借此来批判索隐派的观点，自己则未尝认真遵守。细看胡适的《红楼梦考证》，他虽然盛赞钱氏此语之精彩，但在立论的时候，却反而行钱氏之所非，作了不少"貌是神非"的判断。这既是胡适本人缺乏文学鉴赏力，忽视文学作品的虚实关系所致；同时也是胡适的所谓"科学方法""实验主义"的先天缺陷，只用考据学在解决这一问题上是无用武之地的。

正因为胡适在《红楼梦》认识论上的先天不足，也就影响到了他立说的科学性，从对索隐派的批判来说，他的说法也远不如同阵营的后辈顾颉刚、俞平伯有力。顾颉刚质疑，若按照蔡氏的索隐，为何现实中的男子士大夫、官员，到《红楼梦》中变为女性的小姐、丫鬟？为何现实中无关系的人，到《红楼梦》里变为有关系？这是《儒林外史》等书亦不具有的影射法，却认为《红楼梦》运用此法进行写作，不知其依据何在？ ❶ 这是从认识论的根源质疑索隐。俞平伯以为，考证情节未必就如蔡氏的附会，但附会的办法考据情节是说不通的。❷ 这是从方法论的角度质疑索隐。二人的说法，较之胡适的《红楼梦考证》，实更合科学方法之原理，也更有深度。当研究者将经验当作唯一的实在，并将之运用于文学领域的研究时，这一认识的本身，就已经带有了对自己的重重束缚，也就不可避免地限制了研究的可信性。

---

❶ 见顾颉刚致胡适信，载胡适 1922 年 3 月 13 日日记。

❷ 同上。

二

对《红楼梦》的性质作何界定，属于一个可以争论的文学命题，具有一定的主观性。但作为考据的本文的立论部分，从《红楼梦》的作者、时代、版本入手，则是纯粹的考据学、文献学领域的客观命题。在方法得当、材料详瞻的情况下，不论其认识论的是与非，都能够指向接近本真的结论。在《红楼梦》的研究上，胡适筚路蓝缕，寻觅了大量的原始材料，进行了认真的考证，从而确立其说，其总体方法和成就是值得肯定的，但亦往往有其不确切之处。

《红楼梦考证》一文的核心是对作者相关事迹的考证，在此基础上才引发对《红楼梦》性质的界定及版本考证。乾隆时人多指《红楼梦》为曹雪芹作，此为不争之事实。但曹雪芹如"兰陵笑笑生"一样，终究只是小说中出现之一符号，其家世、生平及创作情况如何，乃至是一人抑或一个"箭垛子"，才是讨论作者的核心问题。具体来说，包含几个大问题：一为曹雪芹是康熙时人抑乾隆时人；二为曹雪芹与曹寅家族有无关系；三为曹雪芹是曹寅之子或曹寅之孙。胡适深入发掘史料后，认定曹雪芹为曹寅之孙 ❶，且与乾隆时人敦诚兄弟有交往。根据胡适所得的史料来看，这一观点大体是可信的，其成就不可抹杀。但《红楼梦考证》中胡适所认为可信的诸史料，实未有明确阐明曹雪芹与《红楼梦》关系的。唯胡适认为有误的《随园诗话》中称"曹雪芹作《红楼梦》,备述风月繁华之盛"。此条却以为曹雪芹乃曹寅之子。胡适乃认为"子"乃"孙"之误，从而与其他史料的记载得以吻合。这一"理校"的方法在校勘学上自然有理论依据，但在操作中亦须格外慎重，且只能作为主观假定，难以称为定论。因为无客观依据可资证明，一旦使用不当，便容易流为主观武断。而胡适在缺乏根据的情况下，因已认定曹寅与曹雪芹的祖孙关系，且曹雪芹为《红楼梦》

---

❶ 《红楼梦考证》初稿认为是曹寅之子,定稿据所得之新材料改变前说,认为是曹寅之孙。

之作者，便以理推度，将各材料加以校改，从而使其说法变得圆通，他将本不指向一个圆通结论的诸多有疑点的史料，在自己的假设下校改，使之符合其假设，这种做法是否合理，运用是否合适，本身就值得商榷。胡适据有疑点的甲史料，来修改有疑点的乙史料，从而完成对自己学术假设的证明，不论其结论正确与否，都只能认定为一种推论而非定论。当胡适下此断语之时，就应该有足够的学术勇气来面对其他研究者的质疑。

应该承认，胡适对《随园诗话》的修改当然并非完全出于个人想象，而是有一定的理据。但因胡适已认定《红楼梦》是曹雪芹写曹家兴衰的自叙传，乃将小说与史实互相印证，从而得出胡适自己的考证结论。这乃倒果为因，用本来应该加以证明的学术假设，反过来证明作为论据的史料，从而进行了循环论证，则难免令人心生怀疑。他估算敦诚兄弟及曹雪芹的大概年岁，却没有实际证据，仍以推论为主。对于他所拥有之史料，他除修改《随园诗话》之外，亦将《四松堂集》中"随其先祖寅织造之任"的笺条小注，认为是曹寅乃曹頫之误。但是即使如此修改，胡适的观点仍有不能完全疏通之处。比如，按胡适的推测结果，曹雪芹生于 1715—1720 年上下（后胡适改认为在 1719—1724 年上下），其出生之初，曹家已开始败落；而曹頫 1728 年被抄家时，曹雪芹尚十岁上下，不过乃一童子，显然与书中贾宝玉的年龄不合。而《红楼梦》中所表现的繁华盛景、家族掌故、感慨兴衰，从时间上看，想必亦多非曹雪芹所能经历的，这就与"自叙传"难以相符了。从外证来看，曹頫在 1727 年还被雍正帝称为"年少无才"，这或许代表父子年龄差距恐怕并不甚大，也颇值得玩味。❶

---

❶ 近年来，"《红楼梦》作者曹頫说"逐渐升温，正是因为如上所述的诸多疑点导致。如果反转结论来阅读胡适所使用的史料，并按照作者为曹頫的先验观念对史料进行修改的话，也可以做到某种程度的圆通，这也可以证明，胡适所作的《红楼梦》作者研究，更多的仍是一种假设，不能遽然认为属于确定不移的学术定论。而欧阳健所提出的"曹顺说"，亦有其理据，在某些方面可以对曹雪芹说造成冲击。

　　胡适的猜测是否圆通，并非本文探析的焦点。但需要明了的是，不论胡适的看法是否正确，他的这一段考证看上去底气十足，但其中的断环实际还颇多，有赖于他的大量分析、推测，乃至校改史料原文，忽略对自己不利的证据与反驳，方才能够大概地自圆其说。也即，这一观点只不过是一种学术猜想，只属于大胆的假设，尚不能完全认作完成了小心的求证。

　　在大量猜想基础上建立起来的《红楼梦》作者考证，进而与《红楼梦》的本文寻求牵合关系，无异于"以空对空"，未用严密的文献方法，也就缺乏有力度的支持证据，再加上他的猜想亦多有牵强之处，未能处处圆通，固然已成一家之言，但也就更容易遭到质疑。在具体问题的研究中，胡适亦跌入循环论证之中。譬如，他以《红楼梦》中省亲之事，比附曹家接驾之历史，认为两者切合，是《红楼梦》自叙传的确证；但这一方法得以使用的前提则是《红楼梦》确是一部曹雪芹的自叙传，不然仅能认为是一般地化用乃至巧合，而非叙写亲身经历。正因为如此，胡适仍是自己证明自己，而对于不能证明与曹家有关的事件则更是避而不谈，所以蔡元培在商榷中认为胡适同样采取"任意去取"的方法来考据，并提出若干批评意见，令胡适颇难反驳。以方法的严密看，蔡氏的结论固然更不合格，但他的反击则不乏可取之处：拿同一把科学主义的尺子丈量胡适的观点，胡适与蔡元培的差别，亦不过五十步与百步之间也。

　　胡适的《红楼梦考证》出后，他自己亦明确知道多为假设，仍需进一步的资料证实。数年之中，胡适的《红楼梦》研究并无突破性进展，很大程度上也是受到资料匮乏的制约。然自 1927 年胡适得到甲戌本《脂砚斋重评石头记》后，几乎可说胡适在《红楼梦考证》中提出的诸多假设，皆可根据甲戌本来得到确认，如无甲戌本等脂本系列的发现，则"新红学"的建立，仍将是遥遥无期。1928

年胡适发表《考证〈红楼梦〉的新材料》，正标志着胡适对他红学研究的继续推进。近二十年来，甲戌本等"脂砚斋评本"的真伪已受到学者的质疑，欧阳健等学者以为此乃伪书，并认为胡适因自知甲戌本的漏洞，乃宝秘其书，不敢示人。❶此问题为《红楼梦》研究史上一大公案，本文限于篇幅，不遑对此进行详论。然从胡适对甲戌本之研究与使用中，亦可看出胡适对于自己所提倡的方法论之贯彻情况。不论此本是真或伪，甲戌本的可疑之处都是不可跳过的话题；不论胡适是有意藏私还是大意疏忽，他的研究精神在这个方面都稍嫌粗疏而违背科学精神。

辩护者认为，胡适并非将此本秘不示人。胡适于 1927 年得到甲戌本后，即大感喜悦，寄信告知钱玄同。次年，他撰《考证〈红楼梦〉的新材料》一文，发表于《新月》杂志，详述此本的重要性。辩护者通过爬梳相关资料认为，1949 年以前，至少有俞平伯、浦江清、周汝昌（及其协助抄录的四兄）、孙楷第等人得见此书。这一辩解或许有助于对胡适为人是否开诚布公进行深入了解，但从学术方法论角度上说不具太大价值。❷判断胡适整个与甲戌本相关的《红楼梦》研究是否符合其科学的治学态度，则有待于对胡适研究方法的全盘观察。

胡适晚年称，他因为没有记下卖书人的姓名地址，故未能对甲戌

---

❶ 陈林更认为此书不但是伪书，而且是胡适造伪，这一说法则对胡适进行了更严厉的指责，但迄今仍然是一家之言。

❷ 客观来说，这一辩解仍颇为无力，从证据上讲，胡适纵非有意作伪，但较之蔡元培主动向胡适提供《四松堂集》的行为，胡适至少是对于己不利的资料有意藏私的，尽管提供给少数朋友，但更多的是同气相求，并未向广大学界尤其是潜在的论战对手公开。以胡适的学养，完全看不出其中的可疑之处的可能是很低的，那也就只能认为他有意隐瞒这项对己不利的证据，而单独取用对己有利的材料。周策纵先生亦曾有文云，"如不能在基本研究方法与态度上作一番改进，则仍不过是以讹正讹"（《论〈红楼梦〉研究的基本态度》），其说正指向新红学的这一不公开资料的学风问题，在这种不健康的学术风气下，自然更难看到《红楼梦》的本真面目。

本的源流进一步作探索❶，这至少可见胡适在初得甲戌本时，对该本的流传源流实不了解，亦未加考察。没有授受源流，不知此书历经何人递藏，而其他文献未有提及此类脂砚斋的评本，正是甲戌本的可疑之处。胡适非不懂文献学、辨伪学方法，但对此不加重视，无论如何，其研究在根本上当属不够严密。胡适自称他对证据所用的五种研究方法为："证据是在什么地方寻出的？""是在什么时候寻出的？""是什么人寻出的？""其人有做证人的资格吗？""其人有可能作伪吗？"❷这种提法极有科学价值，然而在本问题上，胡适实未按照这五个问题进行查考，按他自己的治学观念，则此书当是可疑的。至少，胡适应该讨论如下问题：甲戌本在何处被发现？其递藏源流、文献外证为何，是否为伪书？其中的脂砚斋（包括畸笏叟等）是何人，与曹雪芹有何关系？从评点内证来看，其自证是否可信？未加查考、研究，而遽然相信甲戌本，殊非学术态度所应有者。❸

从此书的版本上看，亦多有可疑之处。如欧阳健提出题跋笔迹非刘铨福亲笔、题记书写与装订格式存在疑点等，皆是有理据的质疑。这些质疑虽未必全部能够成立，但皆作为一桩公案存在，属于尚未完

❶ 对此，周策纵先生早就在《论〈红楼梦〉研究的基本态度》（原载1972年5月香港《明报月刊》第77期）一文中，对胡适的这一态度加以批评，且从现存史料来看，这一说法并不能成立。《历史档案》1995年第二期刊发《胡适考证〈红楼梦〉往来书信选》（之五），即有胡星垣致胡适的信札，其中清楚地写出了甲戌本卖者的姓名、住址，甚至可以猜测胡星垣曾经将甲戌本送到胡适家中，由其亲自查收。在此基础上，曲沐《胡星垣的信和胡适之的谜——甲戌本〈石头记〉卖书人的发现说明什么》（《贵州大学学报》1997年第1期）就据此对胡适的学术品格提出了质疑。但目前来看，胡适晚年是记忆衰退还是谎言搪塞，迄今仍无明确的证据说明。

❷ 胡适：《古史讨论的读后感》，见欧阳哲生编：《胡适文集》第3册，北京大学出版社1998年1版，第86页。类似的话在《红楼梦考证》中亦可见，胡适在文中明确提出："我们只须根据可靠的版本与可靠的材料，考定……这书曾有何种不同的本子，这些本子的来历如何。"

❸ 胡适在初听说此书时，认为"重评"必属无价值，但一见甲戌本后，便尽弃前嫌，极力称许其价值。有学者认为这是因为胡适见到甲戌本可以证成其假设，故而放弃了客观的学术态度，这种说法虽无明确证据，但亦非空穴来风。

全讨论清楚的学术问题，至今亦难说已完全廓清，何况当时胡适根本对此未加论证，而是直接采信，在方法论上更值得怀疑。而从各《红楼梦》版本之间的关系来看，亦有值得注意之处。欧阳健取甲戌本与有正本（戚本）对比，发现其内容多有相似处，并根据格式、避讳及思想发展的角度探讨，认为甲戌本乃后出。陈林亦发现光绪间"三家评本"《红楼梦》与甲戌本有大量重合，且后者多有低级错误，应是后出。此外，陈氏并发现前者曾是胡适年轻时所读的版本，推断胡适应对这一问题有所了解，却故作不知。二人的研究是否正确不是本文探讨重点，在此姑不论，但从方法上看，完全切合辨伪学通常的研究方法，而其发现的疑点也是值得重视的。但自始至终，未见胡适对这一问题的任何相关内容进行讨论和说明。虽然胡适立说在前，欧阳健等人质疑在后，但以胡适的学养及其对《红楼梦》相关材料的熟悉，不应该对此毫无察觉。则可推测，胡适或是明知其可疑而不谈，或是虽曾阅读，但因为轻率匆忙，确实未发现各本之间的相同之处。无论如何，这一过程的研究是不足为训的。

俞平伯评论甲戌本，认为其评论有极关紧要者，有全不相干者，大抵执其两端而用中。细究批注确实如此，其中固然颇有值得注意的重要材料，但与其他史料乃至原文、批语相互矛盾的亦复不少。其本文与其他版本的差异，固然有此本独胜之处，但亦有不足道处。对此问题，欧阳健在《还原脂砚斋》中备述脂本的缺陷甚详。❶ 如将甲戌本用科学的方法进行研究，则首先应承认甲戌本的两重性，然后再分析产生问题的原因，得出可靠的结论。而对此问题，胡适则只称引其精到处，对其可疑处茫然不觉，很可能有刻意选择。

甲戌本固然未必是伪书，但出于科学的研究态度，研究者当分析

---

❶ 欧阳健的研究恰好与胡适相对，胡适（乃至后来的红学家）是只取脂砚斋评价的"极关紧要"处进行分析与评价，欧阳健则是专从脂本值得怀疑的问题入手，认为脂砚斋评不但为伪，在文学上也全无价值。两派都是各取一点，不及其余，也就不能在学术书写中心平气和地探讨这一学术问题，最终演化成各说各话，乃至互相攻击，颇令人遗憾。

这一版本的时代、源流、真伪、价值，在此基础上才谈得上利用文献。胡适深谙中国传统朴学的研究方法，又接受实验主义训练，提倡"小心"的求证，但其在从事实际研究时却未能完全贯彻，甚至有失于空疏之处，这从他对甲戌本的态度即可看出端倪。

三

前述胡适在《红楼梦》实际研究中，背离其研究观念的若干内容，这一局限性不仅胡适一人所有，而是属于民国时期相当一部分学者研究的共同软肋。民国学者新了解到西方的科学观念，对传统的治学方法有较大的改进，崇尚新的科学方法，陈义甚高，是那一代学人对于学术发展的巨大贡献，极大推进了中国学术的现代化。但应该注意到的是，方法大于成果，是民国大量学人的共同治学特色，这种问题即便为学更加细密的顾颉刚、陈寅恪、钱穆等学者，亦多在实际研究中犯有此病，至于诗人型学者闻一多、郭沫若等，更是在所难免。因此，我们在钦慕前贤成就的同时，也应保持冷静，发现其研究的不到位处，并加以反思。

这一问题的发现，不但有裨于我们对民国时期学术史的理解和重估，更重要的是，在这种认识的基础上，我们才能够对民国学人所建立的现代学术范式更好地继承与反思，从而开辟出学术研究的新路向。如"古史辨学派"，他们当时的研究，对于传统历史学及史学研究方法来说，无异于一场地震似的革命。应该说问题的提出是有充分理由的，对于学术思想的解放，也是居功甚伟的。但是，其"疑"有理，其"破"不慎，其立阙然。近三四十年来，新的出土文物陆续进入上古史的研究视野，当年被"疑"被"破"的古史也陆续被不同程度地"恢复名誉"。这并不构成对"古史辨"派当年学术贡献的抹杀，而是学术在否定之否定中提升、前进的典型事例。《红楼梦》的研究也有类似之处。不可否认的是，胡适的《红楼梦》研究打破了旧的研究思路，建立了新的研究范式，并且得出了大量值得重视的研究成果，其研究方法和结论都具有重大意义。但也应该注意，在"新红学"过度发展的当下，《红楼梦》的研究已经陷入了一条死路，难以再有新的发展，甚至出现了大量穿凿附会却自称"学术研究"的劣作。在这种学术困境下，俞平伯先生、周策纵先生都早在 20 世纪六七十年代就开始撰文反思红学研究的方法论，但毕竟只是匆匆一瞥，浅尝辄止，未能完全跳出拘束，深入进行理论上的探索，而且也仍是立足于已有的学术框架来进行批判。如周策纵先生在《论〈红楼梦〉研究的基本态度》中就谈到：

三十年以前我就常想到，《红楼梦》研究，最显著地反映了我们思想界学术界的一般习惯和情况，如果大家不在基本态度和方法上改进一番，可能把问题愈缠愈复杂不清，以讹传讹，以误证误，使人浪费无比的精力。而"红学"已是一门极时髦的"显学"，易于普遍流传，家喻户晓，假如我们能在研究的态度和方法上力求精密一点，也许对社会上一般思想和行动习惯，都可能发生远大的影响。

周文虽然批评犀利，但仍是以"新红学"的完善作为出发点，尚未能更进一步，站在更高层面上审视"新红学"，不免令人心生遗憾。

欧阳健先生在 20 世纪 90 年代撰写《还原脂砚斋》，运用胡适式的科学考据方法，对整个脂本系统进行挑战，具有重要的创新意义。不过，且不说这一观点尚属悬案，并未成为学界的普遍共识；单就欧阳健先生近年来的研究来看❶，落脚点仍是立足于作者事迹的考证，从认识论上不脱"曹学"的范畴，可见欧阳先生只是反对胡适的具

---

❶　如《曹雪芹考证的观念与方向——兼及〈金瓶梅〉作者》，载《文学与文化》2013年第 2 期。

体学术观点，而仍然沿袭胡适所建立的理论大框架。甚至在他的《曹雪芹考证的观念与方向———兼及〈金瓶梅〉作者》中更提出：

> 什么是"隐"？《红楼梦》既是"真事隐去"，将隐去的事相"钩索"出来，不是很正常吗？"索隐"不是贬义词，它恰是传统文化的正宗。

这种评价正可以见出索隐派与考证派纠缠难分的复杂关系。坚持"曹学"的研究，除去昧于"虚""实"关系之外，同时仍然只不过是索隐派、考证派的继续，并没有新的认识论上的突破。如果无法改变，当代红学研究亦只不过是"新红学"内部的派系之争，而不会成为对《红楼梦》的多角度、全方位审视。

这一研究范式的积极意义无须再赘词称述，但如果《红楼梦》的研究只具有这唯一的路向，那就未免太过狭隘了。且在资料已被"挖地三尺"，相关研究著作已经汗牛充栋的情况下，恐怕短时间内难以再出现具有突破性的发现。在这种情况下，倘若依旧固守考证与索隐的藩篱，"皓首穷经"，难免不陷入买椟还珠的境地，忽略了根本——《红楼梦》本身的文化内涵与文学价值。

对《红楼梦》这部伟大小说的研究，目前亟须在继承前人范式的基础上有所变革。民国学人为我们建立的学术范式，是一种得到公认的理论体系，也为学术研究提供了可模仿的成功的先例。但是，正如美国学者库恩在《科学革命的结构》中所概括的那样，科学发展的规律就是：范式的建立→常态研究的展开→严重危机的出现→调整适应中寻求突破→建立新的范式。也就是说，当被人广泛接受的科学范式，发现有解决不了的例外情况时，就迫切地需要范式转换，在理论的竞争中赢取学者的"选票"，从而扬弃原有的范式。而这就是科学革命。观当下《红楼梦》的研究现状，正处在这样一个亟须范式转换，来完成对《红楼梦》广阔内涵的深入探求的阶段。这一范式转换，首先即需要对旧有范式的局限性来进行反思，从而探析新的研究思路乃至范式的确立。对于前者的反思，当然应从研究的集大成者胡适开始入手，系统反思其研究方法论，洞悉其具有研究局限性的根本原因；对于后者，陈洪先生倡导从更广阔的文化、文学角度来完成对《红楼梦》的分析，先后撰有《从"林下"进入文本深处——〈红楼梦〉的"互文"解读》《"互文性"——揭示作品文化血脉的途径》❶诸文来进行分析，这可能是探索新范式的一次有益尝试。

（本文初稿为台湾师范大学"2014 文史与社会国际论坛：全球视野下的亚太"国际学术会议论文，修订稿发表于《文学与文化》2014 年第 2 期）

---

❶ 《"中国古代文学研究：视野与方法"学术研讨会论文集》，2013 年 11 月。

红学与"e考据"的"二重奏"

——读黄一农《二重奏：红学与清史的对话》

一

台湾学者黄一农先生提倡"e考据"方法经年，且在此方面卓有创获。在黄氏著《两头蛇：明末清初的第一代天主教徒》（台湾"清华大学"出版社2005年版，上海古籍出版社2006年版；以下简称《两头蛇》）一书的前言中，黄先生就已提出"e考据时代"的命题，强调电子技术对史学研究的影响，并将"e考据"研究方法贯彻到其研究中，通过大量前人未知、未见的新材料得出研究结论。2014年，黄先生经四年耕耘，再度推出《二重奏：红学与清史的对话》（台湾"清华大学"出版社2014年版；以下简称《二重奏》），嗣后又推出简体修订本（中华书局2015年版）。由于红学在现代学术中的特殊地位，《二重奏》的影响更大于前著。

《二重奏》全书分十三章，除首、末两章作了"e考据"方法论的探讨之外，其余各章则是运用此一方法，以考据红学史上的若干重要问题：包括曹家先祖之事迹、交游、世系、姻亲（第二至五章）；《红楼梦》书中故事、人物涉及的可能原型（第六、七章）；曹雪芹的相关记载及其交际网络（第八、九、十章）；《红楼梦》的早期读者及禁毁、流传方式（第十一、十二章）等。对此，黄先生都在《二重奏》一书中作了翔实的考据。在大量新材料的基础上，或旧话题而见新观点；或开拓了新的研究视角和领域，都足见学术功力之深厚。在写作体例上，该书沿用了《两头蛇》的写作方式，精心制作了附录、图表及网络检索系统等，便于读者对相关背景有所认识，而不影响正文阅读，亦为一种创新。

从红学史的角度看，《二重奏》是难得的对索隐派与新红学两派均有平正态度的优秀著作。自胡适、周汝昌一脉学术大盛以来，新红学长期占据《红楼梦》研究的主流地位，索隐派则被认为是"笨伯猜笨谜"而遭到否定。但是，由于新红学在认识论上与索隐派有先天的亲缘关系，当其发展到一定程度之时，就再度复归索隐派的窠臼。1982年，周汝昌在《什么是红学》中明确提出红学研究方法不同于一般小说研究，其核心为曹学、版本学、探佚学、脂学。在大部分红学家眼中，现有资料几乎竭泽而渔，故其考据罕有新的发现与进展，新红学也就由"考据红学"变为"探佚红学"，即转向单纯运用推理方式来复原《红楼梦》的故事原型。研究成果体现出考据为表、索隐为里的特质，却讳言与索隐在认识论上的血脉关系。

对此，黄先生提出"理性且有节制的索隐"❶，以表达其对《红楼梦》的认识，尽可能地在研究中保持客观矜慎的态度，以追求对《红楼梦》原型的还原——而这种还原，既需要对曹雪芹的家族展开深入考据（即"曹学"），同时也需要对可能发生关系的非曹家之人物与事件进行调查（即"索隐"）。也就是说，《红楼梦》是"建立在曹家家事与清代史事间近百年的精彩互动之上，而不只是胡适先生所主张的'是曹雪芹的自叙传'"❷，因此小说中的原型，有的源于曹家，有的则源于相关家族。黄先生的核心观点是，曹学、索隐派等各有合理之处，取两者以互补，方能近真，因此现在研究中最要紧的在于以"e考据"的方法提升研究水准，在此基础上便可以生发出"新曹学"

---

❶《二重奏：红学与清史的对话》，中华书局2015年版，第558页。本文所引，均为中华书局修订本。

❷《二重奏：红学与清史的对话》，第638页。

或"新新红学"。

从目前的反响看,对黄先生的批评似主要集中于"研究水准"亦即考据的具体命题上展开讨论。在黄先生的研究过程中,除欧阳健❶、胡铁岩❷等先生发表过针锋相对的论文以外,刘梦溪先生❸、尹敏志先生❹及高树伟❺等亦在书评中提出了若干具体批评,其聚焦点似乎更多地在一些具体问题的结论上。

但《二重奏》的价值不止乎此。在"红学"之上,"e考据"及其相关之文史范式转换方是黄先生的心力所寄。"e考据"者,今人多理解为用"e"的考据,即运用电子检索的方式进一步挖掘史料,以完成传统研究所不能达成的工作;相较之下,传统的完全不借助"e"的考据,似已不再被当代学人所使用。尽管部分学人可能讳言或未意识到这一点,但通过"e"以查阅馆藏目录、获取并检索全文、搜索期刊论文等展开研究,已成为今人习焉不察的基本功。然而,泛言考据用"e"较易,但此前既无"纸质考据"或"20世纪考据"一类的研究范式,则仅以时代或媒介之变谈"e考据"亦只属一种流行语,并没有理论建构意义。"e考据"既然并非完全抛弃传统媒介及研究方法,那么其理论若欲得以自立,就必须深入论证"e考据"本质上与以往考据的不同之处。对此问题学界亦自有评说,惜目前罕有具备真正学术批评意义的论文发表,未免给人以买椟还珠之感。

《二重奏》中提出:"希望在数位与传统相辅相成的努力中,将

---

❶ 《踏破铁鞋"龙二府"——黄一农先生"e考据"回应》,载《河南教育学院学报(哲学社会科学版)》2014年第6期;《众里寻他"凄香轩"——黄一农先生"e考据"再回应》,载《明清小说研究》2015年第1期。

❷ 《对黄一农先生〈春柳堂诗稿〉若干考论的商榷》,载《曹雪芹研究》2014年第3期。

❸ 《红学研究的集成之作:读黄一农教授〈二重奏:红学与清史的对话〉》,首载台湾《清华学报》新45卷第1期(2015年3月)第145—151页;简体文本载2015年4月1日《中华读书报》。

❹ 《红学"索隐派"的回归?》,《经济观察报》,2015年9月26日。

❺ 《读黄一农教授〈二重奏:红学与清史的对话〉》。

红学推向新的高峰，更期许能以具体成果建立一个成功案例，强有力地说服文史学界：文科的研究环境与方法正面临千年巨变，而在这波典范转移的冲击之下，许多领域均有机会透过 e 考据跃升至新的高度！"❶书中亦同时提及"适之先生不知会否欣赏我的努力……相信胡先生在读到拙著的许多新发现时应该会极兴奋"❷。足见，黄先生与胡适一样，同样是希望通过红学研究来谈具有普适性的研究方法问题，并希望在新的历史背景下达成文史学科研究的范式革命，这一革命的意义远高于某些具体问题的推进。昔者胡适与蔡元培论战，"新红学"虽大占上风，但蔡元培却以为不过是一城一地的得失，并未放弃索隐之说。足证唯有在认识论上对索隐派立论根据的彻底清算，方才是范式转变的根本之途。胡适在研究方法上的革命性与不彻底性，深刻影响着此后文史研究的突破与停滞，其学术史意义远超过某些具体之论点。因之，本文的讨论同样将尽量摆脱对具体课题的考据（对此已有不少研究者撰文论及），而是将主要焦点聚集于《二重奏》的方法论意义上。由此，黄先生"e 考据"范式的得与失，可以在更抽象的理论境界得以展现。

此外还需说明的是本文所持的立场。此前已出现过持"数字历史"立场以衡量"e 考据"的观点，认为这种"传统考据学的升级版"仍嫌保守❸。确实，与新兴的"数字人文"相比，"e 考据"至多只能算"数字人文"的一小侧面。但考虑到传统文史之学的特殊性，这一看似微小的突破依然引发了许多立足于旧式感情上的质疑——而这种质疑亦并不能真正触及"e 考据"的核心理念。本文同样尝试立足于传统文史之学的内部立场，但希望用一种更富有学理的方式对黄先生"e 考据"的意义与局限性加以考量，探索其对文史之学特别是红学

---

❶ 《二重奏：红学与清史的对话》，第 13 页。

❷ 《二重奏：红学与清史的对话·自序》，第 4 页。

❸ 王涛：《挑战与机遇："数字史学"与历史研究》，载《全球史评论》2015 年第 1 期。

的可能影响。至于"e 考据"与"数字人文"的可能联系，乃至"数字人文"对传统学术的既成冲击，则并非本文关注的核心内容。❶ 亦即，本文的讨论仅限于黄先生所论"e 考据"的相关范畴。❷

二

首先，对于"e 考据"的效用问题，当有一番讨论。

从正面看，尽管《二重奏》的具体见解并未完全成为学界定论，但毫无疑问的是，在"e 考据"方法引导下所发掘的海量史料，已经大大推进了红学诸多课题的研究。在传统红学家一致认为红学已经"竭泽而渔"之时，黄先生再度发掘出大量不为人知而又极为重要的材料，并将其铺陈成一张具备有机联系的关系网，创见极多，足证功力之深。在新材料的基础上得出新的学术结论，并进而延展到对新红学、索隐红学的反思与会通，正是学术不断推进的标志。在正面提出"e 考据"治学的同时，《二重奏》又授人以渔，对具体的"e 考据"研究过程有所披露，自能接引后学。在这方面讲，《二重奏》无疑是红学界具备范式意义的经典之作。在《两头蛇》《二重奏》两书的成功下，"e 考据"的价值，当可自立。

进一步说，黄先生提出"e 考据"的普适性，亦是敏锐地察觉到了当代学术研究方法之变。在考据领域，"e 考据"由于新方法所带来的高效率，亦几乎有代替传统考据之势。当下，文史学界运用电子

---

❶ 事实上，"数字人文"的理念更多的是以新兴领域冲击传统学科，其影响在于外部；而"e 考据"则力图用新的研究范式处理传统领域，其用力在于内部，二者在相当程度上并非同一维度的问题。

❷ 此前的学术批评往往集中在"e 考据"可能导致的学术不端等方面。确实，不少所谓的"e 考据"（尤以某些学位论文为甚）只不过是通过捷径以掩盖腹笥的匮乏而已，这一方法可能产生的学术伦理问题需要特别注意。同时应指出的是，电子查重推广以前的全文抄袭或许更烈，而"e 考据"的广泛运用正可提升学人寻根溯源的判断能力。故而，以部分粗制滥造之作来否定"e 考据"，无异于因噎废食。

检索等方式进行科研者数量已极多，其具体理论虽仍嫌匮乏，却早已成为文史学界习用的研究方式。如果作为技术的"e考据"需要加以排斥的话，那么学术必将沦为"绝圣弃智"的工具——民国时期，洪业就已提出"若以学者取用此类工具为病，则诚昧于学术进化程序也"❶的精确论断，认为新的技术手段是提高效率，臻抵"深博"的重要工具。从这一技术角度来看，"e考据"的方法亟须加以提倡。

长期以来，如何发现研究所需之资料都是学者不度与人的"金针"，阅读善本的困难亦极大局限了学术研究的进展。对此，学者或立足于常见之"核心材料"对"边角料"加以严厉拒斥，或一味高扬文献检索与秘籍运用之重要性，其实某种程度上皆属"文献不足"之特定背景下的应激举措。随着"e考据"的兴起壮大，这一问题必将获得解决——大量"秘籍"既已随着电子化而成为易见之常用资料，上述的提倡或拒斥亦将转而失却意义，新的史料学与考据方法也必随之而生。"e考据"始于资料，然必不止于资料，此乃"e考据"提倡者的一大共识，其理论依据或在是。

然而，仅有方法甚至不足以语方法论，自然更不及于范式。从目前来看，"e考据"的效用还令人有若干疑惑，正是这些疑惑阻碍了人们对其范式意义的接受度。

其一，"e考据"的理论、方法等尚无明确论定。尽管身在"e时代"，但目前"e考据"研究者更多的是处于单打独斗状态，对于诸多重要研究方法问题尚未及考虑。理论上，"e考据"与上位的"数字史学"、下位的"传统考据"是何关系；方法上，电子资源应当在何处、如何检索，方可使效率最大化、遗漏最少；是否应当用文献学或信息管理的方式清理电子资源；电子资源与传统文献在研究中是何种关系、如何处理……问题诸多，却都暂时没有答案。这些问题或涉及对电子资源的实践与利用，或直接触及电子资源与已有研究方法

---

❶ 洪业：《引得说》，载《中国索引》2006年第1期，第62页。

的关系——无疑，这些问题应当是我们在进入"e 考据时代"以前应当首先解决的。如果仅是简单地"搜索一下"，显然不足以上升到方法论的高度。黄先生长年开设"e 考据"的课程、研习班，想来当对此问题有具体的论述。然而对于不能亲聆的一般读者而言，"e 考据"作为一种具有革命意义的范式，则有待于黄先生在著作中对其理论、方法进一步完善，《二重奏》在此方面的呈现还不足度人。

其二，"e 考据"在材料发现上亦存不少局限性。较之传统搜集材料的方法，"e 考据"所得更丰，但这并不纯然是"方法"上的创新，而有赖于当下的技术条件等诸多方面。古人运用类书、目录，近代以来流行索引、总目，当代推广"全文检索"、数据库……这种文献检索方法的变迁及所获材料的后出转多，并非因检索者的聪明才智胜过古人，而是当下特殊的时代技术条件提供了新方法生成的土壤。"e 考据"之成立，最根本的原因是互联网技术的发展及各种电子数据库的建立。❶ 如果史料并未做成可供检索的数据库，"e 考据"则无由开展。对于明清以来极为丰富的史料而言，限于技术因素，"e 考据"在当下也同样未必起到决定性意义——近代史学者利用档案进行研究，往往只能目验手抄，无由全文检索；黄先生面对《爱新觉罗宗谱》，也同样自承只得运用传统方法展开阅读。对于存留文献相对较少的上古、中古时期来说，在没有"e 考据"的情况下，依然可以个人之力阅读并摘录研究范围内全部可能有意义的材料。假设本无所谓"新材料"，"e 考据"的价值也就必将减弱。某种意义上说，"e 考据"在此类研究中起到的作用恐怕只是提升效率的"高级卡片"而已。因之，对于"e 考据"的方法论意义及其在材料挖掘过程中的效用与限度，当有更清醒的认识。

---

❶ 对此问题，学界存在一定争论。程毅中《古籍数字化须以古籍整理为基础》(《光明日报》，2013 年 4 月 30 日）提出了对古籍整理的重视，但尹小林《古籍数字化应以技术为突破口——兼与程毅中先生商榷》(《光明日报》，2013 年 5 月 28 日）则基于数据库生产方的立场对个中困境进行了回应。本文则倾向认为，技术突破在"e 考据"的范式突进中作用更大，而古籍整理则更多是在具体操作层面发挥作用。限于篇幅，兹不详论。

其三，"e考据"与传统考据的关系暂未理清。传统考据学就已主张对材料竭泽而渔，只是因诸多客观因素而无法实现，故不得不依靠学者个人的勤奋与识力。从这一点上看，"e考据"可说是传统考据的补充（而非颠覆），技术手段有所更新，但在根本认识和方法上并未超出传统考据。碑刻、族谱、书画、外文等文献，同样亦为传统考据学家所关注的史料，只是黄先生所得数量更多、效率更高而已。故从反面言之，"e考据"在完成检索之后，清理各种文献间的关系，并进而得出结论的过程，似亦以受传统之沾溉为多，并未表现出对传统考据的颠覆。黄先生亦曾在访谈中提出，"e考据如果做到极致，事实上可以把e拿掉。但e考据所做的内容，很多传统考据都做不到"❶，其所重在方法而非认识上。然而，令人遗憾的是，黄先生试图以"传统考据"为"e考据"正名，恰好从反面说明了"e考据"的局限：如果"e考据"只是"高效的传统考据"，其与传统考据的根本差异性何在？其范式意义究竟应如何认识？这里不乏值得怀疑处：增添的材料有时只是"抽样作证"的辅助，其价值如何犹须研究者深入辨析，因其很可能正是前人经过辨析之后所拒斥的——对此，今人由于不熟悉当时的特殊语境，若不能很好地加以辨析，那么即使发现了新的材料，也很可能不过只是服务于旧结论乃至复归某种谬说，而"发现新材料"的核心价值也就遭到了主观的消解。由"遥读"（distant reading）而"误读"，当代学术研究实不乏其例。如果没有成体系的理论方法，其结论的有限性可想而知。

其四，若认为考据的推进可以促进范式的转换，其理诚然，但考据本身亦存在相当的限度，二者间的关系是或然而非必然的。首先，考据并非万能，即使网罗了全部现存材料，仍不代表能够保证问题的解决。对此，史学理论早已有深入探讨，此处不必赘言。而且，即使材料已经足够丰富，也并不能保证考据的正确。考据无法剔除

---

❶ 《专访黄一农：〈红楼梦〉曾被禁因涉淫秽内容？》。

也不能剔除研究者的主体性；而主体既可能在研究中起到核心贡献，亦很可能成为正确结论的干扰。以黄先生著作而论，其材料采撷不可谓不丰富，但小疵亦间有之，可说明"e考据"并非万能。**❶** 其次，"e考据"只是高效检索、运用现有材料的一种方法，并不会凭空增添材料。因此，不论电子技术多么发达，有限的材料也必将有一天被发掘殆尽。倘若一个学科仅依靠材料的新发现，而不能根据现有材料，运用新的视角以完成范式转换，那么这个学科就只是"新材料"的搬运工，其思想创见成分极罕，生命力也必不会太强。是以，考据得出的新结论是否一定可以指向范式转换，除极依赖于"不确定"之因素外，研究者的识力高下才是学术演进的根本推动力。溯之学术史，范式并非仅仅依靠新的材料及考据成果就可以建立。以胡适的学术为例，其"大胆假设，小心求证"并非只是一种考据方法，而是受到西学的影响，从而在学术之总体认识上达成了对清学的反动，从而发现新的问题并加以解决。若仅将其成功归于甲戌本等少数新材料，未免本末倒置。换言之，并非考据促进了范式转换，而是范式之变促进了考据的新发现。库恩曾经指出，"由理论事先预期的发现都是常规科学的组成部分，并不会产生新类型的事实"**❷**，这一观点同样适合文史领域。

简而言之，上述诸疑惑主要来源于两点：一是当下"e考据"理论方法建构得尚不完全。作为方法而论，这一点必将随着时间的变迁而逐渐走向完善，所值得进一步探索者唯有如何尽快缩短这一进程；作为一种学术理论而言，则需要更深入的理论建构。二是黄先生"典范转移"的观点，这一期许较诸前者更进一步。"e考据"能否作为

---

❶ 最具代表性是黄一农对《春柳堂诗稿》作者张宜泉及其交游对象"龙二府"的相关考证，其研究思路与结论均存在重大失误，正是过度运用"e考据"使然。对此问题，胡铁岩、欧阳健等都有专文批评，这一例证可以说明"e考据"与"传统考据"在相当程度上是"殊途同归"的。

❷ 托马斯·库恩:《科学革命的结构》(第四版),北京大学出版社2014年版,第52页。

一种学术研究法的理论？基于上述的批评，"e典范"似尚存在不少局限性，所需的理论建构工作尚颇多。本文并无意深入探讨"e典范"的理论未来，此处仅属对其理论现状略加批评，并希望借此推进更深入的讨论。

是以，如仅论及"e考据"查找资料之有效性，其价值自可卓然成立；但若"e考据"仅限于此，则不过是技术手段的更新，目前还难言足以引发学术范式的转变。若然，那么"e考据"似仅需若干计算机技术人员就足以解决这一问题。早在乾嘉时代，阮元就已提出"为浩博之考据易，为精核之考据难"❶，对只善于排比史料的炫博之作提出批评，而赞许能够解决核心问题的考据研究。而"精核"之所系，则在研究者的思辨能力、知识结构、攻坚精神等方面，并非仅借助海量检索就能做到。对此，"e考据"似仍处在依存于成法的状态。材料环境之变对思想的影响如何，尚属未定之局。清人如此，"e时代"的今人亦然。"e考据"虽是推动学术进展的重要途径，却并不是"一拳打倒顾亭林，两脚踢翻钱竹汀"的充分条件。放在学术史长时段中审视，或许"e考据"更多的是缩短了走弯路的时间，而并不代表必然可以创建出一条研究新路（尤其是宏观概说"文史学界"的时候），二者之间，盖即"器"与"道"的关系。如果仅限于库恩所谓的"常规科学"领域，"e考据"已经作出大量的有效工作，然若欲进一步涉及"世界观的转变"，那么目前的理论与实践还未能令人信服，"e考据"能否从"形而下"走入"形而上"，需要更深入的理论建构与更多的个案分析来支撑。

三

对于上一节的批评，相信黄先生早已有所思考。在《两头蛇》《二

---

❶ 阮元：《晚学集序》，见桂馥《晚学集》卷首，丛书集成初编本。

重奏》两书中，黄先生都作出了若干理论建构的尝试。作为以"e考据"指导红学研究的个案，《二重奏》较好地做到了考据与理论的结合——"理性且有节制的索隐"之说看似是重弹旧调，其实对于旧的思维模式已有较大推进。概而言之，其在红学研究范式中之突破处至少有二。

首先，正视了新红学与索隐红学的关系。百年来，新红学与索隐红学长期对峙，看似水火不容，其实在本质上却多相通之处。部分红学研究者囿于门户之见，往往不加承认，亦不能以客观学术眼光看待对方，成为当下红学陷入困境的重要原因之一。《二重奏》对考证、索隐并无偏见，以所爬梳之史料作为论定证据，承认两派各有其合理性及合理限度，这一态度无疑更加客观。

其次，在《红楼梦》的成书问题上，对其真实、虚构的两面均有认定。《二重奏》一书以清史证红学，其注重"真实"自不必言；而又言"……曹雪芹，遂起意从自己家族或亲友走过的这段波澜壮阔之历史当中，把较精彩的故事与人物改写铺陈为一部小说……而小说与真实之间也不必然有系统性的对应"❶。与部分红学家尝试把《红楼梦》解作一部"无一事无来处"著作的倾向不同，黄先生对于小说的文学性尚存较清醒的认识，也正是这种认识保障了《二重奏》立论的分寸。对于后四十回的相关问题，黄先生近来也已提出了新的见解，相信亦将会是对旧说的巨大冲击。❷

这两点在理论上并不新鲜，红学史家已多论及，但在红学特殊的发展背景下，红学研究者能够避免"当局者迷"则极难。无疑，《二重奏》一书固然仍不免有过度立论之微瑕，但总体来看，其见解高出大多数"同行"，堪称红学研究著作中的翘楚。

虽然如此，深受当代红学影响的《二重奏》，仍有几处理论上

---

❶ 《二重奏：红学与清史的对话》，第 640 页。

❷ 见《专访黄一农：〈红楼梦〉曾被禁因涉淫秽内容？》。

的思维盲点未能触及，这在一定程度上也限制了其思想深度与范式意义。

其一，作为《红楼梦》研究的大前提，首先要讨论的仍然是"虚构"与"真实"的关系。《红楼梦》为虚构的文学作品，其虚构属性自然毋庸置疑；至于"真实"的成分，则需首先加以界定。所谓"真实"，如果理解为"有真实的原型，并非向壁虚造"的话，那么可能是自身或家族的亲历、亲见；可能是听闻长辈的见闻、经历；更可能是来源于文学、文化长河中的经典著作。上述的"真实"，在成为作者的原型之时，或已由于各种原因，存在"虚构"的成分；而作者将其写入文学作品，自然更难免再作艺术加工。因此，小说中的"真实"，即使确有"原型"可寻，或亦只是一种相对的真实，究竟多大程度可资以还原历史真实，容有存疑处。若一味否定《红楼梦》文本的特殊性，仅以通常之文学批评言其虚构，自然未免偏于一曲：即令以《红楼梦》的艺术价值作为唯一研究目标，对"实"的研究也同样是凸显"虚"的重要法门。但作为"真事隐""假语存"的《红楼梦》，文本往往具多义性、歧义性，显然具有"反考据"的特征。在此，对《红楼梦》进行考据或索隐的合法性依据为何？即使合法，当如何自证其有效限度？进而言之，这一考据或索隐对于理解《红楼梦》的文学特质和艺术成就有何帮助？换言之，即"红学"何以成为一种与附属于小说史之"《红楼梦》研究"不同的研究范式。前辈红学家们对该前提多有触及，其中或不乏精警论断，却多流于口头，未能完全贯彻于研究中，且往往归于循环论证，也就无形中存在被过度阐释、过度运用的可能性。这一问题，不唯黄先生未谈及，同时亦是当下红学界所未能解决者，其根源在于在全套的研究视野上仍存弊病，也就限制了研究的深度。作为个案研究，这一问题或可忽略；但若作为一种行之有效的范式，则似应对其有效性、有效限度、学术意义等加以更精密的界定。不然，过度"务实"即如过度"务虚"一样，都是不见红学大体的一曲之见。这一问题自不能苛求黄先生以《二重奏》一书之力彻底解决，但因其在《红楼梦》研究中至为重要，故仍须再度指出。

其二，对《红楼梦》小说的性质，不论索隐红学还是新红学，都先验认为"本事"的存在，其后的研究只不过是"证实"其立论。兹以新红学为例，若溯源至胡适，其立论基础则主要有二，即《随园诗话》涉红记事与脂批本（主要是甲戌本）的相关内容，在两种材料皆被认为可靠的情况下，新红学才逐渐压倒索隐派红学而成为主流。但《随园诗话》的相关记事在当时本为可疑，黄先生更通过专章的讨论，提出《诗话》中的涉红叙述早已失去其重要性"❶，指出其误导后世学者之处，自不足为证据；而脂批各本虽然影响甚大，但当代学者欧阳健等亦力言其伪，可成一家之说。脂本辨伪之说虽多粗疏，未足成为定谳，但应承认其中提出了颇多值得怀疑的问题，理应得到重视。换言之，至少在脂本真伪及其证据效力等问题彻底解决之前，"自叙传"说及基于其所得出之诸多论断只能是假设而非定论。同时，即使全盘承认脂本，也同样存在曹雪芹生年的问题——胡适之"增寿说"已被认为不能成立，而周汝昌"曹家雍正末乾隆初再度复苏"之说也至多只是一种假说——足证"自叙传"犹存若干内在矛盾及"一家言"性质。❷《二重奏》虽未提脂批及相关内容，亦未墨守"自叙传"一家之说，但由于新红学"自叙传"的核心观点实际来源于斯，故该书相关考据及索隐的合法性几乎完全系于脂本所述内容的可靠性之上。在此基础上的研究，从逻辑上说不过是循环论证，属于"或然"而非"必然"。对于拒斥或怀疑其论证前提的红学流派而言，其研究并无逻辑上的说服力。刘梦溪先生在书评中言："不过一农兄长途跋涉、历尽艰辛的资料举证分疏，到头来也只能是各种关于'本事'猜测中的一种而已，终逃不出索隐派红学的终极局限，即所有一切发覆

---

❶ 《二重奏：红学与清史的对话》，第 407 页。

❷ 详见应必诚《周汝昌先生"新自叙说"反思》，载《红楼梦学刊》2006 年第 3 期。

索隐都不过是始于猜测而止于猜测，无法得出确定不易的考实结论。"其说甚确，《二重奏》的根本局限也正在于此。事实上，《二重奏》虽以"红学"命名，但其核心实际为"曹学"乃至清史相关命题，此外直接涉及的"红学"问题并不甚多。所谓"二重奏"，未免给人以重"史"轻"文"的遗憾。黄先生自述称"如果把《红楼梦》的内容都去掉，这也是一部相当不错的清史著作"❶，固然正面说明了其"征实"的学术价值；但同时暗示读者：本书虽研究红学，却并非以红学为安身立命之本——而这也正是"新红学"以来红学研究走入歧途的表现之一。黄先生的"新新红学"并未彻底跳出"新红学"的困境：精彩的清史研究未必需要与《红楼梦》扯上联系。

其三，正是由于上述两点所提出的问题，才导致了黄先生本书"范式革命"意义的削弱。《二重奏》中对红学考据具体问题、对《红楼梦》文本性质都不乏创见，但这些创见却无法转化为定论，即使成为定论也更多地在于清史层面，无法彻底转变《红楼梦》研究的视野，则其范式意义不免令人生疑。若"e考据"最终仍落脚于"猜测"，"相关性"不能令人信服地推出可能的"因果关系"，那么其效用到底大小如何？"e考据"究竟何以成为红学范式革命的推动力？如此，建立"新曹学"或"新新红学"的假说将存疑，而黄先生提出的以"e考据"应对文史学科"千年巨变"的理想更不免提前乐观。究其原因，从红学角度看，则是《二重奏》仅立足于现有成果继续向前推进，并未转过身来彻底清算此前红学存在的诸多困局（这一困境已非考据独力可解），由于根基不稳，因此所论尚未能臻及理想境界。而从"e考据"的角度上看，则或许是《二重奏》的选题容有未当。《两头蛇》所探讨者为纯粹的史学问题，但《二重奏》所针对的对象《红楼梦》实为具有特殊性质的虚构文学，所面对的认识论、方法论问题远较一般的史学问题复杂，自然难免在研究中处处掣肘，虽下极大力

---

❶ 见《专访黄一农：〈红楼梦〉曾被禁因涉淫秽内容？》。

气，却仍只是"猜测"而已。如果以发皇"e考据"为根本目标，红学恐怕并非一个最有效的选择，倒是《两头蛇》对学界的说服力似乎更强一些。

四

本文的主要篇幅，都在质疑、反思《二重奏》中所涉及的诸多理论问题，但这并不代表笔者对《二重奏》持否定的态度。相反，正是因为有感于《二重奏》所论问题的重要及其考据的精深，才引发出笔者上述的理论思考，并希望以此推动"e考据"与红学的研究。本文中的批评之语，实欲以"正反合"的精神对此书的见解加以辩证，以推动这一问题的深化研究，尚希读者鉴之。

不妨复作申说如下：

《二重奏》以"e考据"的方法发掘大量史料，颠覆了红学史料已"竭泽而渔"的误解，无疑对红学研究有极大推动。更值得重视的是，这种高效的研究方法已相当程度上与传统读书治学之法相违背。然而，这种史学方法在解决文学问题上却存在某些先天不足，导致其考据只是猜测而非定论，从而影响了"e考据"作为文科普适方法的价值。可以看出，在红学研究方面，"e考据"只是第一步，更重要的是如何认识与解读文本。

文学研究，其中的复杂性、模糊性、主观性远高于一般意义上的史料，由于文学的特殊性质，"本意还原"甚而被多数理论学派怀疑乃至否定。然而，与通常意义上的文学研究不同，主流红学长期以来则是试图运用史学方法解读《红楼梦》的问题，而相对忽视了其文学性尤其是虚构向度。忽略文学性看似仅影响对《红楼梦》的文学批评，实际上"认虚为实"产生的负面影响已极大误导了红学研究的方向，由于对文本本身未作辨析，实际上亦对考据颇多伤害。因之，新红学的困境是范式上的而非资料上的，其先天不足在于对《红楼梦》的小说性质缺乏认知，甚至有并不把《红楼梦》当小说看待者。在这种有局限性的认知下，资料越多，有时适足得出更加离题千里的结论。在重新认识《红楼梦》作为一部小说的文本性质之前，这一问题恐难得到根本性的解决。是故，当下来说，运用"e考据"到底能发现和解决多少对红学研究具有决定性意义的命题，仍然是未定论的学术问题，因之在判定其学术史意义之前，犹有继续观望的必要。

解决这一理论问题，仅仅作为方法的"e考据"或力有不逮，而需要归于在认识论上有一番革新。陈洪在《从"林下"进入文本深处——〈红楼梦〉的"互文"解读》❶中指出，文学的产生，除了与"作者所在族群当下的生存状态"相关外，同时还受到"文化/文学的血脉传承"之影响。因此，由"互文性"视角发掘文本间的血脉关联，却并不像传统的笺注之学那样，强定甲乙先后的直接关系。这一见解重新唤起了对《红楼梦》虚构文学性质的研究，应属对百年红学的反拨。同时，这也恰好是利用大数据以建构文化网络的良好指导思想。类比于黄先生"红学"与"清史"的二重奏，"互文性"视角或可一定程度上类比为文化"古典"与历史"今典"的二重奏，亦即同时顾及考现实之据与索文化之隐。

兹引一例言之：

与林黛玉相关联的"林下"意象别见于纳兰性德的《摊破浣溪沙》"林下荒苔道蕴家"中，而黄先生在《二重奏》又有专章探索纳兰家事与《红楼梦》的关系。如以"新红学"思维观之，将这些材料联系起来解读的尝试明显即"索隐"故技，不足为据，并将取《世说新语》以来"林下"一词的常见以驳其荒诞，说明该语与纳兰云云毫无关系。其实，这种"反索隐"恰是未脱"索隐习气"的负面影响。认为"林下"一词拥有源远流长的文化血脉，是一种寻找"文化底

---

❶ 《文学与文化》2013年第3期。

本"的工作；而认为"林下"一词与曹雪芹确有某种相关，是一种寻找"现实底本"的工作。二者在本质上具备一致性，其间的是非亦只被材料力度的强弱所决定。"文化底本"与"现实底本"、"家族自传"与"名门掌故"并非互斥，因多义兼容本是中国文学的常态，作者很可能接受身旁现实影响而选择文学取径，亦可能根据其文化底蕴而选择现实素材。其性质看似属于被论者贬低的"索隐"，然若运用得当，则显是一种客观文学现象的揭示，不能因其不合于"曹家家事说"或"文学虚构说"而加以先验的否定。以红学而言，唯有承认"己方"方法之合理限度及"对方"方法之合理性，尝试抽出"考据""索隐""互文"各派的合理内核并将其融会贯通，方能生成更具说服力的研究成果。

然而，若欲证成这一客观的"互文"现象，仅举一二例证的说服力和普适性都嫌不足，这里就给了大数据发挥作用的可能空间。因《红楼梦》所涉问题甚为复杂，一味漫引"古典"易于空疏，一味深求"今典"则易于穿凿，唯有将可能之文化血脉与生活场景悉加还原，方能在分辨与综合中进一步理解《红楼梦》文本的虚实互动关系。扬弃"自叙传"，不强行坐实小说原型，而以"血脉"眼光看待之，或许能够更加充分地利用大数据的"相关性"。同时，以今典与古典进行"文史互证"，亦足以尽可能地避免传统笺注之学长于征引文献而短于辨析关联的缺陷。对此，黄先生的"e考据"只是迈出了第一步。

大数据在现代生活的应用中，既然讨论的是相关性而非因果关系，那么在文史之学的研究中，或许同样也应持有如此态度。在面对多样化的文本时，文献学界已经提出当用动态眼光观察多源多流的文本，发现"还原文献本来面目"的局限性。作为文史学界，尤其是文学界，则似也当用同样的眼光，持一种较为开放的态度来看待所研究的文本。库恩曾经指出："就一个从事常规科学的人而言，研究者是一个谜题的解答者，而不是一个范式的检验者。在寻找一个特定谜题的解答时，虽然他会尝试许多不同的途径，放弃那些没有产生所要求的结果的途径，但他这么做时并不是为了检验范式……只有在范式不受怀疑的情况下，才有可能进行这种尝试。"❶ 在此背景下，探讨"e考据"仍然是传统考据学的内部改良，而结合了大数据思维的"e互文"观念倒可能成为某种创新性的思维模式。

以笔者看来，《二重奏》的"新新红学"仍在于检验、修正已有的新红学范式，不足以自立门户；但是在检验的过程中，黄先生实际上已经部分地摇动了考据—索隐间的门户之见，相信在此基础上亦可能开出重新解读《红楼梦》的研究新路。不过，重新梳理红学史的若干核心观念似乎还是必要前提。

最后仍欲再提的是，黄先生写作此书的目标在于期望从"e考据"红学开出新的研究范式，其思路似乎是"e考据"为"体"，"红学"为"用"。而笔者则以为，《二重奏》的"红学"更宜为"体"，而"e考据"宜于为"用"。即使"e考据"成为能够收集所有材料的"全景摄像头"，不可避免的问题仍然是如何由博返约地处理文献，而这一过程则是由认识论的倾向性所决定的，文献方法本身并不构成革命。因此，红学的理论争鸣仍然是《二重奏》不得不面对的第一哲学。故笔者冒昧言之，设若黄先生注意到文学与史学关系的复杂性，而尝试暂退一步，沿着《两头蛇》的道路继续展开历史学的研究，或许能够在"e考据"的方法论上再有新的突破。"文史互证"的观念并不新鲜，却一直是学术史上言人人殊的泥潭。黄先生既然手持"e考据"的利器，如单纯出于发皇"e考据"方法起见，或许不若从事纯粹的考据学或历史学研究。涉足红学之后，由于文学尤其是红学本身的诸多特殊性，反而容易成为"扬短避长"之举，在彻底解决红学认识论问题之前，不易成为一种可获得广泛共识的

---

❶ 《科学革命的结构》，第120页。

研究范式。但即使是这样，《二重奏》中所体现的杰出创见，也是值得红学界乃至文学研究界所钦服的，红学界长期以来存在的门户之见，或可能在黄先生大著的冲击下有所改观，这足以为《二重奏》在红学史上争得重要席位。

（本文原载《文学与文化》2016 年第 3 期）

附　识

本文在写作过程中，多蒙师友批评，尽管并未完全吸纳相关意见，但在学理和文风上确实受到甚多启发。及本文刊发之后，又得到新的讨论意见。莱斯大学杨耀翔曾经向笔者提出，"数字史学跟'e考据'不完全是上下位的关系，更大程度上是这种区别：一个是快速地呈现资料，刺激使用者构造命题或者模型；另一个是用资料验证一个命题，科学工作里面是互补的"，故论文中对"e考据"的部分批评，一定程度上是受到当下刊物发表、学术评价等现状的局限。因此，相关反思仍有值得继续推进之处。这些见解对笔者有颇多启发。

除此之外，据说本文还特别引起某些批评，而这类批评似乎并非孤立，因此甚有略作解答之必要。

首先，据悉曾有批评认为本文涉及"范式转换"相关的论述，不仅与原书旨趣悖谬，且对红学发展毫无益处。此类直言不讳的见解令笔者很受教益，因此似有必要在此略表回应。

黄一农的《二重奏》是否涉及本文所关注的"范式转换"问题？最简单的办法当然是查考其著作的具体论述。不妨再列举几段本文没有具体引用的内容。其文意非常显豁，似乎无须多作解释：

刘梦溪先生曾说："最能体现红学特殊意义的两个红学派别，索隐派终结了，考据派式微了，剩下的是一个个百思不得其解的谜团，滚来滚去，都变成了死结。"并指"在新材料发现之前，红学的困局难以改变"，且悲观地称"我认为百年红学正在走向衰落"，红学研究果真因受限于材料而已是强弩之末？其实，随着近年大数据（Big Data）的出现，相关文献的发掘反而正迈向一崭新局面，甚至相对于"新红学"或"新索隐派"的发展模式

而言,"新曹学"或"新新红学"的兴起亦不无可能。(《二重奏》,第6页)

本书即尝试梳理曹雪芹及其亲友们的生平事迹和人脉网络,并将这些真实的历史背景,适切地置于红学的脉络当中,以重新揣摩《红楼梦》中的一些精彩情节布局。希望在数字与传统相辅相成的努力中,将红学推向新的高峰,更期许能以具体成果建立一个成功案例,强有力地说服文史学界:文科的研究环境与方法正面临千年巨变,而在这波典范转移的冲击之下,许多领域均有机会透过e考据跃升至新的高度!(《二重奏》,第13页)

2012年8月笔者在上海华东师范大学举办第一届"e考据与文史研究"研习营时,即以此课题为个案,希望能与年轻学者分享并切磋新时代的研究方法。(《二重奏》,第637页)

先前,周汝昌先生的《红楼梦新证》以其对相关材料的细腻搜罗与排比,建立起此领域的学术典范,拙作则针对红学中的误区与瓶颈,边发掘新史料边进行考证。过去四年间笔者除努力埋首磨剑,并老想金针度人……(《二重奏》,第641页)

即使任何重大观点在红学圈都难以得到完整共识,这几乎已经成为此领域的宿命,但我仍衷心希望能透过对曹家亲友家世与史事的具体掌握,有机会重新定义古代文学研究中的索隐传统。(《二重奏》,第642页)

牛顿曾在1676年给友人的信中写道:"如果说我看的比别人更远,那是因为我站在巨人的肩膀上(If I have seen further it is by standing on the shoulders of Giants)。"(《二重奏》,第642-643页)

但我转换跑道并很快站稳脚步的经验,也许可以具体印证文史研究正面临剧变,而文科的学习曲线将有机会很不一样。(《二重奏》,第643页)

如果这本拙著能说服读者，e考据令红学与清史得以合奏出一阕精彩的二重奏，或许可激发大家努力去尝试谱成红学家的"未完成交响曲（舒伯特精彩的第八号交响曲）"，并以之建立起新一代文史研究的典范。（《二重奏》，第643-644页）

这里提及的"典范"，与本文中所用的"范式"，英文同为一词，即paradigm。本文对《二重奏》的"学术野心"也许判断失准，但仅就上文来看，黄一农似乎对"范式"问题确有关切。那么，对这一问题展开评价与讨论，似乎并非"跑题"。

当然，任何"范式"都不可能是万金油，必会有其局限性；但若"范式"不具备解决并指导"常态研究"（库恩语）的能力，那么也就难以被称作"范式"。出于这样的认识，笔者尝试对黄一农"范式"的可能面貌作了初步的省思，并希望这些批评能够有助于研究的继续推进，以及"新范式"的建立。特别是在"新红学"本身已陷入困境的情况下，如何更平允地看待各种研究方法间的关系，或许有助于考据的日臻深入。笔者的反思当然不免粗浅，但消去我慢、平等讨论的学术态度，似乎对于推进红学研究是有所裨益的。更具体的讨论还可以参看本书其他各篇文章。在笔者看来，这本身并不应该是个问题。而且，称黄一农的研究有"范式转换"之义（尽管从学理上有所反思、批评），在笔者的本意来说也是褒义而非贬义的——正是由于"e考据"在理论上可开掘之处甚多，才体现出黄教授的研究有筚路蓝缕之特殊价值。

另外一个曾得到若干讨论的问题是本文最后涉及的"e互文"假设。应该承认的是，本文对这一问题的相关思考是非常粗浅的，且因尚无实证案例支持，因此目前仅仅是一种理论上的猜想而已。西方文学理论对于"互文"的讨论甚为复杂，且未必有益于中国古代文学的研究。陈洪在几篇文章中提及"互文"概念，在笔者看来更像"得鱼忘筌"的引述，与西方世界的"互文"学术脉络未必均须有太直接的关系，而更多的只是借助这一既有名词来说明古代文学存在的某些客观现象。纵然读者对西方"互文"概念和相关论争并无了解，但只要略具文学方面的知识，应该不会对此概念产生费解。这里不妨引一段《由"林下"进入文本深处——〈红楼梦〉的"互文"解读》的原文：

> 一部文学作品的产生，有两个必不可少的前提：一个是文化／文学的血脉传承，一个是作者所在族群当下的生存状态（当然，前提条件要在创作主体的作用下方可体现到书写之中）。特别是对于长篇叙事文学来说，这两个前提和作品的关系可以用"皮之不存，毛将焉附"来形容。而文化／文学的血脉传承最直接的表现就是在作家使用的语词上。

在陈洪论文的基础上，笔者尝试提出了"e互文"的猜想：在"e"时代下，是否能够对"互文"现象得出更深入的认识？换句话说，作为一种高效获取资料的手段，"e"可以辅助于考据，也可以辅助于互文。而且，由于考量的目标是"文化血脉"，即其更近似于"相关性"而非"因果性"，因此本身成立的概率更大。

一个最简单的例子是，红学家在研究《红楼梦》的过程中，往往愿意尝试为小说中的人物找寻可能的原型。"考据派"往往从曹家及其亲友入手，而"索隐派"则通过谐音、拆字等方法，更多地从历史上加以类比。相关人物当然可能有原型，却很难论证——历史人物与文学人物会在某些方面具有相似性，但往往也会在另外一些方面具有明显的不相似性。且即使"相似"，也很可能只是"相似"而已，很难找到明确的证据说明作者确实以此为原型展开写作。因此，相关研究必然有其局限性。

作为补充，如果关注到相关的文化背景，也许能够对这些问题给出更通达的认识。例如，索隐派一直尝试将《红楼梦》成书的时间上移至顺康时期，并提出诸多猜测与推论。一度颇为风行的"土默热红学"，即通过对洪昇家世、蕉园前五子后七子（合为"金陵十二钗"）、小说诗词本事等的研究，颠覆新红学的基本观点。就目前来看这些推理尚多罅隙，亦难以成为可信之论。不过，土默热对晚明、南明时期的相关考述，以及对《红楼梦》所涉书名、诗词等的讨论却甚有价值。用"互文"的眼光看这些文本，这当然是曹雪芹知识背景的重要组成部分，将这些内容与个人亲见亲闻联系起来，方成《红楼梦》之巨制。特举一面而忽略另一方面，会在研究中漏过许多可能性。

再比如，"才女"并不是曹家亲友（当然也不仅是土默热所认为的"蕉园诗社"）独有者，而是明清社会文化的重要组成部分，现实中的女性作家，与明清才子佳人小说中的女主人公，都是曹雪芹所熟悉的知识。曹雪芹在写作中除了影写现实人物外，还大量借鉴了这些文学、文化资源。引用这些故事，当然代表了作者的趣味和思想，却未必一定要勉强"索隐"出什么更深的"暗语"。又如脂砚斋"真有是事"一类型的批语，骤然读之很容易令人感觉批者是在暗示历史事实乃至亲身经历。但如果了解明清小说理论与相关评点的惯用语言，就能够发现很多话语其实只是"套语"，未必具有什么特别的考据价值。

简单地说，"互文"一方面可以辅助验证"考据"的有效性，另一方面则有助于从文化角度更好地理解文学文本。同理，笔者认为"e互文"与"e考据"也有相辅相成的价值。因为这里讨论的是对虚构文学作品的研究，与完全征实的史事有异，故研究起来应该特别慎重，多方探讨。当然，由于"e互文"只是笔者初步的思路，并没有严格论证过，难免会有若干缺陷。即仅对"互文"的理解，同样也是非常粗浅的。现将所思拉杂书之于此，以俟方家批评。

《红楼梦》书名异称考

　　"新红学"作为传统学术向现代学术转换的重要学术事件，允称近百年来的显学之一。但若加以客观的审视，可发现其研究尚存不少根本性的局限❶。其中最重要的一点是，支撑"新红学"的核心材料——"脂批本"与相关史料文献存在不少可疑之处。所谓"可疑"，即指在现有的研究程度下，证真或证伪皆具相当程度的合理性，难以得出确定不移的结论。目前看问题主要在两方面：一是"脂批本"作为文物，其真伪存在不少疑点❷，在未能将全部疑点彻底厘清的情况下，自然不能轻易放弃审慎的批评态度。二是"脂批本"作为史料究竟是否可靠。脂批之文本内部既存在不少自相矛盾与明显乖谬之谈❸，那么即使其文物的真实性可以保障，也不足以直接作为可征信的史料运用，必须先经详细的文献辨析。由于新红学家对上述的可疑性多避而不谈，就使这一号称"实证"的学术体系本质上只是一种学术假说，尚未足以形

---

　　❶　张昊苏《对胡适〈红楼梦〉研究的反思——兼论当代红学的范式转换》（《文学与文化》2014年第2期）、《红学与"e考据"的"二重奏"——读黄一农〈二重奏：红学与清史的对话〉》（《文学与文化》2016年第3期）对此均有讨论。

　　❷　力图借此从根本上彻底否定"脂批本"的代表性研究有欧阳健《还原脂砚斋》（黑龙江教育出版社2007年版）等，其中不少辨伪意见虽已遭到学者批判，但作为"怀疑"却仍有其合理价值。此外，在研究过程中对具体某一材料的证真或证伪更是新红学长期以来的讨论话题。

　　❸　如俞平伯早已指出甲戌本"其中有许多极关紧要之评，却也有全没相干的"（俞平伯：《脂砚斋评〈石头记〉残本跋》，见《俞平伯全集》第五卷，花山文艺出版社1997年版，第307页），在此基础上欧阳健亦有更全面的怀疑。

成定论。❶因此，如果进行真正"客观"意义上的红学研究，上述话题实不能跳过。解决的办法似乎只有一条，即在个案研究过程中，尽量摆脱对存疑史料真伪问题的"前见"，而广搜相关材料互攻，尝试在此基础上得出成立概率较高的假设。立足于若干个有说服力的个案研究，再尝试重建理解上述史料的逻辑系统。

本文希望通过《红楼梦》❷的书名异称问题展开初步的研究，其理由有以下数端：其一，本问题的核心材料为《红楼梦》第一回楔子，是作者对成书过程的"夫子自道"，在《红楼梦》成书过程研究中具有重要地位；其二，书名问题在《红楼梦》的早期读者群❸中已见著录与讨论，实际影响我们对《红楼梦》早期传播与接受流程的理解；其三，今存之脂批本十九皆作《石头记》，俨然与《红楼梦》系统分庭抗礼，书名之争，在当下红学界也具备某种"站队"的功能。❹

新红学兴起以前，学界对《红楼梦》异名问题一般无特别的深入研究❺。至《红楼梦》成书问题成为一个研究热点以来，才在此框架

---

❶　除索隐派观点并未彻底失去市场以外，黄一农更指出《红楼梦》是"建立在曹家家事与清代史事近百年的精彩互动之上，而不只是胡适先生所主张的'是曹雪芹的自叙传'"（黄一农：《二重奏：红学与清史的对话》，中华书局2015年版，第638页），是近年来立足于"新红学"而不止于"新红学"的重要学术见解。

❷　为行文的方便，本文在一般论述中即径用通行称名，如以《红楼梦》指代小说、以曹雪芹指代小说作者，不特别考虑红学界对书名、作者的争论问题。事实上，在许多问题上，此类对"箭垛子"的争论只具有"站队"的功效，与解决实际问题无关，故笔者不取。

❸　本文之"早期读者""早期传播"主要指刻本以前的抄本《红楼梦》阅读与传播，但在某些时候也将适当延长论述下限。

❹　陈维昭指出早期《红楼梦》读者分为"以脂砚为中心的评批集团"与"以永忠、明义、墨香等人为中心的阅读圈子"，并指出两个圈子"置身于老死不相往来的两个世界"，"读到的是明显属于两个系统的曹雪芹手稿"，对早期阅读情况作出了清晰的概括。见陈维昭：《红学通史》，上海人民出版社2005年版，第19页。

❺　如鲁迅在《中国小说史略》中有"多立异名，摇曳见态，亦仍为《红楼梦》家数也"之见解，仅讨论其文学审美功能。鲁迅：《鲁迅全集》第九卷，人民文学出版社2005年版，第279页。

中探讨五个书名的可能意蕴。但在"一稿多改"❶或"二书合并"❷的大假设中推论意旨，除"宏观的阐述与表态多，但客观、系统、详实、深入的微观论证还嫌不足"❸外，实质上还有结论先行倒推论据之病❹。更进一步说，由于上述研究之立场均是先验地认同脂本，而对相关记载并未加以批判，因此不可能有更深层的史料反思。故这一问题仍有深入挖掘的可能空间。

如果我们相信今存的全部文献在史料上的真实性，那么小说文本及相关批语应为核心的讨论对象，而早期读者的相关称引则为其辅助。以下即基于这一逻辑展开文本分析。

一、小说文本与脂本批语

甲戌本《红楼梦》第一回楔子提及了本书的五个书名：

作者自云：因曾历过一番梦幻之后，故将真事隐去，而借"通灵"之说，撰此《石头记》一书也。……改《石头记》为《情僧录》。至吴玉峰题曰《红楼梦》，东鲁孔梅溪则题曰《风月宝鉴》。后因曹雪芹于悼红轩中披阅十载，增删五次，纂成目录，分出章回，则题曰《金陵十二钗》。❺

---

❶ 代表研究如吴世昌《曹雪芹与红楼梦的创作》(《红楼梦探源外编》，上海古籍出版社1980年版，第69–79页）、沈治钧《红楼梦成书研究》（中国书店2004年版）等。

❷ 皮述民：《脂砚斋与〈红楼梦〉的关系》，见胡文彬、周雷编：《海外红学论集》，上海古籍出版社1982年版，第294–307页。

❸ 《红楼梦成书研究》，第29页。

❹ 传统学者往往"以狱法治经"，胡适将其视为考据学合乎科学规范的特点之一。然老吏断狱，实难免深文罗织，表现在学术上就只是"发明一种特定说法"，与现代意义上的"法律事实""程序正义"等绝非同类。

❺ 《脂砚斋甲戌抄阅再评石头记》，上海古籍出版社1985年版，第9页。

　　此处表明了五个书名的前后关系及所谓"题名者",从文气观之,五个书名显同指《红楼梦》一书。但其他各本 ❶ 均无"至吴玉峰题曰《红楼梦》"之语。即使暂时忽略版本异同的问题,此处至少指出两个重要方面:

　　其一,《石头记》是撰书时的本名,此其"始";

　　其二,曹雪芹增删本书,修订成《金陵十二钗》,此其"终"。

　　而这一描述不仅与今本以"红楼梦"为定名有所区别,且明显与甲戌本凡例 ❷ 形成鲜明对立:

　　是书题名极多,一曰《红楼梦》,是总其全部之名也;又曰《风月宝鉴》,是戒妄动风月之情;又曰《石头记》,是自譬石头所记之事也。此三名皆书中曾已点睛矣。如宝玉作梦,梦中有曲,名曰《红楼梦》十二支,此则《红楼梦》之点睛。又如贾瑞病,跛道人持一镜来,上面即錾"风月宝鉴"四字,此则《风月宝鉴》之点睛。又如道人亲眼见石上大书一篇故事,则系石头所记之往来,此则《石头记》之点睛(睛)处。然此书又名曰《金陵十二钗》,审其名则必系金陵十二女子也;然通部细搜检去,上中下女子岂止十二人哉!若云其中自有十二个,则又未尝指明白系某某。及至"红楼梦"一回中,亦曾翻出金陵十二钗之簿籍,又有十二支曲可考。❸

　　此处显是以《红楼梦》为定名,而《石头记》等为别名。除未提及《情僧录》一名外,似乎对《金陵十二钗》也略有微词。至于"又曰"云云,也对楔子中所述的命名次第有所消解。总之,凡例

---

❶　己卯本、庚辰本、甲辰本、有正本、王府本、程甲本、程乙本等。

❷　甲戌本凡例的作者、真伪在新红学内部亦有强烈争议,但基于本文开始的立场,仍只是先作同系列文本的排比与互攻,不预设其真伪。

❸　《脂砚斋甲戌抄阅再评石头记》,第2页。

不仅未对小说本文提供较妥当解释，反而是与楔子的书名论形成了明确冲突。❶

如果继续观照脂本批文，则矛盾仍将进一步加深。今之脂批本绝大多数均以"石头记"作书名，称及本书时也多言"石头记"，似乎脂砚斋更认同"石头记"这一书名。但有时亦提及"红楼梦"❷等名。其中己卯本十七十八回夹批云"雪芹题曰《金陵十二钗》"❸，明确承认楔子之说法。而甲戌本第一回眉批云："雪芹旧有《风月宝鉴》之书，乃其弟棠村序也。今棠村已逝，余睹新怀旧，故仍因之。"❹此处"旧有""因之"，仿佛暗示《风月宝鉴》别是一书❺，而脂砚斋为纪念棠村之故，沿用了这一书名——如此，则楔子应该出于脂砚斋的意见或手笔，这与"若云雪芹披阅增删，然则开卷至此这一篇楔子又系谁撰？足见作者之笔狡猾之甚"❻，认为曹雪芹撰楔子的观点再次形成矛盾。

综上，就现有的小说文本与脂批内容看，五个书名的重要程度形成鲜明差别，而其可能意涵亦极多矛盾，除非先验认定某一结论而主观排斥其他可能，否则难以给出一相对调和的假设分析。

在此基础上，须进一步梳理早期《红楼梦》读者的相关称引。

---

❶ 对凡例代表性的文本批判有冯其庸《〈论脂砚斋重评石头记〉甲戌本"凡例"——1980 年 6 月在美国首届国际〈红楼梦〉研讨会上的报告》，见冯其庸：《敝帚集：冯其庸论红楼梦》，北京时代华文书局 2015 年版，第 165–191 页。

❷ 甲戌本第五回眉批有"世人亦应如此法看《红楼梦》一书"之语（《脂砚斋甲戌抄阅再评石头记》，第 74 页）。此外尚有甲辰本书名题"红楼梦"，庚辰本"红楼梦""石头记"两书名均有出现，似无特别区分（见《红楼梦脂评校录》，第 305、329、359 页等）。另尚有一些似兼具回目与书名两义的"红楼梦"出现。

❸ 《红楼梦脂评校录》，第 250 页。

❹ 《脂砚斋甲戌抄阅再评石头记》，第 9 页。

❺ "雪芹旧有"是指曹雪芹曾"著有"或"藏有"，亦存在多种理解可能，但总之是《红楼梦》以前的一部其他书。

❻ 《脂砚斋甲戌抄阅再评石头记》，第 9 页。

二、早期读者的称引

与脂本多以《石头记》题名作为一种有趣的对立，可考知的乾嘉时期阅读过《红楼梦》的读者，绝大多数均将此书称为《红楼梦》，且对五个书名的问题几乎未尝关注。❶亦即，绝大多数读者对本书命名的知识并不来源于小说第一回本文，且对此文本并未予以任何特别重视。而考虑到各个版本的《红楼梦》正文均未有解释命书名为《红楼梦》的内容❷，那么上揭乾嘉时期读者的统一理解，必然来自传本对书名的确定，亦即读者所见之该本命名为《红楼梦》，因此读者称此书为《红楼梦》。如按过去"脂先程后"的一般理解，那么读者的"红楼梦"书名知识应主要来源于程甲本。按程甲本序云"《红楼梦》小说本名《石头记》……惟书内记雪芹曹先生删改数过"❸，可见程伟元并不清楚作者情况，其对作者的知识来源于小说第一回楔子。但是，若其知识完全来源于楔子，则命名本书为《红楼梦》则是不可理解的——本书原名是《石头记》，而曹雪芹的最终定名是《金陵十二钗》。这里则指向唯一一种可能，即《红楼梦》此前已经作为某版本的定名而存在，故程本只是沿用而已。

周春《阅红楼梦随笔》云：

---

❶ 唯周春《红楼梦约评》讨论了《石头记》《风月宝鉴》、孔梅溪的问题，但亦并未讨论吴玉峰、《金陵十二钗》等。此外，袁枚《随园诗话》、周春《阅红楼梦随笔》等文人著作及乾嘉时期续书如《后红楼梦》《续红楼梦》《红楼梦传奇》等，均无例外地称本书为"红楼梦"。脂本而外称本书为"石头记"的，笔者仅见淳颖《读〈石头记〉偶成》一篇，其时间在乾隆五十六年（1791）春夏之交。胡小伟认为其所涉内容或为八十回以后事，且其情节更接近脂批之线索，但其解读似仍有进一步商榷的空间。详见路工、胡小伟：《一首新发现的早期题红诗——睿恭亲王淳颖〈读《石头记》偶成〉诗考析》，见《红楼梦研究集刊（第十四辑）》，上海古籍出版社1989年版，第489—511页。

❷ 甲戌本虽明确提及"至吴玉峰题曰《红楼梦》"，但就上下文来看，不可能由此得出本书正名为《红楼梦》的结论。

❸ 朱一玄：《〈红楼梦〉资料汇编》，南开大学出版社2012年版，第45页。

乾隆庚戌秋，杨畹耕语余云："雁隅以重价购钞本两部：一为《石头记》，八十回；一为《红楼梦》，一百二十回，微有异同。爱不释手，监临省试，必携带入闱，闱中传为佳话。"时始闻《红楼梦》之名，而未得见也。壬子冬，知吴门坊间已开雕矣。兹茗估以新刻本来，方阅其全。❶

乾隆庚戌为乾隆五十五年（1790），时程本尚未梓行❷，而周春已闻知有八十回本《石头记》与百二十回本《红楼梦》两种抄本❸。伍拉纳之子亦在手批《随园诗话》中指出"乾隆五十五六年间，见有抄本《红楼梦》一书"❹，可为参证。

如果并不否认周春所述内容的真实性，那么可知道在刻本《红楼梦》以前确有抄本《红楼梦》的存在，且与抄本《石头记》并行。❺而"微有异同"的二书似乎仅被认为是同一部书的两个不同版本，没有关于著作权等问题的更深讨论。❻

❶　朱一玄：《〈红楼梦〉资料汇编》，第565页。

❷　徐雁隅（嗣曾）于乾隆五十年任福建巡抚，乾隆五十五年卒，此范围内清代乡试之时间为乾隆五十一年、乾隆五十四年两年，则徐雁隅购买两部抄本的时间当至晚在乾隆五十四年以前。但徐氏以福建巡抚而购得可当时仅在京城流传之《红楼梦》，则可证此书抄本流行之时间当更早。

❸　百二十回本所指究竟是程高刊行的底本（即在排印以前，以抄本形式流传的高鹗续本），抑或程甲本序中所说的"原目一百廿卷……即间称有全部者，及检阅仍止八十卷"者，或即另有流传、未见文献的百二十回抄本系统，则仍未可知。

❹　袁枚：《随园诗话》，江苏古籍出版社2000年版，第630页。又按，乾隆五十四年伍拉纳继任闽浙总督，并与徐嗣曾共同主持查查天地会等事务。

❺　当然，这并不意味周春所称的抄本《石头记》或抄本《红楼梦》即今存之脂批本或百二十回《红楼梦》抄本。二者之间可能是接近等价的，但也可能有极大差别。

❻　"微有异同"既然指向两书内容无本质的差别，那么就很可能暗示百二十回本《红楼梦》即程甲本序中所提及的"及检阅仍止八十卷"者。舒序本《红楼梦》前舒元炜序云"惜乎《红楼梦》之观止于八十回也……业已有二于三分"（《红楼梦书录》，第9页），似指舒氏所了解的全书本有一百二十回（很可能即来源于回目），而正文只见到八十回。这里与周春的称引很可能互相支撑。换言之，周春此言虽然来自辗转传闻，不能仅凭此以证明今传本即未经改窜的确实古本，却可以证明脂批、程甲本序等所言的版本为确实存在过者，今所见本即出于伪造，亦非无源之水。

与曹雪芹同属一个圈子并可能直接了解到《红楼梦》之早期情况者有明义、永忠、弘昈。

明义《绿烟琐窗集》中言：

> 曹子雪芹出所撰《红楼梦》一部……其书未传，世鲜知者，余见其钞本焉。❶

过去红学界多认为明义与曹雪芹相识，而黄一农则认为二人应无交集❷。此处姑不论明义是否确实认识曹雪芹及其是否确见本书；但此处的记载至少可证明明义知道曹雪芹其人，并知道曹雪芹撰有一部以抄本形式流传的书名为《红楼梦》。而与曹雪芹"可恨同时不相识"的永忠，其《延芬室稿》在乾隆三十三年前后亦有《因墨香得观〈红楼梦〉小说吊雪芹三绝句姓曹》。墨香为敦敏的叔父，可见其所藏曹雪芹著作亦名为《红楼梦》。又此诗上有弘昈批云"第《红楼梦》非传世小说……恐其中有碍语也"❸，则此批也必然在《红楼梦》刊本行世以前。❹

上引众人的共同说法均与前揭周春的转述相合，且其时代均早于《红楼梦》刻本之刊印，可以说明确实有抄本《红楼梦》存在于读者圈中，其内容与今之舒序本关系如何虽难以考实，但可确定是未经程高重新整理的曹雪芹原作。称引的唯一例外则为淳颖

---

❶ 《绿烟琐窗集·枣窗闲笔》，上海古籍出版社 1984 年版，第 105 页。又陈维昭据明义题诗所涉文本细节，指出"富察明义读到的可能是一百二十回抄本《红楼梦》"。见《红学通史》，第 88–89 页。

❷ 黄一农：《〈红楼梦〉早期读者间之亲属关系辨误》，载《红楼梦学刊》2012年第3期，第 108–109 页。

❸ 永忠：《延芬室集》，上海古籍出版社 1990 年版，第 778 页。

❹ 黄一农指出"知弘昈对《红楼梦》的感觉想必很不平常，甚至他若私下读过这本小说亦不会太令人惊讶"。《二重奏：红学与清史的对话》，中华书局 2015 年版，第 610 页。

《读〈石头记〉偶成》。但其诗之写作时间相对较晚，其所读之本或别有渊源。❶

更进一步说，在本书的早期读者眼中及心中，曹雪芹确实为本书定名为《红楼梦》。而以《石头记》命名的小说，相关记载在文献著录上要晚于《红楼梦》，这是一个值得特别注意的关节点。从文本逻辑来看，既然甲戌本楔子、庚辰本批语等在无文本内证的情况下提及了《红楼梦》，那么《红楼梦》名称的出现实际在今见脂批《石头记》成书以前。

此外，考虑到并未有材料证明曾有人声称阅读过《情僧录》《风月宝鉴》或《金陵十二钗》，可以证明传世的《红楼梦》抄本只有两种正式题名能够坐实，即《石头记》与《红楼梦》。总之，《红楼梦》的剩下三个异名，就目前来看对其早期传播恐怕不构成特别影响。❷

三、《枣窗闲笔》及相关记载的综合分析

裕瑞《枣窗闲笔》云：

《红楼梦》一书，曹雪芹虽有志于作百二十回，书未告成即逝矣。诸家所藏抄八十回书及八十回书后之目录，率大同小异者，盖因雪芹改《风月宝鉴》数次，始成此书，抄家各于其所改前后第几次者，分得不同，故今所藏诸稿本未能划一耳。此书由来非世间完物也，而伟元臆见，谓

---

❶ 胡小伟提出了淳颖阅读《石头记》的多种可能渠道，但均无证据坐实。而黄一农则否定了淳颖与敦诚为连襟的可能。《二重奏：红学与清史的对话》，第544–545页。

❷ 由此可以推测，《红楼梦》第一回的五个书名演变过程，恐并非现实流传中确实存有之情况。换言之，小说正文中所谓曹雪芹定书名为《金陵十二钗》，如果并非单纯的"故作狡狯"，那么就是其并没有真正落成为可供流传的明文。至于纯然代表作者的构思或悬拟，抑或代表某一阶段性的稿本，或不必过度深求。

世间必当有全本者在，无处不留心搜求，遂有闻故生心思谋利者，伪续四十回，同原八十回抄成一部，用以贻人。伟元遂获赝鼎于鼓担，竟是百二十回全装者，不能鉴别燕石之假，谬称连城之珍，高鹗又从而刻之，致令《红楼梦》如《庄子》内外篇，真伪永难辨矣。不然即是明明伪续本，程高汇而刻之，作序声明原委，故捏造以欺人者。斯二端无处可考，但细审后四十回，断非与前一色笔墨者，其为补者无疑。❶

闻旧有《风月宝鉴》一书，又名《石头记》，不知为何人之笔。曹雪芹得之，以是书所传述者，与其家之事迹略同，因借题发挥，将此部删改至五次，愈出愈奇，乃以近时之人情谚语，夹写而润色之，借以抒其寄托。曾见抄本，卷额本本有其叔脂研斋之批语，引其当年事甚确，易其名曰《红楼梦》。此书自抄本起至刻续成部，前后三十余年，恒纸贵京都，雅俗共赏，遂浸淫增为诸续部六种，及传奇、盲词等等杂作，莫不依傍此书创始之善也。❷

其原书开卷有云"作者自经历一番"等语，反为狡狯托言，非实迹也。本欲删改成百二十回一部，不意书未告成而人逝矣。余曾于程、高二人未刻《红楼梦》板之前，见抄本一部，其措辞命意，与刻本前八十回多有不同。抄本中增处、减处、直截处、委婉处，较刻本总当，亦不知其为删改至第几次之本。八十回书后，惟有目录，未有书文，目录有大观园抄家诸条，与刻本后四十回四美钓鱼等目录迥然不同。盖雪芹于后四十回虽久蓄志完成，甫立纲领，尚未行文，时不待人矣。又闻其作戏语云："若有人欲快睹我书，不难，惟日以南酒烧鸭享我，我即为之作书"云。观刻本前八十回，虽系其真笔，粗具规模，其细腻处不及抄本多多矣，或为初删之稿乎？至后四十回迥非一色，虽不了然，而程、高辈谓从故担无意中得者，真耶假耶？此因《后红楼梦》书后，先补及原书八十回及伪补续四十回之一切原委者也。❸

---

❶ 《绿烟琐窗集·枣窗闲笔》，第 161–164 页。

❷ 《绿烟琐窗集·枣窗闲笔》，第 173–174 页。

❸ 《绿烟琐窗集·枣窗闲笔》，第 177–181 页。

上揭引文虽有不少"盖因""闻"等的内容，但明确说明"曾见"原书，如果在"新红学"相信本书文献价值的前提条件下，就应该承认这些内容是基本可靠的。裕瑞在亲见《石头记》抄本、《红楼梦》抄本及刻本之基础上，对小说成书过程的认知如下。

某无名氏撰有一部名为《风月宝鉴》、别名为《石头记》的小说，被曹雪芹改写，并以《红楼梦》为名行世。《红楼梦》全书虽有百二十回目录，但实际仅有八十回正文。而正文又因曹雪芹多次修改，故世传之本亦多有不同。"此书自抄本起至刻续成部，前后三十余年"，则其时间可以笼括今传之甲戌本等。

然按其中"曾见抄本，卷额本本有其叔脂研斋之批语，引其当年事甚确"指出裕瑞所见的抄本为《红楼梦》、脂砚斋为曹雪芹之叔。❶但这一解释与今传文本存在不少矛盾。

如脂砚斋是曹雪芹之叔，那么就应承认雪芹命书名为《红楼梦》的做法，脂批不应在《石头记》上出现，"至脂砚斋甲戌抄阅再评，仍用《石头记》"的做法无异于否认曹雪芹的著作权，而归之于无名氏，这显然于理不合。裕瑞指出"其原书开卷有云'作者自经历一番'等语，反为狡狯托言，非实迹也"，无疑认为小说绝非曹雪芹亲历，那么脂砚斋取小说与时事比附的评语就不具备史料信度，"引其当年事甚确"又是自相矛盾。而若"雪芹旧有《风月宝鉴》之书"是无名氏所撰的《石头记》，那么上有"其弟棠村序"也恐怕难以妥善解释。如果甲戌本凡例为真，那么矛盾则将更趋凸显。

除此之外尚有不少疑点：裕瑞认为《石头记》（即《风月宝鉴》）

❶ 此处行文存在模糊处，但如认为"抄本""其"存在指代《石头记》、佚名，与上文"闻旧有《风月宝鉴》一书，又名《石头记》"的说法似可直接矛盾。而且，如脂砚斋是"佚名"之叔，那么其时代必在曹雪芹以前，不唯不会提及曹雪芹是小说作者的观点，亦不应出现曹雪芹的名字。但这与今传脂本正文"曹雪芹于悼红轩中披阅十载，增删五次"及甲戌本脂批中"雪芹旧有《风月宝鉴》之书""若云雪芹披阅增删""芹为泪尽而逝"等存在明显矛盾。

并非曹雪芹所著，且与《红楼梦》并非同一部书，这一见解与今传脂本及其他材料均产生抵牾。且今所见各材料亦并无能证明脂砚斋是作者叔父的记载，裕瑞何以获得此看法也令人难以考索。❶

通过对上引材料加以深入解读，都只能指向一种结论，即裕瑞见到的所谓"脂本"虽然说明了脂砚斋的存在，但其内容与今传脂本存在明显的互斥关系。换言之，如果我们相信《枣窗闲笔》的记载，就必须认为今传脂本在关键问题上具有漏洞，那么至少存在大量伪造或错误之内容；而如果《枣窗闲笔》为不可信的史料，那么就无法据以证明脂本的可靠性。因此，不论上述诸书的真伪关系如何，旧说以《枣窗闲笔》与今传脂本互证的方法都存在明显的逻辑谬误，而新红学的证据链条也应加以重新审视。❷

四、小结

就上文征引的材料来看，早期或可能为早期之《红楼梦》异名论述之间已产生相当多的矛盾之处，难以得出调和的结论。几乎可以说，史料愈多，歧见愈滋生。但也可得出部分"公约数"：

其一，绝大多数早期称引认同《红楼梦》是曹雪芹为小说的定名。支持者包括甲戌本凡例、部分抄本《红楼梦》（甲辰本、己酉本）、刻本《红楼梦》及明义、周春、裕瑞等早期读者的称引。可能的支持或中立者包括小说楔子（甲戌本除外）❸、庚辰本等。可能的反对者则

❶ 《枣窗闲笔》中类似的史料疑点还有很多，此特举其中与本文论题相关者也。对《枣窗闲笔》的相关讨论可参欧阳健《还原脂砚斋》（第6–24页）、温庆新《〈枣窗闲笔〉辨伪论》（《贵州大学学报（社会科学版）》2010年第2期）、黄一农《二重奏：红学与清史的对话》（第561–590页）、高树伟《裕瑞〈枣窗闲笔〉新考》（《曹雪芹研究》2015年第3期）等。

❷ 这里应该更深一层地反思《枣窗闲笔》的史料价值问题，而非过度纠缠于其文物真伪，因文物之真并不能直接推导出文献之真。

❸ 如小说楔子仅存四个书名而无"吴玉峰"一句，那么或可理解为《红楼梦》也许是晚于或高于上述四个书名的最终定名，因此不必置于楔子内。

为淳颖、甲戌本（凡例除外）及其他脂批本。

其二，分别以《石头记》《红楼梦》为书名的抄本在相当时间内曾并行，二者流传先后并非线性关系。直接支持者为周春，其他材料基本可解释为这一观点的补充论据，似无明确的反对材料。

其三，早期流传中书名异称的核心在于《石头记》《红楼梦》两名，《情僧录》《风月宝鉴》《金陵十二钗》及空空道人、吴玉峰、孔梅溪较少为早期读者关注，仅脂批、周春、裕瑞稍作涉及而已，且亦并无特别的卓见。

其四，从文本的疑点来说，最值得怀疑的似乎是作为孤证的甲戌本正文"至吴玉峰题曰《红楼梦》"与甲戌本凡例的相关文本。当然，就证伪而言仍需要更深入的探索。至于其他存疑文本，亦多各有其可疑之处，仍需进一步加以分析。

"公约数"之外，"未知数"不少，前文述之已备，此处不再重提。如进一步求解，以下思路或不可放过：

其一，《红楼梦》成书过程的复杂性应该得到特别重视。本话题所涉及的材料，时间跨度并非甚远，但矛盾颇见明显。除对史料的"证真"与"辨伪"之外，应该注意考量另一种可能：作者创作心态变化而导致的文本扼杀。作者用定本抹杀初版本痕迹的情况在文学史上并不鲜见，而《红楼梦》的复杂成书过程亦早已成为一桩难求定论的学术公案。故某些史料的矛盾或许代表的是作者心态之变化，在缺乏相关证据的情况下，不应轻下结论。❶

其二，在史料辨析过程中，互攻只是提出而非解决问题，更重要的仍是全盘检核新红学基本文献。在面对多种可能的时候，学术研究中易产生一种倾向，即假设或"前见"先行，并以此为基础判定对史料的去取。此即前文所批评的"发明一种说法"，虽然自有价值，但

---

❶ 此点由高树伟指出，特表感谢。又可参刘世德：《移花接木：从柳湘莲上坟说起——〈红楼梦〉创作过程研究一例》，载《文学遗产》2014 年 4 期。

难以遽然视为客观研究的"究竟义"。就红学研究的现状而言，似乎应抛弃任何证真或证伪的成见，重新清理新红学基本文献的史料品格，在若干重要个案研究的基础上对材料的价值作出更全面的认识。在这一过程中，"程序正义"比"老吏断狱"更为可贵；而不下明确断语，亦正是一种断语。

其三，注重抄本的特殊性问题，慎重运用"默证"。历史本身已经无法还原，尤其是不能通过历史叙述还原，只能证伪，不能证真，能还原的只有历史的书写。张荫麟曾经指出："凡欲证明某时代无某某历史观念，贵能指出其时代中有与此历史观念相反之证据。若因某书或今存某时代之书无某史事之称述，遂断定某时代无此观念，此种方法谓之'默证'（Argument from silence）。……'是以默证之应用，限于少数界限极清楚之情形：（一）未称述某事之载籍，其作者立意将此类之事实为有统系之记述，而于所有此事皆习知之。……（二）某事迹足以影响作者之想象甚力，则必当入于作者之观念中。'"❶抄本的不稳定性与特殊性远高于刻本，而欲以今传之部分抄本的面貌推度历史的本来面目，极易在推理中违反默证的使用限度。考据的有效性或仅在于对现有材料的文本复原与逻辑重建，寻求并赋予其意义的做法难免引发过度论述，这在学术考据的进程中应时刻警醒。

其四，在文本研究与文献研究的长河中，应随着材料的特殊性而完成"研究方法"的革新。红学研究的基本文献多为具特殊性且价值待定的抄本，文本本身又具有虚实交融的"反考据"属性，故在

❶ 张荫麟：《评近人对于中国古史之讨论（古史决疑录之一）》，《张荫麟全集》中卷，清华大学出版社 2013 年版，第 801–802 页。对张氏的批评可参考乔治忠：《张荫麟诘难顾颉刚"默证"问题之研判》（《史学月刊》2013 年第 8 期）。笔者认为，尽管如乔文所说，张荫麟的见解"出现了诸多知识浅陋、刁蛮无理甚至疑似学术不端的问题"，"默证的适用限度"亦相当程度上"是一个逻辑上自相矛盾的命题"，但其中之合理内核仍值得重视：以默证法提出质疑乃至"大胆假设"都无不可，唯其本身至多仅属一种归纳推理，应注重与立足于文献材料的演绎推理加以互补，方能更加逼近历史的真相。

此基础上的研究应特别注重研究方法的针对性。近年来，陈洪的"互文说"❶、黄一农的"e 考据"❷等前沿研究方法进入红学研究，为红学研究提供了新的开展可能。而先唐文献与出土文献研究中也出现不少新的研究方法，在解决"抄本"的方法上与红学存在接榫可能。在此大背景下，或许是时候进一步反思固有研究范式了。

（本文原刊《文学与文化》2017 年第 3 期）

---

❶ 陈洪：《从"林下"进入文本深处——〈红楼梦〉的"互文"解读》，载《文学与文化》2013 年第 3 期。

❷ 黄一农：《二重奏：红学与清史的对话》，台湾"清华大学"出版社 2014 年版。简体修订本，中华书局 2015 年版。

"作践南华庄子"考：兼及《红楼梦》
涉《庄》文本的学术意义

对于曹雪芹及《红楼梦》❶中所体现的哲学思想和文化底蕴，学界前贤研究已颇为详尽；对于《红楼梦》对《庄子》的吸纳接受，也多有专书专文讨论。然而，这些研究大部分集中于宏观角度，对于《红楼梦》中几则较为具体的涉《庄》文本及相关脂批，文本细读工作似乎还未臻尽善。❷特别是讨论《红楼梦》与《庄子》的关系，却对《红楼梦》中明确称引《庄子》内容未详细讨论，难免易生疏漏。其中尤要者，则为小说第二十一回中"作践南华庄子"一诗，既属红学版本上一桩公案，又对于理解曹雪芹的庄学知识及其文学思想不无裨益，惜目前相关讨论似乎还不够充分。曹雪芹究竟是如何接受《庄子》并将其运用到小说写作中的？相关文本及批语对理解小说的文学笔法、思想倾向及文化背景有何意义？这些探讨能否辅助解决《红楼梦》文献上的一些争议性问题？这是本文希望就此话题来进一步探讨的内容。

就研究的方法而言，笔者认为应该针对《红楼梦》文献的特殊性，区分相关抄本的文物可信度与文献可信度，并以后者为主要研

---

❶　为行文的方便，如无特别例外，本文在一般论述中即径用通行称名，如以《红楼梦》指代小说、以曹雪芹指代小说作者、以脂砚斋指代脂批本的批者，不特别考虑红学界对书名、作者、批者的争论问题。事实上，在许多问题上，此类对"箭垛子"的争论只具有"站队"的功效，与解决实际问题无关，故笔者不取。这一见解已见于张昊苏《〈红楼梦〉书名异称考》，载《文学与文化》2017年第3期。

❷　较有代表性的早期研究如陶白《曹雪芹与庄子》，载《红楼梦学刊》1981年第2辑。相关专书有张建华：《红楼梦与庄子》，吉林大学出版社2011年版。

究对象。对此应"尽量摆脱对存疑史料真伪问题的'前见'，而广搜相关材料互攻，尝试在此基础上得出成立概率较高的假设"❶。陈洪指出，"两部著作，同一时代而前后接踵，都不同寻常地使用了某一词语，且各自成为文本的鲜明标识；而两部书的作者之间有某种重要的关联，后者很有可能读到前面一部书，那么，这两部书就构成了特殊紧密的互文关系；而这一词语的解读，应该甚至必须考虑到互文关系这一层面"❷。这一方法也被本文所借用。

一

《红楼梦》第二十一回写贾宝玉因被袭人所箴，心情郁闷，酒后提笔续《庄子·胠箧》一段。次日黛玉看见，因题一绝讥刺，诗曰：

> 无端弄笔是何人？作践南华庄子因。
> 不悔自己无见识，却将丑语怪他人。

"作践南华庄子因"一句，各本文字不同，庚辰本、蒙府本、戚序本、舒序本、圣藏本同，梦觉本等作"作践南华庄子文"，程甲本作"剿袭南华庄子文"。梦稿本初作"庄子因"，却被人用墨笔将"因"字划掉，而改作"文"字。按一般"脂先程后"的观点看，可清晰判明"庄子因"当为曹雪芹笔墨，而"庄子文"很可能是后人不明"庄子因"是书名，故而妄改❸。从现存版本上看，这一论断似无太大问题，

---

❶ 张昊苏：《〈红楼梦〉书名异称考》，载《文学与文化》2017年第3期。

❷ 陈洪：《〈红楼梦〉"木石"考论》，载《文学与文化》2016年第2期。

❸ 另一可能是认为《庄子因》与内容主旨无涉，而加以有意的修订。

前人亦早有说明❶；然而相关研究往往到此戛然而止，对本句诗旨及脂批所涉"庄子因"可能存在的解读问题或无讨论，或缺乏有力度的文献辨析和文本细读。

此前对本诗标点，一般作"作践南华《庄子因》"，并注出《庄子因》一书本末情况❷。然而，此处贾宝玉所续实为《庄子》本文，文体亦仿照《胠箧》原文句法，与林云铭《庄子因》并无关系。且南华真人（庄子）所著之书为《庄子》，也非《庄子因》。同理，脂批在此处言"续《庄子因》数句"，亦不合实际情况。在对本诗的具体解读过程中，实际上也是按照"作践南华庄子文"的意思来解读，并认为写作"庄子因"只是押韵所需，没有特别的意义。但古人作绝句，押邻韵本非破例，没有必要强行以"因"字凑韵。且本诗第一、第四两句皆以"人"字为韵脚，更犯忌讳，足见此诗技巧之拙劣，很可能是曹雪芹草率随笔，所谓格律问题不足以为明确证据。

前贤的关注似乎多止于此，然而这一问题实有进一步考察的必要。

首先，应讨论本诗的具体意指。将"作践南华庄子因"理解为"作践南华庄子文"，上下文意思可通，但字面上已嫌迂曲。除用"庄子因"指代"庄子文"似无理据外，"南华庄子"连文亦颇罕见，在七言诗中使用更显文繁无物。以《红楼梦》中诗词及现有曹学文献来看，似不应如此行文。因此，这里的断句应该是"作践《南华》《庄子因》"。周汝昌认为"读雪芹为黛玉所设的随口吟成的'跋诗'，开开小玩笑，若那样一本逻辑正经而求，就反而会'以辞害义'了"❸，即以"庄子因"作为"《庄子》"的代表。蔡义江指出这是批评贾宝玉，"像宝玉这样乱发挥《庄子》文义，简直把那些解释《庄子》一

❶ 笔者所见较早提出这一观点的是周汝昌，文载其《周汝昌梦解红楼》，漓江出版社2005年版，第169页。网络上对此也有讨论，如 http://blog.sina.com.cn/s/blog_1615622240102wowj.html。

❷ 如蔡义江《红楼梦诗词曲赋鉴赏》即为其中代表，中华书局2001年版，第152页。

❸ 《周汝昌梦解红楼》，第170页。

书者的声誉也糟蹋了"❶。考林云铭《庄子因》在当时属于较为流行的读本——徐世昌《晚晴簃诗汇》曾追述其"流行乡塾"，其版本亦甚多，仅就《中国古籍总目》所载，在《红楼梦》成书以前的今存版本就有康熙二年自刻本（据自序）、康熙间白云精舍刻本（上海图书馆等藏）、康熙二十一年文治堂刻本（南京图书馆等藏）、康熙二十七年自刻本（上海图书馆等藏）、康熙五十五年文盛堂刻本（国家图书馆等藏，题名《增注庄子因》）、乾隆二年王汝林刻本（南京图书馆等藏）、乾隆二年益智堂刻本（上海图书馆等藏）等❷。且曹寅《楝亭书目》卷三中著录有此书，言"《庄子因》，本朝三山林云铭序述，六卷六册"❸。足见曹雪芹可能经由多渠道得知并阅读这部流行一时的《庄子因》。

但从字面上看，本句除可理解为"作践《南华》《庄子因》"外，还可以理解为"作践《南华》（者是）《庄子因》"，即黛玉诗意谓贾宝玉无端弄笔，如同《庄子因》作践《南华真经》一样。又按，杨耀翔指出，如果参照脂批，这里黛玉诗意当是：贾宝玉续《庄子》自有特点，只是被《庄子因》之类的俗见所嘲，殊不知此类评点才是玷污性灵的无端弄笔。笔者认为这一解读也过于迂远了。

因此，若要进一步理解本诗，则需考察曹雪芹对《庄子因》的可能态度，在此基础上方能探讨为何此处特别提出《庄子因》书名的问题。

曹雪芹对《庄子因》的具体评述并无文字可考。康乾时人对《庄子因》间有正面评价，但总体来看似乎较少。如王晫（1636—？）《今世说》卷二有林云铭小传，言"吴方涟侍御见所注《庄子》，因叹为标旨清殊，迥绝群议"❹，可为罕见之例，但亦是只言片语，价值有限。吴方涟即吴雯清（1644—1704），传见《两浙輶轩录》卷一、

---

❶ 《红楼梦诗词曲赋鉴赏》，第 153 页。

❷ 中国古籍总目编纂委员会编：《中国古籍总目　子部5》，中华书局、上海古籍出版社2010 年版，第 2357 页。

❸ 曹寅：《楝亭书目》卷三，《辽海丛书》本。

❹ 《清代笔记小说大观》，上海古籍出版社 2007 年版，第 129 页。

《全浙诗话》卷四一等，然其生平资料不多，亦未见其续对此话题有类似说明。

这一时期相对较有代表性也产生较大影响的是《四库全书总目》的相关评价。

《四库总目》不著录《庄子因》，但著录有林云铭《楚辞灯》，存目有其《挹奎楼文集》《吴山勩音》。馆臣对林氏人格有所称许，谓"其志操有足多者"❶，然对其学问颇加诋呵。《庄子口义提要》对林希逸评价不高，却特意说："差胜后来林云铭辈以八比法诂《庄子》者"❷。值得注意的是，如果按本文提出的"别解"来解读"作践南华庄子因"，似乎两者之间也存在"互文"之处：《红楼梦》对于八股文章的鄙薄早已是文学基本常识。

此外，若《楚辞灯》提要言："词旨浅近，盖乡塾课蒙之本……以时文之法解古书"❸，《挹奎楼文集》提要言："然学问则颇为寠陋，所评注选刻大抵用时艺之法，不能得古文之源本"❹，皆指出林云铭以时文之法评点古书，故其文境界低下，不值一提。此后《郑堂读书记》等亦沿袭此说法，言"然其学本浅近，观所选《古文析义》两编，暨《庄子因》《韩文起》诸书，皆不出科举之习，宜其文亦不能追古作者云"❺。

尽管林氏评点有其独到之处，但其学术价值向被贬斥，认为仅达到乡村塾师课蒙水平，这基本上成为历代相沿之定论。

《红楼梦》成书在《四库总目》之前，当然不可能预知其说。但林云铭各种评点本所施圈点，以及凡例中自述反复求其所谓"眼目

---

❶ 《四库全书总目》，中华书局 1965 年版，第 1648 页。

❷ 《四库全书总目》，第 1246 页。

❸ 《四库全书总目》，第 1270 页。

❹ 《四库全书总目》，第 1648 页。

❺ 周中孚：《郑堂读书记》卷七十，《吴兴丛书》本。

所注，精神所汇"❶的时文手法，与通行各种选文评点并无二致，在当时熟谙时文的读者眼中自是常识，即使无《四库总目》这样的"官方定论"也没有影响。又林云铭《四书存稿自序》中言"余十余龄学为制艺……必以讲贯题旨、理会题神、相度题位、阐发题蕴为第一义"❷，正表明个人文章手眼所在。而林云铭"以卖文为活"❸的生计所限，也当然会令其选本趋于时文一路。

此外可为参证者，如钱大昕《潜研堂文集》卷三十三《与友人书》，责方苞推重戏曲小说，不得古文之法，"以此论文，其与孙鑛、林云铭、金人瑞之徒何异"❹，此书时间不详，但《潜研堂文集》书信似大致编年，本篇其前有《与晦之论尔雅书》，说钱大昭（晦之，1744—1813）"得晦之书，知方读《尔雅》，从事于训诂及虫鱼草木之学，甚慰以喜"❺，疑当为钱大昭青年时事。其下有《复倪敬堂书》，中言及皇十二子永璂（1752—1776）去世事❻，则《与友人书》的时间段大致可以估计，其时间应稍早于《四库总目》成书。其中将林云铭与孙鑛、金圣叹相提并论，一方面是三人皆有大量评点之作，且在社会上名声较大；另一方面则是皆以时文法批点，故方为并举。由此观之，当时士林对林云铭的普遍态度似可见。

鉴于大量类似文本对林云铭的批评皆指向"时文"，倘若曹雪芹确曾读过此书，其得出与《四库总目》所说相近似的见解是不奇怪的。当然应顺带提及的是，林云铭虽深受时文影响，但其旨趣却在"古文"，只是其识力不足以副。在当时读者的眼中，也就其客观而论，

---

❶ 林云铭：《增注庄子因序》，《庄子因》卷首，华东师范大学出版社2011年版，第1–2页。此语在本序中凡出现三次。

❷ 林云铭：《挹奎楼选稿》卷三，《四库全书存目丛书》集部230册，第46页。

❸ 邓之诚：《清诗纪事初编》卷八，上海古籍出版社2012年版，第966页。

❹ 钱大昕：《潜研堂集》，上海古籍出版社2009年版，第607页。

❺ 《潜研堂集》，第605页。

❻ 《潜研堂集》，第610页。

林氏评点各本的特点乃是"时文"。

且就曹雪芹《红楼梦》中表现出的对《庄子》的理解，及对《庄子》相关思想与意象的化用来看，他所认同的《庄子》当具有不拘世俗、任性游心的出尘气质，而非林云铭所认为的"与孔子异而同"，阅读《庄子》也是推崇"得意忘言""随意所之"（《红楼梦》第七十八回），而非林云铭提倡的"于草蛇灰线、蛛丝马迹处寻求"❶。故就思想倾向而言,曹雪芹认可《庄子因》的可能性也是很低的。

当然，这里并非说曹雪芹必然或可能受到前引某一说法的影响，而是希望指出：大致同一时代的诸多作品，均对林云铭提出了类似的评价，这就为我们理解曹雪芹的可能意图提供了相应资料，即在"互文"的视野下，曹雪芹很可能与这些读者一样，认为《庄子因》有八股气息，故将其看成作践《庄子》原书的劣作。比较而言，"像宝玉这样乱发挥《庄子》文义，简直把那些解释《庄子》一书者的声誉也糟蹋了"则是今人的判断，并无同时代文本的证据，其成立的可能性相对较小，本诗仍当理解为"贾宝玉无端弄笔，如同《庄子因》作践《南华真经》一样"。而且，若按旧说推重《庄子因》的观点，即使仅就当时水平看，曹雪芹的思想见解恐怕实在不甚高明，这与《红楼梦》所展现出来对《庄子》的独特理解似乎不合，也可为一旁证。

二

以上是为"外证"，请再讨论"内证"，即贾宝玉续文（实际上是仿写）是否有八股气息，因此近似《庄子因》的问题。前贤曾指出《红楼梦》第七十八回姽婳将军一段，可与林云铭《林四娘记》（文

---

❶ 《庄子杂说》，《庄子因》卷首，第12页。

载《虞初新志》）产生勾连，以此作为曹雪芹了解林云铭之内证。本文进一步就涉《庄》文本加以讨论。

在《胠箧》篇"故绝圣弃知，大盗乃止；擿玉毁珠，小盗不起；焚符破玺，而民朴鄙；掊斗折衡，而民不争；殚残天下之圣法，而民始可与论议。擢乱六律，铄绝竽瑟，塞瞽旷之耳，而天下始人含其聪矣；灭文章，散五采，胶离朱之目，而天下始人含其明矣。毁绝钩绳而弃规矩，攦工倕之指，而天下始人含其巧矣"一段之后，贾宝玉的续文曰：

> 焚花散麝，而闺阁始人含其劝矣，戕宝钗之仙姿，灰黛玉之灵窍，丧减情意，而闺阁之美恶始相类矣。彼含其劝，则无参商之虞矣，戕其仙姿，无恋爱之心矣，灰其灵窍，无才思之情矣。彼钗、玉、花、麝者，皆张其罗而穴其隧，所以迷眩缠陷天下者也。

就内容而言，其白话大意为：摧残袭人、麝月后，闺阁中人才能保全其勤勉。戕害宝钗的仙姿，焚坏黛玉的灵窍，消解其情意，闺阁中人的美恶就相类似了。如闺阁中人保全其勤勉，就不会产生对立；戕害其仙姿，就不会有贪恋爱惜之心；焚坏其灵窍，就不会有才情。宝钗、黛玉、袭人、麝月，皆以自己的优势布下天罗地网，令天下人（实际是宝玉）迷眩其中。

就字面看，这段话颇像是《胠箧》"绝圣弃知"思想的延续。然而《胠箧》篇的本旨是说世俗小智不足以据，当各守本分，顺应自然之道，方能达到国治。而贾宝玉的续文则是欲戕害钗、玉、花、麝的本性，以发泄自己的不满，即小说第二十一回之"权当他们死了，毫无牵挂，正能怡然自悦"的感情。这确是"作践"《庄子》之"丑语"，也是传统社会戕害个人自由特别是女性自由常有的一套迂腐说辞。《红楼梦》中所写的贾宝玉，总体来言是尊重、呵护女性的正面

305

形象，这类激愤中的"反调"丰富了其人物性格，但显然并非小说所认同的态度。

再就文章风格来看，可再与《庄子因》的相关评价作一番对比。贾宝玉续书的行文乃至部分用词，全部模仿《胠箧》。《胠箧》下文作：

> 故曰：大巧若拙。削曾史之行，钳杨墨之口，攘弃仁义，而天下之德始玄同矣。彼人含其明，则天下不铄矣；人含其聪，则天下不累矣；人含其知，则天下不惑矣；人含其德，则天下不僻矣。彼曾、史、杨、墨、师旷、工倕、离朱，皆外立其德而以爚乱天下者也，法之所无用也。

贾宝玉续作第一句的句式是仿此前的"攦工倕之指，而天下始人含其巧矣"。然后省去"故曰：大巧若拙"六字，其他句式基本与引文完全相同。《庄子因》恰好对此有明确评述，称"多着'大巧若拙'四字，便觉文字不排"[1]，下又说"颠倒出之，此化板为活法也"[2]。"化板为活法"乃评点惯用名词，大意即通过语句的节奏变化以达到错落之美。而"文字不排"很可能即针对八股笔法而言，认为这是"古文"胜于"时文"之特色。贾宝玉省去此六字，恰好亦落入时文窠臼之中了。从文献学角度推想，贾宝玉所省之六字很有可能是《庄子》原书的衍文；且续书也并无亦步亦趋的必要。但是，在《庄子因》的评点中，这六字已具有文章学的意义，实颇为重要；而贾宝玉这段明确涉及"庄子因"的续文，却恰巧省掉此六字，那么其间就很可能具有互文关系。换言之，贾宝玉续作省去"故曰：大巧若拙"六字，很可能正是"作践南华庄子因"的体现形式之一，即《庄子因》的评点已属

---

[1] 《庄子因》，第 103 页。

[2] 《庄子因》，第 103 页。

"作践"（因其虽讲"古文"，但实际却是"时文"），而贾宝玉的续书还不及《庄子因》批评的末流。

三

以上考述《红楼梦》本文中"庄子因"既竟，则应进一步讨论脂批中涉及"庄子因"的文本及其可能暗示的文献意义。

庚辰本二十一回眉批言：

赵香梗先生《秋树根偶谭》内，兖州少陵台有子美祠，为郡守毁为己祠。先生叹子美生遭丧乱，奔走无家，孰料千百年后，数椽片瓦，犹遭贪吏之毒手，甚矣才人之厄也！因改公《茅屋为秋风所破歌》数句，为少陵解嘲："少陵遗像太守欺无力，忍能对面为盗贼。公然折克非己祠，旁人有口呼不得。梦归来兮闻叹息：白日无光天地黑。安得旷宅千万官，太守取之不尽生钦颜，公祠免毁安如山。"读之令人感慨悲愤，心常耿耿。壬午九月。因索书甚迫，姑志于此，非批《石头记》也。为续庄子因数句，真是打破胭脂阵，坐透红粉关，另开生面之文，无可评处。❶

前人对本批中"秋树根偶谭""壬午九月索书甚迫"等都有较详细的讨论，但对本批语所涉"庄子因"的分析似乎还未臻深入。

由于该条脂批所言是续"庄子因"，故不少红学家未能细绎《庄子》原文及《庄子因》体例，便误解贾宝玉所续为《庄子因》。其实且不论《红楼梦》正文与《胠箧》原文的相似性，就前文脂批❷亦自另有"谓余何人也，敢续《庄子》"一批，本不应发生误解。

---

❶ 朱一玄：《红楼梦脂评校录》，齐鲁书社 1986 年版，第 316 页。

❷ 实际上均是畸笏叟批，参张昊苏《畸笏叟批语丛考》。

这里出现"庄子因"有以下几种可能：其一，乃"因"为衍文和误字，是批者笔误或抄者过录之失，原文当作"续庄子"或"续庄子文"。尽管脂批往往有类似问题，却很难找出证据确认这一推测。其二，这里断句当作"为续《庄子》因数句"，只是恰好与《庄子因》字面偶合，这也是提出《庄子因》为书名以前的主流理解方式。其三，则是批者对《庄子》原文及《庄子因》缺乏知识，故误认为续文乃接续《庄子因》而非《庄子》，而作"囫囵语"。

笔者认为，"为续《庄子》因数句"，从字面来看似不甚通顺；而认"因"为衍文，虽有道理，但无证据；似以第三种说法的成立概率为最高。假如按照这一解读方式，并参考其他各回脂批涉《庄》文本的相关评价，可进而得出两结论：

第一，批者对《庄子》等传统典籍缺乏应有知识，其文化水平恐不甚高；

第二，批者并未对此问题与曹雪芹有所交流，甚至对曹雪芹的知识背景了解有限，故而在评点中颇显隔膜。

当然，目前来看这只是一种可能性，需要结合更多个案加以讨论，却是不应轻忽的存在。

四

相关脂批涉《庄》批语或许可以为我们的理解提供旁证。为论述方便起见，兹先移录其文。

第二十一回相关批语有 ❶：

"此上语本《庄子》。"（庚辰夹·"而天下始人含其巧矣"句，甲辰本无"语"字）

"奇！"（庚辰夹·"焚花散麝，而闺阁始人含其劝矣"句，戚序本同）

---

❶ 以下录文据朱一玄：《红楼梦脂评校录》，齐鲁书社 1986 年版，第 314–317 页。

"直似庄老，奇甚怪甚！"（庚辰夹·"彼钗、玉、花、麝者，皆张其罗而穴其隧，所以迷眩缠陷天下者也"句，戚序本"怪甚"作"怪极之想"）

"见得透彻，恨不守此，人人同病。"（蒙府本，同上）

"趁着酒兴不禁而续，是作者自站地步处，谓余何人也，敢续《庄子》。然奇极怪极之笔，从何设想，怎不令人叫绝？己卯冬夜。"（庚辰眉·宝玉续《庄子》一段）

"这亦暗露玉兄闲窗净几、不寂不离之工业。壬午孟夏。"（庚辰眉，同上）

"骂得痛快，非颦儿不可，真好颦儿，真好颦儿！好诗。若云知音者颦儿也。至此方完'箴玉'半回。"（庚辰夹·"不悔自己无见识，却将丑语怪他人"句，戚序本少"真好颦儿！好诗"六字）

"又借阿颦诗自相鄙薄，可见余前批不误。己卯冬夜。"（庚辰眉，同上）

第二十二回又有：

"前文无心云看《南华经》……且更有见前所续，则曰续的不通，更可笑矣。试思宝玉虽愚，岂有安心立意与庄叟争衡哉？……"（庚辰夹·"源泉自盗等语"，戚序本文字小异）❶

以上各批，以庚辰本上出现为多，且大致似有共同的态度倾向。"奇""奇甚怪甚""见得透彻""令人叫绝""不寂不离""另开生面"等内容，大致皆为对其文章、其思想持称赞态度，这无疑与林黛玉的批评和《红楼梦》的描写态度相违背。至林黛玉作诗讥刺贾宝玉一段，脂批仍是照原文加以称许，且别有批文提及是"后文余步"。然而，对于此处情节中所体现的宝、黛思想矛盾，则仅言"骂得痛快""知音"，实为脂批中常有之"囫囵语"，其文学批评价值有限，但对于进一步理解脂批具有文献价值。此处脂批实未能深刻理解曹雪芹所写内容的旨趣。

---

❶ 《红楼梦脂评校录》，第329–330页。

笔者在《畸笏叟批语丛考》中业已指出，己卯冬夜、壬午孟夏、壬午九月等批语皆为畸笏叟批，与脂砚斋无涉，而且相关批语多在远离曹雪芹创作场域情况下作批。那么，不熟悉曹雪芹《庄》学观念与创作意图的畸笏叟，写下"极没相干"的批语，并误认为曹雪芹"续《庄子因》"，其可能性是很高的。将"续庄子"与"续庄子因"混淆，也许是一时笔误，也许是批者本身并不能很好理解作者的仿写。

另外特别值得注意者，《红楼梦》第二十二回接写宝玉再受贬谤：

> 正合着前日所看《南华经》内："巧者劳而智者忧，无能者无所求，蔬食而遨游，泛若不系之舟"；又曰"山木自寇，源泉自盗"等句。

庚辰本"山木自寇"句夹批云：

> 按原注，山木漆树也，精脉自出，岂人所使之？故云自寇，言自相戕贼也。❶

按"山木自寇"出《庄子·人间世》，各种主要注本中，未见脂批所谓"原注"内容，亦未见类似说法。而且，以成玄英疏为代表的注本皆称"山中之木，楸梓之徒"，"山木"当作"山中之木"，非木名；即使"木"也非指漆树。《庄子因》则言"山以生木，自盗其气"❷，虽有"自盗"，但与脂批内容也抵牾。

且就文意而言，下文有"漆可用，故割之"语，漆树显另为一譬，此处"原注"无理。脂批又言"自寇"为"自相戕贼"，但一般注本多理解为山中之木因有材能而自遭寇伐，并非脂批自相残杀之意。就《红楼梦》本文看，也是说贾宝玉因主动调停湘云、黛玉关系，而遭

---

❶ 《红楼梦脂评校录》，第 329 页。

❷ 《庄子因》，第 50 页。

两方贬谤，正合《庄子》原文炫才受害，不如"无用之用"的主旨。而若理解为自相残杀，则显迂曲。

又庚辰本"源泉自盗等语"夹批云：

> 源泉味甘，然后人争取之，自寻干涸也。亦如山木，意皆寓人智能聪明多知之害也。❶

此则其实更值得探讨，惜红学家多轻轻放过——"源泉自盗"不仅非"山木自寇"之下文，更在各种古籍中未见相同表述。《山木》篇有"直木先伐，甘井先竭"之语，在先秦典籍中多有类似表达，很可能是曹雪芹写作中误记使然❷。脂批的见解较贴近《山木》之旨，解释亦意通顺，但未能指出误引原文的情况，亦可证明其对《庄子》的熟悉度也较为有限，且未去核对原书记载。这里也可佐证前文认为脂批误解"庄子因"的观点。且其所谓"原注"，由此来看应非某一种流行的《庄子》注本，甚至很有可能是某一种《红楼梦》版本中的注文。这样来看，庚辰夹批的性质也因此值得进一步研究。

一般认为庚辰夹批应系较早批语，写作者为脂砚斋。那么脂砚斋所见的"原注"，一种可能是曹雪芹在写作中亦自为作注；另一种可能则是有另一早于脂砚斋的批者帮助曹雪芹作注。

如果按照前一种假设，那么今存批语中很可能仍然有曹雪芹的注释。而且，这也有利于进一步思考曹雪芹创作的过程及其与脂批的关系。特别是"原注"内容与《庄子》内容存在抵牾之处，尽管不必过于苛求，但也能看出作注者的相关修养。至少曹雪芹对《庄子》的记忆与理解有不甚确切之处，而且没有核查。倘若后一种立论成立，那么今存脂批与《红楼梦》原著的关系就更显可疑。至少，有一些批语

---

❶ 《红楼梦脂评校录》，第 329 页。

❷ 此处感谢余一泓、杨耀翔的提示。

是与曹雪芹存在相当的时空距离，其言恐怕不足以征信。进而，羼入了可能为后出评语的今存脂批本，其史料价值也必须要加以更严格的判断。当然，本文的探讨仅限于相关史料的可信限度，这一判断并不必然指向对脂本文物价值特别是其真伪的怀疑。但基于此进一步展开讨论，对于具体区分脂批的"极关紧要"与"极没相干"，并在此基础上理解《红楼梦》成书过程与今存脂本的文献生成方式无疑都是很有助益的。

五

由于相关史料缺乏，考述未免难臻严密。但仅就现有材料言，似已有部分见解可推动进一步的研究。

首先，就《红楼梦》本文的文学思想与哲学理念来看，小说中涉《庄》文本篇幅虽不多，却多较为重要——如六十三回妙玉出场便有"畸人"之语；而本文讨论之续《庄子》内容，在小说中构成相当分量的篇幅，且令《庄子》本文直接起到推动情节、塑造人物的作用，更有进一步探讨解读的必要。通过本文的考述，还可发现其与《庄子因》等书产生密切联系，前贤的讨论往往易流于随文立意，故难免不够深入，实际上这一段情节应置于更广阔的文化空间加以考察。对"源泉自盗"及小说中出现的其他涉《庄》文本，似也应作如是观，《红楼梦》与《庄》学的关系，还有不少余意可供发覆。

其次，就《红楼梦》特别是脂批本的文献价值来看，"庄子因"一词貌似迂曲却实蕴深意，就相关版本及校勘学理论分析，"庄子因"当为早出，而看似平易的"庄子文"乃误解修改之笔。这无疑是对近年来"程前脂后"观点的一大冲击。以庚辰本为代表的脂批底本显然所据为"庄子因"，似亦可证明其时代的相对早出；然而，其"续《庄子因》数句"的误读，可证明批语作者的文化水平不甚高明；特别是考虑到"原注"等内容，更可进一步推断批者在相关情节上与曹雪芹是存在隔膜的。基于此，对脂批相关资料特别是庚辰本中畸笏叟批语的运用也不可不慎重。笔者曾指出"在史料辨析过程中，互攻只是提出而非解决问题，更重要的仍是全盘检核新红学基本文献"，本文的讨论正可为其注脚。

再次，就文学思想史研究来说，本文所涉课题包括文学作品与文化思潮的关系、俗文学与雅文本的关系等，皆为文学思想史研究中较为重视，而一般的文学史、文学批评史相对轻忽的内容。通过将这些文本细读中产生的问题置于更大的文学思想史背景中展开研究，有利于进一步梳理清代文学思想的面貌。

最后，就《庄子》学史的研究来看，相关研究的推进也能够增添可供讨论的资料。如方勇在《庄子学史》中，对本文所涉及的对《庄子因》评价问题及《红楼梦》涉《庄》文本的问题皆有专节讨论，但并未详细涉及本文相关材料。通过本文提供的材料，或可推动相关领域的进一步探讨。

畸笏叟批语丛考

一、引言

由于今本《红楼梦》后四十回为后人续补、加工而成，其与曹雪芹原作的关系向有争议。因此，利用以脂批为核心的材料，结合曹家相关史事，对"旧时真本"❶加以考索乃至探佚，成为红学研究中一个颇为重要的话题。然而，客观而言，"新红学"虽在《红楼梦》研究中起到重要作用，但其研究前提尚存不少根本问题。笔者在《〈红楼梦〉书名异称考》中对此已有基本探讨，其言曰：

其中最重要的一点是，支撑"新红学"的核心材料——"脂批本"与相关史料文献存在不少可疑之处。所谓"可疑"，即指在现有的研究程度下，证真或证伪皆具相当程度的合理性，难以得出确定不移的结论。目前看问题主要在两方面：一是"脂批本"作为文物，其真伪存在不少疑点，在未能将全部疑点彻底厘清的情况下，自然不能轻易放弃审慎的批评态度。二是"脂批本"作为史料究竟是否可靠。脂批之文本内部既存在不少自相矛盾与明显乖谬之谈，那么即使其文物的真实性可以保障，也不足以直接作为可征信的史料运用，必须先经详

---

❶　随着"新红学"的兴起，探佚亡稿成为胡适以降红学家们关注的重要问题，而"旧时真本"的相关传闻也越来越引起学者重视，详见陈维昭《红学通史》第二编第七章第二节，上海人民出版社 2005 年版。本文的"旧时真本"特指曹雪芹《红楼梦》的可能遗稿，即探佚学家所谓"八十回后真故事"也。有些"旧时真本"实际上只是他人补逸、传闻，这些问题不在本文讨论范围之内。

细的文献辨析。由于新红学家对上述的可疑性多避而不谈，就使这一号称"实证"的学术体系本质上只是一种学术假说，尚未足以形成定论。❶

就文献研究来说，作为核心材料的脂批，其文献可靠性尚有待证实。即使能够完全否定欧阳健等学者对脂批文物作伪的讨论，也不能证明脂批就是可直接信据的一手史料：(至少是相对) 后出的传抄本已经不是"一手"，而其中大量的讹误与"极没相干"也证明脂批的史料价值必须先加以更深入的辨析——从逻辑上说，脂批文物之真并不能代表其史料价值的可靠。笔者在《〈红楼梦〉书名异称考》中已经指出脂批在书名问题上与小说正文形成的张力，也就是说，鉴于脂批文本内部展现出的大量矛盾，学者过去先验认同的脂批表述及立足于这些表述而建立的假设与考据结论，都应该重新加以系统检核。

在红学研究的特殊现状下，"考索""索隐""探佚"等问题本非泾渭分明，有分寸而又合乎学理的研究实不多见。不少研究虽然看似深入，但本质其实相当程度上忽略了《红楼梦》的小说特质，而直接以"曹学"考据或索隐结果定夺"红学"文学书写。"文史互证"自有学理，但文史间的分野也绝不可忽视，许多考据虽然颇能洞见精微，但对于理解小说文本仍隔一层。换言之，"曹学"研究并不必然解决"红学"问题。近年来"e 考据"的大量结果实际是将"曹学"推回广义的"索隐"，实际上是在"新红学"内部进行的颠覆性工作，这在一定程度上也证明了"新红学"的内部逻辑并非完全自洽。然而，一种"有节制的索隐"，必须最终将小说定位于文学的影写而非史学

---

❶　张昊苏：《〈红楼梦〉书名异称考》，载《文学与文化》2017 年第 3 期，第 63 页。此外，对新红学的批评及范式转换的反思等见解，另参张昊苏：《对胡适〈红楼梦〉研究的反思——兼论当代红学的范式转换》，载《文学与文化》2014 年第 2 期；张昊苏：《红学与"e 考据"的"二重奏"——读黄一农〈二重奏：红学与清史的对话〉》，载《文学与文化》2016 年第 3 期。

的"自传"，过于简单的"文史互证"存在过度解读的危机，这里面的分寸颇难把握。

笔者认为，在脂批文献的史料真伪及版本流传目前难有定论的时候，应当尽量摆脱对存疑史料真伪问题的"前见"，而广搜相关材料互攻，尝试在此基础上得出成立概率较高的假设。立足于若干个有说服力的、边界较清楚的个案研究，再尝试重建理解相关史料的逻辑系统。这里当然并非否认前贤版本校勘、历史考据等研究的价值，只是希望指出，在现有研究遭遇瓶颈之际，似乎应该考虑通过文本细读的方式推动相关研究。事实上文献研究与文本研究应该是互补的关系。

本文选择以脂批互攻为主要研究思路，而以畸笏叟相关批语为切入点。畸笏叟批语由于有明确署名，出现的位置与回次也较集中，涉及的内容多具有重要史料和批评价值（特别是有"旧时真本"等），其边界较为清晰，是一个可供单独研究的个案。其中若干批语对于理解小说文本生成及早期流传具有重要价值，也因此成为新红学关注的重要议题。但客观来说，相关批语内部实存若干费解之处，故不加辨析地简单征引殊有风险；而学界"探佚"结论的异同，很大程度上也是因缺乏材料的先期辨析工作所致。本文尝试对所涉批语加以细读与辨析，在此基础上对"旧时真本"相关批语的生成过程与史料价值进行初步的研究，或有助于更好地解决相关问题。在辨析过程中，何为可能的畸笏叟批语；畸笏叟与小说作者、小说本事的可能关系；畸笏叟与其他批者的对话关系；甲戌、庚辰各本批语的过录次第等问题，也因此可以得到更深入的讨论。

文本互攻的一大前提或许在于：预设今存的批语集可以被理解为一个内部具有一定体系性的文本，因此批者的表达应该具有一脉相承和互证的可能。这个"体系"并非批者所声明，而是由研究者所预设的，因此可能并不符合现实情况。但是，笔者所注重的是讨论脂批相关文本是否能够作为可信任的"证据"，而"证据"即使有错误，也大致应该是自洽的。如否，则即使相关材料说明了很重要的内容，也不应轻易用作证据。因此，讨论的重点在于"事实的正讹"而非"文物的真伪"，结论的立足点也并非及于简单的"倒脂"或"挺脂"，而是说明一种客观采信文献应有之态度。这样，相关风险应该会减小许多。

由于所涉脂批材料本身具有一定复杂性，兹对材料选择、行文称引的几个问题再作提及。

就版本文字而言，本文仅采取目前公认较具文物真实性的抄本展开研究。如靖藏本等，其不可信据之处甚多，故虽有重要材料，但并不采用。运用甲戌、庚辰等本材料进行文本细读的工作中，姑且以"新红学"基本假设为前提，通过文本细读结果分辨其可能的是非。但是，对于各个脂批版本的先后问题，尽管所谓"甲戌""己卯""庚辰"标明年份，但其中批语所署年月多有在其后者。且今存各本即使为真，也都是不明年代的过录本，不能简单据版本判明批语先后❶。本文的讨论虽然尊重前人的假设与立论，但主要立足点在探讨文本自身的逻辑，故对于明显矛盾之处也将有所探讨。不过，由于文本细读为核心的工作，因此如非必要，尽量不羼入文物辨伪相关的争论。

本文的表述基本按照新红学的话语体系：直接称引曹雪芹、脂砚斋、畸笏叟、脂批、《红楼梦》等词语。但这只是一种为行文方便的称呼，并不涉及相关的争论问题。如本文称"曹雪芹"撰"《红楼梦》"，仅是对作者、作品的方便称呼，并不代表参与了作者、书名相关问题的争论。同理，"脂批"为今存各抄本批语的总称，而"脂砚斋"因为是"重评"者，因此是这些批语的著作权人。畸笏叟等因为在批语上曾有署名，即相关批语的著作权人。今存之"甲戌本""庚辰本"等，当然在文物和文献上都并不等于最初的"甲戌本""庚辰

---

❶ 值得注意的是当代视频网站中新兴的"弹幕"，其本质是诸多观看者对视频所作的"集评"。由于是汇集各自独立的观者"评点"，因此弹幕的位置先后并不代表发表"评点"的先后。这一现象与脂批系列批语存在颇多近似性，有助于我们理解脂批版本研究中可能出现的若干问题。

本",但由于目前并没有明确证据辨其为伪,也暂时假定其确有此底本而加以称引。本文中说"甲戌本",即指"作为祖本的甲戌原本",如有必要区别性地称呼今存之文物,则称为"今存甲戌本"。倘若其中存在难以弥合之处,则考虑传抄者在其中的可能工作——到这一步,已经可以论证其文献价值,因此并无继续勉强探索文物真伪的必要。从本质上来说,这些称引仅相当于数学方程的未知数,因此这些称述并不干涉任何"新红学"或"曹学"研究的现有成果。

还应该特别承认的是,胡适早已指出畸笏叟相关批语是从其他本子上过录来的 ❶,故这些批语究竟系根据何种底本而发,还难以判断。本文姑且仍以"庚辰本"称之,但这只是为了行文的方便,并不代表笔者的假设或结论。且今本畸笏叟批语大致集中在十二至二十八回,即庚辰本的第二、第三册 ❷,很难认为畸笏叟仅对两册文本有批阅的兴趣,更大的可能是庚辰本乃据畸笏叟批点的残本加以过录,因此今存畸笏叟批语当然并非全貌。脂砚斋的相关批语也面临同样的问题。基于残缺文本进行的研究,当然有出现错误的风险,但本文的旨趣在于借助今存文本推动已有研究,在没有发现更多新材料的情况下,这一研究方法虽有风险和局限(事实上,任何"新红学"研究乃至文史研究都不免乎此),却甚为必要。

最后,必须声明,由于目前尚未对全部脂批展开系统的解读,本研究只是阶段性的个案探索,因此不应视为笔者的研究定论。笔者想论证的只是,能自圆其说者未必是,不能自圆其说者多半非,可以借此为基础缩小假设的范围、排除不合情理的意见。

---

❶　胡适:《跋乾隆庚辰本脂砚斋重评石头记钞本》,见宋广波编:《胡适红学研究资料全编》,北京图书馆出版社 2005 年版,第 270 页。

❷　欧阳健已经在笔者之前关注到了这一问题,却将第十二回的批语误标为第十一回了。参欧阳健:《畸笏叟核论》,载《中华文史论丛》第 75 辑,第 147 页。

二、"狱神庙"批语之"己卯冬夜"考

畸笏叟批语之所以重要，除其条目较多外，一个很关键的原因是涉及了"旧时真本"的内容，因此格外具有文献价值。"旧时真本"中，相关脂批最多也最具有探佚空间的似当属"狱神庙"相关情节。为方便后文的讨论，兹将"狱神庙"相关批语移录如下：

二十回庚眉：茜雪至"狱神庙"方呈正文。袭人正文标目曰"花袭人有始有终"，余只见有一次誊清时，与"狱神庙慰宝玉"等五六稿，被借阅者迷失，叹叹！丁亥夏。畸笏叟。❶

二十六回甲眉："狱神庙"红玉、茜雪一大回文字惜迷失无稿。
二十六回庚眉："狱神庙"红玉、茜雪一大回文字惜迷失无稿。叹叹！丁亥夏。畸笏叟。❷

二十七回甲侧：且系本心本意，"狱神庙"回内方见。
二十七回庚眉：奸邪婢岂是怡红应答者，故即逐之。前良儿，后篆儿，便是确证。作者又不得有也。己卯冬夜。
二十七回庚眉：此系未见"抄没""狱神庙"诸事，故有是批。丁亥夏。畸笏。❸

这几则批语中至少展示出几个问题：
其一，二十七回庚眉"此系未见……故有是批"展示的"重评"

---

❶ 朱一玄：《红楼梦脂评校录》，齐鲁书社 1986 年版，第 296 页。
❷ 《红楼梦脂评校录》，第 376 页。
❸ 《红楼梦脂评校录》，第 397 页。

情况——对这一情况，蔡义江、欧阳健已各有探讨文字 **❶**；

其二，狱神庙正文"迷失无稿"的情况与二十七回甲侧相关情节的暗示——由此可以探讨"迷失无稿"的过程及其可能涉及的内容；

其三，甲戌、庚辰眉批文同而署名异的情况——这里则涉及著作权归属、文献乃至文物真伪的问题。

以下次序论之。

为避免治丝益棼，本文首先单独考虑庚辰本批语的情况，其著作权归属较为清晰，基本可定为畸笏叟的批语。

畸笏叟在二十七回庚眉所指"此系未见'抄没''狱神庙'诸事，故有是批"内容，即前引之二十七回庚眉"奸邪婢岂是怡红应答者，故即逐之。前良儿，后篆儿，便是确证。作者又不得有也。己卯冬夜"一则批语。

"丁亥夏畸笏叟"（乾隆三十二年，1767）实际上是在说，"己卯冬夜"（乾隆二十四年，1759）的批者未见曹雪芹"狱神庙"等稿，因此写出了错误的见解。就时间来看，这一批语应该是直接写在庚辰本上为眉批，至丁亥夏畸笏叟又在同一版本上施以针对性的批评。

"己卯冬夜"是何人所批？二十四回庚眉有批语云：

> 这一节对《水浒》杨志卖大刀遇没毛大虫一回看，觉好看多矣。己卯冬夜。脂砚。 **❷**

依照此处署名，似"己卯冬夜"当为脂砚斋批书的时间，那么署这一时间的相关批语都应定为脂砚斋批语。

换句话说，这里的文本生成顺序应该是：

---

❶ 蔡义江：《追踪石头——蔡义江论红楼梦》，文化艺术出版社2006年版；欧阳健：《评蔡义江先生的脂砚斋、畸笏叟观》，载《文学与文化》2015年第2期。

❷ 《红楼梦脂评校录》，第351页。

曹雪芹庚辰原稿→己卯冬夜脂砚斋批评→畸笏叟丁亥夏批评。

意即脂砚斋没有见到曹雪芹原稿而误下批语，畸笏叟对脂砚斋的"未见"进行了批评。这样看来似乎畸笏叟对原稿的熟悉程度要高于脂砚斋。

但是如果加入甲戌本的相关批语综合考虑，我们可以看出其中矛盾。

二十七回甲侧有"且系本心本意，'狱神庙'回内方见"一条批语。从逻辑上来说，既然书写在甲戌本"脂砚斋重评石头记"之上，又没有特别署名，应假定为脂砚斋的批语，且其时间很可能早于庚辰本上的相关批语。从其中展示的对"旧时真本"的了解看，当然也以脂砚斋评的可能性为最高。而这条批语的意思非常清晰，即批书者声明（或暗示）了"狱神庙回"的相关内容，并且希望读者进行针对性的阅读。这与"己卯冬夜"时脂砚斋仍"未见诸事"的评语形成矛盾。

即使我们并不抱有今存甲戌本批语必然早于庚辰本的成见，脂砚斋本人的前后矛盾也很难得到妥善的解释。可能性最高的解释是，这两条批语应该出自两人之手。既然"新红学"的前提假设坚持脂砚斋是与作者关系最紧密的早期批书者，那么二十七回甲侧批语应该代表脂砚斋的意见，则"己卯冬夜"批语就绝不可能是脂砚斋所作，二十四回庚眉所署的"脂砚"不可信据。

但是，今存"脂批"实际上是多人批语的集合，仅署名者就有脂砚斋、畸笏叟、梅溪、松斋等若干人，没有署名而显非脂砚斋评的批语尚有不少（下文还将进一步讨论）。是否有必要假设"狱神庙"相关批语，在脂砚斋、畸笏叟之间尚有一位不曾署名的"己卯冬夜"批书人？这就需要进一步分析相关批语的关系。庚辰本中"己卯冬夜"内容颇多眉批，其中尚有得到畸笏叟针对性回应者。通过考察这些材料间的对话关系，可以判断"己卯冬夜"的批者很可能即为畸笏叟。

如二十一回庚眉有连续的两条评：

又借阿颦诗自相鄙驳，可见余前批不谬。己卯冬夜。

宝玉不见诗，是后文余步也，《石头记》得力所在。丁亥夏。畸笏叟。**❶**

书于"己卯冬夜"的"前批"指本回庚眉：

趁着酒兴不禁而续，是作者自站地步处，谓余何人耶，敢续《庄子》？然奇极怪极之笔，从何设想，怎不令人叫绝？己卯冬夜。**❷**

"丁亥夏畸笏叟"所提及的"后文余步"显然即指二十二回庚眉：

前以《庄子》为引，故偶续之。又借颦儿诗一鄙驳，兼不写着落，以为瞒过看官矣。此回用若许曲折，仍用老庄引出一偈来，再续一《寄生草》，可为大觉大悟矣。以之上承果位，以后无书可作矣。却又轻轻用黛玉一问机锋，又续偈言二句，并用宝钗讲五祖六祖问答二实偈子，使宝玉无言可答，仍将一大善知识，始终跌不出警幻幻榜中，作下回若干书。真有机心游龙不测之势，安得不叫绝？且历来小说中万写不到者。己卯冬夜。**❸**

几则批语虽然时间不同，但思路连贯，颇似一人手笔。

第二十三回庚眉又有连续的两则批语：

此图欲画之心久矣，誓不遇仙笔不写，恐亵我颦卿故也。己卯冬。丁亥春间，偶识一浙省发，其白描美人，真神品物，甚合余意。

---

❶《红楼梦脂评校录》，第317页。

❷《红楼梦脂评校录》，第314页。

❸《红楼梦脂评校录》，第334–335页。

奈彼因宦缘所缠无暇，且不能久留都下，未几南行矣。余至今耿耿，
怅然之至。恨与阿颦结一笔墨缘之难若此！叹叹！丁亥夏。畸笏叟。❶

将这两条批语理解为同一人在不同时期的感想是很流畅的。"己
卯冬"已经"欲画之心久矣"，但"丁亥春"虽有机缘，却依然未成
功，方算得上"结一笔墨缘之难若此"。如果理解为两人所批，那么
批语间的关系就略显费解。

也就是说，如果我们同时相信两部抄本的文献真实性，那么时间
署在"己卯冬夜"的批语很可能都是畸笏叟自己。

这样，如果回来再考虑相关批语的生成过程，成立最高的可能性
应该是：

流传路径①：曹雪芹写作"狱神庙"→脂砚斋在甲戌本上作出侧
评，提示读者阅读相关情节，同时相当于声明自己的"知情"；

流传路径②：曹雪芹写作"狱神庙"→畸笏叟未见到原稿及脂砚
斋甲侧批语，在庚辰本上作"己卯冬夜"批→某次誊清时知道"五六
稿遗失"（具体时间不详）→作丁亥批订正此前的意见。

两条流传路径是并行的关系，并无串行现象。

而如果依赖"己卯冬夜"的错误署名，其流传路径会令人难以
理解：

曹雪芹写作"狱神庙"→脂砚斋未见到，在庚辰本上作"己
卯冬夜"批→脂砚斋后来得到一些消息，并特意批于更早的甲戌
本上，同时在这个本子上声明"迷失无稿"→畸笏叟丁亥夏再度
批评脂砚斋。

这里的讨论也可以进一步确证，脂砚斋、畸笏叟是两个人，而非
一人在不同时期的两个别号。而且，至少在狱神庙问题上，脂砚斋、
畸笏叟是没有对话的，即脂砚斋的批语在畸笏叟以前，而且畸笏叟很

---

❶ 《红楼梦脂评校录》，第 344 页。

可能并没有机会读到脂砚斋的批语。

再回到本文的主题，尽管今存庚辰本只是一个传抄本，但是原始的某抄本也同样应该有畸笏叟在己卯冬夜、丁亥夏两种批语，故今所谓"庚辰本"正文不仅有更早的祖本（这是学界熟知的），其批语成书初抄成的时间也是在己卯冬夜以前（这是学界讨论相对较少的）。鉴于畸笏叟的批语从己卯冬（乾隆二十四年，1759）延续到丁亥夏（乾隆三十二年，1767），笔者推测这个版本很可能是长期在畸笏叟手中的批评本。

剩下的问题在于，脂砚斋、畸笏叟涉"旧时真本"相同批语的关系问题。尤其是"一大回文字惜迷失无稿"等批语同时在甲戌、庚辰两个抄本出现，并在本质上展示了不同署名，这里批语的关系与实际所属应该特别关注。由于脂砚斋、畸笏叟是两个人，所以必有一部抄本的署名是错误的，甚至有文物伪造的可能。

换句话说，即使我们相信今存各本的文物真实性，但其文本的自相矛盾，足以证明其中有不可信据之处。判断两部文献的证据效力，需要将甲戌、庚辰批语的可能先后关系加以辨明。先排除明显矛盾或有误的"干扰项"，才有可能对"极关紧要之评"展开更深入的研究。而且，探讨批语是如何过录、因何过录的，对于我们理解今本脂批的生成过程颇有助益，特别是可以进一步反思畸笏叟可能是在什么样的底本上加批。

尽管从逻辑上判断，甲戌本上的脂砚斋、己卯冬夜的畸笏叟，很可能进行的是时间不同、各自独立、互不相干的批评，但抄手及其所创造的今本，实际上已经令两次批评发生了联系，即在今存甲戌本、庚辰本间批语存在过录先后关系的问题。对这一问题前贤已有探讨，但往往受到甲戌、庚辰年代先后的思路制约，其结论有简单化之嫌。

本文尝试在此基础上进行更细致的文本分析与重文对读。

三、甲戌、庚辰两本的同批异名现象

本节继续讨论"狱神庙"等问题的批语重出情况：

二十六回甲眉：红玉一腔委屈怨愤，系身在怡红不能遂志，看官勿错认为芸儿害相思也。

二十六回庚眉：红玉一腔委屈怨愤，系身在怡红不能遂志，看官勿错认为芸儿害相思也。己卯冬。

这一条仅增补了批语的时间。但前文已指出"己卯冬"是畸笏叟批书的时间，因此庚辰本实际将著作权归于畸笏叟。而甲戌本由于没有特别署名，依照逻辑则应理解为脂砚斋的批语。因此，这里不仅是批语时间早晚的问题，实际上还展示了著作权的争议。而更明显的则是：

二十六回甲眉："狱神庙"红玉、茜雪一大回文字惜迷失无稿。

二十六回庚眉："狱神庙"红玉、茜雪一大回文字惜迷失无稿。叹叹！丁亥夏。畸笏叟。

这里的两条显然是同一条批语在不同版本上的表现，问题实际上也只是署名的出入。关键在于首先说出"迷失无稿"的是脂砚斋还是畸笏叟，以及批语最初是写在哪个版本上。通过引入其他涉及"迷失无稿"的批语加以对读、考证，可以进一步了解到脂砚斋、畸笏叟对"八十回后故事"的知识，并依此判断相关重出批语的著作权归属，进而分析批语过录的可能情况。

从前文探讨的基本逻辑来说，既然提到"五六稿遗失"且没有读到相关文本的是畸笏叟，那么这里的"迷失无稿"很可能也是畸笏叟的批语。如果认为是脂砚斋首发、畸笏叟抄袭，是很迂远的解释。为进一步论证，本节综合"迷失无稿"系列重出批语展开对读。

涉及"迷失无稿"及与之类似的"八十回后故事"还有"宝玉悬崖撒手""卫若兰射圃""花袭人有始有终"等情节，前两事亦见于甲戌本批语，且出现了可对读的批语。唯"花袭人有始有终"仅见于庚辰本，难以对读，故暂不讨论。由于"迷失无稿"系列批语展现出了类似的重出情况，因此实际上是同一类型的问题，即"迷失无稿"批语的重出是在某个抄写过程中批量过录而制造出的问题。

我们再来看涉及"卫若兰射圃"情节的相关批语：

二十六回甲末：前回倪二、紫英、湘莲、玉菡四样侠文皆得传真写照之笔，惜"卫若兰射圃"文字迷失无稿，叹叹！

二十六回庚眉：写倪二、紫英、湘莲、玉菡侠文，皆各得传真写照之笔。丁亥夏。畸笏叟。

二十六回庚眉：惜"卫若兰射圃"文字无稿。叹叹！丁亥夏。畸笏叟。❶

二十六回甲戌末批语，由于没有署名，应假设为抄者将其看作脂砚斋批。其在文字上等同于两条畸笏叟眉批的叠加。这里的争议点仍在于著作权的归属。而说明的问题则是，批者感叹"卫若兰射圃"相关文字"无稿"。也就是说，至少在写批语的当下，相关文字无法被本则批语的写作者阅读到。

但涉及"卫若兰射圃"相关情节的还有：

三十一回己卯末、庚辰末：后数十回若兰在射圃所佩之麒麟，正此麒麟也。提纲伏于此回中，所谓"草蛇灰线，在千里之外"。❷

---

❶ 《红楼梦脂评校录》，第 385 页。

❷ 《红楼梦脂评校录》，第 418 页。

就前文逻辑而言，这一批语当为脂砚斋批，即批者脂砚斋读到并且向读者暗示了"卫若兰射圃"相关的情节。

如果将上述批语联系在一起，并尝试作出具有逻辑的解释，那么只能是己卯、庚辰末的批语反映"五六稿"尚未迷失的状态，因此较明确地声明了涉及的内容，即脂砚斋这里的批语实际上是暗示读者关注"后数十回"。玩其文意，这里应该是希望读者有针对性地阅读相关情节，而非透露"迷失无稿"，即这一次"誊清"时还没有发生"迷失无稿"的情况。如果我们假定这是线性传播，没有出现其他干扰，那么脂砚斋的批语应该距离曹雪芹最近也是时间最早的。

而甲末、庚眉"迷失无稿"的批语则在其后。也就是说，且不论甲戌、庚辰批语的先后，一般被认为时代较早的甲戌本，上面出现了时代晚于己卯本的批语。尽管甲戌本的批语有较晚出者，但从逻辑推断，"迷失无稿"实际上发生在己卯、庚辰本抄成之后，即使认为需要补批，也没有必要批在并未涉及相关话题，时间却最久远的甲戌本上。因此，甲戌本"迷失无稿"的批语应是从庚辰本上移录于回末者，即著作权应归于"丁亥夏畸笏叟"。

再来看畸笏叟的丁亥夏批语，由于两次署名、时间，应该确证为两则批语无疑。前则只称赞"侠文"，后则才感叹"文字无稿"，很有可能是特意对前则批语的补充，即畸笏叟获知"文字无稿"的时间有可能在丁亥夏，因此系列批语均发表于此时。

此外，考虑到"迷失无稿"应该是在畸笏叟拿到相关文本时就已出现的情况，那么脂砚斋"草蛇灰线，在千里之外"的批评应该早于畸笏叟第一次批书的"己卯冬夜"，即今存庚辰末的批语应该是较晚由其他版本过录的，很可能来自己卯本或更早的抄本。

我们再来看"宝玉悬崖撒手"一回，相关批语录于下：

二十一回庚夹：此意却好，但袭卿辈不应如此弃也。宝玉之情，今古无人可比，固矣。然宝玉有情极之毒，亦世人莫忍为者，看至后半部则洞明矣。此是宝玉第三大病也。宝玉有此世人莫忍为之毒，故后文方有"悬崖撒手"一回。若他人得宝钗之妻、麝月之婢，岂能弃而为僧哉？此宝玉一生偏僻处。❶

二十五回甲眉：叹不得见玉兄"悬崖撒手"文字为恨。

二十五回庚眉：叹不能得见宝玉"悬崖撒于（手）"文字为恨。丁亥夏，畸笏叟。❷

第一回甲眉："走罢"二字真悬崖撒手，若个能行？ ❸

十二回庚眉：苦海无边，回头是岸。若个能回头也？叹叹！壬午春。畸笏。

二十五回批语，一云"不得见"，一云"不能得见"，略有区别。"不得见"很可能只是说暂时尚未见到，而"不能得见"则似乎暗示没有"得见"的机会了。言"为恨"，字面来看与"不能得见"意义的配合似乎更紧密。

庚辰本十二回畸笏叟的眉批虽然不涉及"悬崖撒手"情节，但两条批语文句颇为相似，值得互参，兹录于此供读者参看。

对读上引批语，可以认为脂砚斋有意在二十一回庚辰夹批批语揭示"悬崖撒手"一回的情节，这当然证明其对相关文字是熟悉的。而且，告诉读者"看至后半部则洞明矣"，似乎这时原稿尚存，即在庚辰本底本抄成时，"悬崖撒手"文字是可以被脂砚斋读到的，并且在对外传播过程中。那么"叹不得见"批语，结合上文的考述，应该认

---

❶ 《红楼梦脂评校录》，第314页。

❷ 《红楼梦脂评校录》，第372–373页。

❸ 《红楼梦脂评校录》，第23页。

为同样是畸笏叟批语，即畸笏叟没有见到"悬崖撒手"结局的相关文字。前引二十五回甲眉的批语，同样应该是过录庚眉的产物。

另外一种可能则是甲戌本"不得见"只标志全书未成，而庚辰夹批写作时全书已成，因此脂砚斋批语也可以前后呼应。但甲戌本多次提及"通部"，似乎暗示甲戌本时全书已经接近完成。且不论甲戌本眉批、侧批，仅看夹批如：

第五回甲夹：两句尽矣。撰通部大书不难，最难是此等处，可知皆从无可奈何而有。

第五回甲夹：将通部人一喝。

"通部"当是有"全书"（尽管未必等同于今本"全书"）。夹批显然是与甲戌本同时完成的产物。❶ 将"不得见"理解为脂砚斋批，必须认为甲戌本只是未完残本，具有较高的论证难度。

这里也向我们揭示了确保畸笏叟"著作权"，也是维护相关文本逻辑的唯一可能：并非畸笏叟批最初在甲戌本上，到庚辰本才恢复其署名；而是畸笏叟批本来就在庚辰本上，只是被甲戌本所冒名使用了。

为方便引出结论，可以用绘制图表的方式解读相关批语的次第关系。

"狱神庙"相关情节：

流传路径①：曹雪芹写作"狱神庙"→脂砚斋在甲戌本上作出侧评，提示读者阅读相关情节，同时相当于声明自己的"知情"；

流传路径②：曹雪芹写作"狱神庙"→畸笏叟未见到原稿及脂砚斋甲侧批语，在庚辰本上作"己卯冬夜"批→某次誊清时知道"五六

---

❶ 张义春《庚辰定本时第十九回之回目已经完备补论》讨论到十九回涉"通部"的批语，可与本文的论述相呼应。载《文学与文化》2017 年第 3 期，第 59 页。

稿遗失"（具体时间不详）→作丁亥批订正此前的意见→二十六回感叹"迷失无稿"的批语被某抄者过录到甲戌本上，并删没署名，而二十七回批语并未过录。

很有可能，由于二十七回甲侧提及了"狱神庙回"，比畸笏叟的批语更贴近创作"真本"，所以过录者没有必要抄写畸笏叟针对"己卯冬夜"的新订正。

"卫若兰射圃"相关情节：

流传路径①：曹雪芹写作"卫若兰射圃"→脂砚斋在某个版本上作批，被过录至己卯、庚辰本末；

流传路径②：曹雪芹写作"卫若兰射圃"→畸笏叟丁亥夏作"传神写照"批，又感叹其"无稿"，作第二批→两批语被某抄者过录至甲戌本回末，并删去署名，合为一批。

"悬崖撒手"相关情节：

流传路径①：曹雪芹写作"悬崖撒手"文字→脂砚斋作相关批语，并被写在庚辰本二十一回为夹批，其时间约略可定；

流传路径②：曹雪芹写作"悬崖撒手"文字→畸笏叟丁亥夏感叹"不能见"→某抄者过录至甲戌本，并略改文字，删去署名。

三段情节及相关的流传路径相仿，足见本节的基本推理可以自圆其说。如果想要否定这一假设，那么必须同时推翻本文对三段情节相关批语的分析，并提出更有力的解释。

这里还可补充一句：前贤批评欧阳健的研究为"史记抄汉书"❶，这种比喻虽未尝无理，但就抄本研究的方法论角度来说，在一定程度上实际是失效的（这里仅说方法论，且不讨论具体观点）：作为著者的司马迁当然不可能抄袭后代的班固；但是"十篇有录无书"的《史记》在传抄、补亡的过程中，确实将若干后代内容"据为己有"。到

---

❶ 蔡义江：《〈史记〉抄袭〈汉书〉之类的奇谈——评欧阳健脂本作伪说》，载《红楼梦学刊》1993年第3辑。

晋唐以来才形成定本的《史记》，其成书时间反而是在班固之后，"抄袭"完全可能 ❶。也就是说，司马迁没有抄袭班固，但《史记》理论上可能"抄袭"《汉书》。

基于同样的道理，前贤的某些研究没有将文本形成的先后和文献形成的先后作出更明确的区分，因此治丝益棼。认为甲戌本早于庚辰本（本质上是正文底本的相较），与认为今存甲戌本部分批语晚于庚辰本（本质是考察文物有无"窜入"），是两个维度的问题，两者之间不能互相证实或证伪。

四、"有一次誊清"与"因命芹溪删去"

畸笏叟涉"旧时真本"相关批语仍有可发覆之处。

二十一回庚辰夹的批者为脂砚斋，其明确揭示了"得宝钗之妻、麝月之婢，弃而为僧"的结局，而且"方有一回"。按，此情节与今本《红楼梦》后四十回结局大致吻合。也就是说，如果选择承认这则批语，那么所谓"探佚"则皆不可信，而高鹗的续书则可信。进而言之，程序中所声称在鼓担上买得十余回残稿的说法，至少又增添了可能成立的概率。

如前引脂批所暗示的那样，既然《红楼梦》在曹雪芹生前已经写到"得宝钗之妻、麝月之婢，弃而为僧"，那么可以证明至少其大致结构是接近完成的，只是因亡佚而未能尽被今人所知。而且，相关情节的知情者包括脂砚斋，但不包括畸笏叟。换句话说，畸笏叟只能代表早期《红楼梦》流传的路径之一，且可能不如前贤想象的那样重要。畸笏叟批语中明确指明的亡佚只一次，即二十回庚眉：

> 茜雪至"狱神庙"方呈正文。袭人正文标目曰"花袭人有始有

---

❶ 详见张昊苏：《〈史记〉早期流传补论》，载《文献》2018 年第 2 期。

终",余只见有一次誊清时,与"狱神庙慰宝玉"等五六稿,被借阅者迷失,叹叹!丁亥夏。畸笏叟。

很可能畸笏叟所知道的全部"无稿"都在此内。那么从逻辑来说,"五六稿"应该还包括畸笏叟"丁亥夏"(乾隆三十二年,1767)批语时已经知道"迷失无稿"的卫若兰射圃、贾宝玉悬崖撒手等文字。因此,畸笏叟相关批语实际起到了暗示"八十回后故事"的重要作用,是有意识保留佚文相关史料的工作。但其中的说法却不乏含糊处,值得进一步体味。

畸笏叟"余只见"的是哪些内容?从逻辑上讲,"被借阅者迷失"的稿件是不可能见到的,这里应该理解为亲自见证了稿件丢失这一事实。不过,借阅稿的相关标目是曾经被见到的,因此特别提出了"花袭人有始有终"这一不见于甲戌本讨论的回目,并明确说出了迷失的是"五六稿"。对"五六稿"内容的推定,见于脂砚斋批语相关的讨论。也就是说,脂砚斋批语中提及,但畸笏叟并未读到的,很有可能就是他所认定"五六稿"中的内容,所以"叹叹"。而脂砚斋批语没有提及的,由于"标目"恐怕也不会具体涉及,因此畸笏叟就无法推想情节了。因此,畸笏叟没有读到迷失诸稿,是很清楚的事实。

能不能认为畸笏叟所说的这次迷失,即《红楼梦》传播中最重要的一次失稿?由于缺乏材料,目前无法给出判断。但至少一种可能性是:借阅者迷失的誊清稿,影响仅限于畸笏叟等读者,而作者方面是别有草稿或定稿的,这些稿件亡佚的情况不被畸笏叟所知。

今存脂批抄本甚多,足见有多次抄写流传,那么应该也有多次"誊清"。畸笏叟说的"有一次誊清"究竟指哪一次?前面我们已经讨论到畸笏叟"己卯冬夜"的批语"奸邪婢岂是怡红应答者"一则,这个时间可以与上面的讨论对应。也就是说,畸笏叟见到的是某个没有"狱神庙回"的本子,这个时候"卫若兰射圃"故事由于已经被甲戌本批语提及，因此至少是存在的。因为畸笏叟这时是没有见到，而后来"有一次誊清"时才"见"迷失的五六稿，即"有一次誊清"的时间应该大致确定在"丁亥夏"以前，"己卯冬夜"之后。由笔者前文讨论"卫若兰射圃"的批语来看，也很可能就是"丁亥夏"的事。

另一个问题在于，假如今本庚辰本的抄写过程是"另一次誊清"的话，为何并没有涉及脂砚斋在甲戌、己卯本中提及的若干情节？当然，这里依据的还是畸笏叟的表述而非今存回数。

其中一种可能是，这个时期相关情节处在还未"誊清"的创作阶段，脂砚斋批语依据的是曹雪芹的草稿，而畸笏叟批语依据的是流传出来的"誊清"稿。再考虑到"卫若兰射圃"故事中，畸笏叟的批语在二十六回眉，但脂砚斋的暗示却在己、庚本三十一回末。前文已经指出，这里的脂批存有后来过录的可能。也就是说，"草蛇灰线"脂批的过录至少晚于"卫若兰射圃"稿"誊清"，即己、庚本之后。

前文已经述及，畸笏叟不知道的情节包括"狱神庙""卫若兰射圃""悬崖撒手"等文字，均是不见于本书前八十回的佚文，而且至少"狱神庙""悬崖撒手"乃接近结局者。因此，畸笏叟所读到的应该不是《红楼梦》全书。庚辰本第二十一回前有批语云：

> 按此回之文固妙，然未见后之卅回，犹不见此之妙。❶

很有可能，"后三十回"是曹雪芹、脂砚斋等区别于其他读者的分界线，也是《红楼梦》版本流传的分界线。而畸笏叟是"界外人"，故不能读到相关故事。等到有机会了解时，却在"誊清"中"迷失"，且很可能已经是曹雪芹、脂砚斋去世以后，如此则只能"叹叹"而已。

另外，二十二回庚末有批语云：

---

❶ 《红楼梦脂评校录》，第 305 页。

暂记宝钗制谜云：

朝罢谁携两袖烟，琴边衾里总无缘。晓筹不用鸡人报，五夜无烦
侍女添。焦首朝朝还暮暮，煎心日日复年年。光阴荏苒须当惜，风雨
阴晴任变迁。

此回未成而芹逝矣，叹叹！丁亥夏。畸笏叟。❶

庚辰本相关文字缺失，畸笏叟对此的理解是"此回未成"。然而
前面庚眉却言：

此后破失，俟再补。❷

这则批语并未署名。细玩文意，所谓"破失"并非"未成"，而
且有可能只是抄写过程中的"破失"，并不一定代表原稿的亡佚。且
庚辰本正文"性中自有大光明"下阙文，与畸笏叟"暂记宝钗制谜"
的批语间有空白页❸，或许是抄手知有阙文而有意留白，待觅得全文
后再作补抄。因此，很可能畸笏叟只看到的是抄漏残本，而误认为原
稿未成。

换句话说，仅就畸笏叟有批语的相关回数来看，他对正文的了解
或许也是相对有限的。

"誊清"的问题由于缺乏材料，也许目前难以说清。但很清楚的
问题是，畸笏叟至多只是《红楼梦》的早期读者，而他既然连曹雪芹
的创作都没有读全，自然绝不可能是"共同作者"之一。

前贤一般相信畸笏叟是曾指导曹雪芹创作的长辈，主要依据的是
如下批语：

---

❶ 《红楼梦脂评校录》，第338页。

❷ 《红楼梦脂评校录》，第338页。

❸ 曹雪芹：《脂砚斋重评石头记》，人民文学出版社1975年版，第507–509页。

　　十三回甲末："秦可卿淫丧天香楼"，作者用史笔也。老朽因有魂托凤姐贾家后事二件，（嫡）[的] 是安富尊荣坐享人能想得到处。其事虽未漏，其言其意则令人悲切感服，姑赦之，因命芹溪删去。❶

　　并且认为"老朽"即"朽物"，见二十二回庚眉：

　　凤姐点戏，脂砚执笔事，今知者寥寥矣，不怨夫？
　　前批"知者寥寥"，今丁亥夏只剩朽物一枚，宁不悲乎！❷

　　显然，庚辰本的"朽物"批语是畸笏叟"丁亥夏"的批语。但庚辰本的"朽物"是否即可认为是甲戌本批语的"老朽"？今存甲戌本没有发现署名畸笏叟的批语，很难认定畸笏叟参与了批评甲戌本的工作；但今存庚辰本又没有"命芹溪删去"的批语，因此这则批语也很难理解为是由畸笏叟批本过录的。而且，"朽物""老朽"并不完全是同一个词，甲戌本"老朽"也没有特别署名，这里很难在逻辑上等同起来。从我们前面的讨论来看，畸笏叟相关批语也并没有展现出影响创作的可能性。欧阳健指出："据版本学的基本常识，甲戌本卷端既已标明'脂砚斋重评石头记'，每页版心又有'脂砚斋'字样，则本中所有之批语（除别署他名者外），皆出脂砚斋之手。"❸ 笔者认为这一观点在逻辑上是更接近于正确的，"老朽"一条目前只能暂归于脂砚斋。❹

---

❶ 《红楼梦脂评校录》，第 193 页。

❷ 《红楼梦脂评校录》，第 326 页。

❸ 《评蔡义江先生的脂砚斋、畸笏叟观》，第 44 页。

❹ 值得注意的是，裕瑞《枣窗闲笔》认为"卷额本本有其叔脂研斋之批语"，这样看来脂砚斋自称"老朽"并不是不可理解的。《绿烟琐窗集·枣窗闲笔》，上海古籍出版社 1984 年版，第 173 页。

而虽未署名，但可以证明是畸笏叟批语的则是：

十三回庚未：通回将可卿如何死故隐去，是大发慈悲心也，叹叹！壬午春。❶

前贤已经指出"壬午春"是畸笏叟批语的时间，因此虽未署名，但可确定为畸笏叟的批语。

何人"大发慈悲心"？如果"老朽"是畸笏叟的话，那么这句话就变成畸笏叟毫无意义的自我吹嘘了。因此，本则批语可以证明，下令删去"秦可卿淫丧天香楼"的绝不是畸笏叟。

可作为旁证的是另一条著名的脂批：

第一回甲眉：能解者方有辛酸之泪，哭成此书。壬午除夕。书未成，芹为泪尽而逝。余尝哭芹，泪亦待尽。每意觅青埂峰再问石兄，奈不遇癞头和尚何！怅怅！

今而后，惟愿造化主再出一芹一脂，是书何幸，余二人亦大快遂心于九泉矣。甲午八日泪笔。❷

蔡义江指出这里的批语同样出自畸笏叟之手，而欧阳健则反对这一观点。但不论如何，能够令"是书何幸"的只有"一芹一脂"，而没有畸笏叟，即仅从本则批语来看，畸笏叟并非"共同作者"之一，在批者中地位也明显低于脂砚斋。这一理解与前文的考述也相合。对于"壬午除夕"批语，下文还将加以讨论。

---

❶《红楼梦脂评校录》，第 193 页。

❷《红楼梦脂评校录》，第 8 页。

五、"壬午除夕"批语的再辨析

第一回甲眉：能解者方有辛酸之泪，哭成此书。壬午除夕。书未成，芹为泪尽而逝。余尝哭芹，泪亦待尽。每意觅青埂峰再问石兄，奈不遇癞头和尚何！怅怅！

今而后，惟愿造化主再出一芹一脂，是书何幸，余二人亦大快遂心于九泉矣。甲午八日泪笔。❶

此批语乃红学界长期以来争论不休的重点批语。其中最核心的大争议为，"壬午除夕"是否即曹雪芹去世的时间。持壬午说者，则认为本批语应断作"壬午除夕书未成，芹为泪尽而逝"，而持癸未、甲申说者，则认为"壬午除夕"应当属上读。如"壬午除夕"是批语时间，那么很可能这则批语也是畸笏叟所写。且今本批语署时间者十九皆畸笏叟批语，那么"甲午八日泪笔"很可能也是畸笏叟的批语。

辩论双方均提出大量相关佐证，目前其是非争鸣仍然不断。本文无意于在"曹学"方面进行讨论，而是希望就今存脂批本身，对文本进行更细致的分析。旨趣在释读批语的可能断句，而非曹雪芹的确定卒日。这一文本研究当然应受到"曹学"成果的检核，但也自有独立展开的理据。

首先，当下壬午、癸未、甲申说互不相下，暂时没有得出确定结论。这一方面当然是材料本身的有限性使然；但另一方面说，引入其他角度的研究方法作为参证则自有价值。当正面考据难以继续进行之际，"逆向思维"的考察或有利于更深入地理解相关批语，并为释读提供更多旁证支持。其次，批语本身的释读并不一定可与曹雪芹卒日形成确定对应关系。在大的红学争鸣背景之下，脂批在文物与文献的有效性上本来可疑，如果持较为严格的"疑古"观点，不论这则批语应如

---

❶ 《红楼梦脂评校录》，第8页。

何解释，都不能作为曹雪芹卒日考据的论据。而且，批语还有误导理解其他材料的可能性。脂批乃至红学文献本身多有"极没相干"者，即使是真材料，也有错谬的可能性。更何况，这则批语有多种可以自圆其说的释读方式，更有可能在过录中产生了新的讹谬。今存批语的现状究竟是否为本来面目、是否与曹雪芹卒日有关，本身就是一个难以证实的问题。

本文希望结合现有其他脂批，提供一个理解本问题的新思路。

先考察批语的最后部分：

> 今而后，惟愿造化主再出一芹一脂，是书何幸，余二人亦大快遂心于九泉矣。甲午八日泪笔。

在今存甲戌本上，这些批语的位置相对独立，即不论前面文字应如何归属，"今而后"以下文字应该是"甲午八日泪笔"，其作批时间是清楚的。靖藏本"甲午"作"甲申"，相关材料不应取信，但可以初步推测是由于发现了本文所讨论的问题，而刻意伪造篡改。

前贤对"甲午八日"的具体日期问题进行了很详尽的探索，特别是在"八日"究竟为正月初八、八月初八抑或"人日""八月"之讹上，有颇多讨论。绝大多数讨论虽然观点不同，但基本上都认为"甲午"是指年份（即乾隆三十九年，1774）。

而按照"丁亥夏"的批语：

> 前批"知者寥寥"，今丁亥夏只剩朽物一枚，宁不悲乎！ ❶

可确定七年前（丁亥，1767）曹雪芹、脂砚斋等"知者"就都已

---

❶ 《红楼梦脂评校录》，第 326 页。

经谢世，因此不复再有"知者"。就现在所知的批者来看，"甲午八日泪笔"似乎应理解为畸笏叟批语，是对"一芹一脂"的痛惜。由此，"余二人"只能是畸笏叟和另外一人。这一人或许是后来的《红楼梦》爱好者，不在畸笏叟丁亥夏认定的"知者"以内。

再考虑此上的"书未成，芹为泪尽而逝。余尝哭芹，泪亦待尽。每意觅青埂峰再问石兄，奈不遇癞头和尚何！怅怅！"一段。

这里重要的问题是提及了作者为"芹"。脂批中称呼作者曹雪芹，有"雪芹""芹溪""芹"三种叫法。

"芹溪"仅出现一次，为孤例，见：

十三回甲末："秦可卿淫丧天香楼"，作者用史笔也。老朽因有魂托凤姐贾家后事二件，（嫡）[的]是安富尊荣坐享人能想得到处。其事虽未漏，其言其意则令人悲切感服，姑赦之，因命芹溪删去。❶

前文已经讨论这一批语，很可能是脂砚斋所批。

"雪芹"在脂批中出现较多，其中不乏较早、较重要之批语，如：

第一回甲眉：雪芹旧有《风月宝鉴》之书，乃其弟棠村序也。今棠村已逝，余睹新怀旧，故仍因之。❷

第七十五回庚回前：乾隆二十一年五月初七日对清。缺中秋诗，俟雪芹。（丙子，1756）❸

这两处批语说明了批者对曹雪芹家族亲属及早期著作的熟稔与亲密程度，而且似乎均在暗示批者对小说创作的参与。

---

❶ 《红楼梦脂评校录》，第 193 页。

❷ 《红楼梦脂评校录》，第 7 页。

❸ 《红楼梦脂评校录》，第 539 页。

第一回甲侧：这是第一首诗。后文香奁闺情皆不落空。余谓雪芹撰此书中，亦为传诗之意。❶

第二回甲侧：只此一诗便妙极！此等才情，自是雪芹平生所长，余自谓评书非关评诗也。❷

十八回己卯、庚辰夹：雪芹题曰"金陵十二钗"……❸

就批语形式与文意看，这些似乎基本可确定为脂砚斋批语，且其中亦展现出对作者创作的了解。

而称作者为"芹"者，除前引第一回批语外，还有：

二十二回庚末：此回未成而芹逝矣，叹叹！丁亥夏。畸笏叟。❹

这一则是无争议的畸笏叟批语。前文推论"甲午八日"批语也是畸笏叟批，很可能"芹"是畸笏叟特殊的表述方式，即三处可能都是畸笏叟所批。那么，在批语中宣布曹雪芹死讯的是畸笏叟。而且，畸笏叟"每意觅青埂峰再问石兄，奈不遇癞头和尚何"的批语，与畸笏叟十六回庚眉"想兄在青埂峰上，经煅炼后，参透重关至恒河沙数。如否，余曰万不能有此机括，有此笔力，恨不得面问果否"批语恰可对读。都提及"青埂峰"，而"兄""石兄"同时兼有小说中的"石头"与现实中的作者二意。由此看来，将两则批语理解为一人所批，也是颇合逻辑的。

当然，这一推论目前看仍是缺乏证据的假设，但可较好地与其他

---

❶ 《红楼梦脂评校录》，第 18 页。

❷ 《红楼梦脂评校录》，第 26 页。

❸ 《红楼梦脂评校录》，第 250 页。

❹ 《红楼梦脂评校录》，第 338 页。

材料形成相对圆通的解读方式。否定这一推论，难免会进一步解构脂批所展示的批语习惯及史料效用。

再来讨论"壬午除夕"是否曹雪芹去世日期的问题。这一理解方式至少有如下问题：首先，就批语形式而言，畸笏叟批语多署加批时间，其位置恰在最末，那么以此推理，"壬午除夕"宜从上读。其次，前文已经讨论到，畸笏叟与曹雪芹的关系并不算甚密，那么他是否精确地了解到曹雪芹的去世日期，也是颇可怀疑之事。最后，"壬午除夕书未成"，在表述习惯上也较显怪异。因此，不论曹雪芹是否卒于"壬午除夕"，这里的脂批都不足以成为有力证据。

另外，如果"壬午除夕"系列批语可认为是畸笏叟所撰的话，那么更加可以确定前文的判断，即甲戌本曾系统过录畸笏叟批语，并删没其名。如此，凡署时间者，均应理解为畸笏叟批语。这样第一回甲侧"若从头逐个写去，成何文字？《石头记》得力处在此。丁亥春"也应该看作畸笏叟的批语。

这样我们可以基本确定畸笏叟批语的范围。庚辰本虽然较忠实地保留了畸笏叟批语的原貌，但经过录者只有两册，因此缺失明显。甲戌本尽管删没其名，但仍可能在某些情况下帮助"辑佚"。从甲戌本批语的用语习惯中，还可以推测若干批语可能属于畸笏叟，这一问题仍有进一步研究的空间。但由于缺乏更明显的旁证（如批语时间等），本文暂时不作考察。

六、畸笏叟壬午批语的"别裁"

在此基础上可以进一步探讨畸笏叟批语的特征。

通过前文对己卯、丁亥相关批语的对读，可以发现畸笏叟批语值得注意的一个重要情况是，自己的后出批语往往对自己的早出批语有所讨论、修正、补充。就这些批语来说，畸笏叟批语的针对读者主要是自己，同时也是早期某个本子传播的"终结点"。但是，如果这样简单理解，又会遇到新的矛盾。特别是时间署于壬午年的批语，其性质更有集中性的可疑。

我们先看二十一回的几条畸笏叟批语：

庚眉：一部书中，只有此一段丑极太露之文，写于贾琏身上，恰极当极！己卯冬夜。

庚眉：看官熟思：写珍、琏辈当以何等文方妥方恰也？壬午孟夏。

庚眉：此段系书中情之痕疵，写为阿凤生日泼醋回及"夭风流"宝玉悄看晴雯回作引，伏线千里外之笔也。丁亥夏。畸笏。❶

这三则批语皆为畸笏叟批语，且明确标明了时间先后。但从文本逻辑言，无疑"壬午孟夏"条应在前设问，再以"己卯冬夜"条作答，方为妥当。畸笏叟既已先写出答案，则"看官"就无必要再"熟思"了。就庚辰本的情况看，两条批语连写，而且从批语时间与抄写顺序来看，显然都是先写"己卯冬夜"条，再写"壬午孟夏"条，这里批语间的对话关系殊令人费解。

不过，如果假设"己卯冬夜"条是畸笏叟的私人工作本，而"壬午孟夏"条是畸笏叟公开传播，供"看官熟思"的批语，那么文本逻辑就通顺了。而且，这个公开传播的抄本载体，很可能是没有"己卯冬夜"条批的。

作出这一判断，除却文本内在逻辑外，可以佐证的论据之一在于，今存庚辰本的批语，应该是从多部抄本上过录的"集评"。

---

❶《红楼梦脂评校录》，第 319 页。

十三回庚眉：

通回将可卿如何死故隐去，是大发慈悲心也，叹叹！壬午春。❶

前文已经讨论过这一批语，并已指出这条批语恰好证明了畸笏叟不可能是小说的"共同作者"。

值得进一步讨论的则是，并非"共同作者"的畸笏叟何以知道作者"通回将可卿如何死故隐去"。事实上，不仅庚辰本正文、批语并无涉及这一问题的内容，在全部今存的《红楼梦》中，也只有甲戌本的批语涉及了相关问题。本回：

甲眉：九个字写尽天香楼事，是不写之写。❷
甲侧：删却，是未删之笔。❸
甲侧：补天香楼未删之文。❹
甲眉：此回只十页，因删去天香楼一节，少去四五页也。❺

甲戌本第十三回确实只十页❻，与庚辰本❼等页数不同，可以证明甲眉批语即大致依据于今存版式。然而明言"少去四五页"，则代表批者声称对原著未删稿具有深入了解。如果甲戌本在过录中基本忠实于祖本原貌的话，那么这则批语应该可以确定是较早的脂砚斋批

---

❶ 《红楼梦脂评校录》，第 193 页。

❷ 《红楼梦脂评校录》，第 186 页。

❸ 《红楼梦脂评校录》，第 188 页。

❹ 《红楼梦脂评校录》，第 189 页。

❺ 《红楼梦脂评校录》，第 193 页。

❻ 曹雪芹：《脂砚斋甲戌抄阅再评石头记》，上海古籍出版社 1985 年版，第 127–137 页。按：此处之"页"即古籍一"叶"。据今存甲戌本实为十一叶，其中第一面为回前批语，则为十叶半。

❼ 《脂砚斋重评石头记》，第 269–284 页。

语❶。而且，这次删稿当早于甲戌本抄成的时间，且又是作者主动的修改行为，与前文讨论之"誊清"过程迷失的"五六稿"应无关联。

这里的甲戌本批语提及了删"天香楼"文的篇幅及补救措施，但仅从此只能知道有删文，很难确定是写"可卿如何死故"，更难以说明"是大发慈悲心也"。

而甲戌本批语尚有：

回前：今秦可卿托□□□□□□□□□□□□□□□理宁府亦□□□□□□□□□□□□□□□凡□□□□□□□□□□□□在封龙禁尉，写乃褒中之贬，隐去天香楼一节，是不忍下笔也。❷

回末："秦可卿淫丧天香楼"，作者用史笔也。老朽因有魂托凤姐贾家后事二件，(嫡)[的]是安富尊荣坐享人能想得到处。其事虽未漏，其言其意则令人悲切感服，姑赦之，因命芹溪删去。❸

如果是预先读过这两条批语（特别是回末一则），那么畸笏叟"是大发慈悲心也"的批语就有着落了。尽管今本庚辰本并没有过录这条回末批，但畸笏叟的批语显然接续"老朽"（按逻辑论是脂砚斋）的批语而发。换句话说，仅就现有材料来说，畸笏叟写作这条批语时很可能受到了甲戌本回末批语的影响。

在本回中另有一旁证。庚辰本有眉批"可从此批"❹。就庚辰本批语的位置而言，"可从"者最可能是松斋的"好笔力。此方是文

---

❶　欧阳健对此次删稿提出了极有价值的怀疑,但目前来看并不能简单定为有意之伪托,刘广定在欧阳健之前已有更平允的讨论。参刘广定：《从"秦可卿淫丧天香楼"谈〈红楼梦〉的"脂批"》，载《红楼梦学刊》1999年第4辑。欧阳健：《秦可卿"淫丧天香楼"？》，《今晚报》，2016年11月3日第16版。

❷　《红楼梦脂评校录》，第183页。

❸　《红楼梦脂评校录》，第193页。

❹　《红楼梦脂评校录》，第186页。

字佳处"❶，其次则是侧批的"八字乃为上人之当铭于五衷"❷，然而就文本而言，两种理解似乎皆无甚特别意义。但若将"可从此批"理解为对甲戌眉"九个字写尽天香楼事，是不写之写"❸的评价，在位置和文意上都可产生较为完足的对应，这种假设似乎是合乎现有文本逻辑的。

这一假设经俞平伯❹、周汝昌❺等先生指出，但对何以产生如此情况，前贤似还没有给出更具说服力的讨论❻。笔者认为，如果仅是单一版本的抄录，无须特别用"可从此批"指示。有一种可能是，"可从此批"暗示了某次炮制新批本的工作，而畸笏叟"壬午年"批语正是其中的重要部分。今本庚辰本批语是一个多部旧抄本批语的集合，假如我们相信今存署年份的批语均为畸笏叟一人所写的话，那么考虑到批语本身所展示的张力，这些批语最初很可能并不在同一部抄本上。畸笏叟不仅仅是在同一本子上多次批书，而且还是在至少两个本子上批书。

仅就现存文本而言，这一假设似有相当的成立概率。

那么为什么同为畸笏叟写作的批语，会针对性地展现在不同抄本上呢？

---

❶ 《红楼梦脂评校录》，第 186 页。《脂砚斋重评石头记》，第 272 页。

❷ 《红楼梦脂评校录》，第 186 页。

❸ 《脂砚斋甲戌抄阅再评石头记》，第 129 页。

❹ 俞平伯：《脂砚斋红楼梦辑评》，上海文艺联合出版社 1954 年版，第 206 页。

❺ 周汝昌：《红楼梦版本的新发现》，原载香港《大公报》1965 年 7 月 25 日，转引自裴世安、柏秀英、沈柏松：《红学论争专题资料库 第 1 辑 靖本资料》，石言居自印本，2005 年，第 39 页。

❻ 靖藏本此则作"可从此批。通回将可卿如何死故隐去，是余大发慈悲也，叹叹！壬午季春，畸笏叟。"其前批语则为"九个字写尽天香楼事，是不写之写。常村"。周汝昌等无疑受到了靖藏本的影响。本文已经指出从文物角度来说，靖藏本不可信据；且就前文考据的文本逻辑而言，本则批语揭示的内容也显不可信。笔者认为，尽管此靖批很可能是依据俞平伯的推测而刻意伪造，但俞平伯的推测则是完全依据于甲戌、庚辰等本的文本逻辑而发，因此其结论亦值得重视。《红楼梦脂评校录》，第 186 页。《红学论争专题资料库 第 1 辑 靖本资料》，第 494 页。

就其"外因"言，很可能是某些读者具有传抄畸笏叟批语的主观需要，而畸笏叟在批点过程中也有意识地满足读者的阅读期待。

假设确有这一事件的话，那么应发生于壬午年。庚辰本第二十一回眉批云：

赵香梗先生《秋树根偶谭》内，兖州少陵台有子美祠，为郡守毁为己祠。先生叹子美生遭丧乱，奔走无家，孰料千百年后，数椽片瓦，犹遭贪吏之毒手，甚矣才人之厄也！因改公《茅屋为秋风所破歌》数句，为少陵解嘲："少陵遗像太守欺无力，忍能对面为盗贼。公然折克非己祠，旁人有口呼不得。梦归来兮闻叹息：白日无光天地黑。安得旷宅千万间，太守取之不尽生钦颜，公祠免毁安如山。"读之令人感慨悲愤，心常耿耿。

壬午九月。因索书甚迫，姑志于此，非批《石头记》也。为续庄子因数句，真是打破胭脂阵，坐透红粉关，另开生面之文，无可评处。❶

"壬午九月"是庚辰本上畸笏叟本年批语最晚的时间，而大抵在此时发生了"索书甚迫"的事件。唯一晚于壬午九月的是甲戌本上"壬午除夕"批语，但既与其他批语不属同一册（按庚辰本十回一册计算），又属孤例，其情况或难断定。考虑到"壬午除夕"批语与"甲午八日"批语可能存在前后呼应的关系，那么这一批很可能是仍在畸笏叟私藏本上的，即壬午九月交还"索书"后的个人批语。

对"索书甚迫"事件，杜春耕、蔡义江❷认为这是"蒙戚系统本"的整理者，为整理的需要而来索书，并且指出这是畸笏叟等人无法

❶ 《红楼梦脂评校录》，第 316 页。

❷ 杜春耕、蔡义江：《解读脂评"索书甚迫"条》，载《河南教育学院学报（哲学社会科学版）》2005 年第 2 期。

拒绝的要求。且不细论这一索书者的是非（因为目前还难以考据），但这一归于整理者，而非作者或禁毁者的思路，应该说是很值得重视的。

本文想指出的是，畸笏叟壬午年为本书作批的过程中，应该就已知道将会有"索书"者与可能的读者，因此其若干批语具有明显的针对性，即本处的批语而言，前贤注重研究的是畸笏叟所批"秋树根偶谈"的相关内容，是如何借口"非批《石头记》"而"批《石头记》"的。但若这些批语只是畸笏叟在个人藏本上的写作，即使会借给"索书者"短期阅读，这些解释实际上也并无必要。

事实上细玩其文，畸笏叟写下这条"非批《石头记》"的批语，其中很重要的原因在于下文"为续庄子因数句，真是打破胭脂阵，坐透红粉关，另开生面之文，无可评处"，即批评贾宝玉续《庄子》的前文不易，故以此条塞责❶。这里的口气显然有向读者解释的意味在。换句话说，畸笏叟壬午年的批语，很可能是为某个相对公开流传的《红楼梦》抄本而特别炮制的产物，这与他己卯、丁亥两次批评有所差异。而且更有可能的是，壬午年批语是直接写在这个由他人提供的抄本上，而并非畸笏叟自己的工作本。理由当然如前：壬午年的畸笏叟读到了庚辰本上没有的脂批，而相关的批语与"己卯冬夜"也不产生直接的前后承接，即"己卯冬夜"本并不在"索书甚迫"之列。

或许正是因此，对方"索书甚迫"，畸笏叟就要马上交还——所持抄本乃他人之物。另外可作的猜测是，这个抄本或许是以册（十回）为基本单位的，未必定是全书。

---

❶ 相关讨论可参考张昊苏:《"作践南华庄子"考: 兼及〈红楼梦〉涉〈庄〉文本的学术意义》, 未刊稿。

七、畸笏叟三次批书的"目标读者"

前节已经讨论影响畸笏叟壬午年批书的"外因"。就其"内因"言，畸笏叟在己卯、壬午、丁亥三次的批评，都有不同程度的对读者的直接针对，而以壬午年间的批语最为明显。其他未明标时间的批评，也同样具有类似的性质。这样看来"壬午九月索书甚迫"可能并不是影响畸笏叟批书的唯一因素，畸笏叟也很有可能是专门的《红楼梦》批书人。

因其是专门的批书人，因此需要用各种方式表明自己说法的权威性，并引导读者对小说本文的理解。除前引二十一回"看官熟思"批语以外，情况类似者尚甚多。这里先讨论壬午年批语，如：

十五回庚眉：《石头记》总于没要紧处闲三二笔，写正文筋骨。看官当用巨眼，不为彼瞒过方好。壬午季春。❶

十七回庚眉：爱之至，喜之至，故作此语。作者至此，宁不笑杀？壬午春。❷

二十六回庚眉：此等细事是旧族大家闺中常情，今特为暴发钱奴写来作鉴。一笑。壬午夏，雨窗。❸

十五回庚眉明确指出了"看官"，另两则从文气看似也是为读者服务，而非单纯的个人欣赏。

又二十五回庚眉：

通灵玉除邪，全部百回只此一见，何得再言？僧道踪迹虚实，幻

---

❶ 《红楼梦脂评校录》，第205页。
❷ 《红楼梦脂评校录》，第239页。
❸ 《红楼梦脂评校录》，第374页。

笔幻想，写幻人于幻文也。壬午孟夏，雨窗。❶

畸笏叟这里对"全部百回"的声称，当然是暗示自己读过全书。但是，且不论《红楼梦》是否"百回"，仅就畸笏叟批语内部来说，倘若其确实了解"全部百回"，何以丁亥年又多次坦承未见"迷失无稿"文字？恐是大言欺人耳。而大言欺人，很可能是有意识向目标读者夸大自己的"知情"。

畸笏叟在己卯、丁亥两次批书中，也多有明确指向"看官"之语：

二十回庚眉：又用讳人语瞒着看官。己卯冬夜。❷

二十回庚眉："等着"二字大有神情。看官闭目熟思，方知趣味。非批书人漫拟也。己卯冬夜。❸

二十二回庚眉：将薛、林作甄玉、贾玉，看书则不失执笔人本旨矣。丁亥夏。畸笏叟。❹

二十二回庚眉：前以《庄子》为引，故偶续之。又借颦儿诗一鄙驳，兼不写着落，以为瞒过看官矣。此回用若许曲折，仍用老庄引出一偈来，再续一《寄生草》，可为大觉大悟矣。以之上承果位，以后无书可作矣。却又轻轻用黛玉一问机锋，又续偈言二句，并用宝钗讲五祖六祖问答二实偈子，使宝玉无言可答，仍将一大善知识，始终跌不出警幻幻榜中，作下回若干书。真有机心游龙不测之势，安得不叫绝？且历来小说中万写不到者。己卯冬夜。❺

二十六回庚眉：红玉一腔委屈怨愤，系身在怡红不能遂志，看官

❶《红楼梦脂评校录》，第373页。
❷《红楼梦脂评校录》，第300页。
❸《红楼梦脂评校录》，第302页。
❹《红楼梦脂评校录》，第325页。
❺《红楼梦脂评校录》，第334–335页。

勿错认为芸儿害相思也。己卯冬。❶

二十七回庚眉：奸邪婢岂是怡红应答者，故即逐之。前良儿，后篆儿，便是确证。作者又不得有也。己卯冬夜。❷

此类批语皆具有指导"看官"阅读的性质。特别是二十回庚眉"看官闭目熟思"最为明显，与前引二十一回庚眉"看官熟思"同一口吻。此外还有二十一回庚侧"不但贾兄痒痒，即批书人此刻几乎落笔。试问看官此际若何光景"❸、二十八回庚侧"又瞒看官及批书人"❹等批语。尽管没有外证说明出于同一批者之笔，但显然是同一类型的批语。通过这些批语的对读，畸笏叟的"批书人"身份也就更加明显。特别值得注意的是"非批书人漫拟也"一则，如此向读者特意声称，则畸笏叟显然并非"共同作者"。

此外，批语中明显针对读者的则有：

十二回庚眉：勿作正面看为幸。畸笏。❺

十七回庚眉：于作诗文时虽政老亦有如此令旨，可知严父亦无可奈何也。不学纨绔来看。畸笏。❻

其批语时间虽难获知，但性质并无不同。

前文提及"又瞒看官及批书人"，玩其文意，可推测当亦在曹雪芹想要"瞒"的读者之内，即畸笏叟并非深度参与小说创作的重要人

❶ 《红楼梦脂评校录》，第 376 页。

❷ 《红楼梦脂评校录》，第 397 页。

❸ 《红楼梦脂评校录》，第 321 页。

❹ 《红楼梦脂评校录》，第 406 页。

❺ 《红楼梦脂评校录》，第 172 页。

❻ 《红楼梦脂评校录》，第 236 页。

物，而只是读者群中体会较深，故不易被"瞒"的代表人士之一。这与前文的基本假定也相符合。

今存脂批中，显然被作者"瞒过"者颇多，下文还将进一步展开文本细读。这里仅举数例为证。

如二十五回"怎么还不给我们家作媳妇？"一段：

> 甲侧：二玉事，在贾府上下诸人，即看书人、批书人皆信定一段好夫妻，书中常常每每道及，岂其不然，叹叹！
>
> 庚侧：二玉之配偶，在贾府上下诸人，即观者、批者、作者皆为无疑，故常常有此等点题语。我也要笑。❶

两处都是"批者"之言，但理解完全相反。这可以看出同为"批书人"的不同观点。从逻辑而言，必有一位批书者的理解有违作者本旨。甲侧言"看书人、批书人皆信定"，显然批者是站在读者而非作者一边的。

又如第二十回庚侧：

> 每于如此等处，石兄何尝轻轻放过不介意来？亦作者欲瞒看官，又被批书人看出，呵呵。❷

这里是"批书人"自认为眼光独特，高出一般看官，故不被作者所瞒。然而尽管未被瞒住，但批者似自认为是作者欲"瞒"的目标对象。

---

❶《红楼梦脂评校录》，第 368 页。

❷《红楼梦脂评校录》，第 297 页。

类似的批语还有：

四十三回庚夹：看书者已忘，批书者亦已忘了，作者竟未忘，忽写此事，真忙中愈忙、紧处愈紧也。❶

说畸笏叟被"瞒"，最重要的证据当然是畸笏叟在二十六回红玉问题上的误判，前文已有讨论。此外如十六回庚眉：

自政老生日，用降旨截住，贾母等进朝如此热闹，用秦业死岔开，只写几个"如何"，将泼天喜事交代完了，紧接黛玉回，琏、凤闲话，以老妪勾出省亲事来。其千头万绪，合榫贯连，无一毫痕迹，如此等，是书多多，不能枚举。想兄在青埂峰上，经煅炼后，参透重关至恒河沙数。如否，余曰万不能有此机括，有此笔力，恨不得面问果否。叹叹！丁亥春。畸笏叟。❷

当然丁亥春曹雪芹已经去世，但这里的"恨不得面问果否"似乎不仅是哀叹作者去世，同时展示出畸笏叟与曹雪芹存在一定距离。畸笏叟似乎有意识地将自己的"知情"展现出来，只是其所展现的"知情"，恰好证明其相对于曹雪芹、脂砚斋的"不知情"。❸

相比之下，还有明确表示深知作者本旨的"批书人"。

如第五回甲侧：

此梦文情固佳，然必用秦氏引梦，又用秦氏出梦，竟不知立意何属？

---

❶ 《红楼梦脂评校录》，第467页。
❷ 《红楼梦脂评校录》，第221页。
❸ 对"石兄"的具体所指，笔者将别为文讨论，这里仅简单确定为是对作者的指代。

惟批书人知之。❶

第十五回庚侧：

批书人深知卿有是心，叹叹！❷

这里的"批书人"则自称能"深知"作者立意，则又不是一般批者可比，显然只能定为是脂砚斋批语。

八、畸笏叟与其他批者的对话

另外应该指出的是这些批语中所展现的畸笏叟形象，特别是其与作者、小说文本、其他批者的距离。更具体地说，即畸笏叟可能在何种情况、基于何种版本展开相关的批评。前面我们已经提到畸笏叟己卯、丁亥两次批语的对话关系，并推断畸笏叟在壬午年有可能是受人之命批书，并因此接触到了甲戌本的一些批语。更进一步对读相关批语，似可确定畸笏叟在下批语之前，其所持的本子上已经具有若干先期的批语，且他的一部分工作就是对已有批语的补充和对话。

其中较明显者如：

十八回己夹、庚夹：妙卿出现。至此细数十二钗，以贾家四艳再加薛、林二冠有六，添秦可卿有七，熙凤有八，李纨有九，今又加妙玉，仅得十人矣。后有史湘云与熙凤之女巧姐儿者，共十二人，雪芹题曰"金陵十二钗"，盖本宗《红楼梦》十二曲之义。后宝琴、岫烟、李纹、李绮皆陪客也，《红楼梦》中所谓副十二钗是也。又有又副册三段词，

---

❶ 《红楼梦脂评校录》，第90页。

❷ 《红楼梦脂评校录》，第208页。

乃晴雯、袭人、香菱三人而已，余未多及，想为金钏、玉钏、鸳鸯、茜雪、平儿等人无疑矣。观者不待言可知，故不必多费笔墨。❶

庚眉：前处引十二钗总未的确，皆系漫拟也。至末回警幻情榜，方知正、副、再副及三四副芳讳。壬午季春。畸笏。❷

畸笏叟的批语显然针对前一则批，并且认为是"漫拟"。然而畸笏叟本人也同样并未展示出对十二钗对应人物的实质性了解，是否真正读过"末回警幻情榜"是非常可疑的。联系起前文的"悬崖撒手"条批语，这里大言欺人的可能性亦复不小。就文本来看，夹批的作者似乎也非脂砚斋，而是另一不甚了解"旧时真本"的批书人。

又庚辰本十四回有连续三条眉批，为：

朱批：宁府如此大家，阿凤如此身份，岂有便（使）贴身丫头与家里男人答话交事之理呢？此作者忽略之处。

墨批：彩明系未冠小童，阿凤便于出入使令者。老兄并未前后看明，是男是女，乱加批驳。可笑。

朱批：且明写阿凤不识字之故。壬午春。❸

其中第一条批语尚重见于甲戌本眉批，唯"使"字未误作"便"。

很显然三则批语形成了对话的关系。第一则是某位"老兄"对小说提出质疑，第二则是批驳第一则批语的观点❹，第三则是畸笏叟对前则批评的补充。而甲戌本回前有"凤姐用彩明，因自识字不多，且彩明系未冠之童"的批语，显然是综合第二、第三条批语后所作的总结概括。

---

❶ 《红楼梦脂评校录》，第249—250页。此处己卯、庚辰略有异文，不一一出注。

❷ 《红楼梦脂评校录》，第250页。

❸ 《红楼梦脂评校录》，第195页。

❹ 批者以脂砚斋的可能性为大，张昊苏《脂砚斋的重评》会进一步讨论这个话题，此不赘述。

这里且不详细辨析批语重出的情况，但很清楚的是，三条批语是三个时间形成的产物，畸笏叟是这个问题的第三位发言人，起到的仅是对前人的补充。蔡义江曾指出脂砚斋的"重评"乃针对"诸公"之评，那么这里畸笏叟的批语则是针对"诸公"（老兄）之评，可能也带有补充脂砚斋的意味。可以说，畸笏叟是后来的"诸公"。

此外，畸笏叟批语还有明显引及其他批语者，如十八回：

己夹、庚夹：此等处便用硬证实处，最是大力量，但不知是何心思，是从何落想，穿插到如此玲珑锦绣地步。

庚眉：如此穿插安得不令人拍案叫绝！壬午季春。❶

都言"穿插"，显然沿袭夹批。夹批云"不知是何心思，是从何落想"，如果坐实理解，那么就存在是"诸公"批的可能性。

二十一回：

庚侧：亦是囫囵语，却从有生以来肺腑中出，千斤重。

庚眉：《石头记》每用囫囵语处，无不精绝奇绝，且总不觉相犯。壬午九月。畸笏。❷

这里畸笏叟的批语显然承庚侧批，而且似乎亦略嫌冗余。另外值得注意的是，其他批语多作"囫囵不解"，行文可理解为一般意义的用词。而"囫囵语"只能理解为一种特殊的批评术语。

二十二回：

二十二回庚侧：事无不可对人言。

---

❶《红楼梦脂评校录》，第259页。
❷《红楼梦脂评校录》，第312页。

二十二回庚眉：湘云、探春二卿，正"事无不可对人言"之性。丁亥夏。畸笏叟。❶

二十四回：

二十四回庚侧：四字渐露大丫头素日怡红细事也。

二十四回庚眉：怡红细事俱用带笔白描，是大章法也。丁亥夏。畸笏叟。❷

这两则显然也皆是畸笏叟径引前人批语原文，而加以阐发。"怡红细事"尚照应二十回庚侧"虽谑语，亦少露怡红细事"❸。"少露""渐露"，当是一人之笔。

从文意来看，上述重出批语多不似一人之手，应是后人（畸笏叟）对前人批语的讨论。结合前文认为庚辰本己卯、丁亥批语来源于畸笏叟个人藏本的推断，可以进一步推测畸笏叟是在某个已有批语的抄本上再度加批。这个抄本上应该同时具有脂砚斋和其他"诸公"的批语。而畸笏叟对"诸公"的针对似乎要多于与脂砚斋的配合。如此其身份也从侧面可见了。

九、小结

通过对畸笏叟系列批语的考述和文本细读，我们可以得到以下初步的结论。

其一，庚辰本中署"己卯冬夜"的均为畸笏叟批语，所署"脂砚"

---

❶ 《红楼梦脂评校录》，第 328 页。

❷ 《红楼梦脂评校录》，第 357 页。

❸ 《红楼梦脂评校录》，第 298 页。

不可信据。这样可以扩充我们对畸笏叟批语的认识。明确有畸笏叟署名的"丁亥夏"批语则多为针对"己卯冬夜"相关批语的补充与对话，从文气来看确为同一人手笔。由己卯—丁亥的时间跨度，可以推测今本庚辰本相关批语应过录自长期在畸笏叟个人手中的批评本。

其二，就涉及"旧时真本"的脂砚斋、畸笏叟相关批语可以看出，畸笏叟并不可能成为《红楼梦》的"共同作者"，而且其所读的原稿少于脂砚斋，这证明其距离作者曹雪芹应较脂砚斋更远。基于此，对甲戌本所存的"老朽"等批，不应认定为畸笏叟批语。

其三，甲戌本未署名、庚辰本署为畸笏叟的重出批语，并非如传统观点，是庚辰本抄录甲戌本的批语，而应是由甲戌本过录庚辰本畸笏叟批语的产物。这进一步说明了今存甲戌本在文物上相对庚辰本的晚出。甲戌本为何在过录过程中删去了畸笏叟的署名，值得进行更深入的研究。

其四，畸笏叟的三次批语应该最初分别书写于两个抄本之上。己卯、丁亥两次批语在同一抄本，很可能是畸笏叟的个人藏本；壬午年的批语很可能直接批在他人所提供的抄本，并于该年九月"索书甚迫"而交还。两个抄本上应该都预先有脂砚斋和"诸公"的若干批语，但具体批语条目恐怕尚有区别。

其五，畸笏叟很可能仅是《红楼梦》的早期批书人，批书的目的在于影响读者对小说本文的理解。其目标读者对畸笏叟的身份很可能也是清楚的，即畸笏叟明显区别于脂砚斋。可以进一步认为，畸笏叟本质上是特意署名、以保障自己著作权的"诸公"之一。从这个角度来说，他的批点也许带有更强的功利性。

畸笏叟批语编年辑录（初稿）

《畸笏叟批语编年辑录》是论文《畸笏叟批语丛考》的辅助资料，是从笔者未定稿《畸笏叟批语校证》中摘录出的初步内容。所认定的畸笏叟批语即以《畸笏叟批语丛考》的基本假设为核心，主要包括：

（1）署名"畸笏""畸笏叟"等的批语；

（2）标有己卯、壬午、丁亥等畸笏叟批书时间的批语。

由于本文尚系初稿，为便利起见，录入文字、分段、页码暂依朱一玄《红楼梦脂评校录》，标点间依己意修改，有误者参校原书订正。原书讹误字暂依《红楼梦脂评校录》，径作理校，不出校记。批语按编年方式排序。时间不明者单独举出。凡属重出脂批则作简单说明。

因系删去了全部校证内容的初稿，又录入匆率，体例、内容难免粗疏，恳请方家不吝赐教。

己卯年（乾隆二十四年，1759）批语

1. 二十回庚眉：一段特为怡红袭人、晴雯、茜雪三环之性情见识身份而写。己卯冬夜。（297）

按："己卯"，《红楼梦脂评校录》误作"乙卯"。据庚辰本 440 页正。

2. 二十回庚眉：写环兄先赢，亦是天生地设现成文字。己卯冬夜。（299）

3. 二十回庚眉：又用讳人语瞒着看官。己卯冬夜。（300）

4. 二十回庚侧：嫡嫡是彼亲生，句句竟成正中贬，赵姨实难答言。到此方知题标用"弹"字甚妥协。己卯冬夜。（300–301）

5. 二十回庚眉："等着"二字大有神情。看官闭目熟思，方知趣味，非批书人漫拟也。己卯冬夜。（302）

6. 二十回庚眉：此作者放笔写，非褒钗贬颦也。己卯冬夜。（304）

按：《红楼梦脂评校录》漏"己卯冬夜"四字，据庚辰本 453 页补。

7. 二十一回庚眉：趁着酒兴不禁而续，是作者自站地步处。谓余何人也，敢续《庄子》？然奇极怪极之笔，从何设想，怎不令人叫绝？己卯冬夜。（314）

8. 二十一回庚眉：又借阿颦诗自相鄙驳，可见余前批不谬。己卯冬夜。（317）

9. 二十一回庚眉：一部书中，只有此一段丑极太露之文，写于贾琏身上，恰极当极！己卯冬夜。（319）

10. 二十二回庚眉：前看凤姐问作生日数语甚泛泛，至此见贾母蠲资，方知作者写阿凤心机，无丝毫漏笔。己卯冬夜。（325）

11. 二十二回庚眉：前以《庄子》为引，故偶续之。又借颦儿诗一鄙驳，兼不写着落，以为瞒过看官矣。此回用若许曲折，仍用老庄引出一偈来，再续一《寄生草》，可为大觉大悟矣。以之上承果位，以后无书可作矣。却又轻轻用黛玉一问机锋，又续偈言二句，并用宝钗讲五祖六祖问答二实偈子，使宝玉无言可答，仍将一大善知识，始终跌不出警幻幻榜中，作下回若干书。真有机心游龙不测之势，安得不叫绝？且历来小说中万写不到者。己卯冬夜。（334–335）

12. 二十三回庚眉：大观园原系十二钗栖止之所，然工程浩大，故借元春之名而起，再用元春之命以安诸艳，不见一丝扭捏。己卯冬夜。（341）

13. 二十三回庚眉：此图欲画之心久矣，誓不遇仙笔不写，恐亵我颦卿故也。己卯冬。（344）

14. 二十三回庚眉：情小姐故以情小姐词曲警之，恰极当极！己卯冬。（346）

15. 二十四回庚眉：这一节对《水浒》杨志卖大刀遇没毛大虫一回看，觉好看多矣。己卯冬夜。脂砚。（351）

按："脂砚"署名问题参《畸笏叟批语丛考》。

16. 二十四回庚眉：自往卜世仁处去已安排下的。芸哥可用。己卯冬夜。（353）

17. 二十五回庚眉：黛玉念佛，是吃茶之语在心故也。然摹写神妙，一丝不漏如此。己卯冬夜。（369）

18. 二十六回庚眉：红玉一腔委屈怨愤，系身在怡红不能遂志，看官勿错认为芸儿害相思也。己卯冬。（376）

按：甲眉同，但无"己卯冬"三字。疑甲眉此则批语乃从庚辰本过录。详见《畸笏叟批语丛考》。

19. 二十七回庚眉：这桩风流案，又一体写法，甚当。己卯冬夜。（392）

20. 二十七回庚眉：奸邪婢岂是怡红应答者，故即逐之。前良儿，后篆儿，便是确证。作者又不得有也。己卯冬夜。（397）

21. 二十七回庚眉：《石头记》用截法、岔法、突然法、伏线法、由近渐远法、将繁改简法、重作轻抹法、虚敲实应法种种诸法，总在人意料之外，且不曾见一丝牵强，所谓"信手拈来无不是"是也。己卯冬夜。（398）

按：甲戌本回后同（402），但无"己卯冬夜"四字。

22. 二十八回庚眉：一节颇似说辞，在玉兄口中却是衷肠之语。己卯冬夜。（406）

23. 二十八回庚眉：此写玉兄，亦是释却心中一夜半日要事，故大大一泄。己卯冬夜。（408）

24. 二十八回庚眉：前"玉生香"回中颦云"他有金你有玉；他有冷香你岂不该有暖香？"是宝玉无药可配矣。今颦儿之剂，若许材料皆系滋补热性之药，兼有许多奇物，而尚未拟名，何不竟以"暖香"

名之？以代补宝玉之不足，岂不三人一体矣。己卯冬夜。（409）

按：甲戌本回后有同批，但无"己卯冬夜"四字。（415）

以上己卯年批语共24条，皆署"己卯冬"或"己卯冬夜"，当为同一时期批语。与甲戌本批语重合者有3条。回数跨度为20～28回，均见庚辰本眉批。

壬午年（乾隆二十七年，1762）批语

1. 第一回甲眉：能解者方有辛酸之泪,哭成此书。壬午除夕。（8）

按：本批语学界有多种断句方法，这里的理由参见《畸笏叟批语丛考》。

2. 十二回庚眉：苦海无边，回头是岸。若个能回头也？叹叹！壬午春。畸笏。（174）

3. 十三回庚回后：通回将可卿如何死故隐去，是大发慈悲心也，叹叹！壬午春。（193）

4. 十四回庚眉：且明写阿凤不识字之故。壬午春。（195）

5. 十四回庚眉：数字道尽声势。壬午春。畸笏老人。（200）

6. 十四回庚眉：忙中闲笔，点缀玉兄，方不失正文中之正人。作者良苦。壬午春。畸笏。（200）

7. 十五回庚眉：八字道尽玉兄。如此等方是玉兄正文写照。壬午季春。（202）

8. 十五回庚眉：写玉兄正文总于此等处，作者良苦。壬午季春。（203）

9. 十五回庚眉：一"忙"字，二"陪笑"字，写玉兄是在女儿分上。壬午季春。（203）

10. 十五回庚眉:《石头记》总于没要紧处闲三二笔，写正文筋骨。看官当用巨眼，不为彼瞒过方好。壬午季春。（205）

11. 十五回庚眉：实表奸淫，尼庵之事如此。壬午季春。（208）

12. 十五回庚眉：若历写完，则不是《石头记》文字了，壬午季春。（208-209）

13. 十六回庚眉：泼天喜事却如此开宗，出人意料外之文也。壬午季春。（212-213）

14. 十六回庚眉：偏于极热闹处写出大不得意之文，却无丝毫牵强，且有许多令人笑不了、哭不了、叹不了、悔不了，唯以大白酬我作者。壬午季春。畸笏。（226）

按：甲戌眉有同批，文字稍异。甲戌本"极热闹"作"大热闹"，"写出"作"写"，"牵强"作"摔强"，"哭不了"作"哭不"，末无"壬午季春。畸笏"六字。（226）

15. 十七回庚眉：政老情字如此写。壬午季春。畸笏。（232）

16. 十七回庚眉：六字是严父大露悦容也。壬午春。（235）

17. 十七回庚眉：又换一章法。壬午春。（236）

18. 十七回庚眉：爱之至，喜之至，故作此语。作者至此，宁不笑杀？壬午春。（239）

19. 十八回庚眉：前处引十二钗总未的确，皆系漫拟也。至末回警幻情榜，方知正、副、再副及三四副芳讳。壬午季春。畸笏。（250）

20. 十八回庚眉：非经历过，如何写得出。壬午春。（255）

21. 十八回庚眉：如此穿插，安得不令人拍案叫绝！壬午季春。（259）

22. 十八回庚眉：仍用玉兄前拟"稻香村"，却如此幻笔幻体，文章之格式至矣尽矣！壬午春。（262）

23. 十九回庚眉：一句描写玉刻骨刻髓，至已尽矣。壬午春。（289）

24. 二十回庚眉：特为乳母传照，暗伏后文倚势奶娘线脉，《石头记》无闲文并虚字在此。壬午孟夏。畸笏老人。（295-296）

25. 二十回庚眉：娇憨满纸，令人叫绝。壬午九月。（298）

26. 二十一回庚眉：口中自是应声而出，捉笔人却从何处设想而来，成此天然对答。壬午九月。（308）

27. 二十一回庚眉：《石头记》每用囫囵语处，无不精绝奇绝，且总不觉相犯。壬午九月。畸笏。（312）

28. 二十一回庚眉：这亦暗露玉兄闲窗净几、不寂不离之工业。壬午孟夏。（314）

29. 二十一回庚眉：赵香梗先生《秋树根偶谭》内，兖州少陵台有子美祠，为郡守毁为己祠。先生叹子美生遭丧乱，奔走无家，孰料千百年后，数椽片瓦，犹遭贪吏之毒手，甚矣才人之厄也！因改公《茅屋为秋风所破歌》数句，为少陵解嘲："少陵遗像太守欺无力，忍能对面为盗贼，公然折克非己祠，傍人有口呼不得。梦归来兮闻叹息：白日无光天地黑。安得旷宅千万官，太守取之不尽生钦颜，公祠免毁安如山。"读之令人感慨悲愤，心常耿耿。壬午九月。因索书甚迫，姑志于此，非批《石头记》也。为续庄子因数句，真是打破胭脂阵，坐透红粉关，另开生面之文，无可评处。（316）

30. 二十一回庚眉：看官熟思：写珍、琏辈当以何等文方妥方恰也？壬午孟夏。（319）

31. 二十二回庚眉：小科诨解颐，却为借当伏线。壬午九月。（325）

32. 二十三回庚眉：写宝玉可入园，用"禁管"二字，得体理之至。壬午九月。（342）

33. 二十三回庚眉：四诗作尽安福尊荣之贵介公子也。壬午孟夏。（343）

34. 二十四回庚眉：余卅年来得遇金刚之样人不少，不及金刚者亦不少，惜书上不便历历注上芳讳，是余不是心事也。壬午孟夏。（352）

35. 二十五回庚眉：此等世俗之言，亦因人而用，妥极当极！壬午孟夏，雨窗。畸笏。（362）

36. 二十五回庚眉：通灵玉除邪，全部百回只此一见，何得再言？

僧道踪迹虚实，幻笔幻想，写幻人于幻文也。壬午孟夏，雨窗。（373）

按：甲戌回后批语："通灵玉除邪，全部只此一见，却又不灵，遇癞和尚、跛道人一点方灵应矣。写利欲之害如此。"（373）

37. 二十六回庚眉：此等细事是旧族大家闺中常情，今特为暴发钱奴写来作鉴。一笑。壬午夏，雨窗。（374）

38. 二十六回庚眉：若无如此文字收拾二玉，写颦无非至再哭恸哭，玉只以赔尽小心软求漫恳，二人一笑而止，且书内若此亦多多矣，未免有犯雷同之病，故用险句结住，使二玉心中不得不将现事抛却，各怀一惊心意，再作下文。壬午孟夏，雨窗。畸笏。（383）

39. 二十六回庚眉：闲事顺笔，将骂死不学之纨绔。壬午雨窗。畸笏。（385）

按：甲戌眉"将骂死"作"骂死"，"壬午雨窗。畸笏"作"叹叹"。（385）

40. 二十六回庚眉：紫英豪侠文三段，是为金闺间色之文，壬午雨窗。（385）

41. 二十七回庚眉：这是自难自法，好极！惯用险笔如此。壬午夏，雨窗。（392）

42. 二十八回庚眉：若真有一事，则不成《石头记》文字也。作者得三昧在兹，批书人得书中三昧亦在兹。壬午孟夏。（411–412）

按：甲眉"也"作"矣"，无"壬午孟夏"四字。（411）

43. 二十八回庚眉：大海饮酒，西堂产九台灵芝日也，批书至此，宁不悲乎？壬午重阳日。（412）

44. 二十八回庚眉：云儿知怡红细事，可想玉兄之风情意也。壬午重阳。（413）

以上壬午年批语，共44条，其中具体时间有"壬午春"（11）、"壬午季春"（11）、"壬午夏"（2）、"壬午孟夏"（9）、"壬午九月"（6）、"壬午重阳日"（2）、"壬午除夕"（1）。此外"壬午雨窗"（2）似当为夏天所撰批语。除第一回甲眉"壬午除夕"、第十三回庚回后"大发慈悲心"批语外，其他批语均为庚眉。回目跨度在 12 ~ 28 回，各回间批语大致有时间顺序，但间有交错。

丁亥年（乾隆三十二年，1767）批语

1. 第一回甲侧：若从头逐个写去，成何文字？《石头记》得力处在此。丁亥春。（13）

2. 十六回庚眉：自政老生日，用降旨截住，贾母等进朝如此热闹，用秦业死岔开，只写几个"如何"，将泼天喜事交代完了，紧接黛玉回，琏、凤闲话，以老妪勾出省亲事来。其千头万绪，合榫贯连，无一毫痕迹，如此等，是书多多，不能枚举。想兄在青埂峰上，经煅炼后，参透重关至恒河沙数。如否，余曰万不能有此机括，有此笔力，恨不得面问果否。叹叹！丁亥春。畸笏叟。（221）

3. 十八回庚眉：纸条送递，系应童生秘诀，黛卿自何处学得？一笑。丁亥春。（260）

4. 十九回庚眉："花解语"一段，乃袭卿满心满意将玉兄为终身得靠，千妥万当，故有是。余阅至此，余为袭卿一叹。丁亥春。畸笏叟。（286）

5. 十九回庚眉："玉生香"是要与"小恙梨香院"对看，愈觉生动活泼。且前以黛玉，后以宝钗，特犯不犯，好看煞！丁亥春。畸笏叟。（292）

6. 二十回庚眉：茜雪至"狱神庙"方呈正文。袭人正文标目曰"花袭人有始有终"，余只见有一次誊清时，与"狱神庙慰宝玉"等五六稿，被借阅者迷失，叹叹！丁亥夏。畸笏叟。（296）

7. 二十回庚眉：麝月闲闲无语，令余酸鼻，正所谓对景伤情。丁亥夏。畸笏。（297）

8. 二十回庚眉：明明写湘云来是正文，只用二三答言，反接写玉、林小角口，又用宝钗岔开，仍不了局。再用千句柔言，百般温态，正在情完未完之时，湘云突在，"谑娇音"之文才见。真已"卖弄有家私"之笔也。丁亥夏。畸笏叟。（303）

9. 二十一回庚眉：宝玉不见诗，是后文余步也，《石头记》得力所在。丁亥夏。畸笏叟。（317）

10. 二十一回庚眉：此段系书中情之痕疵，写为阿凤生日泼醋回及"夭风流"宝玉悄看晴雯回作引，伏线千里外之笔也。丁亥夏。畸笏。（319）

11. 二十二回庚眉：将薛、林作甄玉、贾玉，看书则不失执笔人本旨矣。丁亥夏。畸笏叟。（325）

12. 二十二回庚眉：前批"知者寥寥"，今丁亥夏只剩朽物一枚，宁不悲乎！（326）

按："前批"即庚眉"凤姐点戏，脂砚执笔事，今知者寥寥矣，不怨夫？"

13. 二十二回庚眉：湘云、探春二卿，正"事无不可对人言"之性。丁亥夏。畸笏叟。（328）

14. 二十二回庚眉：此书如此等文章多多不能枚举，机括神思自从天分而有。其毛锥写人口气传神摄魄处，怎不令人拍案称奇叫绝！丁亥夏。畸笏叟。（329）

15. 二十二回庚眉：神工乎，鬼工乎？文思至此尽矣。丁亥夏。畸笏。（329）

16. 二十二回庚回后：暂记宝钗制谜云："朝罢谁携两袖烟，琴边衾里总无缘。晓筹不用鸡人报，五夜无烦侍女添。焦首朝朝还暮暮，煎心日日复年年。光阴荏苒须当惜，风雨阴晴任变迁。"此回未成而芹逝矣，叹叹！丁亥夏。畸笏叟。（338）

17. 二十三回庚眉：丁亥春间，偶识一浙省发，其白描美人，真神品物，甚合余意。奈彼因宦缘所缠无暇，且不能久留都下，未几南行矣。余至今耿耿，怅然之至。恨与阿颦结一笔墨缘之难若此！叹叹！丁亥夏。畸笏叟。（344）

18. 二十四回庚眉：是书最好看如此等处，系画家山水树头丘壑俱备，末用浓淡墨点苔法也。丁亥夏。畸笏叟。（348）

19. 二十四回庚眉：怡红细事俱用带笔白描，是大章法也。丁亥夏。畸笏叟。（357）

20. 二十五回庚眉：通灵玉听癞和尚二偈即刻灵应，抵却前回若干《庄子》及语录机锋偈子。正所谓物各有所主也。叹不能得见宝玉"悬崖撒手"文字为恨。丁亥夏。畸笏叟（372–373）

按：甲眉"不能得"作"不得"，"宝玉"作"玉兄"，无"丁亥夏。畸笏叟"六字。（372）

21. 二十六回庚眉："狱神庙"回有红玉、茜雪一大回文字惜迷失无稿。叹叹！丁亥夏。畸笏叟。（376）

按：甲戌眉无"回有""叹叹！丁亥夏。畸笏叟"十字。（376）

22. 二十六回庚眉：写倪二、紫英、湘莲、玉菡侠文，皆各得传真写照之笔。丁亥夏。畸笏叟。

23. 二十六回庚眉：惜"卫若兰射圃"文字无稿。叹叹！丁亥夏。畸笏叟。（385）

24. 二十六回庚眉：晴雯迁怒是常事耳，写钗、颦二卿身上，与踢袭人之文，令人与何处设想着笔？丁亥夏。畸笏叟。（387）

25. 二十七回庚眉：此系未见"抄没""狱神庙"诸事，故有是批。丁亥夏。畸笏。（397）

按：此批针对己卯冬夜"奸邪婢岂是怡红应答者，故即逐之。前良儿，后篆儿，便是确证。作者又不得有也"批语。

26. 二十七回庚眉：若无此一岔，二玉和合，则成嚼蜡文字。《石头记》得力处正此。丁亥夏。畸笏叟。（399）

27.二十七回庚眉:不因见落花,宝玉如何突至埋香冢;不至埋香冢,如何写《葬花吟》?《石头记》无闲文闲字正此。丁亥夏。畸笏叟。(400)

按:甲戌回后"如何写"作"又如何写",无"《石头记》无闲文闲字正此。丁亥夏。畸笏叟。"

28.二十八回庚眉:写药案是暗度颦卿病势渐加之笔,非泛泛闲文也。丁亥夏。畸笏叟。(408)

丁亥年批语28条。其中"丁亥春"5条,"丁亥夏"22条。除第一回甲侧、第二十二回庚回末批外,均为庚眉。跨度基本在16~28回。

乙酉年(乾隆三十年,1765)批语1条

二十五回庚眉:二宝答言是补出诸艳俱领过之文。乙酉冬,雪窗。畸笏老人。(367)

甲午年(乾隆三十九年,1774)批语1条

第一回甲眉:书未成,芹为泪尽而逝。余尝哭芹,泪亦待尽。每意觅青埂峰再问石兄,奈不遇癞头和尚何!怅怅!今而后,惟愿造化主再出一芹一脂,是书何幸,余二人亦大快遂心于九泉矣。甲午八日泪笔。(8)

署名畸笏而未标时间者

1.十二回庚眉:勿作正面看为幸。畸笏。(172)

2.十二回庚眉:瑞奴实当如是报之。此一节可入《西厢记》批评内十大快中。畸笏。(177)

3.十六回庚眉:大观园用省亲事出题,是大关键事,方见大手笔行文之立意。畸笏。(220)

4. 十七回庚眉：于作诗文时，虽政老亦有如此令旨，可知严父亦无可奈何也。不学纨绔来看。畸笏。（236）

5. 十七回庚眉：所谓奈何他不得也，呵呵！畸笏。（239）

6. 十八回庚眉：妙玉世外人也，故笔笔带写，妙极妥极！畸笏。（250）

7. 十八回庚眉：偏又写一样，是何心意构思而得？畸笏。（259）

8. 二十一回庚眉："倒便宜他"四字与"忘了"二字是一气而来，将一侯府千金白描矣。畸笏。（308-309）

9. 二十一回庚眉：此等章法是在戏场上得来，一笑。畸笏。（322）

10. 二十二回庚眉：凤姐点戏，脂砚执笔事，今知者寥寥矣，不怨夫！（326）

按：据二十二回庚眉："前批'知者寥寥'，今丁亥夏只剩朽物一枚，宁不悲乎！"（326），此条似亦畸笏叟批语。时间应在丁亥夏以前。

11. 二十七回庚眉：写凤姐随大众一笔，不见红玉一段则认为泛文矣。何一丝不漏若此。畸笏。（391）

12. 二十七回庚眉："开生面""立新场"是书不止"红楼梦"一回，惟是回更生更新，且读去非阿颦无是佳吟，非石兄断无是章法行文，愧杀古今小说家也。畸笏。（401）

按：甲戌眉有批语："开生面、立新场，是书多多矣。惟此回处生更新，非颦儿断无是佳吟，非石兄断无是情聆。难为了作者了，故留数字以慰之。"（400-401）

不署具体时间批语共 12 条。

以上己卯年批语 24 条，壬午年批语 44 条，丁亥年批语 28 条，乙酉年批语 1 条，甲午年批语 1 条，不署时间批语 12 条，共计 110 条。其主要形式为庚辰本眉批，分布回目在 12 ～ 28 回。

也说"十二支寓"

《红楼梦》小说第十四回记秦可卿死后，送殡诸人：

> 有镇国公牛清之孙、现袭一等伯牛继宗；
> 理国公柳彪之孙、现袭一等子柳芳；
> 齐国公陈翼之孙、世袭三品威镇将军陈瑞文；
> 治国公马魁之孙、世袭三品威远将军马尚；
> 修国公侯晓明之孙、世袭一等子侯孝康；
> 缮国公诰命亡故，其孙石光珠守孝，不曾来得。

甲戌、庚辰本均有脂批言：

> 牛，丑也。清属水，子也。柳拆卯字。彪拆虎字，寅字寓焉。陈即辰。翼火为蛇，巳字寓焉。马，午也。魁拆鬼，鬼金羊，未字寓焉。侯、猴同音，申也。晓明，鸡也，酉字寓焉。石即豕，亥字寓焉。其祖曰守业，即守夜也，犬字寓焉。此所谓十二支寓焉。

这段文字素称难解，可谓红学"疑案"之一。究竟曹雪芹、脂砚斋在这里各自想表达什么隐义？早期红学家并没有给出答案，关注这一问题者似也不多。

就笔者所见，对这一问题，较早尝试解读且有所发挥的是 20 世纪 80 年代霍国玲的研究。随后，安鸿志在霍国玲研究的基础上又作改进，指出"十二支寓"当是"丑四子，谋龙位，舞淫身，犹猪狗"

的隐语。❶ 近来黄一农对安鸿志说持支持态度，并公开宣讲，认为这是小说中"碍语"的表现，并隐有将此研究与黄氏素所提倡的"e 考据"结合的意味。❷ 此外的网络支持者甚多，这里不遑尽引。

如果说此前"丑四子"说仅是一孤立的、影响有限的研究，且霍、安诸公均非科班研究者，其见解很有可能不会被学界所重视，那么在黄一农宣讲之后，作为在北京大学的公开演讲，又经网络直播，也许在当下会产生更大的学术影响。而且，黄一农的演讲题目为"《红楼梦》与文学研究中的索隐传统"，实际亦隐含有方法论的问题。黄一农在其著作《二重奏：红学与清史的对话》曾提出："我仍衷心希望能透过对曹家亲友家世与史事的具体掌握，有机会重新定义古代文学研究中的索隐传统。"❸

在笔者看来，"丑四子"说不失为红学爱好者所创造的一种有趣猜想，却很难称为一个值得深入探究的学术问题。然而，其鼓吹者不乏有学术建树的红学家，又声称合乎"数理""概率""e 考据""索隐"等学术方法，实际上是在用学术眼光讨论这一问题。由此看来，尽管这些讨论并未以"学术论文"的方式刊发，却是值得进一步讨论、关注的现象。

这里先引录安鸿志的博文（节选）：❹

笔者的解码方法，简而言之，就是以十二个支字为信息源，每个支字只使用一次，仿照脂批的技巧，既可用支字、生肖，或其谐音字，

---

❶ 安鸿志的研究可参其"'十二支寓'隐语骂雍正"，安鸿志：《趣话概率》，科学出版社 2009 年版，第 121 页。

❷ 黄一农的说法见《《红楼梦》与文学研究中的索隐传统》主题演讲（北京大学人文社会科学研究院"北大文研讲座"第 42 期第 2 场，2017 年 6 月 14 日）。讲座视频见：http://mp.weixin.qq.com/s/MWPffm8PecV6CYAfco8DoQ ；文字纪要见：http://mp.weixin.qq.com/s/s3Eq4Ta9iBToT0N–aXLNzg。

❸ 黄一农：《二重奏：红学与清史的对话》，中华书局 2015 年版，第 642 页。

❹ http://blog.sina.com.cn/s/blog_6f71adf30102x8f7.html。

比如支字"巳",亦可用其生肖"蛇",还可用其谐音"四"等字,如果能配出12字长的句子,通顺而且有意义,就是备选的解答,否则,并无隐寓焉。

…………

这些解答有一个共同点,即都是骂雍正的。特别是都有"犹猪狗"句,这说明许多读者认可"十二支寓焉"中至少含有此句。其实,这是有很突出的历史背景的,雍正以皇权之势强令称呼其八弟和九弟为猪和狗,其弟自然心中会反骂其四哥(雍正)也是猪狗。这是人之常情,只是没人敢说出口,怕招来杀身之祸而已。然而,《红楼梦》的作者和批者,在文字狱猖獗之时,胆敢在书中暗骂乾隆皇帝先父,这既是宣泄,也是巨大的挑战!这几个类似的解答,提醒笔者深入思考,意识到"十二支寓"包含有"丑四子""犹猪狗"词组,是关键所在,也是常理所在。其次是"谋龙位",至于"舞淫身"句,很可能是为凑足"十二支寓"之数的。总之,表达对雍正不满是实质性的,具体12个字的组成可能有多种,很难断言哪个是作者心中想到的,也没有必要非得给出回答。

其二,有关12个支字使用的次序问题。有网友提出,破解"十二支寓"时应当按照六位国公出现的次序使用其所隐寓的支字,即丑子卯寅辰巳午未申酉亥戌,并且给出了如下的解答:

丑子四,虎(吃)龙嗣,舞鬼身,犹猪狗!……(7)

如此考虑是合情理的,因为作者完全可以按照解答中"支"字出现的次序设计"六公"的姓名,况且,如此一来破解难度大大降低。但是,这种设计也有不利因素,首先增加了隐藏支字的难度,从解答(7)即可看出,在破解过程中,除了使用支字、生肖、谐音外,还使用了较复杂的技巧。此外,还降低了保密的级别,用打乱次序设计恰好是编码时提高保密程度的重要招法,虽然《红楼梦》的作者不会用编码的思考方法,却会考虑防止玄机容易被识破。再注意到（7）也有"丑子四""犹猪狗"句，依前文所述都属于同一类的解答，虽然提出此问题是值得赞许的，从最终破解效果看，并无显著的必要性。

其三，在多种解答中还有歌颂雍正的，作何解释？这也是很值得思考的问题，而且是笔者曾经忽略的问题。先看两个案例：

四子牛，犹未某，因龙主，身无垢。……（8）

四子牛，未谋身。无淫媾，有龙珠。……（9）

在破解存在含义相悖的解答时，人们自然会问，相信哪个呢？其潜台词则是，此破解方法不可信。对此问题的解释，只能从心理学角度思考。如前文所述，在雍正执政期间存在着对立面，在乾隆期间文字狱又是在高峰期，"十二支寓"的设计者当然心知肚明，在其中包含了赤裸裸的骂雍正的语句，只要被揭露出来，必然成为文字狱的要案，而且不会容得辩解，即使能举出一千条歌颂雍正的解答，也难免死罪。可见，设计者敢冒死写出"十二支寓"，从心理学角度看，这既是一吐为快的宣泄，也是挑战的心理所为！其实，设计者本来只保证有骂雍正的语句，未必想到还有歌颂的。即使意识到了，也未必会放弃，只图骂得痛快，有无歌颂的句子，无论对获罪，还是对宣泄，其效果都无本质区别。

…………

在这些评论中，有的是对比了不同解答时发出的感叹，有的是认可笔者破解的科学性。在此，重申一下客观性的具体含义：十二个支子是在书中用曲笔隐藏的，隐藏的具体方法，借脂砚斋的批语点明，按照脂批中使用支字、生肖、谐音字的示范，在"十二支寓焉"中所发现的几多骂雍正的句子，是客观存在的。对于读者而言，只是相信这是作者刻意所为，还是纯属巧合的问题。在此，笔者还估算了属于后者的概率，比DNA亲子鉴定的误判率还要低。

黄一农在讲座中对此说的评价，纪要总结如下（节选）：

黄教授表示，起初对安鸿志教授的结论也难以接受，但经过仔细研究并深入补充后，发现完全可以说通。……

将以上干支作排列组合，组成一组有意义的句子，安鸿志教授用统计学的方法，计算出它的概率，其实是极小的。而且，这组有意义的句子，可以与真实的历史一一对应。

黄教授又举了小说中类似的几个例证：如蕙香改名四儿。……

讲座最后，黄一农教授总结道：创作或修订《红楼梦》的几位要角（曹雪芹、脂砚斋和畸笏叟）确有可能同因雍正朝发生在自己家的抄没之痛，而于书中置入一些所谓的"碍语"。通过一些情节（贾敬之死）、日期（雍正忌日大开诗会）或脂批（以"有朝敲破蒙头甕"诅咒雍正皇帝，且直指作者及批者的一生均为行四之人所误，并巧用十二支寓加以谩骂），转弯抹角地讥刺雍正帝。甲戌本第一回脂批"作者之笔，狡猾之甚。后文如此处者不少，这正是作者用画家烟云模糊处，观者不可被作者瞒蔽了去，方是巨眼"，也是在提醒读者。

黄教授再度呼吁"理性且有节制的索隐，应重新被纳入红学研究的正途"，并进一步解释道：所谓理性，当然要建立于历史学与统计学的客观基础之上，以避免所采用的政治背景或历史材料流于片面与主观。索隐派的猜谜方法与考证派的科学方法也不必然是有些人所认为的泾渭分明。担忧红学界受到先前部分案例的影响而"因噎废食"，不再有意愿甚至能力就史实背景与小说进行健康的对话，红学将大幅减弱其成为"学"的主要意义。

由此可以看出，在安、黄诸教授看来，这一研究是科学的，而且是红学研究的"正途"。且黄一农教授"起初对安鸿志教授的结论也难以接受，但经过仔细研究并深入补充后，发现完全可以说通"，更可看出其科学的态度。

不妨先将这一研究的主要论证逻辑列出如下：

第一，大前提上认同曹雪芹运用"隐语"的写作手法、脂批的证据信度、弘旿所称"碍语"的存在。

第二，认为本条脂批确有意义，且存"碍语"；

第三，将十二支重新排列组合，并运用谐音，可得"丑四子"；

第四，用排列组合十二支，能形成有意义的句子概率极小；

第五，部分看似存疑的解读，其实均可以得到合理解释；

第六，"丑四子"与小说中的思想倾向及所涉史实相吻合，可证其"为真概率"极高，"比 DNA 亲子鉴定的误判率还要低"。

尽管看上去层层递进、思维绵密，但笔者看来仍觉未惬。下面对此尝试加以简单的驳论。

本书所收录的各篇文章均已指出，脂批及相关史料存在大量不可信的内容，在加以详细辨析之前，似乎不应直接当作可靠文献引用。当然，由于诸位教授大概并未读过笔者的文章，亦没有深入考虑过俞平伯"极没相干"的论述，对前提的简单取信是可以理解的。

但即使不考虑这一问题，其推理逻辑也存在跳跃之处。

前揭说法的论证逻辑，实际上包括但不限于：

（1）曹雪芹、脂砚斋常用隐语表达某一特定意义→"十二支"为隐语→"十二支"蕴含特定意义；

（2）曹雪芹、脂砚斋对雍正帝不满，多用隐语表达→"十二支"含义不明→"十二支"乃讥刺雍正；

（3）"十二支"具有特定意义→"十二支"可组成讥刺雍正的句子："丑四子"→"丑四子"的成立概率极大。

其中，逻辑（1）（2）的大前提均为特称而非全称；逻辑（3）的大小前提均为特称，故推出的结论均只有或然性。如果我们再考虑到大前提可能存在的问题（下文将具体讨论），类似推理的有效性则可说较为有限。

而且，脂批仅仅提及了"十二支寓"，即使我们假设这则批语必有某种可信据的意义，也有多种解读的可能。如果是学术研究，似乎至少应该有力回答如下问题：

脂批所说的内容，是暗示作者曹雪芹的本意，抑或个人阅读中的发现？

尽管脂批中存在若干对"碍语"的暗示和明示，但有何证据说明这则批语定是碍语？

是否能够排除其他非"碍语"的解读？比如，为什么"十二支寓"本身不可能就是文字游戏的答案，而一定要由"十二支寓"继续展开猜测？

如何证明"十二支寓"就必须要配出十二字长的句子？

即使应配出十二字的句子，为何十二支的顺序可任意颠倒，且可随意运用谐音等方式？这些有无文本内证支持？

这一批语的所谓"谐音"，与小说中其他谐音具有较大差异，作者和批者究竟在向哪些读者暗示"十二支寓"的内容？这些读者是否有可能根据脂批得出相同的推理？

类似的问题还可以提出很多，这里随意举出几则，以供讨论。在笔者看来，"丑四子"说恐怕很难圆满解决这些疑惑。那么，既然存在大量疑点，这种猜测的可能性似乎不宜过度高估。

当然，作为一种猜想，只要自圆其说即可，不必百分之百正确。甚至，尽管论述未臻细密，但能够合乎一般常理，也值得加以关注、讨论。对于难以解释的问题，可以置而不论，俟诸来者。

安鸿志亦特别指出自己是从"概率"的角度来讨论问题。那么，讨论的核心议题当为"概率"。

安鸿志指出"如果能配出 12 字长的句子，通顺而且有意义，就是备选的解答，否则，并无隐寓焉"，并举出若干解读，认为网友相关解读具有共性，均指向对雍正的辱骂，故十二支必有此意味；而安氏所持的"丑四子"说乃其中最为通顺者。

实际上这一论证亦完全不存学术上的效力，理由很简单：取十二个字排列组合形成句子，且运用谐音等方法，实在是一个无量大数。但所谓"十二支"实际上包括十二地支、十二属相，已是二十四字，又运用谐音的话则为数更多，其中蕴含的组合方式堪称难以穷尽。

安氏实际上是在从天文数字的组合中寻找出合乎自己先入为主观念的解读方式，这当然无往而不利。安氏在博文中虽然举出九种可理解为与雍正帝相关的读法（而且如果细究，这些读法几乎皆为不通），但在概率上实在毫无意义。猜谜无边界，但学术有边界。

在笔者看来，如果这样的猜谜值得关注，那么许多探佚结论亦当类此——这在学理上的问题似乎已经毋庸详论，《红楼梦》研究绝不应该成为"红楼解梦"。

其实，"猜谜"的话题已经很老套了——胡适在批评蔡元培"索隐派"的时候，就已经用"猜笨谜"将其一语抹倒。尽管胡适的批评还不够彻底，"新红学"不免也有"猜笨谜"的时候，但大致来说是正确的思路。而即使是"猜笨谜"的蔡元培，也要辩驳说自己的猜谜"兼用三法"，因此并不笨。蔡氏又说："考证情节，岂能概目为附会而拒斥之？"这话的意思当然是自负"就史实背景与小说进行健康的对话"。可以看出来，由于在方法上存在本质性的局限性，因此看上去深入的研究其实只能起到反作用。在具体标准没有确定、问题没有厘清的情况下，何为"健康的对话"，实在还没有什么标准，那就只能是毫无意义的空话了。

对这种情况，顾颉刚曾在给胡适的书信中提出过一种有趣的方案：

实在蔡先生这种见解是汉以来的经学家给与他的。我从前读《易经》，觉得解释的话圆通得很，坤卦未始不可讲成乾卦，兑卦未始不可讲成艮卦。近读《诗经》，又有同样的感想，觉得他们的说法，无施不可，我们若拿《二南》与《郑风》掉过了，《曹风》与《齐风》调过了，也未始不可，就当时事实解释得它伏伏贴贴。我常想，我们要打破他们的附会，须得拿附会的法子传示给别人看，我们尽可以把人家万不信的事情附会出来。上月份作《诗序辨》，要证明《诗序》的靠不住，曾经造做《唐诗三百首》的序。我说——"倘使唐代只传下这三百首诗，但没有题目，又不晓得作者，我们只知道是唐朝人所做的，若要硬代他做序，自然可就唐朝的事实去想，也就可说：'海上（海上生明月），杨妃思禄山也。禄山辞归范阳，杨妃念之而作是诗也。''烟笼（烟笼寒水月笼沙），伤陈也。陈之宫女离散，独有暮年鬻歌于江上者，其遗民闻之而兴故国之思也。'若这三百首诗不能晓得他传下的时代，又不懂得诗体的变迁，我们更可以说：'寒山（寒山转苍翠），美接舆也。安贫乐道，不易其志焉。''吾爱（吾爱孟夫子），时人美孟轲也。梁襄王不似人君，孟子不肯仕于其朝，弃轩冕如敝屣也。'这样做去，在我已是极端的附会，但实在尚不能算错，因为确是有所根据。若照他们不近情理的乱说，更可以道：'寥落（寥落古行宫），好道也。国君好神仙之术，宫闱化之，遐龄相对，惟说玄宗（玄妙之义理）也。''今夜鄜州月，思治也。小人（小儿女）乱政（未解忆长安），大夫燕处忧谗，愿得明君而事之也。'倘使果有这种的书流传下来，请问我们嫉恶的感情应当兴奋到怎样程度？"……既然讲《诗经》的，可把美诗讲为刺诗，男女讲为君臣，那么讲《红楼梦》的亦何尝不可把男子讲成女子，政事讲成家事。所以我想，将来若能有暇，竟可把《红楼梦》附会到汉魏去，到六朝去，或者汉魏六朝比清朝还有更适宜的人物牵合上去。❶

---

❶ 顾颉刚：《论〈诗序〉附会史事的方法书》，《古史辨 三》，上海古籍出版社1982年版，第404–406页。

　　就笔者所见，似乎还没有红学家严肃地尝试过这种方法。不过，许多所谓的"红学家"，实际上正是通过个人的亲身实践，向一般读者展示"猜笨谜"的荒谬之处。

　　行文至此，一时兴起，亦作效颦如下，是为"十二支寓"新解——其文曰："十二支寓"应该如何解释？笔者尚无深入研究，难以给出确切的答案。而且，很可能也没有答案。但如果强为之说，倒也可以找出些有趣的猜测。

　　《西游记》第一回开篇云：

　　盖闻天地之数，有十二万九千六百岁为一元。将一元分为十二会，乃子、丑、寅、卯、辰、巳、午、未、申、酉、戌、亥之十二支也。每会该一万八百岁。且就一日而论：子时得阳气，而丑则鸡鸣；寅不通光，而卯则日出；辰时食后，而巳则挨排；日午天中，而未则西蹉；申时晡而日落酉；戌黄昏而人定亥。譬于大数，若到戌会之终，则天地昏蒙而万物否矣。再去五千四百岁，交亥会之初，则当黑暗，而两间人物俱无矣，故曰混沌。又五千四百岁，亥会将终，贞下起元，近子之会，而复逐渐开明。邵康节曰："冬至子之半，天心无改移。一阳初动处，万物未生时。"到此，天始有根。再五千四百岁，正当子会，轻清上腾，有日，有月，有星，有辰。日、月、星、辰，谓之四象。故曰，天开于子。又经五千四百岁，子会将终，近丑之会，而逐渐坚实。易曰："大哉乾元！至哉坤元！万物资生，乃顺承天。"至此，地始凝结。再五千四百岁，正当丑会，重浊下凝，有水，有火，有山，有石，有土。水、火、山、石、土谓之五形。故曰，地辟于丑。又经五千四百岁，丑会终而寅会之初，发生万物。历曰："天气下降，地气上升；天地交合，群物皆生。"至此，天清地爽，阴阳交合。再五千四百岁，正当寅会，生人，生兽，生禽，正谓天地人，三才定位。故曰，人生于寅。

　　这段话明确提到了"十二支",而《西游记》也是流行的小说,并且是脂批明文提及过的。就在甲戌本的第十三回,有脂批说"似落《西游记》之套"。可以确定,曹雪芹、脂砚斋对这段文字应该是了解甚至是很熟悉的,有可能借助人名影射"十二支"。而且,上一回的甲戌批语正是重要的暗示。

　　为何要影射"十二支"呢?原来《西游记》这段话里面提到:

　　戌黄昏而人定亥。譬于大数,若到戌会之终,则天地昏蒙而万物否矣。再去五千四百岁,交亥会之初,则当黑暗,而两间人物俱无矣,故曰混沌。又五千四百岁,亥会将终,贞下起元,近子之会,而复逐渐开明。

　　"近子之会"是"极关紧要"之语。原来据《红楼梦》第十三回,写秦可卿给王熙凤托梦时"已交三鼓",即子时,恰好与"近子之会"切合。这里是暗示秦可卿死于子时。

　　"贞下起元"表示天道循环往复,与《红楼梦》蕴含的思想有相近之处。特别是其中有否极泰来之意,可以借来暗指小说中的相关故事。也就是说,秦可卿之死很可能暗示了贾府的"否极泰来"。

　　但为何秦可卿之死会让贾府"逐渐开明"呢?

　　一种可能是,这里其实是曹雪芹的反话。所谓"逐渐开明"是"天地昏蒙"的隐语,用讽刺的方式歌颂雍正皇帝抄曹家真是"开明",实际上蕴含了深刻的仇恨。前引十三回甲戌批更说是"光天化日、仁风德雨之下",正是"贞下起元"同类的反话。这里进一步证明了"似落《西游记》之套"批语正是暗示"十二支寓"的答案。

　　另一种可能是,曹雪芹原有的构思是"秦可卿淫丧天香楼",也许秦可卿正是导致"树倒猢狲散"的重要人物,因此秦可卿之死对于贾府(曹家)是有益的。只是后来删去了相关情节,因此不甚显豁。

当然，还可以找出更多的解释思路，提出更多的支持论据。但在笔者看来，不论这些推测与曹雪芹、脂砚斋的原意有何关系，都在方法上过于粗陋，算不上合乎"科学"的学术研究。不过，似乎可以清晰地说明："猜谜"并不仅限于"丑四子"一条路。所谓"科学"，最重要的并非"统计概率"，而是观点应当具有可证伪性。何为"就史实背景与小说进行健康的对话"？还需要学术共同体的不懈努力。

（本文系在网上观看黄一农演讲，整理 QQ 群"泛太平洋新民学会"
相关讨论后所作的随笔）

说"四字误人"

黄一农教授在"《红楼梦》与文学研究中的索隐传统"主题演讲（北京大学人文社会科学研究院"北大文研讲座"第 42 期第 2 场，2017 年 6 月 14 日）中讨论到了四儿的问题，纪要如此总结：

> 如蕙香改名四儿。小说里写蕙香自述"我原叫芸香的，是花大姐姐改了叫蕙香"。宝玉给蕙香改名为"四儿"，脂批云"又是一个有害无益者。作者一生为此所误，批者一生亦为此所误……盖四字误人甚矣……""四"就是行四的人，指雍正皇帝。"被误者深感此批"，黄教授认为这是畸笏叟（即曹雪芹的父亲曹頫）所批，曹家、李家都被雍正（老四）抄家，所以曹雪芹与周围的亲友，会通过小说与批语把内心愤懑讲出来。

笔者在网络上观看了这一演讲的直播，认为上述总结较客观地描述了黄教授的主要观点。

且不论黄教授后面对畸笏叟、曹頫等的推测（具体不同意见，可参看《畸笏叟批语丛考》），仅就这则批语本身来说，似乎仍有可进一步讨论之处。

按照黄教授的断句方法，脂批应作"盖'四'字误人甚矣"，因此由"四"联想到排行第四的雍正皇帝。脂批的"有害无益者"，明指四儿，暗指雍正皇帝。

就逻辑而言，既然曹雪芹的写作、脂砚斋的批点明确表示对雍正帝的仇视，那么对四儿也应该持较否定的态度。但就《红楼梦》文本来看，似乎曹雪芹并未表现出这种感情倾向。特别是小说第七十七回写道：

王夫人皆记在心中。因节间有事，故忍了两日，今日特来亲自阅人。一则为晴雯犹可，二则因竟有人指宝玉为由，说他大了，已解人事，都由屋里的丫头们不长进教习坏了。因这事更比晴雯一人较甚，乃从袭人起以至于极小作粗活的小丫头们，个个亲自看了一遍。因问："谁是和宝玉一日的生日？"本人不敢答应，老嬷嬷指道："这一个蕙香，又叫作四儿的，是同宝玉一日生日的。"王夫人细看了一看，虽比不上晴雯一半，却有几分水秀。视其行止，聪明皆露在外面，且也打扮的不同。王夫人冷笑道："这也是个不怕臊的。他背地里说的，同日生日就是夫妻。这可是你说的？打量我隔的远，都不知道呢。可知道我身子虽不大来，我的心耳神意时时都在这里。难道我通共一个宝玉，就白放心凭你们勾引坏了不成！"这个四儿见王夫人说着他素日和宝玉的私语，不禁红了脸，低头垂泪。

四儿与宝玉同一天生日，又有作夫妻的私语，因此与晴雯、芳官一起被逐。而在形容其行止、外貌时，也是拿晴雯对比。至少可以看出四儿与宝玉的关系是颇为亲密的，而且其结局与《红楼梦》中着意称赞的晴雯有若干类似性。很难认为曹雪芹设置四儿这个人物是为了表达对雍正帝的仇恨。

在笔者看来，"盖四字误人甚矣"批语的"四字"应连读，意谓四个字，即小说正文"谁知四儿是个聪敏乖巧不过的丫头"中"聪敏乖巧"四字。脂批中"二字""三字""四字"等文例甚多，皆指《红楼梦》正文中的字数，此处似乎不应例外。前引七十七回正文，也说四儿"虽比不上晴雯一半，却有几分水秀。视其行止，聪明皆露在外面,且也打扮的不同",即指其因聪明而招致悲剧结局。这与"四字误人"的意思相同。

以聪明为"有害无益",是《红楼梦》正文与脂批都颇为常见的批评方式。较显豁者若第七十四回:

晴雯一听如此说,心内大异,便知有人暗算了他。虽然着恼,只不敢作声。他本是个聪敏过顶的人……

庚辰夹批云:深罪聪明,到底不错一笔。

显然与前揭四儿的"有害无益"是同一类情况。类似者尚有:

第五回正文:才自精明志自高,生于末世运偏消。甲戌夹批:感叹句,自寓。

第十四回甲戌回前批:北静王论聪明伶俐,又年幼时为溺爱所累,亦大得病源之语。

二十二回庚辰夹批:源泉味甘,然后人争取之,自寻干涸也,亦如山木意,皆寓人智能聪明多知之害也。

二十二回庚辰夹批:黛玉一生是聪明所误。

"聪明所误",乃《红楼梦》宗旨之一,也是其人生经历与道家思想融合的表现。脂砚斋在这方面的批语基本上贴合了曹雪芹的旨趣。小说中的贾宝玉、探春、晴雯、四儿等"聪明"人,均以悲剧结局,这正是聪明者的"有害无益"之处。这种解释最易理解,也最合情理,似乎不应别以"碍语"释之。

黄一农教授在"甲午八日"的研究中,很好地运用了"e考据"的方法,对相关文例作了极细致的检索和梳理,其功力令人钦敬。但此处对"四字误人"的解读未免略嫌草率了——如果检索一下脂批中相关的文例，应该很容易能够否定这一说法。如果黄教授有意将这些"碍语"的研究写成论著，似乎应该给出更深入的论证。

（本文系在网上观看黄一农演讲后所作的随笔）

读《还原脂砚斋》札记

  欧阳健先生的《还原脂砚斋——二十世纪红学最大公案的全面清点》(黑龙江教育出版社 2003 年版；以下简称《还原脂砚斋》)，是一部尝试系统辨伪脂砚斋、颠覆"新红学"的力作。虽然依传统眼光看，这显然是一部"离经叛道"甚至"大逆不道"的著作，但其研究方法、学术结论都是学术的，因此也必须通过学术规范对其加以讨论和检验。红学家对其部分命题曾给予批判，但形式大抵为单篇论文，关注点亦聚焦于某些个案。尽管不少批评已经从研究方法和具体观点上触及了辨伪说的要害，但相比起篇幅近百万字、颇有体系的《还原脂砚斋》，反对意见似乎还显得有些单薄。这部《还原脂砚斋》是对学术权威的强烈冲击，无疑具有重要的学术史意义，在笔者看来应该是反思胡适学术方法的重要读物。不过颇遗憾的是，似乎红学界以外的相关读者还并不甚多，其中涉及的若干方法问题还没有得到更充分的关注和讨论。这里仅尝试对其部分问题展开批评，以为抛砖引玉之意。事实上，尽管批评的对象是《还原脂砚斋》，但其中的"毛利倾向"确有相当的普遍性。

  以笔者的阅读感受而言，该书在方法和逻辑等方面，似仍有若干可进一步讨论之处。欧阳先生在"自序"引用了杨光汉对"程前脂后说"的意见：

  一、这是《红楼梦》版本学中的全新观点，若能经过充分的科学论证而确立，红学史要重新改写。二、祝愿此说能获得最终的确证，果尔，我本人有勇气否定自己所写的脂本有牵涉的全部文章。三、但要确证这一新说，任务极为艰巨，而现有的论证，还很不充分。欧阳先生需要面对两个方面的严峻挑战：一是现存十一个脂抄本上有上万字的异文及近八千条脂批，对此，尤其是对其中的于新说不利的每条异文和脂批均不能回避，均需作出充分的解释（包括推翻前此一切研究者所作的各种解释）。二是准备接受现今几乎所有的红学家的反诘。（自序，第 14 页）

应该说，这是对"程前脂后说"相当中肯的评论，也是相当具有学者胸襟的态度。目前笔者对这一问题虽亦做过一点初步的探索，但于结论上尚无成见，唯在态度上则颇认同杨光汉先生。但是，如果仅限于"还原脂砚斋"，是否需要如此大费周章地论证"程前脂后"？以笔者看来也许未必如此。"辨伪"是一种确定的学术结论，但"怀疑"则可以仅是一种抽象的思维方法。

要证明"程前脂后"，确实需要如杨光汉先生所说，作出更详尽的批判和辨伪。但归纳推理易于证真而难于证伪，如果仅认定脂批相关文本并不可靠，只需要在关键环节找出若干证据即可。从逻辑上讲，一旦举出脂批本身的核心矛盾与疑似伪托，就应该由认脂批为真材料的红学家论证、解释这些矛盾。如果矛盾不能得到很好的说明，那么这些文献就不应简单信据。尽管"不应简单信据"并不能说明文物本身的真伪，但如果立足于对新红学的清理，或对《红楼梦》文本的重新解读，这就已经具备相当的批判力度了。一旦剥夺脂批的证人资格（哪怕仅是暂时的），"还原脂砚斋"便可宣称在红学领域的胜利。至于脂批是否伪造或晚出，又是如何生成的，这是另一个文献学领域的问题。进一步说，即使脂批是早出的真文献，但是其内容存在夸大、欺诈等不可信据之处，那么就不能简单依此材料来论证《红楼梦》版本流传和文本流变的相关问题，特别是不能依此来解读作者原意与"旧时真本"。而且，由于脂批是在很晚近才普遍为读者所知，很可能在早期无甚影响，那么这些材料的学术史意义也可以进一步被消解。

相反，欧阳健提出"程前脂后说"，实际上是建立了一个近乎"新红学"假设的庞大系统。这样，批评者只需要"以彼之道还施彼身"，抓住其立论中的若干失误，就可以推翻整个假设系统。如胡文彬在《一部鲜为人知的清代抄本〈红楼梦〉——试魁手抄〈红楼梦诗词选〉的特别报告》中就特别提出了反对欧阳健说法的文物证据。黄一农、高树伟等对《枣窗闲笔》文献递藏等问题的考证也说明《枣窗闲笔》很难被定为民国伪造之物。

这些争论还很容易遮蔽原有的合理怀疑，在笔者看来实际上产生的是负面影响。从学理上说，这些文物鉴定成果并不能完全抵消对脂批文献效力的怀疑，但在一般非专业的读者眼中，既然欧阳健核心的文物辨伪不能成立，那么其说法的价值也就会得到消解。

此外，《还原脂砚斋》的辨伪过程中往往有类似钱穆批评的失误——"遇到要证成刘歆伪作而难说明处，则谓此乃刘歆之巧；若遇过分矛盾不像作伪处，则说是刘歆之疏或拙"。这种缺乏说服力的辨伪方式是欧阳健颇为惯用，但价值却极有限的。

另外值得一提的是，近年来欧阳先生还在网络上提倡"非主流红学"，希望联合反对新红学的各方势力，共同冲击新红学的支配性地位。以笔者看来这在学理上同样有弊无利。各路"非主流红学"水平良莠不齐，许多甚至都不能称为"学术"，这无疑拉低了原有批判的学术品格。且"非主流红学"各有自己的假设和解读方式，其内在具有深刻的互斥性与矛盾性，联合的派系越多，辨伪的手段愈杂乱，恰好越足以说明其内在逻辑的不自洽。

这令笔者想起那句禅宗名言：

> 譬如人载一车兵器，弄了一件，又取出一件来弄，便不是杀人手段。我则只有寸铁，便可杀人。

文献考据本身便是杀人利器，无须用云山雾罩的猜测加以文饰。如果一定要"联合派系"，那么恐怕应该与一般的考据学、文献学研究展开更深入的对话。尽管《还原脂砚斋》总体的态度是学术的，但其中也确实蕴含了某些"非主流"之处，这当然是全书的白璧微瑕。

其实，在笔者看来，"还原脂砚斋"最重要的学术价值，并不在于一定要否定哪些文献或假设，而应在于提醒红学研究者：脂批相关文献并不天然地具有真实性与可信性，必须加以严格的甄别后才能使用。此前红学家对脂批尽管亦有去取，但很大程度上是自由心证，缺乏科学的文献研究。《还原脂砚斋》将这些疑点集中放到了讨论的台面上，有利于促使研究趋于精密、深入。

换句话说，如果采信脂批文献为可信的证据，那么必须解决《还原脂砚斋》提出的相关疑点。在笔者看来至少应该解释如下若干问题：

今存脂批相关文物的真伪情况如何？文献讹误与文物真伪在何种情况下可以互证？

脂批各版本间及《枣窗闲笔》等涉脂批文献间的内在矛盾，是否会影响脂批本身的证据效力？

传抄过程中出现的明显讹误与窜乱，是否会影响脂批本身的证据效力？

认定脂砚斋、畸笏叟等身份的内证及外证为何？其与作者的关系究竟如何？其自我声明是否可靠？

脂砚斋、畸笏叟等对《红楼梦》创作过程及小说本事的了解程度如何？其暗示的内情是否可供质证？能否代表作者的意图？

能否运用科学的方法，提出判定批语文本"极关紧要"与"极没相干"的标准，并为这矛盾的两方面给出合理解释？

对于"极没相干"者，是批者有意误导读者，还是批者无意识的以讹传讹，抑或经过后来者的伪窜？对于"极关紧要"者，批者为何要写下这些批语？其目标读者是哪些人？批者所知的信息可能来自哪些人或哪些文献？

脂批的批者究竟可能有哪些人？这些人的关系如何？是否在同一版本上书写批语，并对其他批者有基本的了解？批语间有无对话或相互影响的关系？抑或各自独立的批评而被后人"集评"？同一人的批语是否均集中于一时、一本？

各个脂批抄本中所涉及的异文应该如何认识？是曹雪芹不断修改的产物，抑或主要是抄者的错讹？是否有可能通过校勘找到所谓合乎"作者原意"的版本？而又应该通过哪些理据来确定这一点？

…………

类似的问题还可以提出很多，此处仅略举其大端而已。立足于对这些问题的怀疑与证伪，是《还原脂砚斋》中较具学术意义的部分。而这些恰好是新红学家们未能严格甄别审查的内容。尽管俞平伯曾经早就怀疑说："脂评与作者之意，中间是否仍有若干距离？"但这里的批评主要集中于说明批者之意未必即能很好解释作者的创作，在怀疑的广度和深度上还是相对有限的。

在笔者看来，如果能够很好解释这些问题，即使结论仍然是"证真"，也无疑会进一步推动对脂批系列文本的理解。《还原脂砚斋》最重要的意义并不在于其具体结论，而在于本书是对上述问题作了相当全面的质疑。

如果站在"还原脂砚斋"的立场，其实有多种可能会导致脂砚斋不可靠，没有必要守在"程前脂后"一种可能上曲为之说。且最核心的问题在于，即使脂砚斋确实是较早读到《红楼梦》又与曹雪芹关系较密切的人物，那么他的批语就一定是真实的吗？又一定就能代表曹雪芹的本意吗？这里仍然有具体发覆的空间。

当然若反过来思考，则另是一片天地：尽管脂批中存在若干问题，但是否能够通过这些矛盾否定文本自身的真实性？"文本失控"可能是多种原因的合力所致，后人作伪只是其中之一，还可能有批者自身的失误、抄者的篡改及部分的羼入等。作出初步的假设当然无妨，但若遽然下结论，未免有盲人摸象之虞。

同样，作为小说正文的版本问题，是否能从繁复的异文中找到"原稿"也是一大难点。今存《红楼梦》没有一种是曹雪芹的手稿，均是手抄过录本，难免会有讹误之处。通过对抄本的校勘，能否真正增进对作者手稿的认知？这是存有可疑之处的。即使相信抄本都颇忠实于手稿，也同样有风险。一般来说批评者会将"定本"看作曹雪芹的最终意见。但时间最晚的"定本"应该是程本（或其底本），其文学价值、校勘价值均已遭到红学家严厉的批评。而脂本尽管大致有时间早晚可寻，但存在大量错讹，有很多文字显然也是不能简单沿袭的。另外，常见的思维方式是对校各本中"最好"的文本，用择善而从的方式修订作者的原稿。然而何为"最好"往往是批评者的观点，未见得与作者文学旨趣相同；且天才作者也完全有可能写出拙劣的文字。而在学术研究中通过"最好"来判断"本意"，又由"本意"来推论"真伪"，其实是主观性相当强的判断。而这主观性何来？显然是先验的"预设"。

笔者对这一问题没有预设立场，尝试站在双方角度上反思，是为了说明科学的方法本身不应受预设结论的约束，而应具有基本的学术标准。因此，不论持何种假设，采取这种方式严格地审视文本，都非常必要。当下也许最重要的并不是争议或搁置争议，而是建设一个基本的讨论话语平台。

值得注意的是，如果想要建立一种颠覆新红学的范式，当然需要击败所有的红学家。但是，新红学内部本身状况也甚为复杂，同为红学家，其观点也多扞格不容，这是否也说明新红学内部本身并非铁板一块，对其加以怀疑理所应当呢？在笔者看来，"走出疑古时代"在学术观点上也许没错，但如果再进一步，去否认"疑古"的学术史意义和方法价值，则未免矫枉过正。同理，"还原脂砚斋"在观点上也许多有不成立之处，但其怀疑态度却很值得加以认真对待。就现在的研究状况来说，有效的论著还太少了，得出结论还太早了。不管怎么说，现在急需要更细致的、更具有对话性的研究。

以上是笔者对相关方法的一点反思，以下摘录几则阅读过程中的具体思考：

庚辰本的眉批署的是"畸笏""畸笏叟""畸笏老人"之名，没有一条署作脂砚斋。署有"脂砚""脂研"或"脂砚斋"的批语都不是眉批，而是文中的双行夹批。（第9页）

按：二十四回庚眉即有批语："这一节对《水浒》杨志卖大刀遇没毛大虫一回看，觉好看多矣。己卯冬夜。脂砚。"本书《备考三 庚辰本脂批总汇》G1303条不误。这里盖偶然漏记，或省掉了"己卯本"的主语。不过，据笔者《畸笏叟批语丛考》，这则批语很可能非脂砚斋所作，署名为抄手误加。则此处提出的问题仍是值得重视的真问题。

二，《程伟元续〈红楼梦〉自九十回至百二十回书后》开头说："《红楼梦》一书，曹雪芹虽有志于作百二十回，书未告成即逝矣。"又有了疑点：曹雪芹既未写完《红楼梦》，怎知所作必为一百二十？《枣窗闲笔》的作者自称是见过脂研斋批语的，庚辰本第四十二回G1878[庚辰回前]说："今书至三十八回时，已过三分之一有余。"（图1.3）按庚辰本的算法，曹雪芹"有志"所作只有一百一十回，而不是一百二十回。（第10页）

按："有志于作百二十回"的论断，有可能来自早期《红楼梦》其他版本的提示。程甲本序中就提及"原目一百廿卷……即间称有全部者，及检阅仍止八十卷"，此前，周春也提及乾隆庚戌年就听说"雁隅以重价购钞本两部：一为《石头记》，八十回；一为《红楼梦》，一百二十回，微有异同。"尽管其详情不易得知，但"有志于作百二十回"并非不能解释，欧阳先生指出的只是其中一种可能。

而且，据相关批语，全书最初还很可能并非"一百十回"而是"百回"。如二十五回庚眉："通灵玉除邪，全部百回只此一见，何得再言？僧道踪迹虚实，幻笔幻想，写幻人于幻文也。壬午孟夏，雨窗。"这一则是畸笏叟的批语。又戚序本第二回回前批语言"以百回之大文，先以此回作两大笔以冒之，诚是大观"，这里似乎与畸笏叟批语形成了互证。因此也可以假设，这里的批语恰好证明戚序本所据并非通行本，而是与脂批有共同的出处。庚辰本二十一回回前批语言"然未见后之卅回，犹不见此之妙"，或许欧阳先生的"一百十回"是这样计算的。但这里的三十回是否从八十回开始算，似乎是可以存疑的。而"百回"之有可能在实质内容上大致等同于"百二十回"，可以参考俞平伯先生的论述。

在四种署名中，"脂砚"可算"脂砚斋"的省略；古文中"砚"和"研"可以互通，写成"脂研"未尝不可；但写成"指研"却是万万不行的。不能想象，一个人在同一个场合要不断改换自己的署名，更不能想象一个人会把自己的别号也写错了。那结论只能是：那些都不是脂砚斋自己之所为。（第88-89页）

按：且不论"脂"是否能写成"指"，这里欧阳先生至少忽略了抄手误写的可能性。今存脂批本基本均为较晚的过录本，其中讹字极多。这些讹字更可能是抄手的误写，作为否定脂砚斋的证据是较为薄弱的，至少不能用来作为主要证据。本书中类似的举例颇多，不遑尽引，在笔者看来其辨伪意义有限。

几乎人人都知道一条"红学常识"——《石头记》是《红楼梦》的原名。这一"常识"是从何处获得的呢？是脂砚斋自己告诉大家的吗？不是，脂本一律称"重评石头记"，从头至尾未见有"稿本"或"原本"的标记，书中也没有任何人的序跋（不论是出作者之手还是评者之手）说明本子的来历与源流。翻遍所有现存的红学文献（包括被当作"脂本系统"的其他版本），唯独程伟元写于乾隆五十六年（1791）的程甲本《序》中，有一句"《红楼梦》小说，本名《石头记》"的话，在脂本说"出则既明"时，程甲本却说"《石头记》缘起既明"，这才是这条"常识"的真正出处。

那么，脂砚斋会不会说《石头记》是小说的原名呢？只要推敲一下"仍用《石头记》"中的"仍用"二字，你就会豁然开朗。"仍"者，恢复原状之谓也。脂砚斋为什么要"仍用"《石头记》？就是因为有人曾经"不用"《石头记》。那么，是谁"不用"《石头记》为书名了呢？是程伟元，这位程伟元明明知道"小说本名《石头记》"，却偏要在正式出版时题作《红楼梦》！"仍用《石头记》"云云，分明是从"《红楼梦》小说本名《石头记》"推衍来的。（第190页）

按：小说第一回楔子中就提供了反例。其文言："作者自云：因曾历过一番梦幻之后，故将真事隐去，而借'通灵'之说，撰此《石头记》一书也。……改《石头记》为《情僧录》。至吴玉峰题曰《红楼梦》，东鲁孔梅溪则题曰《风月宝鉴》。后因曹雪芹于悼红轩中披阅十载，增删五次，纂成目录，分出章回，则题曰《金陵十二钗》。"足见，这里不用《石头记》者实是小说作者自己。早于程伟元读到小说的明义、永忠等人同样称本书名为《红楼梦》。尽管这里脂批存在若干疑点，但不应该以"程前脂后"的思路怀疑。

请看，胡适就是这样为新红学"奠基"的。不难看出，他这种"大胆假设"，在逻辑上首先就讲不通："将真事隐去"与"自叙的书"，乃是不相容的概念。《红楼梦》如果是作者的"自叙传"，那就绝不会是"将真事隐去"；《红楼梦》如果是一部实录，它与生活原型仅是贾政之与曹𬇗、贾宝玉之与曹雪芹的区别，那也不是"将真事隐去"，而只是"将真名隐去"。蔡元培当年反驳说："书中既云真事隐去，并非仅隐去真姓名，则不得以书中所叙之事为真。又使宝玉为作者自身之影了，则何必有甄、贾两个宝玉？"他还说："若以赵嬷嬷有甄家接驾四次之说，而曹寅适亦接驾四次，为甄家即曹家之确证，则赵嬷嬷又说贾府只预备接驾一次，明在甄家四次之外，安得谓贾府亦即曹家乎？胡先生因贾政为员外郎，适与员外郎曹𬇗相应，遂谓贾政即影曹𬇗。然《石头记》第三十七回有贾政任学差之说，第七十一回有'贾政回京覆命，因是学差，故不敢先到家中'云云，曹𬇗固未闻曾放学差也。"（《胡适红楼梦研究论述全编》第145-146页）（第381-382页）

按：这里的争论恐怕更多在于表述方面。"将真名隐去"似乎也可以理解为"将真事隐去"的一种方式。而且，胡适称《红楼梦》为"自叙传"，也并不代表胡适就认为《红楼梦》是隐去真名的"自传"。中国文学史上的"自叙"名作如《离骚》《五柳先生传》等尚且并非"自传"，《红楼梦》的虚构文学性质更是显而易见的了。所以，这里的讨论本身不应该成为特别重要的问题。

顺带补充一句，笔者所理解的"自传性"为：

"自传性"者，既区别于将作家生平与小说情节的生搬硬套，亦并非指将自寓自譬寄托于文学书写中的过度泛化，而是指这样一种可论证的文学现象：作家在作品中构建之场域、与作家现实生活中所处之场域存在较明显的对应性。具体来说，即作家本人的经历、性格、思想，某种程度上即与小说中某一（乃至某些）重要人物形成相当明确的对应；而其亲身经历、其交游见闻，也成为小说某一部分情节、人物的原型。强调场域，是为侧重于论述自传性作为文学创作中的主体性和整体性。强调部分的对应，以保留对小说虚实关系的合理认知；强调史事上的可论证性，以区别于过度的索隐或过泛的自寓自譬。同时，涉"自传性"的内容应在小说人物塑造与情节演进中占有较重要的地位，方能确保这一切入点在文本研究中具有相当的学术价值。（引自张昊苏《从自寓到自传性》）

也许胡适表述的分寸并不总是恰当，但在笔者看来，这也许更多的是表述和操作层面的问题。当然可以通过更细致的讨论，批评胡适及红学家们的定义，但这与"还原脂砚斋"的核心问题未必有特别重要的关系。

此外值得注意的是，新红学所认为脂批"真""实""曾经"的内容，《还原脂砚斋》往往予以彻底的否定。实际上双方所论都有偏颇之处。相当一部分这种类型的脂批，实际上可以理解为对小说创作情理的认同，这在小说批评史上也颇为习见。一定要将每一条批语都坐实，反而是很晚近的观念。这里重要的是把握研究的分寸感，将一般性的小说批评与影射实事的批语判分讨论，不应将"可能性"解读为"必然性"。"倒脂派"与"挺脂派"在这方面犯了同类的错误，双方的"反面教材"在本书中均有详细体现，这里不遑详引了。

当然，这种"过度解读"的倾向，很大程度上是服务于论证假说的需要，即在"义理明然后训诂明"的指导下展开推论。也就是说，《还原脂砚斋》的价值在对新红学的"破"，而非对程前脂后说之

"立"；同理，新红学对索隐派的打击也更多重在"破"，而其本身的"立"也同样存在若干可能的罅隙。

以上是笔者阅读《还原脂砚斋》的部分芹见。限于学力和本篇的体例，尚不能对该书给出更详尽的评价，但必须承认的是，在笔者看来《还原脂砚斋》是一部极富学术创见和学术勇气的大著作，对笔者写作《红楼梦》的相关论文也很有启发。尽管其部分结论似乎有过度解读之嫌，若干见解能否成立亦属未定之局，但《还原脂砚斋》必然会成为红学史上不可绕过的重要论著，值得加以更深入的研究。在笔者看来，即使是完全不认同本书的研究者，也应当认真思考本书所提出的相关辨析。

（本文系据笔者阅读《还原脂砚斋》的部分批注与笔记整理而成）

读《新石头记》

  《红楼梦》是中国传统文学的一大巅峰之作，而"红学"则是现代文化界的一大显学。体现在当下，是相关研究考订乃至索隐探佚之作层出不穷；而在有清一朝，则为大量出现的续作与仿作。

  在清代的数十种续作、仿作中，绝大多数都是俗套的言情故事，高水平的著作不多。其中，吴趼人（1866—1910）的《新石头记》是题材新奇、水平也较高的一部续书。《新石头记》共四十回，首刊于光绪三十一年（1905）的《南方报》，单行本于光绪三十四年（1908）由上海改良小说社刊行。

  小说讲贾宝玉出家之后，想起补天之愿未酬，决心下山入世。下山后才发现，自己已"穿越"到光绪二十六年，即公元1900年。前二十回主要讲贾宝玉在薛蟠等人引导下，在上海观察十里洋场百态，又积极学习西方科学技术与政治制度，以求"补天"。二人又先后进京，亲身经历了义和团与八国联军变乱的本末。后二十回讲贾宝玉再度穿越到"文明境界"，进行一场政治制度与科学技术的乌托邦之旅。最后，贾宝玉发现"文明境界"的缔造者竟然是当年的甄宝玉（改名为东方文明），于是留下通灵宝玉，废然离去，于是成为《新石头记》。

  《新石头记》的大结构基本上沿用了《红楼梦》的设定，但具体情节却与原书无甚关系。这种续书在晚清民国以来多被视为"取悦于流俗"或"狗尾续貂"，如阿英在《晚清小说史》中就特别批评其为"文学生命上的一种自杀行为"。但如果持平而论，《新石头记》描写的内容与蕴含的思想都有许多值得关注之处。

  就其性质而言，《新石头记》属于"兼理想、科学、社会、政治而有之"，而最为人所注意者是其中的科幻内容。小说里面写到了大量千奇百怪的新技术。比如小说第二十二回写到，贾宝玉刚到"文明境界"，就先进入了"验性质房"，可以用镜测试人的文明与野蛮程度，文明者晶莹如冰雪，野蛮者混浊如烟雾。第二十四回又写到有"验病所"，站在验骨镜前面，人就如一副白骨，所有骨节都清清楚楚；站在验血镜前，人就如同鲜红的血人，血流运动明白展现。此外还有验筋、验髓、验脏腑等镜，配合起来，不须解剖就可以看清人体。更说到可以将脑筋提炼出来，加入药物，让人当鼻烟闻，就可以将聪明灌入笨人的脑中。

此外还有制造天气的办法。小说第二十二回中写化学博士华兴，在空气中施放硫黄，又用数十个大火炉蒸出暖气，居然将冬天转为春暖花开。此后在这基础上加以研究，四季天气均可以人为制造，人们称颂他为"再造天"。其余如助聪筒（应脱胎自电话）、助明镜（类似于望远镜）、司时器（中国化的钟表）等，或脱胎于已有现代科学发明而稍作改良，或借鉴于其他小说已有的想象。但在作者的笔下，这些多是具有"中国特色"乃至于"古已有之"的。

随后贾宝玉深度游历"文明境界"——全境分二百万区，每区一百方里。交通需要用"飞车"，大致相当于今天的飞机，普通的一个时辰能走八百到一千二百里，新式的"夸父车"一天就可绕地球一周。还有运送货物的隧车，约相当于改良后的地铁，无需轨道，用电气带动。在水上行走则可以用水靴，即脚上穿状如小船的靴子，便可"水上漂"。小说中最具声名的则是"贾宝玉坐潜水艇"的故事，贾宝玉在海底乘潜水艇航行，既见识到大量新鲜的技术，又饱览海底奇珍异景。这故事是直接受到法国科幻小说家儒勒·凡尔纳（1828—1905）的影响，如果将《新石头记》与《海底两万里》等著作对读，正可看出当时中国小说家是如何借鉴、移用西方科幻作品的。

凡此种种，不胜枚举。《新石头记》所写的这些科幻内容，在当时来说算是比较新潮的，也标志着我国科幻小说文体的兴起。但应该特别注意的是，这对"文明境界"的科学幻想虽然占据了较多篇幅，却只是作者增加小说趣味的手段，根本上是为了宣扬其政治理想而服务的。

在小说的前二十回中，作者借贾宝玉的眼睛，冷眼观察当时中国的黑暗情势，并对其严加针砭。比如吸烟的坏习气、中国财富的大量外流、租界的丧权辱国、国人妄自菲薄的消极心态，都为贾宝玉所不满。其中作者最痛下辣笔的，当属对义和团的揭露。从文学的角度上看，作者对这一部分的描写，远胜过后半部分对"文明境界"的想象。

小说写北京流氓王威儿与宣化教民杨势子酒后斗殴，县官因畏惧教民及其背后的洋人教会，不敢得罪杨势子，重罚王威儿。故事写得生动，我们这里移录一段：

县太爷坐了二堂，喝叫："拿上来！"不问青红皂白，先叫痛痛的打了一百板子。王威儿大叫："冤枉！"县太爷道："我把你这不知趣倒的畜生杂种，我活活的惩治死你！你那里不好去闯祸，却走到本县治下来得罪教民！我问你有几个脑袋？你的狗命不要紧，须知本县的前程不是给你作玩意儿的。你还敢叫冤枉，我把你的狗嘴也打歪了，狗牙也给你打掉了，看你还叫！"左右差役听说，连忙上前，劈劈拍拍的打了五十嘴巴。打得王威儿两腮红肿，牙血迸流。又喝叫："用头号大枷，枷起来，发往犯事地方示众；一个月后再责二百板驱逐出境。"

王威儿受了这场恶气，几年后报私仇打死了杨势子，后来为避祸又加入义和团，成为"大师兄孙悟空"，后来他又拉薛蟠入伙，让薛蟠用十二银子买来"大师兄薛仁贵"的封号。如果只是当差，至少要三个月才能请到封号，但如果给十两银子打点，就能很快得封——王威儿从薛蟠那里拿到钱不久，就带回一件上写着"薛仁贵"三个字的坎肩，这就代表薛蟠得到封号，"有了九牛二虎之力了"。

作者还借王威儿的口说，"这个也同做官一般，有了这个，身份大些，而且体面得多呢！"

其实义和团所谓刀枪不入的法术都是骗人的——所谓"不怕洋枪"，是放空枪来骗人；薛蟠带人去洋货铺子抢来几十箱洋油，焚烧铁路，却当场就被神话成"念咒烧的"。义和团拳民就是在这制造谣言和听信谣言的过程中，大闹起北京城来。由于这"神功""法术"的力量，穿着拳民的服装，在街上遇见王爷、中堂，不过行一个平礼。其余尚待、京堂等官，还要下车下马，向拳民表示致敬呢。

装神弄鬼、本领不济事也就罢了，关键是拳民们还为非作歹。在路上遇见不顺眼的人，如衣服穿的窄小，就说是跟随洋人的"二毛子"，捉过来就要杀，如焙茗就是因为敲了洋货铺子的门问话，就被抓走要杀，幸亏"大师兄"薛蟠搭救才免于一死。为了"法术"不被破，拳民每天都传各种稀奇古怪的号令，有时不许吃荤，有时不许洗澡，有时晚上不许睡觉，用种种花样骚扰百姓，"天天或早或晚总有两三处火起"。至于日常在街上，"凡是我们当大师兄的，说一声要这样东西，谁敢不送了来，还要花钱么！莫说是中堂的，就让是皇帝的，说要也要得来"，这些也就更是不值一提的小事了。拳民的蛮横更是可见一斑。

这还不算，拳民还有自作孽的愚蠢举动。小说这样讲道：

他们老说不怕枪炮，那攻打使馆，被洋枪打死的，也不知多少。好笑他们自己骗自己，拿一杆来复枪，对着同伙的打去，果然打不倒，人家就信以为真了。谁知他那枪弹子，是倒放进去的，弹子打不出来，放的就同空枪一般。旁人被他骗了，倒也罢了，久而久之，他们自己也以为果然不怕枪炮了。最可笑的，使馆里被他们攻打，自然也要回敬，可奈使馆里面，没有许多枪弹子，便设法到外头来买。他们却拿了毛瑟枪子去卖给洋人，只说他拿了去，也打不死我们的，乐得赚他的钱。你说笨的可怜不可怜！

岂但这个，天天往使馆里供应伙食、煤、水的，不都是这班人么！

拳民明明在攻打使馆，却将子弹、食物等必需品卖给镇守使馆的洋人，实际上相当于帮助洋人镇守反击、杀害中国人。同伴明明被洋枪打死，却还是迷信自己有"法术"，这种愚昧令人痛心。

等到洋兵占领北京城，就又是一番景象。王威儿等拳民又摇身一变成为箪食壶浆迎接外国军队的顺民。路旁，王威儿等人跪在地上，衣领背后插着写有"顺民"的旗子，手里捧着热腾腾的馒头和肥鸡肥肉，迎接洋兵。在强者面前怯弱，在弱者面前跋扈，这正是作者眼中愚昧无知的义和团，"可笑前日要杀毛子的也是他们。今日惧怕洋大人的也是他们"。

更有甚者，王威儿看到贾宝玉懂得英语，还能与外国人对话，害怕他向洋兵泄露自己是拳民的消息，面前跪地哭求，百般求饶；一旦知道根底并没泄露，背后居然生出杀贾宝玉灭口的想法。贾宝玉逃过一劫后暗想，这拳民"真是刁恶艰险，丧良无耻"。

作为小说，这些情节当然具有相当的虚构成分；但《新石头记》的前半部同时又是一部社会小说，其所描写的内容多有原型，又具有相当的写实性，反映出了不少社会现实。即使是坊间流传、难辨真伪的传言，也可以看出时人对于义和团的普遍认知态度。应该承认，这些评价虽与主流意见不同，但在作者，却是颇为严肃的社会批评。

在小说的最后，吴趼人借一场大梦描写了他对于复兴国家的期待。这些理想正与当时的时局相切合，足见作者并不能提出什么真正有价值的思想方案。作者以贾宝玉的梦醒为《新石头记》的结局，而不过数年，辛亥革命也为吴趼人的这场梦画上了句号，惜作者已不及见之了。

（本文刊发于"网易历史频道"，2017 年 12 月 4 日，有删节）